晏瑜—著

北风破

南宋最后50年

中国文史出版社

图书在版编目（CIP）数据

北风破：南宋最后50年 / 晏瑜著 . -- 北京：中国
文史出版社，2024.5
ISBN 978-7-5205-4643-0

Ⅰ.①北… Ⅱ.①晏… Ⅲ.①历史小说—中国—当代
Ⅳ.①I247.5

中国国家版本馆CIP数据核字（2024）第066329号

责任编辑：刘华夏

出版发行：中国文史出版社
地　　址：北京市海淀区西八里庄路69号　　邮编：100142
电　　话：010 - 81136606 / 6602 / 6603 / 6642（发行部）
传　　真：010 - 81136655
印　　装：廊坊市海涛印刷有限公司
经　　销：全国新华书店
开　　本：787mm × 1092mm　1/16
印　　张：19.5
字　　数：252千字
版　　次：2025年7月北京第1版
印　　次：2025年7月第1次印刷
定　　价：68.00元

目录

下　部

北风狂吹山河破，胡虏绝尘潼关雪。

二十四关尸如山，江山无情复又灭。

上部

一、理宗继位新登基

南宋嘉定十七年（1224年）的秋天，似乎比往昔任何一年都来得快些。自入秋以来，连绵多雨，气温骤降。进入闰八月，五十七岁的皇帝赵扩身体一日不如一日，先是受了风寒，继而咳嗽，接着气喘如涌，连行路都没有气力，旬日后，日甚严重。继而终日卧于床榻之上。

眼见皇帝病重日甚一日，丞相史弥远内心万分焦急。史弥远焦急担忧，非为宋室社稷，而是为他自己。

几年前，开禧北伐失利，宋朝君臣对战胜金军、收复中原已失去信心，韩侂（tuō）胄的威望也因此严重受挫。身为礼部侍郎兼资善堂翊善的史弥远，突起歹意。他趁左丞相平章军国事韩侂胄北伐失败，金国来索主谋之机，在皇子赵询支持下，联合参知政事钱象祖、李璧以及与韩侂胄颇有间隙的杨皇后等人密谋，遣权主管殿前司公事夏震矫诏于韩侂胄进宫见驾时，于半路上伏兵，将韩侂胄挟持到玉津园用槌杀死，随后函其首级送达金国，以贡献岁币三十万，外加犒军银三百万两的屈辱条件请和，得以对金乞降完成和议，金军方撤走。其时因韩侂胄乃是被伪造的密旨所杀，皇帝本性庸弱易制，竟未追究史弥远之责，相反，却始终需依靠他人来辅助自己处理朝政。史弥远虽未能公开以此居为首功，只微升为礼部尚书，但已掌握朝廷实权。至次年六月，即兼任参知政事。十月其又被升为右丞相，兼知枢密院事。

史弥远掌权操柄后，独断专行。不久，被立为太子十三年之久的赵询突然患病，继而去世。新立的享有太子资格的皇子赵竑（hóng），对史弥远长期擅权跋扈十分不满，故曾愤然道："弥远当决配于八千里。"史弥远闻听此讯，心下十分惧怕，诚恐日后真被贬官流放。

当然，史弥远何尝不想巴结皇子赵竑，并与其搞好关系？听闻赵竑喜欢弹琴，史丞相便物色一擅长弹琴的美女，献予赵竑。此美女知书达理且颇有心机，甚得赵竑喜欢。史弥远曾以厚待美女家人为条件，嘱美女监视赵竑，如实报告赵竑的一举一动。一日赵竑心情舒畅，便指着宫墙上地图里的琼崖州道："本王日后如得志，便将史弥远贬到此处。"史弥远听闻此事，欲再行拉拢之事。他趁七月七日乞巧节进奉奇巧珍玩来讨好赵竑，然而赵竑却乘着酒兴将史弥远进奉物件摔碎于地上。史弥远知此详情，非常恐惧，日夜思谋往后该怎么对付赵竑，而赵竑却一无所知。此后，史弥远明着敬重赵竑，暗里却不时地在皇帝面前诽谤赵竑，以图废黜赵竑，另立他人为储君，但一直未能得逞。而今，皇帝已经病危，新君改朝在即，他不得不下定决心，以谋在宋宁宗去世之时废皇子赵竑另立新君的大事。

九月十六日黄昏，内廷眼线来报，言说皇帝已两日未进汤水，危在旦夕。史弥远心下一动，速派人唤来同乡人国子学录郑清之道："皇上病危，新君改朝在即，宜早动手，以免我等步入窘境危途。"郑清之道："丞相决断，必有缘由。弟子悉听大人吩咐。"史弥远让书童奉上文房四宝，对郑清之道："当务之急，必废竑立昀（yún）不可了。然而草拟遗诏，非你郑大人不可。"

郑清之闻言，明白史相要行矫诏废立之事，何况赵竑乃皇帝的第九子，因宁宗之前虽生八位皇子都先后病故，故此位皇子算是唯一钦定传位者，而史丞相所说的昀，就是贵诚，只不过是皇家一宗室王嗣罢了。而今欲废竑而令其代之，实为篡逆之举。若行此事可是灭族的大罪，便面显难色道："史丞相，此事重大，学生恐难承担此重任啊……"

史弥远顿足道："而今箭在弦上，非发不可。难道你想让卫王赵竑继位，再发配流放我等不成？"郑清之听史弥远此言，想到平时史丞相派他不时到沂王府为王嗣贵诚讲学，多行拉拢之举，看来史丞相起歹意已久，早就在暗中预谋培养对方了。如此一想，别无良策，只好按照史弥远的意图，提笔连连草拟三道诏书。

书毕，史弥远传来心腹家仆，让其速到沂王府通知他早前未雨绸缪，已暗中作为储君对象的沂王后嗣赵贵诚以及兼任王府教授魏忠宪二人，时刻做好被宣召入宫的准备。

准备停当。史弥远差郑清之去邀来国舅杨谷及杨石两兄弟，言明废立大事。二位国舅闻言，面面相觑，未置可否。史弥远将利害关系向二人一番阐述，二位国舅互看一眼便道："既如此，权宜之计宜速不宜迟，请史丞相定夺。"史弥远喜道："如此最好！"当下，三人商议一番，随即一同前往慈宁宫拜见杨皇后。

史弥远与皇后之兄杨谷及杨石进宫见到杨皇后，以废立大事禀告皇后，皇后摇头道："大胆，皇子是先帝所立，岂敢擅变？社稷大事，岂能儿戏视之，你等休再胡言。"随即喝叫来人，命人送走三位大臣。

史弥远及二位国舅遭到皇后否绝，只好叩谢出宫。史弥远对二位国舅爷道："而今我等心生歧念，好似手染墨污，已难洗白。前后思虑，如今只好一意到底，万万不可改弦更张。"二位国舅相互看视，也连声叹息。

三人出得皇宫，史弥远对等在原处的郑清之耳语几句，郑清之旋即离开。少顷召来了殿帅府太尉夏震，史弥远嘱其召来八百名翊卫军士，分别秘密守卫在皇宫及皇子赵竑宫外。

安排完毕，史弥远与皇后兄长杨谷、杨石再次见到皇后，还未启词，皇后先声夺人道："若言废立，你们免开齿口，若有他事，但等明日。"

言罢，皇后挥手让三人退下。二次碰壁，三人伏地不肯起身。皇后叫道："李嬷嬷，夜深人乏，送客！"三人见皇后下令赶人了，只好告退出宫。

更鼓频传，已近午夜。史弥远与皇后兄杨谷及杨石硬着头皮三闯宫。等待一盏茶的工夫方才见到杨皇后。当史弥远又提及废立之言时，皇后挥手怒道："本宫早已明言，妄谈废立，擅变储君，大逆不道，本宫不允。你等如此这般不厌其烦，是何居心！"如此重言，已见杨皇后决意不听三人的意见。史弥远轻咳一声，偷偷向杨谷递个眼色。杨谷启禀道："皇后娘娘，史丞相三番两次入宫禀告废立之策，非他一人，实乃我等均已是无奈了。入夜来，殿帅夏震派出兵士数百，已将皇宫及太子竑看守起来，如果不废竑立昀为帝，今生不敬之念，已然落下话柄，他日必生祸事，若竑登基，则人为刀俎我为鱼肉，杨氏也难辞其咎啊。"

史弥远也启禀道："皇后娘娘，臣行非常之举，甘冒灭门之险，非臣一人私念，是为众臣长远计议；何况太子竑为人高傲，倨傲不群，昔日与皇后相处不近，他日继承大统，皇后必遭冷遇。娘娘请三思……"杨皇后闻此言，面显愕色，沉思良久，权衡利害关系之后，无奈道："罢了，就依卿之言。"杨皇后被迫同意了。

史弥远伏地叩谢，便将伪造的皇帝遗诏，呈给皇后过目，皇后依旧摆手道："卿已使然，依卿行事则已。哀家累了。"史弥远这三道矫诏三个内容：第一道诏书改立赵贵诚为皇子，赐名赵昀；诏书第二层意思又晋封皇子赵昀为武泰军节度使，成国公。这道诏书使赵贵诚的地位与赵竑不分伯仲，为了使政变看起来合理，史弥远已指使郑清之将两道诏书日期前移至八月上旬，造成赵贵诚被立为皇子完全是皇帝提早决策的假象。第二道，亦是最关键最有废立意义的一道诏书，晋封皇子赵竑为济阳王，出判宁国府。如此遗诏，让赵竑外放出京，彻底失去竞争皇位的资格。第三道诏书就是新皇赵昀的即位诏，待天明时当着百官宣读，便乾坤再造，一锤定音。史弥远等人谢恩后匆匆出宫去了。

更鼓迭加，夜幕浓墨，三更已到，皇帝于福宁殿驾崩。此时，灯火掩映的大内皇宫中，史弥远成为最忙碌的人。他不再惺惺作态地掩藏自己的野心，得知宁宗皇帝驾崩后，马上派亲信吏部侍郎宣缯和端明殿学士薛极二人宣召皇子入宫，并吩咐道："你记好了，现在让你等所宣召之人是沂王府皇子贵诚，并非万岁巷的皇子赵竑。倘若宣错，夷其三族！"实际上，史弥远清楚，若真宣错了人来，被杀头的人则是史弥远和其亲信一伙。

　　却说卫王府中，赵竑也得到了皇帝驾崩的消息。他与太学博士真德秀翘首以盼期待着大内来人宣召。但等来等去，不见人来宣召，却看见有黄顶轿子，从自己府门前经过。他们狐疑不定，却又不敢冒进，只能继续等待。

　　十九岁的贵诚赵昀被传来，正在皇宫紧张安排的史弥远与杨皇后两个兄弟杨谷、杨石一起，将贵诚赵昀引到杨皇后所在的慈宁宫，让杨皇后当面同意立赵昀为新皇帝，当着几位大臣的面，宣读了第一道诏书，即改立赵贵诚为皇太子，赐名赵昀，让赵昀拜认杨皇后为母亲，以便理顺嫡母家族的皇嗣关系。

　　一切准备停当，已近天明。史弥远引赵昀至福宁殿，在宁宗灵柩前行举哀礼，然后下令宣赵竑进宫。赵竑等待已久，闻诏命即赶赴大内。到了宫门前，禁卫戍卒拒绝放他的老师太学博士真德秀和随从跟入禁内。赵竑道："放肆，皇子随从你等也敢拦阻？"禁卫兵道："诏令只宣皇子一人进宫，我等不敢违命。"赵竑怔了半晌，只得只身进宫。入宫，他被一太监带至宁宗灵前举哀，殿帅府夏震奉史弥远之命，带着几名翊卫军立于身边，将赵竑死死看住，不许他走动。

　　天色微明，内侍宣文武百官进宫立班听宣遗诏。二十一岁的赵竑被太监引到原来班列上，他惊愕道："今日之事，本王岂能还站在此班位上？"夏震回道："殿下，少安毋躁，未宣诏前应该站在此位，宣诏后也许就不同了。"赵竑信以为真。但扭头一看，远远望见烛影摇曳中，一人被簇拥而来，转瞬被扶到大殿正中，端坐于御榻上。

宣诏开始了。端明殿学士薛极宣读诏书道："奉天承运，皇帝诏曰，皇子成国公昀，天资明睿，内敛贤聪，仁智丰硕，胸脯横阔，怀瑾握瑜，可承天命，即皇帝位，尊皇后为皇太后，垂帘同听政。钦此。"赵竑听罢此诏，方才知道自己竟被史弥远这个心怀欺诈、惑主害国的权奸之人算计了。赵竑如遇雷击，激愤交加，坚决不肯下拜，却被身旁夏震拉拽中强按下了头。接着，薛极以杨皇后的名义，宣读了史弥远预先所拟就的另一道诏书："奉天承运，皇帝诏曰，皇子赵竑英姿健爽，品学优渥，风流偶傥，名倾六辅，为人苛察，法纪严肃，内政修明，着其开府，仪同三司，晋封济王，判宁国府。尊为皇兄。钦此。"

至此，新皇继位，改名赵昀，是为宋理宗。众臣俯首膜拜，天下臣服，钦定来年春天改年号为宝庆元年。赵竑随着众位大臣，一起伏地跪拜。新皇登基典礼已毕，赵竑懵懵懂懂，昏昏沉沉，竟然不晓得自己是怎么回到府中的。

二、赵竑离京做郡王

理宗赵昀偶然得登大位，勿言原皇子赵竑出乎意料，肝胆俱裂，悲痛无比，纵使朝野内外之百官群臣、士人百姓，也对新君换人的实况"惊忧疑惑"、瞠目结舌。街谈巷议，不知缘由，自然有人慨叹不服，有人摇首叹息。

但因有先皇宁宗宫廷一直以来的实权人物杨皇后和丞相史弥远的拥护支持，宋理宗赵昀毕竟还是坐稳了大统之位，享受万民膜拜。臣子们虽然多有不服，表面也只能赞成。

却说第八日上午，还沉浸在失意悲伤中的赵竑忽然接到诏书，被改封济阳郡王，赐第湖州，着即离京赴任。诏书还道，将赵竑之妻卫国夫人吴氏改封许国夫人。宣旨官离开不久，太学博士真德秀闻讯赶来道："王爷，而今之计，走之为上。下官观今情势，王爷尽快离京，以免节外生枝。"赵竑道："先生所言极是，赵竑即刻动身赶往湖州。"这显然是史弥远所出主意，因他等弄拙之人不放心比新君继位更名正言顺的赵竑栖身京城，故此欲将他赶出临安，以图眼前清净。赵竑命仆人摆上酒菜，与真德秀对酌一番。真德秀道："日后王爷至湖州后，宜深居简出，不问世事，在家著书。"赵竑道："先生所嘱，小王牢记于心。日后小王韬光养晦，不问世事。"又饮三杯酒后，真德秀起身长揖道："多事之秋，下官不宜久留。饮宴至此，下官权当送别。"当下，师生二人洒泪而别。济阳郡王赵竑让仆从急速收拾行李，次日一早带上他的妻子许国夫人吴氏及仆从，离京迁往湖州去了。

先前矫诏谋杀抗金名臣韩侂胄，而今又偷梁换柱，拥立新君，还废黜先帝嗣子济王，远迁州府，史弥远犯下的滔天大罪，激起了南宋军民及忠直大臣的激烈愤慨，街头谈论一直不息。偏偏理宗皇帝大享明堂，登基一月后再次赦天下、晋官爵，加封史弥远为会稽国公，这更加引起了一些朝臣的鄙视。譬如在嘉定和议签订的次年，赞同开禧北伐的军官罗日愿以及前殿前司、步军司军官杨明、张兴等人，因诽谤朝廷，均遭遇贬官、撤换调整职位。此时，他们对史弥远勾结亲信、谄媚金朝、独断专权的行径更是嗤之以鼻。

一日散朝，步军司都总管杨明对马步军副都指挥使张兴及御营司都统制罗日愿道："二位大人慢行，近日秋气肃杀，寒露逼临，百草枯黄，然而我家院内金菊怒放，灿若朝阳，煞是喜人，二位大人可否移步至寒舍，适逢内人酿得新酒，昨日出缸，我等三人一边品酒，一边赏菊，岂不快哉?"

张兴道:"杨总管盛邀,怎能不去。"便拉上罗日愿随杨明到了总管家。

入室就座,杨明唤家仆温酒上肉,献茶品茗,不提赏菊的事。罗日愿道:"杨大人,既邀我们来贵府赏菊,为何只是饮酒,院中也不曾有菊园,不知何故?"杨明道:"实不相瞒,我家只有米酒,并无灿烂金菊。今借赏菊,实为商议要事。"罗张二人不解其意,杨明道:"我大宋自太祖立朝以来,至今约三百年,虽经济繁荣,但国力羸弱,屡屡遭遇胡人侵凌,众将矢志卫国,却多遭奸人坑害,谄媚外邦,奉金赠银求得苟安,臣民无时不仰仗胡虏鼻息。今宋室有主似无主,弥远专权,欺君害民,诸位大人实乃忠义护国之士,难道忍看奸贼祸乱朝政吗?"

罗日愿道:"杨大人有何打算?"杨明道:"不如寻机将史贼弥远杀之,为国除害。"张兴道:"此策甚好。我有一同乡,名唤司朵,父母双亡,前来临安投亲不遇,病困于客栈,受我接济,后在城防营中服役。此人机敏好学,在我的培养下,练就一手剑术,百人难挡,可差他前去行刺,可保无误。"罗日愿道:"很好,可稍作安排,但等时机行事。"

三日后的早朝。卯时,微曦初露,天街静谧,一阵马铃声传来。一辆马车嘚嘚地行走在通往皇城的大街上。马车前面有一骠骑军士,马车后面同样有一骠骑军士。这正是前去上朝的史弥远的车队。

正行之间,只见一个黑影从街边店铺檐下弹跳而出,"弥远老贼,拿命来——"一声呐喊,一壮士舞剑直向马车刺杀。眨眼间,剑锋已洞穿轿身,直入车内,剑锋一转一片轿帘已然落地。前后两名军士,见有刺客,跃身下马直向黑衣刺客扑来。于是三人斗在一起。只听噼噼啪啪,兵器碰撞,迸射出零星火花。黑衣壮士功夫甚是了得,斗了几个回合,一名军士中剑应声倒下。就在另一名军士手臂负伤招架不住跌倒,壮士准备转身追赶向前奔跑的马车时,忽然又有两名军士从后面飞驰而来。

新来的两名军士接近马车，跑在前面的一人，跃身下马，持刀直扑向黑衣壮士砍杀。随后另一名军士扯出一张丝网，逼近黑衣壮士，乘其不备，向空中抛出来，只听一声呼哨，那名格斗的军士往后跳开，瞬间，黑衣壮士被丝网当头罩个正着，顿时，三名军士持住丝网沿边往返拉扯，黑衣壮士被拉倒在地，然后被擒住。

马车里，手臂已被刺伤的史弥远，掉转头来，驱车返家而去。

很快，史弥远将黑衣壮士交由大理寺审问。大理寺丞王大人闻讯，急忙赶往大理寺，还没对刺客进行审问，只见端明殿学士薛极匆匆而来。大理寺丞道："薛大人前来，不知有何指教？"薛极道："史丞相早朝路上被刺客所袭，想必此事不甚简单，特差薛某前来提审刺客。"因为薛极以前担任过大理寺正的官职，审讯此案应当是轻车熟路。大理寺丞道："原来如此，那么，有劳薛大人了。"

薛极立即升堂，对黑衣壮士进行审问，问他为何行刺史丞相，是受何人指使。黑衣人道："史弥远媚金欺主，贪腐结党，罪恶昭彰，对先帝是背信弃义，对社稷是欺民害国，致使黎民涂炭，死有余辜。小的只是承揽民意，杀贼除害，替天行道，不受任何人的指使。"

薛极道："胡言乱语。你乃小小百姓，杀头不过碗大的疤，日有尺布碗米足矣，岂能有替天行道承揽民意的志向，必定是有人指使。快招出主谋，免得受罪。"可黑衣壮士口口声声说没有主谋。薛极无奈只好用刑，让人用竹条抽打，可怜壮士，打折了两根竹条仍不招供。

而后薛极向史弥远报告审讯结果。但史弥远觉得此人武功如此了得，不像街头混混小民，不信此人没有主谋。便道："薛学士难道不知用点非常之道，让其开口招供吗？"

薛极回到大理寺，思之再三，便想出一个狠招来对付黑衣壮士。所谓狠招，便是用饿了三天的老鼠放入黑衣人的衣服内，裤口衣边袖口全部扎牢，任由饿鼠撕咬人体。

黑衣壮士能抵住酷刑伺候，但难耐这种奇异折磨，最后招供。薛极得到供状，送交史弥远手上。于是得知，刺客名叫司朵，是一名兵士。是受马步军副都指挥使张兴指使谋杀丞相的。顺藤摸瓜，也就查出了杨明、张兴、罗日愿三位将官几天前以赏菊为名密谋刺杀史弥远的事实。

可怜三位将官，试图谋杀奸相史弥远，奈何未成功，随后都被以"谋杀重臣"之罪处死。

因薛极主审张兴、杨明案有功，旬日后，史弥远奏请理宗，升薛极为签书枢密院事。薛极官升两级，成为史弥远名正言顺的得力助手。

三、湖州谋逆缘潘甫

赵竑毕竟在宁宗朝当了三年皇嗣子，享受皇储待遇。他虽无太子之名，却有太子之实，乃是朝野公认之宁宗继承人，这回突然被权相擅自废黜，很是令人同情，不光朝廷内外有人愤慨，民间及各州县有识之士也多有非议。

时湖州含山士人潘甫，年五十二岁，为人机敏性直，秉公直言，曾任怀集知县、抚州知州，不媚权贵，因受排挤，去职赋闲在家。其弟潘丙，年三十二岁，自幼习武，曾立誓要投军报效国家，无奈何一贯主张抗金的股肱大臣韩侂胄竟被投降派权臣谋杀，屈膝降金，诣得和议，致使朝廷罢兵撤军，他的梦想也就破灭了。不久前，他在茶楼听书，结识了济阳郡王的贴身侍从田丰，听田丰诉说了济王遭遇废黜的经过，就为赵竑鸣不平。他认为赵竑才是合法的新皇帝人选，史弥远擅自搞废立，是大逆不道极不得人心的。又加之他听闻一名从临安回来的商人言道，居官步军司都总管杨明与马步军副都指挥使张兴及御营司都统制罗日愿等人，因谋杀史弥远不成而全被处死的消息，更是对史弥远之流恨之入骨。

一日，潘丙见到其兄潘甫，亦提起济王遭遇废黜之事。潘甫忽生灵感，认为鸿运降临，便和其胞弟潘丙、从弟太学生潘壬商议，决定拥戴赵竑为帝，待王师南下，诛杀奸贼，同样能保国安民，建功立业。然而，他们感觉力量不足。

潘丙道："何不联络淮北的忠义军李铁枪相助。"潘甫道："你所言可是指楚州兵马总管李全呢？"潘丙道："正是此人。"

李全系山东潍坊人，金朝占据河北山东后，因不满其统治而联络乡民聚众数千人起兵反金，他与族人加入益都人杨安儿领导的起义队伍，人称红袄军。李全武艺高强，弓马捷敏，善使铁枪，人称李铁枪，因表现出众，很快成为义军一支队伍的头领。稍后李全与杨安儿之妹杨妙真结为夫妻，所领兵马与泰安人刘二祖领导的起义军，成为红袄军的两支主力队伍，主要转战于青州、泰安、诸城、滕州一带。不久在与金兵的作战中，首领杨安儿阵亡，李全和杨妙真成为首领。继续与刘二祖及部将彭义斌的部队协同与金军作战。稍后金朝于嘉定七年（1214年）为避蒙古锋芒，举朝南迁，但为了扩大南边地盘，金军大举南侵宋朝领土。宁宗在朝臣的支持下，下诏伐金，并招安各路义军，李全率军归宋，被委以官职，接受驻楚州的制置使节制。不久刘二祖阵亡，其部下彭义斌也率部归宋。

潘甫道："李全可愿来帮忙？"潘丙道："听闻李全虽任淮东兵马总管，然而朝廷对他并不放心，称此类义军为北军，虽然授以官号，但不许他们南渡，实为打压抑制。李全在史弥远眼中也是异类，上司又常常裁扣朝廷犒赏北军之物资，心怀怨气。若此次参与拥立成功，他岂不成了皇上眼中的红人？也可借机斩杀史弥远老贼，一雪心中之耻。"

潘甫闻言，击掌道："如此最好，就由兄弟领人前往，望弟早传佳讯回来。"主意已定，潘丙就带一兄弟，秘密去山阳（今江苏淮安）寻找联络忠义军首领李全。但寻访十日，只见到李全部属刘庆福将军，潘丙对其说明相约起兵拥立赵竑、讨伐史弥远的意图。

其时，李全虽驻军楚州北大营，但本人居于青州。南宋朝廷称附宋的北方抗金义军为"北军"，虽然授以官号，只是利用他们抗金的力量，但又实行分化抑制的政策。因北军是起自金地的地方武装，虽受宋朝廷节制，但将领起自民间，桀骜不驯，朝廷始终恐惧他们造反，其中有一支名叫季先的北方武装拒绝接受朝廷掌管，因此朝廷竟封锁淮水，不许北军南渡。这样，各路义军无法联合起来共同抗金，反使他们逐渐变为地方割据势力。李全也因此由农民起义军将领蜕变为扩张个人势力的军阀。不久季先被贾涉诱杀后，宋朝淮东制置使贾涉想收编季先部，但季先的部下裴渊、石珪、孙武正、张友等人拒不受编，拥石珪为统领。淮东制置使贾涉又决定把季先部众瓜分为六，分化其势力，但遭到拒绝。李全闻知，请命率部讨伐石珪。贾涉同意。最终李全率军两万击败石珪，乘机吞并原季先所领之涟水忠义军。

李全以山东胶西地处南北商业、交通要冲之地，指使其兄李福防守。李全诱引商人至山阳，以舟师俘对方货物没收一半归己，然后使商人自淮转海，至胶西。李福贪利，竟规定往来商人都必须用李氏舟、车，收税一半，同意商人往金朝诸郡贸易。同时，他见归附宋朝的益都守将张林辖境内六盐场利厚，恃仗李全的势力，提出将六盐场分一半。张林允许他恣意取盐而不分场。李福大怒，扬言要与李全提兵取张林首级。张林报告宋朝制置使贾涉，李福伏兵邀击，于是张林向蒙古请附。贾涉以此谴责李全，李全率兵急攻张林，张林弃地而逃，李全遂占领青州，从此青州成为李全又一重要据点。随后，李全又以收买军校的手段，趁贾涉病亡宋朝调动官员，委派丘寿迈初摄帅事之机，提前吞并了原先由贾涉掌握的忠义军。

其实，此时李全所部正忙于争夺地盘，以巩固自己的军事势力，对谁当皇帝并无兴趣，也无精力顾及。潘丙找到李全部下刘庆福于淮北驻军营盘说明来意，刘庆福以酒宴款待潘丙，口头应允潘丙，北军所部将于十二月十七日出兵、二十七日起事，共图大业。

却说潘甫兄弟对李全部将刘庆福的回答信以为真。回到湖州后，潘丙就让手下小兄弟暗中组织渔民、盐贩子、贩夫走卒，聚集千余人，紧锣密鼓地准备起事。

至十二月下旬约定日期，却不见李全军队人影，潘甫担心自己之行迹策略泄露，决定不再等李全，单独起事。于是，在新年的宝庆元年（1225年）正月初八夜，潘氏兄弟带领所召集的渔民、盐贩、流民，穿着如同北方军人模样，冒充李全军队，以红色布巾捆袖为记号，于半夜潜入湖州城，进入济王府寻找赵竑，声称系李全的部下从山阳而来拥戴赵竑登基为帝的。未弄清底细的赵竑闻变，很是害怕，匆忙换上旧衣藏于水窖中。至寅时，赵竑最终被潘氏兄弟们找到，簇拥到湖州东岳庙，将事先赶制之黄袍为其加身。

赵竑哭喊道："诸位休闹，我甘为郡王，再无他念，你等不要害我。"他真心不愿意参与此等冒险行为。潘氏兄弟早已心意果决，哪肯放弃！潘甫道："殿下，我等诚心拥你登基，此乃天大喜事，他人还未有此等资格呢。王爷休闹，快随我等前往大殿御台受礼。"赵竑挣扎不前，看到赵竑仍不愿意配合，潘甫示意手下用兵器胁迫。赵竑抗拒不过，只好与潘氏兄弟约定道："我到临安，众将军不得伤害太后、官家啊！"

潘甫道："殿下放心，我等拥王爷登基，实乃匡扶社稷，规正朝纲，我等乃正义之师，只杀奸贼，不为害王室大臣。"赵竑得到许诺后，方才勉强答应接受拥戴。

潘氏兄弟打开军资库，拿出钱物、纸币犒赏义军，又胁迫湖州知州谢周卿带领官吏前来恭贺新君，并以李全的名义发布榜文，列举史弥远擅权专政、谋杀大臣、结党营私、擅自废立等五大罪状。同时，潘甫还向湖州军民宣称北军李全正率精兵二十万，水陆并进，前来扶持新君赵竑。深夜中不明真相的湖州军民都信以为真，以为真是红袄军李全和潘氏兄弟联手起事，一时之间，士气颇为高涨。

到了正月初九天亮后，被动忙碌半宿、心中忐忑不安的赵竑，检阅拥立他的军队时，方才发现，潘氏兄弟所谓之精兵，不过是当地渔民及贩夫走卒，许多人皆是巡城士兵认识的本地人，实乃一群仅两千人、装备简陋、着装不规整的乌合之众。

宫斗虽失败，但理智依然正常可控的赵竑，一颗热切之心立刻变得无比冰凉，知晓此事不会成功。勉强巡礼毕，赵竑随即悄悄和湖州将官商量，率领湖州驻地兵士围剿潘氏义军，又让寓居当地刚进士及第回家待职的王元春轻舟前往临安告变。

果不其然，潘氏兄弟所领的这支渔民队伍，很快就被赵竑所率之州兵镇压、打败。潘甫、潘丙在混乱之中被乱军所杀。唯有潘壬突围逃走，变更姓名辗转逃逸，半月后逃到楚州，准备渡淮水向北潜逃投靠李全军队，但在河南岸被巡逻小校捕获，押送到临安后被处死。此次拥君民变，正是南宋中后期赫赫有名的"湖州之变"。因为湖州境内有霅（zhà）溪之故，湖州又有别名霅川，故世人又称霅川之变。

史弥远在临安接到霅川之变的报告，大惊失色，急调殿前司正将彭任率军五千前往湖州镇压。待彭任率军赶到湖州时，民变已经被赵竑平息。此次霅川之变，有惊无险，但史弥远心中明白，只要赵竑存在，他人就会蠢蠢欲动。赵竑虽然手无兵权利刃，但树欲静而风不止，只要他活着，就永远是野心家们可以利用的金字招牌，类似霅川之动乱就永不会消失；若他日巧遇时机，冷水盆中亦会冒出热泡。除非斩草除根，方能永绝后患。史弥远自思一番，心下暗生一计。

次日早朝，史弥远便当廷启奏道："陛下，新春料峭，臣闻济王赵竑因为贼人叛乱而受惊生病。念济王平乱安民有功，请赏赐给济王弦币三千缗、银五百两、绢一百匹，派秦天锡奉旨带着太医一人，前往湖州为济王赵竑诊治、抚慰。望济王玉体早日康健，能过个喜庆的元宵节。"皇帝当即道："准奏。"

济王前太学博士真德秀，知悉史弥远心狠手辣。当下听闻济王赵竑染病，虽不知史弥远有何用心，念及师生之情，便出班奏道："陛下，臣愿陪同秦大人一同前往湖州，为济王诊治抚慰。"史弥远道："区区小事，何劳博士前往。陛下，秦大人一人足矣！真大人还有公务要事处理，岂可离京而因私废公呀！"言罢盯住皇上，大有欲让皇帝不可更改其奏意之举。皇帝看了史弥远一眼，当即言道："准奏。史爱卿之言甚是。"新君登基不久，理宗皇帝尚是个傀儡，对史弥远之言都是"甚是"。

秦天锡奉命出城时，史弥远道："秦大人，你可知道此行的使命吗？"秦天锡道："是圣上命我为济王医病，并加以安抚。"史弥远道："非也，济王并无病。"秦天锡道："敢问丞相何意？"史弥远道："济王无病，老夫与圣上心里有病。"秦天锡道："下官明白。"

秦天锡带着三五名随从赶到湖州济王府，已是次日黄昏。济王接见了秦天锡，寒暄几句，秦天锡将济王身边随从及田丰屏退，即派太医为济王诊病开方。济王道："本王无病。"秦天锡道："有病无病，济王爷怎知，由太医说了算。下官是奉圣上之命而来。"太医便为济王诊脉道："王爷是惊吓之后的胸闷心悸之病，下官开方后，一剂药便可痊愈。"不一时，太医开了药，亲手煎药，将药汤送至济王面前。济王道："本王无病，何必服药。"秦天锡道："王爷何必讳疾忌医？"视其左右道："来呀！侍候济王爷服药。"两军士上前，将药向济王灌喂下去。然后，扶其到寝室睡下。次日一早，秦天锡到济王府探视，听说济王昏睡在床，便命太医又开了一方药，煎了药给济王服下。

第三日一早，秦天锡又到济王府探视，看到济王之妻许国夫人吴氏和女仆正在啼哭，证明济王已薨，便捶胸顿足号哭："若知济王病重如此，臣应早日带人来医。是臣失职，可怜的济王呀……"哭声震天。就这样，才立下告变、平叛功劳的宁宗嗣子、理宗皇兄济王赵竑，非但没有受到朝廷的嘉奖，反而在还没愣过神来的情况下，就在正月十五日遇害。

到了正月二十五日，济王赵竑"因病早薨"讣闻才由秦天锡传到临安。理宗皇帝传旨哀悼，专门为皇兄辍朝五日，派真德秀前往湖州吊唁，安抚赵竑之妻许国夫人吴氏，又赐赙银、绢各一千，会子万贯（缗）。

接着，史弥远把湖州改名安吉州，又借机兴起大狱，整治湖州官员，大肆株连无辜。湖州知州谢周卿、通判张宗涛以下官员，都被扣上潘氏余党的罪名，全部抓进大理寺狱中接受审讯，不久又被分别斩于临安城菜市口。

四、真德秀鸣冤遭贬谪

真德秀自从到湖州吊唁济王慰问家属回京以来，一直在家待了三四天。

真德秀一连几天不出门，一是心中愤愤不平，心情悒郁难受；二是他在做思想斗争。这次去湖州不但见到了济王之妻许国夫人吴氏，还见到了济王的贴身侍从田丰。虽然济王之妻许国夫人吴氏泪流不止，却未多说什么，但田丰却抱住真德秀的腿道："真大人，请您一定要替我家济王爷伸张正义呀！我家王爷实在是死得冤枉啊！"

济王在京都临安时，真德秀以太学博士的身份，经常出入济王府，为济王讲学传经，因此与田丰混得很熟，故而田丰有话才敢对真大人直言相告。真大人听田丰如此说，便问其详，田丰就如实把济王无病，秦天锡带人强行给济王医病，并屏退左右，命人喂济王服药后，济王第三日晨时便亡命的实情说出。更让人难以接受的是，在真德秀回京的前一日，济王与许国夫人吴氏所生的唯一的儿子，年仅四岁也不幸病亡。

真德秀闻言，痛惜万分，他明白，一向对济王恨之入骨的史弥远这回算是称心如意了，真的对济王"赶尽杀绝"了。这个史弥远，实乃借刀杀人的高手。他不由得想起去年的事情。那时，他作为太学博士，经常出入济王府，虽然济王性情高傲，但是对于真德秀那可是敬爱有加，所以他们相处甚欢。可是半年后，在史弥远的提议下，朝廷还任命他为中书舍人兼侍读，虽然仍为济王讲学，但是有一次，史弥远对真德秀道："真大人学识渊博，不可能一直为太学生和王子们讲学吧，大人应当做国之栋梁，才是人尽其才，物尽其用。如果真大人有什么要求，尽管提出。当然，真大人也不会抱残守缺很久的。如果济王有何不是，真大人也不可护其短处，要针砭其溃，让其去腐求生。"当时他还未体会深思，现在想来，那时，史弥远已生出加害济王之心了。他是在旁敲侧击，要我真某人休要与济王靠得太紧、走得太近。自思至此，真德秀自语道："这个史某人，真乃胆大包天，为所欲为。如此之举哪是为臣之道呢？"

回到京城，真德秀思虑三天，决定向皇上上书，为济王辩冤鸣屈，讨要封赐。

不料，还未上书，史弥远竟然派朝议大夫杨迈为使者上门以看望真德秀为名，警告他不要提及史弥远差人去往湖州为济王疗疾之事。杨迈道："湖州贼人叛乱，济王受惊而生病，用药无效而早薨，顺之于理，合乎其情，朝廷介入，已成定论，请真大人万勿再妄加评论，早日让济王阴灵泉下安息。"

真德秀不闻"用药"二字尚可，一听"用药"二字，更加不满，当即道："昭昭日月，焉有评论不评论就能改变事实之理。世间之事，黑即黑，白即白，泾渭相冲，终究分明。"

杨迈听真德秀全无妥协忍让之意，便道："真大人勿要见风扬碌碡，出力不讨好。"言罢，悻悻然而去。

杨迈回去向史弥远如实禀报了去往真德秀府上探视之情况。史弥远道："真德秀书生之见，不必介意，届时先扬后抑，能拍即拍，能打便打。"两人计议一番，方才散去。

再一日朝会，真德秀果然出班启奏道："圣上，臣奉旨前往湖州吊唁济王，听闻府内外、街坊里，俱传济王早薨属于非常之事，臣恐济王是遭人算计。济王实在冤屈，念其生前尊为皇兄，请陛下颁旨查找陷害济王之人，为济王讨回公道，追赠恩赐，恢复卫王爵位……"

话未完，杨迈出班启奏道："陛下，臣认为此事皆因湖州贼人叛乱，致使济王受惊生病，用药无效而早薨，事端理明，不必复议。有道是，雾大失真，风大失音。湖州刚平乱，流毒未肃清，谬论未驳止，真大人一定是耳充谎言，心被蒙浊，误识误判，故而发谬论之语。请陛下斥其无端生事，责其失察之言行。"

皇上还未发声，薛极附议道："陛下，顾念真大人湖州行程之辛苦，虽非功也有劳，臣请加赠真德秀为太常少卿兼任礼部侍郎衔，以示对其前往湖州吊唁济王之功而予以表彰。"

皇帝看向史弥远，史弥远道："臣以为薛大人之言，很有道理。"皇帝顺水推舟道："准奏。就授真德秀为太常少卿兼任礼部侍郎衔好了。"

史弥远想以加官晋爵之策来堵塞住真德秀之嘴，便道："陛下圣明。"

侍中看到史弥远想中止朝会，赶紧喊道："众臣无本上奏，退朝——"

众大臣伏地叩拜道："吾皇万岁万岁、万万岁——"

此后，真德秀身体略有小疾，在家休养数日。但他不忘为济王讨功追封之事，一月之间先后三次上书谏言为济王追赠恩赐，恢复卫王爵，但均无应允。无奈中，他上书请辞太常少卿之职。皇上一直未准。二月底，真德秀再递辞章，终于辞去太常少卿而只任礼部侍郎。真德秀时常想到济王蒙受冤屈，心中不平。思之再三，第四次又呈递折子，再为济王辩解，并陈言道："霅川之变，论功不公，霅川之议（指杀害赵竑后的善后事宜），不询于众。赏罚徇私，贿赂公行。徇私偏向，难以服众。济王平乱有功，请陛下恩准为济王加恩威、赠卫王爵、择选宗子、立正王嗣，世袭罔替，安府临安，永设王邸，抚慰济王在天之灵。"

皇帝第四次接到折子，寻思不应对一下不行了，便向史弥远征询意见。史弥远道："臣无异议。不过，此事非小，皇上得听取众臣之意见。陛下，臣以为可待下次朝会定夺。"

皇帝道："也罢。就听听众大臣意见再行定夺吧。"

当日傍晚，史弥远在家设宴。所邀请之人端明殿学士、签书枢密院事薛极，兵部尚书宣缯，给事中兼翰林侍读学士盛章，右司谏李知孝，监察御史梁成大，谏议大夫朱端常，给事中王塈等一众大臣准时赴宴。

史弥远举杯道："今日老夫略备薄酒跟诸位大人叙旧，本来该高兴才是，但念想到一些俗事，心中十分忧郁，不由老夫不叹息了！"

兵部尚书宣缯问道："下官愚钝，不知丞相有何忧郁之事呢？"

史弥远道："前几日真德秀上呈奏折请陛下恩准为济王加恩威、赠卫王爵、择选宗子、立正王嗣，世袭罔替，有意为济王翻案，甚是嚣张。唉！真大人没完没了，让人甚烦。"

薛极道："请问承相有何主见？"史弥远道："老夫以为，真德秀徇私偏向，想为济王翻案，此奏议难以服众。风吹草动，草飞墙蚀，不可任其吵闹下去。"

众大臣一听齐声道："我等明白。"

隔日朝会，史弥远当先启奏道："陛下，真德秀以往昔曾为太学博士及侍读之职为济王师之实情，挟私愤怨，冒追其功，誓不弃放为济王讨取追赠之殷情，实乃妄自尊大，怨天尤人，有指责圣上行事不公之意，如此罔顾朝纲，目无王法，夺情用事，古今罕见。请加诛之，以正朝纲。"

权兵部尚书宣缯出班奏道："臣以为史丞相之言有理。刀不磨不亮，树不攀不直。"

接着，殿中侍御史莫泽也循声出班弹劾真德秀道："宣缯大人之言甚是，微臣以为很有必要。真德秀随心所欲，朝纲何存？"缓了口气继续道："真德秀歪曲事实，反复议论济王之事，实在不近臣情，唯恐朝廷不乱，恶意中伤大臣，无中生事，有悖纲常。"

右司谏李知孝道："真德秀居心不良，应当罢其官职，迁回原籍，以儆效尤。"

皇帝见众臣已转移话题，都把矛头对准真德秀，恐怕这样下去不好收场，道："众卿家之言，容朕考虑考虑再作裁决，不可说风见雨也。容后慢慢计议。"然后下令退朝。

次日，朝廷下诏让真德秀提守宫观祠，顺便闭门思过，归家著书。

但是，战火已经挑起，史弥远从来是不打死人不松手的。一月后，史弥远见皇上未治真德秀罪，怕他旧事重提，先下手为强，又指使谏议大夫朱端常、给事中王塈联合弹劾真德秀固执己见，奏札诋毁安置善后济王一事，真德秀遂遭落职罢去提守宫观祠之职。

真德秀回家，自知不为史弥远所容，因而自请辞去礼部侍郎而获准。两年前被罢黜至靖州居住的大臣魏了翁闻知真德秀受人攻击而辞职，觉得可惜，给皇帝上书道："真先生人物彬彬，温厚尔雅，盛于当世。故其为学士也，入朝为官，唯恐其不秉政；既得政，唯恐其不尽于力。德秀先生洞观世道，谏书传四夷，名节当世三十年间，天下莫不以为社稷之忠臣，道德之宿老。先生守道自信，口无过言，身无玷行。先生为人，儿童走卒，无不知者，权奸忌之，若退处朝野，天下无福。先生去职身轻，闲云西山，其乐怡然，然而国家失去贤良，受损严重。"劝皇上莫失贤臣，以免为国造成重大损失。

但是，史弥远等人不是这么想的。他们绝不容许真德秀有死灰复燃的机会。监察御史梁成大为了迎合史弥远，欲尽早将真德秀从京都赶走，也上书称真德秀有妄自尊大、蔑视朝廷、为蕃王加威、枉直不辨等罪过，请加以贬斥。

理宗回想真德秀平日的为人，确实是做到了克己奉公，便回护道："君子怀德，圣人憎恶。孔子处事待人从不做太过分之事。众卿皆为书生，当循孔子之德，适可而止吧。着将真德秀贬谪外放安置好了。"于是真德秀才得以保全。真德秀知道待在京城祸事横生，也赶紧请旨外调，他在奏折上说："因臣下性格耿直愚憨、不知变通而碰触纲宪，惹怒众人。当下国人皆称臣有罪，皇上独以示矜容，昔日韩愈'弗贬潮阳之八千，仅夺骈邑之三百'，臣'虽在畎亩，犹不忘君'，臣自请黜责，虽地处江湖，守护荒野之城，我心足矣。"

皇帝也爱惜他是个人才，不忍心抛弃，刚好因病寓居在家的国舅杨谷觉得真德秀德能并举，不忍心让真德秀罢官退野，便上朝为他说情，皇帝考虑到真德秀与史弥远之间关系日趋紧张，在朝为官也不现实，唯有离开京城一段时日，方可安宁。最后下诏将真德秀贬谪至浙西路为转运使，仅作为公开的处置罢了。

五、华岳谋杀留遗憾

真德秀被贬浙西转运使后，整日在家闭门谢客准备行程，想必是要出京赴任了。史弥远好歹出了一口气，心里舒畅了许多。然而想到淮东制置使贾涉病亡后，丘寿迈初摄帅事，难以应付淮北复杂之局势，在签书枢密院事薛极的建议下，史弥远同意调丘寿迈去知湖州，不日便以朝廷之名授予许国淮东安抚制置使之职。

许国到任后，遵照以前诸位制置使的一贯做法，继续压制北军。但凡北军与南军（即南宋军队）有争执，无论曲直皆罪责北军，并加以处罚。比如裁扣朝廷犒赉北军的物资十之五六，更是寻常事。李全虽驻守青州，但部下仍然驻军楚州，新官到任，被节制下属，理应速来参拜，商谈军务。但李全迟迟不肯参谒，许国数次致信传牒，邀李全来议事。直至半个月后，李全才从青州前往楚州参谒，许国却又倨傲自大，以午休为由，迟迟不肯升帐，让李全在府外等候。

李全想起许国的幕僚章梦先前也曾对李全的大将刘庆福傲慢无礼的事，联想到本次前来亦受到许国的迟慢礼遇，可见是他们轻慢我们惯了，必是故意。李全等人极为愤慨。

两个时辰后，许国才令军校传唤李全进帐叙话。

李全进帐，跪拜行礼："末将参拜经略相公。"许国道："来者是何人？"

李全道："末将李全。"许国道："哪个李全？"李全道："淮北兵马统制李全。"

许国道："我道是哪个，原来是北军统制李全。"李全道："正是末将。"

许国道:"本帅以为是南军将军,却原来是北军统制啊?本帅记得,某曾三次传牒于你来楚州议事,你个北军兵马统制,为何姗姗来迟?"李全道:"禀大帅,只因青州军务繁忙,末将疲于应对,这才来迟。"许国道:"本帅本来应对你的轻慢进行责备三十军棍,但念你远道而来,疲劳不堪,故以罚俸二月处置,你可接受?"李全道:"末将接受。"许国道:"如此甚好,看座。"接着又道:"来人,给李将军上茶。"军士捧上茶,李全喝了一盅茶,许国问了一些青州的军务事宜,然后对李全道:"李将军军务繁忙,本帅就不留你了,请自便。本帅下次传牒议事,望将军休再拖延来迟。"李全只好告退出来。

下属远道而来拜见上司,上司理应尽些地主之谊以酒饭招待,可是许国只给李全上了一杯茶,便打发他走了。

李全返回青州后,闷闷不乐,想起在许国面前他左一个北军,右一个北军,还让自己等了两个时辰,又罚俸二月,越想越气愤。还想到许国裁扣朝廷犒赍北军物资的事,更是难以咽下这口恶气,情到激昂时,禁不住拍案怒道:"许国,奸贼也!"随后,他思谋了三天,决意除掉许国。李全与杨妙真商议,杨妙真道:"除掉一人也许容易,但许国非市井小人,他是经略相公,身为朝廷命官,如果杀了他,朝廷方面如何交差?"

李全道:"何不找个罪名加以剪除呢?"杨妙真道:"找何罪名?"李全道:"许国身为安抚制置使,手握军政大权,权生威,威生异志,岂有不轻慢朝廷之理?"

杨妙真愕然道:"你想虚拟他谋反之罪?"李全道:"不是虚拟,而是坐实。我等将领,常在阵前冲锋,冒矢石,洒热血,还要受许国此类官员的掣肘、责难。类似许国这等官员,为人傲慢,胸无大志,必然怠慢政事,贻误军机,留他如此之人,于国于民,有何益处?"

杨妙真不再多言，想必已是同意。

于是李全遣刘庆福速回楚州，与忠义军统领王文信计谋。终于议成一计。

一日，刘庆福与王文信埋伏好几百军士于路边，趁许国晨起莅事，还未进营帐，便大喊："许国昨夜与部将商定今日谋反起事，众将诛之。"一时间，刀箭攻之，许国在亲兵护卫下冲出包围圈，登上城楼，缒城逃命。刘庆福带领兵士，赶到官邸，将许国家眷悉数诛杀。

刘庆福又找到许国的幕僚章梦先，让其在事先书就的许国谋反的供状上具了名。然后手刃其首，报了以前被无礼讥笑的仇恨；接着，乱兵放火烧了官府，在城门口张贴布告，尽诉许国谋反的罪行，还将布告张贴于周边城池门口，让周边百姓协助捉拿反贼许国，凡缉拿其人者，赏钱五百贯。城中积蓄尽为乱兵所夺，未几，许国在途中绝望自缢而死。

楚州城之乱，使宋廷震动，丞相史弥远得到报告，明知许国谋反是假，恐再生变故，姑且息事不问。他虽对北军劫杀上司感到愤慨，好在刘庆福部只是针对制置使许国一人不满而已，未叛国附敌，仍然是大宋军队。故授徐晞稷继任淮东制置使，令他携带犒军物资，到楚州曲意安抚李全部众。不得再克扣物资粮草，以免引发祸事。

李全听到刘庆福的报告，一面传牒于原北军刘二祖部的彭义斌，称许国谋反，已伏诛，你军并听我部节制。一面自青州带兵至楚州，佯装责备刘庆福不能压制忠义军内讧，渎职失察，对其杖责三十军棍，以示处罚，然后迎接徐晞稷入城。

徐晞稷对李全以礼待之，方相安无事。随后，朝廷派人宣诏，着李全官升二级领淮北承宣使、保宁军节度使之职。安抚好楚州事务，李全仍回青州驻守。为了避免北军再与宋朝官员正面冲突，以其妻杨妙真统兵驻守楚州。杨妙真不仅善骑射，有武艺，手使一条梨花银枪天下无敌手，而且多计谋，能统兵。十年前其兄大头领杨安儿被金兵杀害后，其部属刘全收集余众，奉称杨妙真为"姑姑"，统领其部，她在北军中一直有着极高的威望和声誉，李全让她驻守楚州，大可放心。

话说殿前司军官华岳与许国是姑表之亲。后来，华岳的女儿嫁与许国的儿子，二人遂又成为儿女亲家。许国全家死尽，华岳感伤之间，本来渴望朝廷能为许国一家进行表彰，记些功绩，进行吊唁。谁知，掌权者史弥远却视许国一家命如草芥，死不足惜，还视之为叛乱者一般，责其误国误事，有失臣道。华岳思之再三，去找史弥远诉说心意，望能帮其完成心愿，以朝廷名义对许国一家人进行安抚、表彰，以抚慰死者在天之灵。否则，倘若不声不响，等于默认许国一家的叛乱之实，如此一来，华岳一家也就沾上了逆臣亲属的坏名声。

谁知，史弥远闻听华岳来意，斥道："即使许国真未谋反，他裁扣朝廷犒赉北军物资，与将领相互攻诘，激起兵怨，也确实误国。汝还要老夫为其歌功颂德，扬其功绩不成？"

华岳闻言，无言以对。史弥远又道："如若许国以国事为重，何其会酿成楚州兵祸呢？他之误国，众皆视之，难不成要老夫向朝廷为其请功晋爵封侯拜相不成？"

此一番话语，呛得华岳脸红耳赤，气血攻心，胸部疼痛。

出得史家府来，华岳想到史弥远让徐晞稷继任淮东制置使，令他携带犒军物资，曲意安抚李全部众，末了，还以朝廷之名宣诏，着李全官升二级领淮北承宣使、保宁军节度使的事实，真是贼人杀了耕牛，食其肉、寝其皮，还要对其进行抚慰。这真是半夜吃柿子——专拣软的捏。史弥远完全是胡乱行事。

华岳边走边想，越想越怒，便道："弥远奸贼，你招权纳贿，货赂公行，谄媚外邦，欺凌朝臣；你矫诏废立，害死皇子，你真是大奸大恶之徒！你若不死，天下无宁日了。我寻机必将你杀了，再碎尸万段。"想罢，直往许国的侄子许渺家中奔去。许渺年三十，是太学生，无职无权，日子也极惨淡。他也期望能受伯父许国荫庇而得点官职，如今伯父已成罪人，理想之火已灭。华岳到了许渺家，把到史弥远家受辱以及他的所思所欲告知许渺，许渺也很赞成华岳寻机谋杀史弥远的计划。

华岳与许渺商定了时间，回家准备去了。许渺仍在思虑这事，他唯恐计划不周密，再重蹈上次杨明、张兴那样的覆辙。正思谋间，家里来了一个太学同学。此人名叫周沐，见许渺心神不定，问其心中所想何事。许渺思虑半会儿，想到周沐也时常咒骂史弥远等奸臣权柄误国误民的行径，于是将谋杀史弥远的计划告之。周沐怔了一下，然后高赞许渺："事若成了，你当成为除害英雄，就名载史册了。"然后，又与许渺聊了一番，出了些主意，后告辞而去。

不料次日下午，许渺正在家中读书，忽然闯进几位公差，问明许渺身份，用铁链锁了他便带走。到了大理寺，许渺才知，谋杀事情被泄密，他与华岳下狱，原来是周沐泄了机密。

皇帝知道华岳谋杀未遂而入狱的事，想到当年华岳曾经数次上书建言兵戎之事，也算一位忠臣，很想留下他的性命。但史弥远决不谅解，郑清之又在朝堂上力挺史弥远，言说，朝臣谋杀重臣乃居心叵测，恶意报复，不可放任，应当从严处置，以儆效尤。史弥远得到郑清之的支持，态度坚定，执意将其杖死于东市，而把许渺刺判兴州配军服役去了。

此事完结，不久，在史弥远的提议下，郑清之由枢密院编修擢升为参知政事。

六、田丰临安讨公道

丞相史弥远自从遭遇两次被人行刺的事件后，日常格外注意安全，平素除了上朝，基本不外出，就是偶尔外出，每次也都要带上三五名护卫人员在身边警戒。

话说济王赵竑冤死湖州，太学博士真德秀奉诏前去吊唁慰问家属回京后，已是二月天气了。田丰记得，真德秀回京城前，作为济王贴身侍从的田丰，曾抱住真大人的腿，把济王本无病，秦天锡带人强行给济王喂药害死济王的实情说了，并请求他为济王伸张正义。真德秀当时痛惜万分，表示回京后会为济王鸣冤辩屈，伸张正义，讨要封赐。可是，至今仍未有回应，不知为何。莫非真大人遇到阻碍了？田丰决定到临安去打探情况。

田丰这些年在济王身边当侍从，平素也十分喜好武功，练就了一手绝妙的剑术，在他的感染下，有两个名叫小昭及小康的年轻仆人也喜好武功，在田丰指点下，也身手矫健，以一当十。田丰赶往临安时，就带上小昭他俩，作为自己的帮手。

田丰一行三人到了临安，找个客栈住下后，以真德秀老家亲戚名义，前去拜访真德秀。但是真德秀府第大门紧闭，敲门也无人应。田丰在门外徘徊许久，等到日近黄昏，也不见有人出入。问旁边邻人，邻人看到一个年轻陌生人在门前走来走去，直摇头，什么也不说。

次日早晨，田丰又赶到真德秀府门外，等了一盏茶的工夫，门开了。一个仆人模样的人提了个篮子走了出来。

田丰赶紧上前搭话道："请问兄长，真大人可在家？"仆人见一陌生人，问道："你是何人？"田丰道："小的是济王府的侍从田丰，想见真大人一面。"仆人一把拉他到墙角道："你来做甚？我家老爷前几日遭朝廷贬谪，启程出京之前，在家戴罪闭门谢客，谁也不见。"说完，推了田丰一把道："快走，不要招惹是非。我要买菜去了。"

田丰看到仆人匆忙走开的背影，知道真大人肯定是遭遇朝中权臣们的挤对攻诘了。想必是为济王鸣冤叫屈而惹下了祸事。唉！看来我家王爷冤屈实难伸了。

田丰回到客栈，竟然想不出下一步该怎么做了。他在床上躺了半天，小昭和小康一前一后从外面回来了。他俩也在赵竑府里当差多年，在京城也曾认识了些达官贵人家的仆人随从，此次回京城，他俩也便借故拜见昔日旧友去了，顺便想打听一些官场消息。可是，世事艰险，人情凉薄，昔日那些相处熟络的旧人，今天相见，竟然都不肯搭理相见了。小昭叹息几声，问田丰道："田哥哥，你去拜见真大人，结果怎样？"田丰道："真大人遇到权臣打击贬官了，在家闭门谢客，不愿见人。"小康道："都是因权臣当道，谋害了咱家济王爷，让世事险恶起来的。"说到济王爷遇害一事，三个人又都悲愤起来。

过了一会儿，小康忽然道："今日在街上，我遇到个替人抄书写信的公子，折了一条腿。好多人围着观看他抄书。"田丰道："胡说，一个公子，怎会替人在街上抄书？"小康道："我没有胡说。他当真是个公子。听人说，他原是马步军副都指挥使张兴之子张皓。"

田丰道："那他怎么会断了一腿，而且还在街上替人抄书写信呢？"小康道："我听旁人悄悄说，张皓父亲原马步军副都指挥使张兴张大人，前数月因痛恨史弥远专权，欺君害民，决意为国除害，便与人密谋刺杀史弥远而失败获罪，父亲被杀，而张皓也因受到牵连下狱，后被打折了腿放了出来。因他家被抄没，为了谋生，张皓只得上街替人抄书写信为营生了。"

田丰闻此言，顿时怒从心头起，拍案道："史弥远这个老贼，真是险恶至极，奸贼！我要杀了他，为济王爷、为指挥使张兴大人报仇……"小康和小昭赶紧拉住田丰，捂住其嘴轻声道："田哥哥，小声点，小声点，若传扬出去，我等都会死无全尸了……"

半会儿，田丰缓和过来，他道："小康，带我去看看那个张皓。"小康道："做甚？"田丰道："张皓那么可怜，我要送他点银子。"小康不再反对，带上田丰去了岳庙街。张皓还在街边趴在桌前替人抄书写信。田丰站在旁边看了许久，看见张皓又黑又瘦，正专注地写字，便掏出十两银子，悄悄地塞进张皓身边的褡裢中，转身就走了。

回到客栈，田丰便一直叨叨着："看来咱家王爷申冤无望了。我要杀了史弥远，为咱王爷报仇。"小昭和小康劝田丰冷静对待，莫要惹火烧身。田丰道："济王爷生前一直待咱几人不薄，我们总得替王爷做点事情，不能让王爷枉死了。"小康和小昭不言语了。

田丰道："小昭，你爹离世早，你家贫苦，每逢过年，王爷经常赏你家银钱过年，你忘了？"小昭说没忘。田丰又道："小康，去年秋天你爹打鱼翻船落水，差点病死，济王爷赏你五十两银子，嘱你请郎中医病，你爹才保住性命，莫非你忘记了？"小康点头说不曾忘记。田丰道："因此，我要给王爷报仇，我要向史贼讨个公道。你们帮不帮我？"小康和小昭回道："我们愿意帮你。"接下来，三个人商议谋杀史弥远的策略和日程。经过多天打探，发现史弥远行踪不定，而且除了上朝，很少出门。

最后三人想到即将到三月了，上巳节，每一年一众官员必然要出城到郊外祭祀和宴饮，于是决定于上巳节这一日刺杀史弥远。田丰他们到处打听，费了一番周折才弄清今年的上巳节祭祀仍定于三月初三，聚会地点在城外浣纱河边，中心地点在清湖镇以西之集贤亭附近。田丰他们三人便分头准备起来。

却说上巳节这天，一大早田丰和小昭、小康三人就赶到了浣纱河边。

快近巳时，一些官员陆续携带家人，乘着轿子赶来了。随着来人越来越多，河边树下，四处是趁节之人。还有一些小商贩也赶来，支开摊位桌台，兜售胭脂水粉和杂耍小吃，河岸边人声沸腾，热闹起来。

过了一会儿，史弥远乘着马车来了。当他的马车靠近集贤亭，田丰和小康便各自举起两串捆绑于长竹竿上的糖葫芦，挤了过去。

马车停下，车轿帘子被人撩开，史弥远慢慢走了出来。田丰奔到史弥远身边道："大人，请买一根糖葫芦吧。"小康也挤上去道："老爷，买了我的吧，我的比他的更甜。"史弥远衣袖一挥道："滚开！"史弥远的随从怒目道："贩夫走卒，不要闹事。滚开！"言罢，转身踢了小康一脚。随从骂罢，护着史弥远就要进入亭台中去歇息。田丰见史弥远将要离开，伸手将竹竿上的糖葫芦迅速一拂，左手一抖，顷刻间一把长剑从竹竿中露出。田丰吼道："弥远老贼，拿命来！"挥剑直刺过去。

史弥远的随从见有刺客，喊道："老爷当心。"挺身往史弥远身前一挡。噗的一声，随从被田丰当胸刺穿。田丰拔剑而出，又对史弥远刺了过去。不料一持剑侍卫飞扑上前挥剑一挡，田丰这一剑只刺伤了史弥远的右臂。就在这一瞬间，呼啦啦飞奔而来六七位持刀侍卫，将田丰与小康围在中心。小康早就从糖葫芦里弹出兵器利刃，与田丰合力与几位侍卫打斗起来。

双方打斗了二十几个回合，田丰已杀死杀伤了三个侍卫，但他右臂也受了伤；小康也砍死一个侍卫，他的腰间也受了伤。但是史弥远的侍卫又赶来了三四个。眼见刺杀失败，田丰和小康处境越来越不利，这时，在几十丈外等待接应的小昭，急忙策马赶来，准备救走田丰和小康。当小昭拍马驰近田丰，正想拉他上马时，忽然一阵弓弦响起，从旁边射来十余支弓箭，小昭未及提防，身中数箭跌落地下。

田丰见小昭已死，悲痛中朝小康叫喊道："小康，上马快走。"小康不忍心丢下田丰一人逃走，跳上马背呼叫田丰一起走。这时节又是几支弓箭射来，小康也中箭落马。只听领头那人叫喊道："停止射击，留下一个活口。"便向田丰包抄过来。田丰左冲右突，又杀死两个侍卫，冷不防，田丰的右腿中了两箭，咯噔一声，他跪于地上。六七个侍卫向他冲上来。田丰自知难以脱身，更不愿留下活口受罪，他大叫一声："王爷，小人杀贼未成，愧对王爷。小人追随侍奉您来了！"言毕，剑锋一转，自刎而亡。

一场打斗就此结束，史弥远受袭大惊，无心逗留，带着一众随从打道回府去了。

这一回再次遇刺后，虽未抓住指使人的把柄，但史弥远听到田丰死时叫喊王爷，想必是济王爷的人来报仇。他想来想去，济王已薨多时，不能兴风作浪了，那么此次行刺主谋肯定是真德秀为济王报仇而于背后指使了。可是，要定人家罪责，得有证据。管他呢，就再报复真德秀一回吧。

过了几天，经史弥远、薛极等人上朝奏议，再贬真德秀为知泉州事。皇帝本来想否决，可是监察御史梁成大又启奏，诬陷说真德秀不思悔改，仍然在赴任未启程之空隙中，结朋交友，私下评议济王之事，罔顾朝纲，论理当再贬官夺职。皇帝知道这是牵强附会之辞，若不应允，这些人不会罢休，只好允准了再贬谪真德秀去知泉州府。

七、真德秀躬身知泉州

话说真德秀到泉州赴任，其实是再知泉州，因为早在几年前，他就知过泉州了。那是嘉定十年（1217年）至十三年（1220年），他由江东转运副使改知泉州，后来由福州府任上升迁到朝廷做了直学士和太学博士。

本次赴任泉州，算是故地重游。

真德秀赴任泉州后刚半个月，一日，有个名叫吴拾的老人携妻子，拄杖相扶，前来诉其子不孝，请知州大人主持公道。

真德秀传讯当事人，对其详细审问，但吴拾的儿子拒不承认有不孝之举，真德秀将其暂押在监后，再讯问左右邻居，知悉吴拾夫妻二人所言属实。实情是，其子吴良聪，年三十岁，不务正业，常常赌博，所得钱物多输于赌场，导致其妻跟随他人远走他乡，的确未行孝道。真德秀差人抓来吴良聪，当堂教训一番，吴良聪招认所犯罪行，真德秀让其在供状上画押，随后按照《宋刑统》之明文规定，子孙对祖父母、父母供养有缺者，应判处两年徒刑。而真德秀考虑到吴拾一家的特殊情况，若发配吴良聪到外地，那么吴拾夫妇更无依靠。权衡再三，真德秀最终判处吴良聪"杖脊二十，髡发，拘役一年，仍就地管制"，将其发配到近郊码头做工赚取工钱。此判定，即杖脊二十下，剃去头顶部分头发，拘役一年，在本地监督执行。这一惩处较《宋刑统》之规定要重得多。但相较于发配外州府而言，又较轻，而且又于事合理。如此一来，既让吴良聪可以创收，又得以孝敬供养父母。

忙碌几日，解决了吴拾老夫妇诉状问题，真德秀正欲歇息一番，次日下午，通判季舒气喘吁吁来报，言说海边发生大事了。

真德秀道："季大人，别着急，慢慢讲来。"季通判回道："泉州海贼王子清、赵郎一伙纠集兵卒匪徒犯境，劫掠城外转运仓之物资粮食。官兵前去征剿，大败。"

真德秀细问季通判，才知事情原委。原来，此时正值初夏，风高浪急，盘踞泉州一带之海贼王子清、赵郎所部近日积蓄兵卒六百人犯境，抢占滩涂小镇，劫掠百姓物资和城外转运仓之粮食。州府一千官兵前去征剿镇压，未料，因轻敌失策，又因军士不谙海战，贸然进兵，误入包围圈，反被此股海贼大败。

真德秀派人先将此事报告给福建路安抚制置使，讨得全权指挥权，然后下令泉州左翼军急速派遣官兵支援。泉州左翼军，名义上隶属殿前司，实则独自成军，因属朝廷殿前司管辖，此时未受泉州知州节制。兵马副统制辛起钰只派一千名兵士，由一名偏将统领前来支援。真德秀觉得泉州左翼军兵马统制对此次征剿不够重视，又上报到福建路安抚制置使，指出左翼军配合不力之原因是州府与地方军队协调不统一，不利于安抚地方加强战斗力。福建路安抚制置使觉得真德秀言之有理，立即传牒令其暂归泉州府节制，理顺军队指挥权。真德秀即传令过去，泉州左翼军统制周琪方才亲率一千五百名军士赶来增援听令。

集结军事力量后，真德秀派通判季舒劝谕晋江、同安两县督促管辖海域内的民船与官军会合。经过半个月的战备训练，让军队有海战经验，在侦察队摸清敌人驻扎的老巢后，率领征剿兵将，形成合围之势，一起收捕泉州海域范围的海贼。为了此次征剿能一举成功，真德秀经过反复考虑，还制定了严格的奖惩标准：规定所有参战人员，如果捕获贼首及其党徒，除了优支赏犒外，更与保正明报，申报给朝廷，今后补授官吏时作为资质之用。对于战时阵亡的，向朝廷申请优恤家属，对子弟入仕提供优先推荐之依据。

文告下发各县并于通衢之处张贴公告，百姓观看后，认为赏罚分明，纷纷奔走相告，青壮男丁报名参战者达两千人。此举也让军士精神鼓舞，凡受调拨征用之兵，没有不想奋力抗敌的，大大激发了军队的杀敌积极性。

时机成熟，真德秀传令左翼军周统制领兵对海贼发起攻击，官民共战。真德秀亲临海滩坐镇指挥。第一天，周统制领一千五百名军士，驾驶十艘大船，在探马的引带下，对盘踞在湄洲岛东边的海贼进行了征剿，摧毁敌人的据点，剿灭海贼二百多人。

次日，周统制率领官兵一千五百多人，驾驶大船三十艘，携民船三十多艘，率民兵五百余人，对相距泉州港三百海里的海贼的老巢乌丘屿进行了围攻。海战发起后，海贼在王子清的指挥下，每十至二十人乘一艘船，分批对官军舰船进行冲击骚扰，敌船虽快，但官船设施完备，周统制不让敌船靠近，指挥火炮手向敌船开炮射击。激战半天时间，共击沉海贼大小船只四十余艘，摧毁海贼营房数十间，灭贼三百八十余人。

随后，征剿军又分成三队，由三名仁勇校尉带领。经过三天五次对周围三个礁石驻地海贼的余部主动攻击，剿灭海贼一批。本次剿灭战，前后历时十三天，共剿灭海贼六百余人，海贼副头领赵郎被现场剿杀，俘获首领王子清等海贼及其大小头领一百余人，缴获物资无数。此次征剿战役一鼓作气，得以大获全胜。

战后清点人马，通判季舒报告道："此次征剿战事，我方共阵亡军兵一百六十余人，其中左翼军进勇副尉王大寿表现忠勇，事迹突出，据悉前日其率领本部兵士一百五十人，对三个礁石驻地海贼清剿时，与一贼船相遇，发生激战，贼船逃遁，王大寿率船追击并奋勇控弦，毙贼二十余人；王大寿杀敌心切，追踪五十海里，后陷入三艘贼船包围中，虽纵深无援，但王大寿仍控弦射毙十余贼，箭穷时，遂遭贼敌所害，随同阵亡士卒计有十八人。"

真德秀道："本府战前已有明文规定，凡杀敌有功，捕获贼首及其徒党者有赏，对于战时牺牲的，向朝廷申请优恤家属，为子弟入仕提供优先推荐之依据。季通判，请按既定奖励准则，对王大寿等一众阵亡将士进行优等抚恤。"季通判应答一声，遂遵照真德秀之安排，下去料理抚恤事宜。

真德秀思忆此次收捕海贼之战，之所以能大获全胜，皆军民同心、将士用命拼身杀贼之故。此等精神，令人感动。对于类似王大寿的士卒，不独有抚恤之举，更需大力表彰，树为典范。于是，真德秀泼墨执笔，亲自书写祭奠文稿，并予厚抚其家。安顿停当，真德秀派人将祭奠文稿与抚恤金送往阵亡士卒家，进行了特别表彰和抚慰。

做完阵亡兵士抚恤事宜，真德秀又派人将剿贼捷报呈送到福建路安抚制置使及朝廷，上司对真德秀彻底解决泉州海贼祸患之策大加赞赏。福建安抚制置使派遣特使携带钱粮等物资到泉州犒赏军民。随后报呈朝廷批准，诏令泉州左翼军受泉州知州节制统辖。由于此前左翼军均由朝廷殿前司派出统制指挥，一贯不听命于泉州地方长官，拥兵自恃，军纪废弛。地方州府长官只能邀请襄助，不能行传令调遣之威，也对地方镇抚不利。真德秀借此一役扩充了左翼军军备，整顿了左翼军内部怠慢厌战的习气，也将左翼军的节制指挥权收归泉州地方调配，由泉州地方长官根据需要调度节制，加强了沿海防备。

剿贼之战役结束后，真德秀鉴于泉州海防要塞地理位置和强寇频频骚扰之状况，带领属下遍行海滨，实地审视各处之地形和守备情况，从地方百姓士人中新招兵丁二百名，精练士卒，整齐器械，成立五百人之海防巡逻营队。这支队伍，舟楫便利，而又熟习地理、风向涛汛，还能缓急可用，专门负责泉州海边流动警卫之事。

其实原来泉州设有宝林、法石和永宁三寨，沿海有四寨，以晋江石湖、惠安小兜最紧要。

真德秀针对设哨情形做出正确分析：宝林寨离城近，去海远，形势较缓；而围头乃南北洋舟船必泊之地，旁有友港可达石井，形势至为重要，而未有措置。宝林寨原屯水军三百，为数偏多。法石寨虽屯水军一百二十余人，因它是海防要冲之地，其人数又显少。永宁寨步兵人数却多于水军一倍。况且各寨军兵又杂以老弱，缺乏训练，也无杀伤战斗力。

法石寨之军器置于大军，一有紧急情况，便要耽误军情。大军的战舰仅可够用，其余诸寨，舰只全无，徒有舟师之名，而无舟师之实。至于营房倒塌，器械缺少，尤其严重，如不逐一整顿，到时必定误事。为此，真德秀一一进行重新部署，从府库拨银一千两，该增则增，该减则减，在要害处增屯扎寨，配置舰艇，添置军械，派兵常年驻守。舟师军事力量随之大增，如此一来，就连远方流动的海贼也不再骚扰登陆，泉州海防隐患得以消除。

地方安定，农渔秩序井然，商业兴旺，地方百姓和商旅均得安宁，人人拍手称好。

八、史嵩之怀志判襄阳

日月如梭，转眼已是来年八月二十日。史弥远夫人陈氏六十寿辰，在府中大摆宴席，京官皆前来庆贺。史弥远的侄子史嵩之，字子由，于宋宁宗嘉定十三年（1220年）时年三十岁便进士及第，任光化军司户参军，在地方上做助理官吏，已有四载。此次他进京公干，顺道来为婶娘庆寿。此夜客散，叔侄叙谈，史弥远问史嵩之道："子由，你最想去往何处为官？叔父可以为你调换职位。"史嵩之回道："谢叔父关怀！小侄渴望能到襄阳一带为官任职。"

襄阳地处汉水中游南岸，与北岸樊城遥相呼应，是扼守长江的屏障。此地在南宋一朝地位至关重要，完全可以用"西部之咽喉"来比拟。尽管史弥远高居相位时日已久，却素未西行，也未对军事地理进行探讨，其实并不知襄汉之表里。

史弥远听侄儿一言，料想史嵩之已对荆襄地域做过细致深入的研究，也清楚这一地域对宋廷的重要性。在南宋与金朝对峙之际，南宋一方，从军事角度看，荆襄上游的意义甚至超过了两淮。所谓"有汉江而无淮泗，国必弱，有淮泗而无江汉之上游，国必危"。荆襄不仅在与金人抗衡对峙上可以作为屏障，即使就南宋内部而言，"据上游之势"之荆襄地区可以给下游建康、淮泗、临安构成很大军事压力。可见荆襄既对上游之屏障有控扼作用，又对下游之军事有威胁意义。史嵩之目光独特，胸怀全局，因此对史弥远的询问能立马给出去襄汉履职的回答，可谓筹谋已久。

史弥远闻言，很是欣慰，他知道这个侄子胸怀志向，心思缜密，可堪大用，便爽快答应道："你的意愿，为叔尽力成全。"没过几天，即调史嵩之为襄阳户曹。

史嵩之到任后，立即对襄阳周边进行实地考察。他认为襄阳所处的南阳盆地具有东西伸展、南北交会之特点。无论是东西之争，还是南北之战，南阳盆地都是兵家必争之地。襄阳地处南阳盆地之南部，依托湖北，通过汉水和长江，东连吴会，西通巴蜀；由南阳盆地，可以北出中原，亦可以西入关中，还可经汉中而联络陇西。南北对抗时，南方的军事防御线东西延绵达三四千里，襄阳便处于这条漫长战线的东南段与西北段之间的连接点上。因此，襄阳虽然是作为湖北境内一大军政重心，但实际上已超出了局部地域性而具有了全域性意义。以天下言之，咽喉门户则全在襄阳。守住了襄阳，才能保住两湖地区。作为一方重镇，襄阳具有无可替代的战略地位。

史嵩之到任后，多次单骑行走在汉水两岸，有时他爬上汉水西边附近的山头上，俯视襄城与周边的村镇，一站就是一两个时辰。有一次，他与捕头齐松又爬上襄阳城正西边山头，远远望见东边桐柏山和大洪山，史嵩之指着远山道："齐捕头，你看远山像是何物？"齐松道："状若圈椅，又如城垣。"史嵩之道："本官以为更形若玉带。俯瞰襄阳城，仿佛就是镶嵌于玉带上的明珠了。"史嵩之以为，只有保住这条玉带，明珠才能完好无损。

在经过一番考察和思虑之后，史嵩之对襄阳知府（又称太守）赵以夫提出了一系列的加强襄阳战备的策略，他说道："属下以为，襄阳临水依山，西靠山，南临江，从南北攻，也许稍难，但若从北南攻，面宽力大，合围夹击，久围必破。下官以为，可在卸甲山与邹湾的跑马岭各设一座鹿砦，各派一名副将委以知寨之职，一是屯军，二是屯垦。下官目视卸甲山环山面积不少于七八百亩，当为军事要塞，可驻军五百，既可屯兵又可垦粮，乃两全之策。而跑马岭，沿山伸缓，为土山小阜一座孤山，站在阜顶放眼四望，视野开阔，既可作为军事瞭望哨，增强战备，亦可驻军数百，同样屯垦。若遇战事，依寨增军，作为防守，则两座寨子互为掎角，双向出击，可为主城减少军事压力。"

赵太守听史嵩之言之有理，便道："子由思谋之策真是周全，稍后即可设寨行事。"随后委派驻军在史嵩之指出的两处要地设寨，进行经营。

由于史嵩之有胆识，做事极具魄力，帮助地方主官固堤防、课农桑、葺城郭、修器械、练士兵、明烽燧，增稳边防，上司十分欣赏。一年后，因其政绩突出，在知府的推荐下，他被朝廷晋升为襄阳通判，更加便利地协助襄阳太守做好军政事务。

史嵩之除了关心地方政务，还十分注重百姓生活境况，政务之余，他经常到郊外村庄走访，查看水利设施，了解民情。秋冬一日，史嵩之到离城十里远的小山村走访。快到下午时分，史嵩之路过一片小树林，忽听树林一侧有妇人哭声。史嵩之循声过去，听到妇人边哭边诉道："孩儿他爹，你死得好冤啊！你在那边一定很寂寞吧？要不是孩儿还小，老爹年老多病，无人照顾，我早就随着陪伴你来了……"

史嵩之顿时心疑，此妇人的丈夫因何事而死？又有什么冤屈？那妇人边哭边诉道："夫君，你安心去吧，奴家会把孩儿拉扯长大，等到孩儿长大了，一有机会肯定会为你报仇。只是，不知这得等到何年何月！今日正是你周年忌日，再过几天，就是冬至日，奴家就给你一块儿把纸钱和冬衣烧送过来吧……"

史嵩之听到此处，心里酸楚，走上前去，欲打听究竟发生了何事。待走近了，方才看清烧纸妇人不过三十岁而已，旁边还跪着一名十岁左右的娃娃。史嵩之道："大姐，听你方才一番诉说，你家究竟出了何事？"妇人回头看到了史嵩之，见是个年轻书生，又是外地口音，便警惕道："没什么事……"言罢，拉了小娃娃一把，拎上竹篮，欲要离开坟地。

史嵩之道："大姐，你无须害怕。"妇人好像没听到似的，拉着孩子直往前走。史嵩之道："大姐，你刚才不是说想要给你夫君报仇吗？"妇人听到"报仇"二字，转身看了一眼史嵩之，怔了片刻，继而又往前走去。任凭史嵩之在后面"大姐大姐"地呼喊，妇人始终未曾理睬，迅速远去，隐没于树林中了。

史嵩之自思，这家人定是遭遇了他人欺侮或者横祸，不然，她为何如此害怕呢？史嵩之怀揣疑问，向坡下走。坡下河边，有一名放牛老翁，史嵩之便与老翁拱手施礼攀谈道："老伯，学生见过老伯。"老翁颔首回礼。史嵩之道："冬寒草枯，牛也无草可吃呀！"老翁道："这季节确实牛无鲜草可吃，每日，老朽备有干草饲牛，但也得把牛儿拉出圈来遛遛，给牛舒展下筋骨，这是农家饲养户的责任。不然过了冬季，牛也身懒力衰喽。"

史嵩之觉得老翁言之有理，竖起拇指直夸赞，接着道："请问老伯，刚才我在坡上，看到个妇人，拉一名小孩子上坟，哭得甚为凄凉，那是谁家内人？"老翁道："后生，看你像个外地人，不知是行商做贾，还是来求学访友，老朽劝你一言，不要惹是生非，也不要乱打探他人福祸家事。"老翁言罢，拱了拱手，就欲牵牛离开。

史嵩之知晓老翁也不想多舌，但他又想知其原委，便拉住老翁道："老伯，请你不要惧怕，实言相告，我是新任襄阳府通判史嵩之。我料想你们这里必定发生了难理之事，但请你给我言明实情，本官也好帮助你们解除心头祸患呀！"

老翁看史嵩之态度真诚，举止文雅，相信他所言定是实话，便作揖相告道："大人所见的上坟妇人，是我们石坎村村西汪炳南家儿媳吕氏。吕氏的丈夫汪修，去年遭遇一伙强人毒打后，过了十天左右便亡故了。而今，汪家老的老，小的小，吕氏日子难过啊。"

史嵩之道："谁人如此横行霸道？因何事毒打他？"老翁道："这个……老朽还是不说为好。"史嵩之道："光天化日之下，恶人行凶杀人都不惧天怒人怨，你实话相告有何畏惧？"

老翁在史嵩之鼓励下，便道出了实情。竟然是本乡豪绅地主郑重州父子所为。

原来，郑重州家大业大，儿子兄弟众多，又担任里正之职，在这厚朴乡一带，就像土皇帝一样威武。厚朴乡方圆十里之内八九个村子三百余户人家，凡谁家有红白喜事，都须携带礼品到郑家报告，请郑家给予安排筹划，需交纳谋划金白银二两。另外，如若某人家要修房造屋，须由郑家指派木匠、泥水匠及厨师上门操作。事主家所出工钱，肯定比同行业要高出一成，如若谁家胆敢不用郑家指定之工匠，郑家会派人上门兴师问罪，轻则责骂一番补缴罚款，重则大打出手，除砸烂你家锅碗瓢盆外，事主还会被打至半死！

郑家不光收取筹划费，还在四处外放高利贷，谁家借他一斗粮，三个月后须得加收二升利息，借贷银钱也是一倍之利息，三个月为一期，逾期翻番。曾有十余户人家，因还不起借贷，竟然拿女儿去抵消债务。

村西汪炳南家去年修建猪圈，因汪炳南的儿子汪修在外地做工几年，回家后不吃这一套，猪圈动工时，一不向郑家报告，二不请郑家的工匠，郑家大儿子带人上门问罪，汪修不服，与对方理论，被郑家的打手打了个半死，过了十天，汪修就死了。

史嵩之闻言，惊讶道："难道遭遇欺压，就无人告状报官吗？"老翁说："告也没用。郑老爷的小舅子为州衙的班头，他家另一名亲戚也在州衙里当差。郑重州老爷宣称，衙门虽然不是他家开的，可衙门里做事的人，不是他的亲戚就是他的朋友，谁愿告就去告好了。倘若谁告了没赢，就甭想在这里住了。"

史嵩之向来为人耿直，听闻此言，怒道："真是竖子无知！"寻思，常言道，日下明，灯下黑。如此猖狂的豪强恶霸，如州府不加以惩治，何以安天下啊！眼见天色已晚，史嵩之告别老翁，回城去了。

回到府城，史嵩之本想把今日遇到之事报告给知府赵大人，然而一番寻思，此事尚无真凭实据，个中详情只是耳闻，等过些时日，拿到证据，再做论断不迟。

第三日，恰好衙门无事，吃过午餐，史嵩之带上一个实诚的公差，朝厚朴乡赶过去。二人至石坎村，又在河边遇到前几日的放牛老翁。在老翁的指点下，史嵩之与公差找到了上坟那妇人的家门。那妇人正在门外石磨上磨粉，看见史嵩之到来，又欲躲避。史嵩之拦下妇人，言明自己的身份，劝她不必惧怕，还对妇人说明来意，并将他已经从放牛老翁那儿得知她丈夫遇害之事讲出来，希望妇人能把事实真相尽力描绘一遍，欲让公差用笔墨记录下来，留作凭证。亦可为其代书诉状一份，以备办案诉讼所用。

妇人见史嵩之是真心为她家申冤，便把丈夫汪修遇害的过程细说一遍，还将年迈的公爹搀扶了出来。翁媳二人痛哭流涕，万分感激，双双在公差的笔录簿上画押具名。如前所言，史嵩之亲手为汪家妇人书状一份，交于她，让其在提审郑重州的家人时前去州衙告状。

史嵩之还问汪修遭遇毒打时，有何人在场见证此事。妇人说，当时有她家的亲戚李大胜与同村人王牛儿来家帮忙修猪圈，在场为证。言罢，妇人很快赶到邻村亲戚家，将李大胜与村人王牛儿找了过来。此二人亲口表明，汪修遭遇郑家人毒打时，他们均亲眼所见，当时，他们二人还遭到郑家人的辱骂威胁。史嵩之也让二位证人在笔录上签画具了姓名。

离开时，史嵩之告诉汪家妇人，如若村人某家有了红白喜事，置办酒席时，请她到州衙来告知一声，越早越好。妇人答应一定照办。

十日后的一天，史嵩之正在衙门里值日，忽然一名公差来报，言道有个妇人，手拿史嵩之名帖，求见史大人。史嵩之迎了出来，将妇人带到州衙旁边茶馆叙话。汪家妇人道："史大人，今日早上奴家听邻人说，我村周大洪家三日后要嫁女儿。"史嵩之点头称好。又问周大洪家所住房屋情况和门院具体坐向。汪家妇人道："周大洪家位于村子最东头，他家正房四间，左右厢房各三间，组成一个院落，房后靠坡，房侧有一棵五丈高白果树，门前有一片竹林。"史嵩之道："甚好。你且回村去，留意四周动静，有事再来报告。"妇人应承而去。

眨眼三天时间过去了。却说这天，是教书先生周大洪家嫁女的好日子。酒宴开时，菜上五味，酒已筛过二巡，吃席宾客们议论道："男方接亲的花轿，就快要到了吧？"旁边人道："应该快到村口了，大伙赶紧吃席，不然，新郎官花轿一到，乱哄哄的，要妨碍我等人吃酒席了……"

突然"哗啦"一声，从院子门口传来巨响，众宾客惊异地望去，只见一只黑瓦盆摔碎在院门口。"周大洪！你给老子滚出来！老子听闻你家要办丧事，特意给你送丧摔瓦盆来了！"一个满脸横肉、鼓眉瞪眼的大汉进得门来，嚷嚷道。有人认得，叫骂之人正是厚朴乡里正郑重州的大儿子郑丕逊。

周大洪听到叫骂，上前来拱手作揖道："郑公子，你不要在此胡闹，今天是我家小女出嫁的好日子，你若来喝酒，请上座，要是来作乱闹事，请出去！"

郑丕逊道："周大洪，你个老东西，敢违反规矩，真反了你了！"他大手一挥，"小子们，给老子狠狠地砸——"郑丕逊话一落音，后边涌来三四个家仆，个个手持木棒，照准酒桌就是一番打砸，有的甚至把桌子掀翻在地。顿时，院子里一片狼藉，宾客们四散而逃。

"住手！通判大人在此！谁敢闹事？"随着一声断喝，从大门一侧的竹林里顿时冲出来八九个手持刀枪的军卒，将闹事的家仆团团围定，为首之人正是史嵩之，他大喝道："来人，将匪徒全部拿下，押送府衙，听候处置！"

原来，那日汪家妇人走后，史嵩之便派了一名可靠的衙役，到石坎村找到周大洪家，给他传达了史嵩之的意思，让他不要搭理郑重州，只管自己办喜事，态度一定要坚决，若郑家出面来闹，正可抓他们一个现行，坐实其证据。随后于次日下午便派了兵卒在周家门外等待。

史嵩之把郑家一伙恶人押回州城，交给赵知府处置。知府赵大人见史嵩之对此案了如指掌，对案件想必也早已胸有成竹，让史嵩之审问此案。正审问之间，堂下传来击鼓声，史嵩之传令带击鼓人上来。只见汪家妇人手拿状纸，上堂叫道："大老爷，民妇吕氏要告郑重州父子……"这也是两个时辰前史嵩之授意汪家妇人的。

史嵩之接过状纸，对郑丕逊道："郑公子，光天化日之下，你竟然胆大包天，带领匪人强入民宅打砸财物，打闹百姓置办婚丧嫁娶大事，罪该问斩。今日民妇又告你们去年之冬讹诈钱财不成，带人上门打伤其夫，后致人非命，几罪合并，你还不招供认罪！"

郑丕逊道："小民对于今日到周家行凶闹事之罪供认不讳，只是，对于汪家女人指责之罪，实属诬陷！"史嵩之对汪家妇人道："你可有人证前来指证？"汪家妇人道："民妇有两位证人，都在堂外等候。"史嵩之让差役传两位证人上来。李大胜与同村人王牛儿上堂来，把去年亲眼所见汪修遭遇郑丕逊带人殴打致成重伤，此后不久死于非命的经过说一遍。

郑丕逊听了汪家妇人之诉告和李大胜、王牛儿两位证人一番指证，无言推诿，只得低头认罪。为了坦白从宽，还招出了他家凭借放高利贷致别家债台高筑而借机淫人妻女之恶事。

史嵩之见郑丕逊认罪了，便对他道："人犯虽已招供，本官认为，郑丕逊多次敲诈百姓，打闹百姓置办婚丧嫁娶等大事，扰乱治安，淫人妻女，为所欲为，罪该问斩；又加之蓄意殴打他人，造成重伤，致人非命，几罪并罚，当处极刑！郑丕逊，今有立功之机会，尔且招出幕后撑腰之人，可减少对你之刑罚。不然，本官判你腰斩之刑！"

郑丕逊闻言，急忙磕头如捣蒜，招出他家的撑腰之人是本衙门班头周煌、签房押司郑欣。因为郑重州每年都要把征收到的钱拿出两份去孝敬此二人，因此才胆大妄为。

史嵩之听郑丕逊招出撑腰之人原是本衙官吏，十分气愤，下令将郑丕逊判处死刑，押入大牢，择日处斩。接着让差役传来郑丕逊之父——乡绅里正郑重州，以及他背后撑腰之人班头周煌、签房押司郑欣等三人，当堂确认其罪，史嵩之分别将此三人各打五十大板，又对三人一番训斥，免去其职，罚银各一百两，乱棍打出衙去。从罚银中拨出二百两，赔偿周、吕两位事主，以弥补其家中之损失。

次年，史嵩之看到蒙古人频频骚扰宋朝边境，预料战事不远，为了积蓄军备，请示太守后，史嵩之请太守调拨驻军一千余人，在襄阳周边可屯垦处开辟屯垦地五处，经理屯田事务。史嵩之以身作则，奖罚分明，屯田士卒积极性颇高，两年下来，积谷达六十八万石。史嵩之屯田业绩被附近州县广为传颂，朝廷闻之大为赞赏，为表彰其功，他被加官，并奉命权知枣阳军。在枣阳期间，他继续推行屯田法，鼓励军士于军务操练之暇，加入屯田营队，积蓄军备，颇有效果。

又次年，史嵩之调任军器监丞兼知枣阳军，不久后兼任京西湖北路制置司参议官。制置使治所也设在襄阳，他久闻史嵩之的才干，凡有要事，都请他参与协商，征求他的合理建议，渐渐地，史嵩之直接参与处理襄阳军政事务。

九、李全失城降蒙古

南宋宝庆二年（1226 年）初，蒙古见金朝为避其军队屡屡南下扰乱而自行迁都开封后，北部空虚有机可乘，蒙古大将军兼太师孛鲁率军在抢占金朝所占河北省等不少地盘后，很快又占领了山东大部地区。此一时段金朝国力大衰，重心南移，把主要兵力部署在潼关至黄河的关河防线，两河山东地区兵力空虚，蒙古军队未受什么阻碍便侵占了两河大片土地。大将军孛鲁一朝得利，雄心勃勃，这年秋天，又率大军徐徐向南推进，进入山东西部，不久便攻取了济南府。

李全得知蒙军攻占济南后继续向东南推进，有不久即攻打青州的势头。李全召集将领，周密部署，广聚粮草，做好坚守青州抵抗孛鲁大军之准备。

青州又名益都，起自渤海以南、泰山以北，兼容山东半岛，地为肥沃白壤，便于经营东部沿海诸多州县。青州自古乃兵家陈兵驻扎而扼守黄渤海域之要塞，更是红袄军首任首领杨安儿起兵之地，还是红袄军和李全所部经营多年的大本营，战略地位相当重要。因此，李全每日一面督促部下训练军士，一面集聚檑木滚石、弓弩若干，以备持久之战。

不久，蒙军先头部队向青州逼近。趁蒙古军队立脚未稳，李全先行出兵，带领二万人马抢先杀出城去。时值蒙军烧火造饭，对于宋军的突袭，措手不及，宋军斩敌三千，夺得战马五百匹，活捉了孛鲁手下元帅张林，派人将其押运到楚州处置。蒙军初战失利，其余部众退后五里扎营，以逸待劳。

转眼到了九月，蒙将郡王带孙又率五万兵马赶来，分成十寨扎营，陈兵城下，围困李全所在的青州。李全未等蒙军立稳脚跟，便带五千人马杀出城挑战。郡王带孙领三千人马迎战。两军刚一对阵，李全凭借手中无敌神枪抢先冲杀过去，郡王带孙身边千户将阿力贵申纵马迎了上来，拦住李全挥刀便砍。双方刀来枪往，大战三十回合。李全知道不用计谋不能速胜，他虚晃几枪，卖个破绽佯装战败，拨马而去，阿力贵申拍马来追，李全突然使出回马枪将阿力贵申当胸刺穿。另一千户将李喜孙见同伴被李全杀死，拍马杀上前来，李全持枪迎了上去。双方斗了二十回合，千户李喜孙一个闪失，被李全一枪刺中肩膀，李喜孙负伤转身而逃，郡王带孙赶紧鸣金收兵，李喜孙趁势拨转马头逃回阵营。

蒙军三千户乌力罕不服，怒声道："贼人看刀！"遂策马持长刀向李全冲来。李全挺枪跃马迎了上去，双方刀来枪往战了四十回合；李全见这家伙凶猛，照准对方面门迅疾刺了一枪，乌力罕扭头急用刀拨开长枪，但还是慢了一点，长枪划伤了他的耳朵，乌力罕大怒，又大叫一声，用刀猛砍李全的马腿，李全纵马一跃，躲过对方砍杀，拨转马头向前佯装败逃。

乌力罕哪肯放弃，大叫一声，拨马来追。李全瞅准时机，回身一枪，刺中乌力罕的大腿，李全枪头一扭，一股血柱冲出老高。乌力罕一声惊叫，拨马转身便逃。李全正欲乘胜追击，郡王带孙急策马持刀上前挡住。双方又战了三十回合，不分胜负，李全部将刘庆福见主帅迎战三轮，怕李全体力不支有闪失，急鸣金收兵。李全只得返回阵地。

双方初试锋芒，李全连伤敌将三人占了上风，郡王带孙知晓李全的厉害，也明白强斗无有胜算，收兵回营闭寨不出。次日李全再来挑战，郡王带孙传令不准应战，李全让兵卒叫骂半日，蒙军仍然闭寨不出。之后蒙军只围城而不攻。郡王带孙嘱其部下道："我等北人恃铁骑善奔袭，南人能单斗，优于布阵亦善防守，我等不可强取，只宜围剿久耗，熬得灯枯油尽时，好收猎物。"随后只管从冀州调拨粮草，补充给养。李全只好凭借坚固的城池进行固守，蒙军虽也发动过三次攻城战，都被李全率兵用檑木和弓箭击退。此后蒙军围困三个月，城尚未破。蒙军自知攻城不易，想招降困守在青州的李全。

李鲁先派使者李喜孙手持劝降书来见李全。说明招降意图后，李全部下大将田世英对蒙军来使大怒道："你等胡虏以为我等将帅，皆是一盘肉包子吗？李鲁好大的胃口，想一口吞噬我几万人马，只怕把你等狗牙硌折了。爷爷我要与你等胡虏拼战二年三载！"其他将领也叫道："胡虏听着，爷爷们要与你等大战二年三载！"

李全见众将态度坚决，令左右速将来使李喜孙推至辕门外，斩首以明斗志也。

李鲁见招降失败，只能硬攻，他调拨人马，集结辎重器械，下令攻打青州城。

李全登上城楼视察，面对十余万蒙军，鼓舞士气道："众将勿得大意，也不要畏怯，蒙军平素驰骋草原，惯用马上冲杀奔腾，但皆不善于攻城破垒，我等只需高墙坚守，居高临下瞄准击打攻城士卒，时日一久，攻城无果，蒙军必将退去。"众将认为李全之言甚是。于是奋发振作，坚守城池，顽强抵抗两个月，城仍完好。城内原有军民数十万人，自蒙军逼来，围困城池前后达半年多，城中仅剩数万余人。到年底，天寒地冻，蒙军仍只围不攻，这时城中粮草用完，牛马也被吃完。迫不得已，李全于一日夜晚，率军突围。众将奋勇冲杀，杀开一条血路，万余人马突围而出。

怎奈出城不远，只见路边丛林中火光冲天，李鲁率一万部下进行截击。原来李鲁预料到李全久困于城中，时日一久，粮草不济，必有突围之举，便率部于城外二里处扎营，以逸待劳。此时李全所部冲出城外往东而走，不意间遭到蒙军截击，李全率众拼命厮杀，好一个李全，舞动长枪，接连刺杀几员蒙军战将，趁蒙军畏惧不前时，策马往东走。走不多远，前面又是一队人马，拦截而出。

李全左冲右突，战不多时，部下人马损失大半，又加之万马奔腾，李全部众多为步卒，蒙军多为骑兵，混战中北军被蒙军斩首和践踏而死者，达五千余人。李全顾其左右，蒙军势如潮水，自知难以脱身，只好率领残余部众退入城内，之后继续婴城自守。

又坚持一月余，城中粮草日艰，军民度日如年。一日夜间，李全率众出城劫营，抢得粮草近万石，勉强够城内食用两月。又坚持了两月，已是来年四月，夜短昼长，城中粮尽，将士饥肠辘辘心志混乱萎靡不振，李全仰天长叹，只好出城投降。孛鲁闻报欲效仿当年诸葛亮收姜维重树仁德威望之举，便亲自受降，还为李全松绑赐座，称赞其骁勇。

孛鲁帐下诸将皆劝孛鲁说："李全坚城固守将近一年，战意如铁，而今势穷而降，非心服而投，实为不得已而为之之下策，他今来投，如不趁早诛杀，必为后患。"孛鲁说："诸位只知阵前厮杀纠缠，懂得什么运筹帷幄，轻重缓急？为将执兵者，杀人成山，血流成河，并非为俊杰，实为不得已之举；况对手已经伏地请降，我方何必加害于他。诛他虽易如反掌也，但山东诸城未下者尚多，李全素得人心，杀之不足立威，恐又失去民望，于我军毫无益处，何必如此呢？"诸将听孛鲁如此一番说辞，不再多言。

而后孛鲁将李全请降一事奏报成吉思汗，大汗令他便宜处置，授予李全官职，帐下听用。于是孛鲁便以李全为山东淮南、楚州行省知事。附近的昌邑、昌乐、莱阳、密州等诸郡县，守卫者听闻李全兵败已降，大多闻风而降，山东遂被蒙军平定。

孛鲁令李全为山东留守后，便安心率军北撤，稍后驻军于冀州，都督两河诸州军事。

十、丁亥之变蒙军攻陕

话说李全降蒙后，山东地域全部被蒙古人占领，这给金朝造成了更大的损失和伤害。

其实，金朝自金哀宗完颜守绪即位以来，蒙古常对金朝大肆抢掠，致使金朝恨透了蒙古，从而迫使金朝对南宋停止了战争与骚扰行动。然而，蒙古不顾金朝对他们有多恨，只是一味存心要吞没金朝，占领北方与中原的大好河山。但是，蒙古军队不擅长攻关破垒，对金国难以一次性攻灭，于是多次构想要借道南宋国境，对金朝实施南北夹击，攻灭金国。然而，南宋朝廷对于蒙古的借道之求，持引狼入室之戒心而拒不配合。

宝庆三年（1227年）二月初，成吉思汗在攻打西夏的过程中，眼看西夏亡国在即，想到西夏灭亡便是对金朝发动战争的开端，于是心中一阵兴奋，便派人送两块金牌到南宋四川制置司，胁迫南宋大臣，要求臣服蒙古，协助灭金，并传言道："大汗有令，此事得成，要赏有重金，要官必封侯。"四川安抚制置使郑损拒不接见蒙古来使，捎话道："大汗之令，遍行蒙国，然而本官身为南朝之臣，只听我大宋朝廷诏令。你方要求，本制置使难奉其命。"蒙古来使见到郑损态度强硬，愤然离去。

然而，二月下旬，蒙古国便遣大将军木华黎领兵三万，打着伐金、灭夏之旗号，昂然开赴到甘南阶州（今甘肃武都）城外。

蒙古大军为何会如此顺利逼近南宋阶州呢？原来，绍兴十一年即公元1141年，宋金和议时划定界限后，金国的版图直接与南宋利州路为界。利州路所管辖范围，除四川北部地区外，尚拥有陕西南部南郑（今陕西汉中）和甘肃东南部的某些州县。后来，南宋朝廷为增强边防防御性，在利州路设立武休关、仙人关和七方关三座关隘，史称"三关"。为固守"三关"，南宋设置了五个州作为外围防线屏障：阶州、成州（今甘肃成县）、西和州（今甘肃西和）、凤州（今陕西凤县）、天水军（今甘肃天水）。天水军是从成州分划而出，因此，这些区划有时亦被称作"四州"。五州之中，西和州当为腹心之地。

"三关五州"互相配合而形成壁垒，一起拱卫四川内腹之安全，战略意义十分重大。南宋在基本失去秦岭以北关中、陕北等大片土地的情况下，"三关五州"事实上成为南宋川陕战区抵御金军南下的前线，号称蜀口。

南宋对蜀口边防非常重视。素有天府之国美誉的蜀地，是南宋的摇钱树、财政的顶梁柱。淳熙末期，蜀地每年向国家府库提供大约三分之一的钱粮税赋。此外，蜀地每年还缴纳大量茶、马、绢、布、酒、盐、商税等物资。为保障蜀口安全，南宋在"三关五州"外设置了"外三关"：大散关、黄牛堡（又名黄牛铺，位于今陕西凤县东北）、皂郊堡（今甘肃天水西南）。总而言之，为保卫蜀地，南宋设置了三道防线：第一道防线为"外三关"，第二道防线为"五州"，第三道防线为"三关"。但在第四次宋金战争期间，"外三关"受到严重破坏，未再驻防，也未来得及修复。到南宋后期，蜀口三道防线实质上只剩下两道了。

南宋在西部地域防御的策略上有了系统性后，还有一个重要环节：配备军力。南宋初年设置三大都统司，简称戎司，派遣三员大将统领三支大军，分别屯驻于三个重镇上：一为兴州，后改名为沔州，兴州戎司兵力计有六万；二为兴元府，即今陕西汉中之南郑区，兴元戎司计有兵力二万七千；三为金州，即今陕西安康，金州戎司兵力为一万二千。开禧三年（1207年），驻守兴州的吴曦因不满权臣的忌惮和倾轧而叛乱后，南宋朝廷为了分散沔州戎司兵权，在利州设置利州副戎司。与三个戎司合称"蜀之四统军司",又称四大戎司,负责蜀口之军事防御。所有兵马直接由四大戎司掌管,节制调配权统归四川安抚制置使。蜀口驻军总共十万左右,全盛时期战马计有一万五千余匹,可谓兵强马壮。这对军备松弛的南宋而言,已是极为精锐而珍贵的边防军了。

至南宋中后期,这一防御体系逐渐遭到金军数次入侵破坏。金军对蜀口关隘的攻击方针是"可保则保,不可则焚毁"。南宋在蜀口苦心经营之防御工事,被金国摧毁殆尽。宋朝蜀口还没来得及修复防御工事,这次蒙军又奔赴而来。

故而,蒙军此次大军压境,南宋驻守阶州之守军不明就里,摸不清是哪路人马。探马发现一支军队逼近,报告给守将,守将让其再探,探马绕道就近刺探,才知是蒙古兵马,赶紧回去报告主将。主将还未部署完毕,很快蒙军便蜂拥而至,团团围定阶州城。

其实,本次蒙军分两路进军,其一支由木花黎带领三万骑兵突然闯入蜀边地区,掠夺人口和牲畜及财物。接着,蒙军又越过西和州西部之摩云岭(今甘肃岷县东南),进攻西和州。驻守西和州城的利州副都统何进,指挥守军用长枪和弓箭、檑木滚石抵挡住了蒙军进攻。蒙军攻打城池不下,把西和州城包围起来。如此城内城外成为对峙之势。

另一路由蒙古不花为先锋带领大军三万进攻阶州。蒙古不花的人马围定阶州,轮番攻城,只用了四天时间,便攻破阶州城。攻打阶州的蒙军攻陷阶州城后,烧杀抢掠一番,第三日又向阶州所辖之将利县进攻而去。若蒙军占领将利县,拱卫蜀地之七方关将压力巨大矣。

话说蒙古不花领蒙军在进攻阶州将利县时,前锋因不熟悉地形,又遭到天水军教授曹友闻带领的七千名忠义军勇猛攻击,蒙军死伤数百人,进攻将利县不成,还稍有退却。

驻守仙人关之南宋沔州都统程信闻探马报告,误以为前方获胜,又急于去解西和州之围,遂集结七千兵马,分作两队,一队由麻仲、王平领三千军士屯于沔州西侧之四十里处以备接应，自与副将马翼急率四千军士出发，前去援救西和州。当程信引军走至将利县之兰皋镇时，遭遇蒙军二万人游击部队攻击，双方一番拼杀，宋军兵微将寡，被蒙古军大败。宋将麻仲、王平闻讯急率军前去接应，路遇万余蒙军截击。二人领军奋勇冲杀，怎奈蒙军人如潮水，兵强马壮，二位将军战至黄昏，皆战死。当时陷入包围圈中的程信在马翼拼死掩护下，至黄昏才突出重围，他带领残兵三千，逃回七方关。可蒙军紧随其后，一直追到七方关前，将七方关围起来。程信命部下居高临下，用石块弓箭拦截阻击追来的蒙军，双方僵持不下。

程信在兰皋镇大败的信息，当晚传到率军已走至沔州西边石门的四川安抚制置使郑损耳中。堂堂的蜀帅四川制置使，竟乱了方寸。郑损便指挥大军退回制置司治所所在地沔州，让人紧闭城寨，思考对策。夜色渐浓，制置使府大堂灯火通明，门外几个将军手按刀剑，正焦急地等待郑损部署传令。忽然，郑损高叫道："来人，传我命令，放弃关外五州，退保'三关'，以避锋芒。"

利州戎帅赵彦呐听闻郑损这一决定，急入大堂劝道："郑大人，当今五州之中，只有阶州暂被蒙古军攻破，西和州、成州、天水军都在坚守，凤州原未遭敌，只因大人命令成州、天水军弃守，无人抵抗，境内才惨遭蹂躏。凤州因坚壁清野，也遭遇焚毁，百姓深受其害。唯独西和州在利州副都统何进将军的固守下，一直坚持战斗，胜负未定，尚有退敌之望。郑大人应当派兵增援，以壮士气，岂能弃关放任，拱手让于蒙军呢？"

郑损道："信口雌黄！本制置使让其退守，怎是拱手让于蒙军？"

赵彦呐道："放弃难道不是相让吗？"郑损道："你知道什么，蜀口防线设置内外三重，当今蒙军不下七万，而我方将士不足五万，面对强虏之蒙军，如若硬拼，不啻以卵击石，军队将损失殆尽。我今传令放弃五州，乃是保存实力，以保蜀地。"

赵彦呐道："古人云，皮之不存，毛将焉附？五州都弃，'三关'能存？"

郑损道："大胆，我是制置使，还是你是制置使？五州成败，由我负责，与你何干？来人，将赵大人拖下去。"两名军士上前，把赵彦呐架了出去。然后，郑损传达命令，所有官员，连夜准备行程，退守利州。

郑损在做出"放弃关外五州、退保三关"的错误命令后，匆忙带领制置司一众官员及家眷在万人大军护卫下，乘坐一百多艘船只，顺嘉陵江抵达利州。三日后，又退向阆州，第五日，又退守至顺庆府（今四川南充）。他只顾自己安全，任由蒙古军队践踏关外五州。如此之举，郑损感觉还不安全，又把制置司治所从沔州转迁到利州。

郑损抛弃沔州逃到利州的举动，加上前方战败退守的信息，引起利州全城恐慌，老百姓"十室空五六"，拖家带口，纷纷逃进周边深山躲避战祸。一时人心浮动，万事皆哀。

郑损退守的计划，让赵彦呐一直胸怀愧疚。稍后他跟随郑损只走了六十余里，便退了回来，带领五千人马，加入三关防守队列。虽然宋军还防守着"三关"，但不久，成吉思汗结束与西夏之战争，也引领五万人马来到阶州，分出一部人马去增援包围西和州城的攻坚战。如此，蒙军更加势众，宋军越发势单力孤，旬日西和州城被攻破，蒙军入城对城内进行了疯狂抢掠。接着又攻打成州，数日后城亦被攻破，蒙军仍旧大行抢掠之道。

蒙军攻下三州，腾出手来，继续朝"三关"赶来。一时之间，七方关前陈兵五万，此后经过三天三次攻防之战，七方关三千守军力尽人亡，终被攻破，都统程信战死。

蒙古军破了七方关，又攻仙人关。眼见"三关"最后一关也未必守得住。在这危急关头，曹友闻及时带领五千名忠义军赶来增援。曹友闻所领的忠义军，多由陇右、沔州和羌族部落一带樵夫、炭客及猎人组成，这些宋人早年习惯于攀山附崖，皆为熟练深山沟涧生活的百姓，他们和蒙军交战，多出怪异招数，张旗击鼓呐喊作为疑兵，张弓搭箭四周飞射。在曹友闻指挥下，部分将士藏身树林，用山藤将路边树木攀弯，待敌人近前斩断山藤以树木弹射敌人，有的以滚木石块堆于路边山崖，趁蒙军骑兵驰来，出其不意，推落滚木和石块，居高打击，蒙军受袭，死伤无数。宋军还击毙蒙军千总三名，打死百夫长六十余名。蒙军驰骋攻城尚可，攻关夺隘，步骑混杂，深山沟壑马匹难扬其长，反显其短。蒙军被动挨打，军心疲惫，只得停下攻关，退回阶州与西和州去了。曹友闻趁机率军五千，分两路北进，击败残余游动蒙军，夺回了仙人关与七方关。

蒙军此次对五州三关之攻击，对南宋蜀口地区而言，实为疲于应对，损失极大，事态已发展到生死存亡的紧要关头。他日必须加大关隘兵力部署和守备。

至七月，因天气炎热，蒙军来自北方，难受暑热。成吉思汗忽染病，半月后病逝，蒙古军遂撤出宋境，欲回国办丧事举哀。当然也包括王子们回国争抢皇位去了。如此说来，也是天气暂时救了蜀口地区。而且，攻击的主要对象是金国和奄奄一息的西夏国，进入蜀口地区，只不过是蒙军抢掠一些粮草财物而已，根本就没有深入侵袭的想法。对成吉思汗来说，宋蒙双方这次军事交锋，让他有了一个完整而成熟的灭金战略：利用宋金世仇，借道宋境，迂回作战，威胁宋廷，以达成它"联宋灭金"之目的。

丁亥之变，震惊南宋朝野，也让南宋第一次尝到了蒙古铁骑的厉害。郑损退州保关之策，使史弥远十分愤怒，许多大臣也对此不满，皆言郑损之过，谏言川蜀制置使之职当另换他人。半月后，一道诏书下来："前四川制置使郑损，城池失守，且失盗陕西五路府库财币巨万，削官二秩，谪居于温州，簿录其家财。"郑损被免其职，接替他官职之人是江陵府

（今湖北荆州）知府兼湖北安抚使桂如渊。

桂如渊走马上任后，趁着蒙古主力大军北撤之机，带领曹友闻等主战派将领，率领忠义军五千，加上利州何进的驻军，合计一万三千人马，沿着"三关"，节节北上，收复了阶州、凤州、西和州等关外"五州"。但是，由于蒙军此次南侵"蜀口"地域，以抢杀为主，致使军民物资损失巨大，宋朝虽收复五州，然实力及战备却大不如前了。

十一、弥远改革发会子

却说川蜀屡遭蒙古军队入侵抢掠，致使川蜀民力财力均受重大损失。川蜀乃南宋财赋收入之主要来源，占南宋财政总收入的四成。川蜀经济大幅缩减，如此一来，朝廷财政也日渐吃紧。丞相史弥远面对南宋朝廷局势，亦经常思谋增强国力之计，但未有良策。

一日，度支判官来报度支事务，顺言道："丞相，去岁举国的税收不过六百余万石，但军粮也需五百万石，而我朝今岁的税收也有缩减之势。观今之情势，可谓捉襟见肘，舂米为炊，度支实难处置了。而今冗员亦犹甚，据礼部侍郎李大人传言，举国七品以下官员者，已达三万八千人了。何况救灾，皇室开支，朝金岁币，概莫能缓……"

史弥远烦恼道："罢了，罢了，老夫也非财神爷，手中更无点石成金之魔棒。你等之难，比老夫之难并不厉害。来人，请户部尚书沈浩、李知孝及给事中王塈前来议事。"

度支判官见史弥远烦恼起来，遂告辞而去。

不一时，户部尚书沈浩、谏议大夫李知孝与给事中王塈（jì）先后赶来。

丞相史弥远对大家道："而今天下不定，战局时起时停，耗资费力，国库空虚，人言为国聚财，乃是做臣子的本分。老夫思之再三，以为唯有加印会子，重叠发行，新旧兑换，方能腾出钱币，以应军费。但不知几位大人以为如何？"

谏议大夫李知孝道："丞相为国操劳，殚精竭虑，若有良策，我等绝无异议。"

户部尚书沈浩见李知孝表明了态度，便道："绍兴三十年（1160年）二月，钱端礼为临安太守，将会子官办，准许城内外与铜钱并行。后来，委实便利商贾民众。孝宗皇帝朝，又令钱监造二百文、三百文、五百文的会子。其后，郡县域内城野村镇之间，无积镪之家，富商大贾足迹所到处，钱币之流通于市肆者甚少，民间皆以会子交易兑使。没什么不好的事。今丞相既有良策，可差人行事，也利于聚财为国。重印会子，或是聚财解急之路，下官无异议。"

给事中王塈道："下官虽常思国事，无奈才疏学浅，丞相既有良策，我当悉听决策。"

史弥远道："诸位大人既无异议，明天早朝奏明圣上，再听定论。"

几位大人散去，史弥远又差贴身家仆史洪，去把参知政事郑清之请过来，将欲提议印制新会子的想法道出，嘱他在次日朝会之时进行附议。郑清之听丞相言明底细，应答而去。

次日早朝，史弥远首先启奏道："陛下，而今天下看似平静，但战局时起时停，耗资费力，国库空虚。近年税收，已成缩减之势，然度支逼急，为充实国库，减轻朝廷压力，臣以为唯有加印会子，方为快速聚财增效之策。臣请圣上恩准。"

史弥远刚启奏完，郑清之亦出班道："陛下，宁宗嘉泰三年（1203年）杭州会子库设置监官。开禧三年（1207年），我大宋发行会子之金额平均相当于其赋税收入金额的八成。嘉定二年（1209年），会子之流通额度，共有一亿一千万二千五百六十万贯，已经高达乾道四年（1168年）的十一倍之多。嘉定十一年（1218年），我朝又增印五百万道会子，充作抗金军费。前车之鉴，后车之师。重印会子，乃是舒展财政颈喉之良策，请皇上恩准。"

郑清之一言既出，户部尚书沈浩、谏议大夫李知孝与给事中王塈等人，有些傻了。几位大人望着史丞相，暗思道，真是高人谋局，同声相契，同气相求。史弥远的良策果然是良策，要不然，史丞相话一出口，郑清之怎么就立即附议呢？我等几人昨日亦曾去过史丞相府上，议论此事，郑清之并不知晓这件事呀？还有什么说的，绝对是好方法了！如此寻思一番，于是几人出班异口同声道："圣上，臣等以为，重印会子，是舒展财政颈喉之良策啊！"

理宗皇帝一听众大臣均提议要重印会子，那就准奏吧。便启齿道："史爱卿之策，既能舒展财政颈喉，朕便准奏。着交钱监司操办。由史丞相监理此事，拿出发行条例来。"

史弥远赶紧叩谢道："谢皇上恩准，臣监理会子，万死不辞。"

从次日起，史弥远就着手制定发行会子之条例规章。不久，钱监司便将五万道会子印制好交由户部发行。史弥远所拟条文规定，自印制新会子上市后，不再以金、银、铜钱兑换，而只以新会子兑换旧会子，并且把旧会子折价一半进行抵兑。如此一来，真金白银滞留府库，致使会子充斥于市，币值跌落，物价飞涨，民不聊生。

随着会子发行量逐渐增多，为防止相邻金朝印制伪钞流通于市，钱监司对会子版式设计了防伪标记，同时对会子之发行设定分界，分界即期限也。乾道四年始有分界，会子分界发行后，三年为一界限，旧会子收回。但三年届满却未严格执行。绍定时期虽又倡导分界之约，但仍未严格执行，如此反复兑换，民间会子越来越多，物价节节高涨。

至端平年间，这种"楮轻物贵"之现象更为严重，各地谷米昂贵，粮市有粮而平民难以买籴。百姓手持百文会子，实难买到些许物品。因通货膨胀而造成物价急剧上升之现象，在端平年间，酿成多桩劫粮案件，百姓埋怨连连，地方官府也无法解决。到了嘉熙年间，水旱为灾，农田失收，米价腾贵，其他百物因受米价影响，一致上涨。豪民百姓破家荡产、气绝缢死之事例接连发生。民间怨声载道，父老皆痛恨挥泪。

时浙江东阳县有一卫姓人家，当家之人名唤卫德宏，年三十六岁。家有五口，老父，妻子，以及两个八九岁的孩子。卫德宏有田地十二亩，平素种桑养蚕，经营丝绸，连年劳作积累下财产六百余贯。新会子下发，州县张贴文告以旧换新，卫德宏携带家藏六百多贯旧会子前往衙门经办处兑换，但只兑得三百贯会子。辛苦经营两年所得财富，一日之间便已折损了一半。卫德宏心下难过，便与公差争执，公差对其一顿训斥咒骂，遂将其赶走。

卫德宏回家后，妻子见丈夫拿回三百贯会子，起初不相信，以为丈夫弄错。丈夫言说公差确实只兑给三百贯。妻子心情忧伤，怀疑其夫是进青楼招妓开销掉一半会子，回家后为了应付家人而借事狡辩，便数落男人不顾家、是不孝之子，绝望至极。妻子越说越恼，言语越发尖锐，卫德宏内外受气，怒从心起，顺手拾起一根木棒击妻，岂料，失手打在头上，击中妻子之命穴，妻子当场亡命。卫德宏愕然后大哭，悔恨交加。心灰意冷之间，他持刀赶往会子兑所，欲向公差寻仇，恰逢公差下班离去，寻仇未果。卫德宏报复未遂，跟跄回家，痛悔不已，一狠心便持刀自尽了。其父从外边回家，见儿媳已死，儿子也自裁，向邻人问其故，知悉原委，老父伤心绝望，也寻根绳子上吊自缢了。只留下两个幼童，哭天抢地，凄凉至极。

不料，三日后，卫德宏的妻弟韩安全闻知姐姐一家的悲惨事，气恼愤慨之间，认为事由在于公差，他们理当偿命。于是韩安全手持朴刀，赶往兑所将两名执勤公差刺伤，为姐姐一家报仇。后被官府捉拿到案，判为刺配海南琼州之刑。其父母闻知此讯，惊诧失望之间，亦上吊自缢，引发了连锁事故。

对于南宋政府采取大量印造纸币来维持国计之策，朝中大臣多有微词，其中有少数官员奏陈上书，力陈其弊。秘书少监兼太常少卿刘克庄也上书谏道："主兵，大臣之责任，国家版图日缩，财力日耗，用度不给，尤莫甚于近年。近年持续滥发会子，扰民害国，其取半兑现之术，国民皆有损失，其害也猛于虎狼。造币以立国，苟然以救目前之急，乃是饮鸩以止渴。然岁入依旧屡减，臣请圣上废弃此拙劣之策。"但是，朝廷由史弥远当权，只对谏言者回应道："会子国策乃匡国之路，民间偶有端倪，在所难免，焉能以偏概全，良策收益在于持续，不可浅尝辄止，朝令夕改。"因此未有变革。为杜塞言路，不日又将刘克庄改授为江东提刑之职，外放为官，以儆效尤。

当然，在会子的发行和兑换过程中，史弥远等人，以为国聚财之名，以空套实，却是捞取了大量中间折损之好处。对于一些受害者的反对，他们自然是听而不闻，能打即打。

十二、杨妙真设计保楚州

却说李全被孛鲁所领蒙古大军围困于青州城这半年期间，楚州人皆传言李全已战死。宋廷原淮东制置使徐晞稷因优待北军，遭遇奸臣恶意弹劾，已被罢去制置使之职。

此时，新调派的淮东制置使名叫刘琸（zhuó），此人与徐晞稷截然不同，又处处打压北军。他听闻青州危急，不但不派兵援救，还认为李全被蒙军围攻是为朝廷除去一大隐患，借此机会欲乘机消灭驻在楚州的杨妙真及其统领的部众。十月初，刘琸传令驻扎盱眙的北军另一支军队，让其率军进攻杨妙真。这支军队的统制名叫夏全，原是刘二祖部下，自刘二祖战死后，他便成为这支北军的统制。夏全接到檄令，便率四万大军陈于楚州城外。

杨妙真临危不乱，召诸将商议对策，有人提出趁夏全所部初到未稳，应出城迎战，袭其锋芒。有人提议可传信言明当今局势与利害关系，让制置使刘琸传令夏全撤军，不要豆萁互焚。杨妙真认为两种意见皆不可取。如果应战，本部虽有三万人马，可以抵抗城外夏全统领的四万盱眙兵士，但双方激战，必定死伤无数，而且胜负难定。如果传文向制置使刘琸辩论利害，让其撤销进军，左右其消灭我部的想法，实乃与虎谋皮，属于扬汤止沸之举。而今之计，只有釜底抽薪，才能保全自己。

打定主意，杨妙真让部下李璟出城邀夏全入城饮宴面谈。盱眙兵马总管夏全接到杨妙真的邀请函，思之再三，决定进城与杨妙真一晤，看她有何高见。

夏全从西门入城后，杨妙真亲自到城门口迎接。入帅帐后，酒肉款待，酒至半酣，杨妙真说："夏总管，常言道白驹过隙，时光恍惚，我等归宋已近二十年了。"夏全道："往事依稀，夏某尚且记得。"

杨妙真道："想当年，夏总管，哦，那时应当是夏头领，其时我随家兄转战益都、临淄、济阳、博山等州县四野，夏头领跟随刘二祖大统领转战泰安、滕州、蒙山一带，声名显赫，让金兵昼夜难安，又对我等奈何不得。"

夏全道："杨总管一言既出，唤起我等诸多回忆，那时杨总管青春年少，貌美如花，手使九转梨花枪，胯下鎏金枣红马，杀敌制胜，天下无敌，可谓玉面含春威不露，统军驰骋万里尘。夏某虽能闻名，但未见其尊容，让人羡煞！"

杨妙真道："不然，如今妙真我光阴老去，青春飞驰，人瘦黄花，山河飘落，狼烟漫天，整日栖息军营，兵甲傍身，纵使统兵持戈，然无一时之安歇，尚恐他日死无葬身之处呀！"

夏全道："杨总管何出此言？"杨妙真道："君不闻我家相公李全遭受蒙军围攻数月，内无粮草外无援军，突围失败，已在青州遇难吗？"夏全道："夏某已曾耳闻。"杨妙真道："既如此，夏总管莫非忘记自己此行楚州之目的了？"

夏全愕然，手持酒杯，不知所措。

杨妙真道："适才妙真说起往事，非为忆昔峥嵘岁月，实为追忆同室操戈，抗敌卫国抚民安邦之事例啊！你我皆为山东人氏，虽入宋室，然离亲旧，去乡邑，名为宋军，实为官家庶母之子，爹不亲娘不疼，乃是苦树藤上两颗瓜矣。你我和则为贵，相欺必残。夏总管今奉制置使刘琸令统兵剿杀我部，未知夏总管意欲何为？但听妙真一言，再动手不迟。"

夏全道："杨总管有何高论，但讲无妨。夏某我当洗耳恭听。"

杨妙真道："其实，古人云：兔死狐悲，唇亡齿寒。今日你奉命来剿我，明日，人必奉令来剿你。此乃你我同一种命运呀！"

夏全听闻杨妙真此一席话，虽无言以对，但对杨妙真所言亦有同感。稍顿，夏全豪饮一杯，举手作揖道："杨总管勿恼，夏某此次统军前来，非为我愿，实为制置使刘琸大人传令遣使，我等受其节制，有令岂敢不奉？"

杨妙真道："敢问夏总管如何遵令？"夏全道："杨总管早已晓之以理，夏某亦非糊涂官，唇舌相伤之事，我夏某决不会去做。我统军此次来，是做个样子而已，决不窝里斗。"

杨妙真见双方转敌为友，便道："夏总管，妙真今有一计，夏总管可愿听？"

夏全道："杨总管有何好计？夏某愿闻其详。"杨妙真道："夏总管既然奉命而来，如果不出兵，或者回军撤走，制置使刘琸面前也无法交代。

只有按计行事方可称安。”

夏全疑惑道：“那我接下来该如何做？请杨总管明示。”杨妙真遂将一张纸递于夏全面前，夏全看到纸上写着八个大字：借机行事，诛灭琸贼。愕然道：“如此，夏某……不敢……”

杨妙真道：“此计若成，贼人已除，你我合兵一处，结为秦晋之好。我之所部，亦是你之所部，岂非皆大欢喜？”

夏全目视杨妙真，见其风韵犹存，心旌萌动，便道：“杨总管此话当真？”杨妙真道：“莫非夏总管不想当真？莫非夏总管还想让妙真我孤芳自赏，孤独终老吗？”夏全道：“夏某做梦都想。如此甚好。夏某我立即去办。”

夏全兴冲冲回营后，做了一番安排。次日下午率领五百名部下，从南门入城，以谒见制置使为由，带兵包围刘琸于州治府衙，刘琸闻报，惊异万分，在亲兵的护卫下，拼死逃出府门来到东城门口，守城军士拒绝开门。刘琸出不得城，仓皇逃上城楼，在随从的帮助下趁着夜色缒城，后来租一小船，沿着运河逃往扬州去了。

夏全逐走淮东制置使刘琸后，兴冲冲来见杨妙真，本以为可以与杨妙真喜结连理、共度百年了。谁料杨妙真早已派遣上千名兵士守卫在帅府门前，杨妙真将夏全拒之门外，让卫兵传话道：“夏全拥兵自重，主使部下谋杀制置使，已酿成大罪，看在当年同为北军抗金之情分上，网开一面，请自行裁处，否则楚州兵马总管将传令捉拿凶犯与主谋，交付朝廷处置。”

夏全自知上当，但为时已晚，只好率兵溜出楚州城。眼见捕杀制置使未遂，已酿成大祸，回盱眙无望，在宋朝也无立脚之地，只有另觅其主了。夏全向部下说明叛宋心意，纵兵在城外掠夺一些财物，然后带领愿意跟随西上的部下万人左右，一路往西，投附金朝去了。

李全在楚州的几万兵力，依赖于智勇双全的杨妙真而得以保全。

楚州刚刚安宁，东边驻扎于涟水的李全部下将领李福与刘庆福却发生内讧。刘庆福嫉妒李福仗着是李全兄长的福威，逼使商人使用其船自淮转海，至胶西行商，抽取税金，从中谋取利益；李福忌恨刘庆福两年前带人诛灭前淮东制置使许国，曾立下大功，手握兵权，傲慢自大。二人互相猜忌，矛盾日深。

一日下午，李福以夫人生辰为由，在住所设宴邀请刘庆福赴宴，刘庆福不知底细，按时赴会。席间，李福说了一通奉承话，刘庆福悦耳之间放开肚子饮酒，待他微醉时，李福突然摔杯为号，周边伏兵立即冲出，乱刀杀死刘庆福。

李福纳其首，带领二百名亲兵，以诛灭叛将请功为由，去见宋廷驻楚州兵马都监官姚翀（chōng）。姚翀数月前才听闻淮东制置使刘琸遭遇驻军袭击，生死不明，今见楚州又起军乱，以为又会出现上次刘琸之变故，听到通报，深为惊恐。命人回话给李福让其等待，他怕性命有误，夜里只身逃出楚州，后因一路颠簸，身染重病，死在去明州（今浙江宁波）路途中。

南宋朝廷听闻在三个月内楚州连续出现两次军乱，认为北军骄兵悍将，承事不慎，为臣不忠，更觉不可靠，难堪大用，以楚州军历次内乱为教训，于是一些朝臣纷纷议论应该轻淮重江，遂改楚州为淮安军，视若羁縻州。于是，拨付给养粮饷始有锐减。

如此一来，李全所在楚州部众军粮不继，多有怨言。其部下国安用、张林、阎通、邢德等人均想立功，以邀宋廷恩眷。他们协商认为宋廷减发钱粮是李福谋反所致，又商议需杀掉李福献出首级，以谢其罪。于是择机趁夜色起兵杀死李福与李全二子。张林、阎通等人杀了李福后，怕杨妙真怪罪，一不做二不休，带兵冲入杨妙真府邸，先杀府中随从数人，后杀一女人，误以为是杨妙真，实为李全之妾刘氏，他们将几颗首级函送京师，说明事由。

尽管张林、阎通等人杀人谢罪，事出诚意，但朝廷认为楚州实在混乱不堪，已成杯弓蛇影之势，便檄文告知盱眙军总管张惠、范成进、时青并兵进驻楚州，尽杀李全在楚州的嫡系余部，以绝后患。于是，楚州兵马再度内乱，死伤无数。

已投蒙古的李全得报恸哭不已，速告蒙古大将军孛鲁，以尽快剿灭楚州兵马，攻取楚州献礼北朝可汗为由，请允许其率军南归。孛鲁见李全报告书信誓旦旦，同意了他的请求。

五月初，李全率军回到楚州时，张惠、范成进已杀了李全部下彭义斌及彭杔（zhé）等数百人后率部投降了金朝。国安用见李全安然归来，便杀死张林、阎通、邢德几人向李全赎罪。接着，李全率兵杀死时青，将其属下合军并入他部。李全入城后，得知杨妙真未死。当初，张林、阎通等人带兵杀入杨妙真府邸，杨妙真正在内庭休息，听到喊杀声，遂持剑躲进暗室，由暗室进入地道逃往附近养子李璟的房中，二人躲上屋顶，方逃过一劫。

李全平定楚州内乱，又呈表于宋朝廷，请求归附，宋廷恩准，仍授其为两镇节度使。此后，李全再次依附宋廷，他以丰厚待遇募兵扩军，不限南北人，很快聚兵五万。接着又大制舟船，自淮及海，樯舟相望。李全表面归附于宋朝，以取宋朝钱粮给养，实际上仍然阴附蒙古，往往贸易货物输入蒙古。又遣人焚烧宋御前军器库，以销毁宋朝兵备。他广制舟师，名为扩建备战，实为野心勃发，以图宋朝东南地区。

金正大七年，即宋理宗绍定三年（1230年）八月，李全巡察淮水，大阅舟师数日。当李全籴麦船通过盐城县时，宋廷知扬州府事翟朝宗见多艘籴麦船往来于河道，甚为可疑，以"官民私自组织籴麦粮船违反转运律令"为由，令兵士扣押夺取。李全闻报，大怒，以捕盗为名，率水陆大军数万进军盐城，李全下令兵士攻入城中，夺回粮船，又将城内所贮公私盐货，尽为他部所有。李全又上书宋廷，声言捕盗入城安民，不得已而为之。史弥远与枢密院几位大臣商议后，以宋廷名义未加李全之罪，还罢去翟朝宗官位，改任赵璬夫摄事。

李全接到朝廷回文，仍不撤兵，一面加紧造舟，招募水手，一面又上呈奏章，要挟宋廷欲将沿江制置使赵善湘、淮东总兵岳珂等人罢官。

李全的行径实属得陇望蜀，令宋朝廷无法接受。众大臣议论一番，皆言李全行为放荡，以数万水陆大军入城捕盗，其行为难以置信。何况沿江制置使赵善湘、淮东总兵岳珂等人素无罪过，何以要罢官夺职？其言行有些怪诞。同知枢密院事郑清之认为李全行为反复，前有诛杀许国之嫌，后有降蒙之实，后在归宋以来，对相邻州府动辄加以刀兵，有不臣之心，对如此逆臣，应当进行讨伐，以彰国威。礼部尚书魏了翁也赞成出兵讨伐李全。

于是宋廷决意出兵讨伐李全，由淮东总兵岳珂领淮东驻兵、兴化军共计五万出击。

李全得知宋廷讨伐他的信息，便公开与宋廷敌对，即调拨兵马，欲先取通、泰二州，然后再渡江攻取南宋京师临安。李全率领五万兵马十天便占领泰州，随后又进兵取通州、扬州，在湾头与岳珂所领宋军相遇，遭宋军列阵拦阻，无法前进。

李全目标在于攻占此三城，便筑起长围，与宋军展开了长达半年的对峙战。初期，李全以大军强攻之势，发起猛攻，夺得通州城外宋军两座营垒，获小胜。但自宋绍定四年（1231年）正月起，李全军一再被岳珂率宋军击败。自李全向宋军主动攻击以来，宋廷削去李全官职，罢去钱粮。

李全部下数万人马，开销巨大，军队给养日渐不济，眼看战况不利，放弃通州，转而对扬州城发起强攻。李全亲率兵士一万人攻扬州东门。淮东提点刑狱兼知滁州府事赵葵亲自领军五千在扬州城头坚守迎战。贼将张友向城门呼喊要求赵葵出见，赵葵出城相见，李全在城壕对面站立互问劳苦。赵葵左右之人都想射杀李全，赵葵制止不可，遂质问李全道："李将军身为宋朝节度使，不镇守淮北，却领军前来攻打扬州，这是为何？"

李全愤然道："朝廷动辄就猜疑我，现在又断绝了我部下的粮饷供应，我并非想背叛朝廷，只是索取钱财粮饷罢了。"赵葵道："将军之言差矣！朝廷多年资助你钱财粮饷，宠幸你予以官职，也算待你不薄。朝廷一直把你当作忠臣孝子款待，而你反而倒戈一击、攻陷周边城邑。你攻陷城池在先，朝廷断粮在后，你如此造作，朝廷哪能不断绝你们的钱粮供给？你自称不是叛乱，却兴兵接连攻占周边城池，如此之举，是欺骗人呢，还是欺骗天呢？"

赵葵一番责备之言，软中带硬，让李全无法回答。他羞恼地问道："反则反了，你又能怎样？"言罢张弓搭箭射向赵葵。赵葵早有防备，侧身躲过一箭。

赵葵部下见李全放箭，便也一齐向对方放箭。随后双方厮杀一场，李全虽然兵众，但由于宋军早有防备，部署得当，攻击有力，两军激战两个时辰，未分胜负。次日李全继续率军攻城，赵葵指挥军士在城上用器械痛击，李全部下损伤几千人。连攻几天，李全攻城不得，欲战不利，军心动摇。赵葵与赵范率强勇军、武定军、雄胜军、宁淮军合计一万六千人，看准时机，出城连连出击，李全部下连吃三次败仗，共折兵一万五千人，主力人马损失惨重，李全再次陷入进退维谷之境地。

正月十六日，李全求胜心切，率兵又向宋军挑战，赵葵令宋军闭门二日不出战。第三日，宋将赵范、赵葵出城讨战。赵范用计诓骗李全道："竖子李全，你敢随我到河边拼杀吗？"李全出营道："爷爷山上都敢，岂怕河边，小子看枪。"言罢，挺枪跃马杀将过来，双方交战一阵，赵范道："竖子，果然好枪法，爷爷实难胜你。"佯败，引军逃走，李全哪里肯放，紧紧追赶。追赶二里左右，赵葵率伏兵三千人马杀出，堵塞李全退路，赵范引兵回头来战，李全被前后夹击，被迫逃走，向北逃至新塘，陷入数尺深之泥淖。宋制勇军将领赵必胜等二千名伏兵又杀出，用乱枪将李全和一百兵卒刺死。李全时年四十二岁。扬州之围全解。

主帅既死，李全所部乱了阵脚。岳珂率二万大军全线出击，李全余部兵败，死的死，降的降。泰州城也得以收复。李全尚有余部三千人马逃还楚州，以杨妙真主之。宋军一路追击，杨妙真只得出城迎战，后在湾头一战被宋军击败，损失惨重。

二月后，天气渐暖，宋军趁天时大举进军，淮安、涟水、建湖、阜宁、泗阳等五城在两个月之间俱为宋军攻破。杨妙真余部看大势已去，信心全失，大多离散。四月底的一日傍晚，杨妙真带三名侍从驾一小船北渡淮水，与养子李璟逃回山东老家。不久继任金朝益都行省知事，居数年而死。到此，李全在淮安、淮阴之余部或为宋廷所灭，或投敌降金。楚州由赵范、赵葵兄弟领兵驻守，边防暂且稳固。

十三、弥远试论养鹰道

李全所部叛乱将近一年，淮东聚兵征伐数月，终于得以剿灭，淮东也得以新定。

此年四月，沿江制置使赵善湘认为宋军击毙叛将李全，稳定边防，其功不小，应当论功行赏，以慰将士。于是便向朝廷上书一封，以制置使的身份，陈述整个战役的艰难和辛苦，为将士们请功，请将表现突出且立功显著的将领晋升一级官职，对于立功部卒和参战兵士，给予不同程度的实物奖励。他还给出了具体建议：就攻城而言，分为云梯攻城、火炮攻城等几种情况，还要视其攻城难度分别给赏。其中又有"攻下府城赏银""攻下州城赏银""攻下县城赏银"等几种不同赏银之标准。

以云梯攻城为例，第一个攻入府城者赏银二百五十两，州城二百两，县城一百五十两；第二个攻入府城者赏银二百两，攻入州城者赏银一百五十两，攻下县城者赏银一百两。如此类推，攻入府城城池前五人都给以赏银，以五十两为基准递减。对于水战赏银则分别以船只的大小（共分三等），依次赏赐先跃登敌船者前四人、三人、二人不等。比如，登一等船第一人赏银一百两，二等船八十两，三等船六十两；登一等船第二人赏银八十两，二等船六十两，三等船四十两。以二十两为标准，依次递减。

冲锋陷阵赏银分为两种情况，一是"凡强敌在前、阵坚垒固，能倡众战胜攻克者"，二是交战双方"势均力敌，有于本营中冲锋前进者"。针对此两种情况，朝廷应按军功分别给予五十两、四十两、三十两不等之赏银。以前朝阵亡将士抚恤为例：左右骁卫上将军一千两，兵马总管八百两，统制七百两，副将六百两，武功大夫五百两，武德大夫四百两，飞骑尉三百五十两，云骑尉三百两，武骑尉、武翼郎一百五十两，修武郎一百两，马兵七十两，步兵五十两。

赵善湘认为，对于将领只有赏银不足以鼓舞士气，因此奏议："大兵所至之处，或敌人坚壁相距，或大列阵相迎，有能挺身先登，以及越众冲锋者，应各依立功等第，授予守备、武功大夫等官。至于先跃敌船立功者，应各依船之大小等第，授以武德大夫、保安大夫、武功郎、武翼郎等官，并各给赏银有差，以示鼓励。"

在奏报上赵善湘做了一番强调，言道："为了确保战争机器能高效运作，历代朝廷对军队将士之奖赏和抚恤事宜都十分重视。我从本朝既往在沿袭上代制度之基础上，又做出了些许改变，对于那些在战场上立功之将士给予优厚赏赐，即'功赏'也。从而激励将士，使其在战争中拼死用命，做到战无不胜，攻无不克。"

史弥远看完奏报，不由拍案道："此份奏报，诚如恃势要挟之书耶！"他认为将士们求赏欲望甚高，此书不是奏报，而是向朝廷谈判邀赏之举。

兵部和枢密院几位大臣看过奏报，议论一番，一些大人也认为，如今战事频繁，将士们抛头颅洒热血，打下城池，平定叛乱，收复失地，实乃以命换之。军校理应给予赏赐，将领应赐以高官厚禄，士卒应赐以粮饷、抚恤。此乃人之常情，也是励兵之策。

史弥远道："你等知道什么？御将之道，譬如养鹰；饥则依人，饱则飏去。想我朝初年，大将军曹彬统军下江南，扫除他邦，宋太祖也未肯以使相封之。况今边戍未撤，警报时至，若诸将逐一遂其所求，志得意满，骄惯成性，战端若起，突有缓急，谁肯效死？"

三个月前才应召入朝出任权礼部尚书兼端明殿学士魏了翁，听不下去了，劝道："古人云，无功不受禄，无德不受宠；民无食则不可事，故食不可不务也，用民则不可不励之。难道有人肯白白效死？"因为他前几天刚受皇帝指派督视了江淮京湖兵马，看到了将士们守土从军的辛苦，也觉得前方将士们泣血奋战，既立功，乞求奖励，也无过错。

几位大臣争论了一番，史弥远对自己的主张仍是坚持不渝："如今风云变幻，国家动荡，国之臣民，理应持戈止乱，挥袖止扰。保家卫国，是每个臣民应尽的义务。"

乔行简听了史弥远之言道："史公，这种谬论，不可再三张扬。昔日，淮东北军各部有二十万人马，故此，金朝不敢轻易南下用兵。后因史丞相主张制置使拍之打之，某些北军部众因不堪忍受朝廷多次之粮饷减扣、轻视与掣肘，故而数次叛乱投向金朝，致使朝廷既失守土将佐，又增大敌方势力，也损我朝国威，还要派兵征剿。这又何必呢？"

枢密丞旨王储也道："国势微危，人心为上。丞相只知排除异己，徒使人力，不识抚慰人心，长此以往，人心殆尽，何以安天下啊！"

史弥远听闻此等言语，便道："老夫何曾不知抚慰他人？只是不赞成倾囊相授、惯坏他人，掏空国库而已。赏赐之事，适可而止。"说完，他看看众大臣，又道："对于有功将士，可以嘉奖，但是，只可得到有限的赏赐。此事，不可小题大做。"

对于史弥远坚决否定赵善湘以及一些大臣赞成对平叛立功将士进行优厚奖励的提议，只答应象征性地有限赏赐将士的决定，淮东路之官员、将士闻之，皆愤愤不平。一些将士便密谋商议，要想方设法抓住时机，寻找短处，对权奸之徒史弥远进行打击报复。

当然，史弥远虽独居相位，也惧怕树大招风，况朝臣中对他独揽朝政、迫害济王、矫诏擅立理宗多有微词。偶尔有大臣寻机上折弹劾他。虽然理宗因感念他有拥立之功而多加庇护，终究难得安宁。因而，史弥远屡次假意上疏乞归，未曾获准。但是，他也略加小心。

然而，不久，淮东将领赵葵派人四处打探，终于抓住了史弥远的一个短处。

原来，史弥远到了晚年，他想在家乡找一块上好的墓地作为归宿。

有一天，史弥远为找墓地召集了许多风水先生，请他们四处探寻上好墓地。过了不久，有一个风水先生来报，言说他找到了一处上好风水之地，请史弥远前去现场视察。史弥远去看了一次，原是一条沿江之山岗，史弥远怕水，不太满意，风水先生称其可以继续寻找。又过了一个月，风水先生来报道："丞相，此次小可所选之地，绝对是江浙独一无二之宝地。"

史弥远有些不信，风水先生道："丞相，一人之见不谓好，百人之见不谓差，此乃一处经过多人在众多宝地中筛选过千百次的绝佳地方，绝对是上千宝地中一方灵山。"

史弥远喜不自胜，便带上心腹随从去了。原来，风水先生带他所到之处，竟是阿育王寺所在地。不看则已，一看，史弥远最终看中了阿育王寺这块"八吉祥六殊胜地"。史弥远在寺院转看了半日，觉得很合心意。出得寺来，他让人找来知府，指使他下令在当年八月中秋节后拆寺院，以备建坟。

阿育王寺众和尚听到这一消息，如雷轰顶，头昏脑涨，个个急得如同热锅上的蚂蚁。阿育王寺方丈老和尚更是目瞪口呆、六神无主。眼看还有一个月零十天就到八月中秋了，如果没有良法，中秋众僧就要四处流浪去了。他让人叫来全院僧侣征求意见，言称谁能想出妙方，保住此寺这块风水宝地，将来寺院之方丈，就由该人来继任。

但是，大家面对当朝丞相史弥远这个一人之下万人之上的大权贵，谁能有良方。

一晃过了四天，方丈还是没等来有人上报良方。愁得方丈整天唉声叹气，嘴角起泡。

第五天下午，有个小和尚匆忙从外面赶回来，去见方丈，言说他有高策能保护本寺院。此和尚名叫师范，高约四尺，年仅十三四岁，因外出化缘，听闻此事，便赶回寺院应急。方丈左看右看，看不出这个年轻小和尚有何才能，便问他如何才能够保住寺院。

师范眨动双眼，凑到方丈耳边如此这般说了一通策略。方丈道："当真可行？"小和尚道："出了差错由师范一人承担。"原来，今日小和尚在路上遇到一个蓝袍书生，书生问他可是阿育王寺僧人？小和尚回说正是。蓝袍书生便拉他到树后，授给他这个计策。可能这是一位高人，算准他会经过而专门等在路上指点小和尚的。方丈闻言，面露喜色道："阿弥陀佛。天佑我寺啊。你所言之法，师父允准。但要小心行事。你需要几名帮手？"小和尚道："不多，共需二人。除我之外，另派一名与弟子同样年岁的小师兄即可。人多反而误事。"

随后，小和尚带上那名由方丈找来与他一般大的小师弟智慧，往南宋都城临安赶去。三日后，正逢月黑风高之夜，有两个人影四处晃动。天亮后，百姓看见，城门、宫墙、大街、桥头、店铺外皆张贴有一尺见方的文书。近前视之，竟是一张抄诗单。单上书写道："育王一块地，常冒天子气；丞相要做坟，不知主何意？"

临安百姓皆对位高权重的史弥远怨恨不已，见了抄诗单后，便纷纷传言道："史弥远独断专权久了，私欲日益膨胀，如今要霸占天子气，心生王莽之意，将欲谋皇篡位了。"

第三日，三名出宫采买的太监和三名宫女，把所闻之消息传进皇宫，且把收集的诗单呈送给皇上。宋理宗素知史弥远为人，自思此人心狠手辣，曾经为了独揽相权，暗中诛杀了对其有恩的丞相韩侂胄大人，后又蓄意谋杀了废太子赵竑。昔日，史弥远一手遮天帮他登上皇位，如今也难保史弥远不会野心勃发，暗中操作，篡夺皇位啊。理宗越想越担忧，疑虑陡起，便把贴身太监董宋臣叫来，嘱他秘密组织十名年轻太监，手执利剑，隐藏在宫殿两侧，以作试探。约定以理宗摔杯为号，若其真有逆心，见机而行，当场诛之。安排妥当，已近黄昏，便差一小太监将丞相史弥远宣进皇宫，查问此事。

史弥远入宫见皇帝道："圣上宣老臣进宫，不知何事？"皇帝道："朕听闻爱卿欲拆阿育王寺修坟？可有此事？"皇帝言罢，还将两张诗单在史弥远眼前晃动了几下。史弥远见此状，怔了片刻，回头看看，发觉宫殿四周静悄悄的，亦无宫人走动，似有一股寒气，已感到有些不妙，他自思，倘若皇上此时翻脸，不光富贵难保，恐怕还有灭九族之祸了。于是，赶紧拭汗，跪地答辩道："陛下，臣冤枉呀！诗单所言，实乃民间误传之言！"皇帝道："何以见得？"史弥远叩头道："臣的坟墓，早已做在东钱湖大慈山了。民间忌恨微臣日久，故诗单无中生有，望万岁明察。"皇帝见史弥远诚惶诚恐，又言道坟墓已造在他处，便打消了惩处史弥远的想法，借坡下驴道："既如此，甚好。其实，朕也不太相信。你且平身。"史弥远道："真是误传、误传之言啊。谢万岁不责罚微臣之恩！"起身出宫了。

如此一番惊动，史弥远出宫直接找到知府，让他告知阿育王寺院，不必搬迁了。阿育王寺终被保留下来。随后，史弥远之坟墓，也真做到东钱湖大慈山了。

史弥远未料一场茔坟选地举动，竟引出一场风波，几乎使他遭受灭顶之灾。其实，那个为小和尚师范出主意整治史弥远的蓝袍书生，就是淮东将军赵葵派出来四处搜集史弥远之短处，进行打击报复，为兵士们出气泄愤的军营帐下掌书记官刘杲（gǎo）。

十四、京湖协议取河南

话说史嵩之从最初到襄阳任户曹开始，到二年后被升为襄阳通判，再到第三年知枣阳军，一是以勤勉能干被人赏识，二是目光敏锐擅于屯垦固边，三是屯垦有方稳健襄湖，两年为国积谷达七十万石，成绩卓著而再兼任制置司参议官。他知道，屯田之利乃朝廷之基石，军粮更是军队之胆魄、胜利之根本。于是，史嵩之继续推行屯垦事务，为国谋利，也因此官升二级。随后以直秘阁、京西转运判官兼大理寺少卿，次年擢升湖北路制置副使。在任期间，他在叔父丞相史弥远支持下，循序渐进，使襄阳一带政务军备持续发展。他努力经营襄阳，在襄阳、枣阳、保康军、随州等府军推广屯田，为坚固襄阳之防守备足了粮草和兵马。两年后又升为大理卿兼权刑部侍郎，旋即升授为京西、湖北路制置使兼知襄阳府，"赐便宜指挥"。至绍定五年（1232年），史嵩之又被加迁兵部侍郎之职。自此，史嵩之成为了京湖战区统帅。

史嵩之成为京西湖北路制置使兼知襄阳府的一路诸侯后，非但不骄，反而韬光养晦，勤俭持事；他鼓励农桑，训练兵马，奖优罚劣，驻军军容齐整，将领军纪严肃，战斗力增强；他常暗中将襄阳地理整治和撤戍增防的机要情况报告给史弥远，无论军需和器械，还是论功犒赏之资，抑或是军马战备之需，皆能得到朝廷大量优先配套供应。

绍定六年（1233年）三月，莺歌燕舞，桃红柳绿。史嵩之带上两名小校，到东城外巡察驻军屯垦情况。视察完毕，史嵩之骑着马返回城中。

阳春三月，天气晴新，暖阳如煦，史嵩之与校尉放缓马缰慢慢行走。行不多远，临近小溪，溪水潺潺，河边一簇簇迎春花吐露出沁人清香。堤岸上，菜花鹅黄，蜂飞蝶舞，姹紫嫣红。小河对面便是沿坡而居的一片村庄。

史嵩之问校尉道："此村名叫什么？"校尉道："正是厚朴乡石坎村。"史嵩之觉得村名好熟，略一沉思，突然想起五六年前他来过此村。那时正是初冬季节，四野萧条，难怪觉得此村似曾相识，当年那个在小山坡前哭坟的农妇藏在一丛落叶树林中，若隐若现，史嵩之见她可怜，为她申冤报了夫仇，似乎记得她的丈夫名唤汪修，还领着个孩子呢。一晃几年过去，不知农妇和她家孩子过得怎么样了。想到这里，史嵩之道："随我进村走走。"便策马跃过小溪，向石坎村里走去。

到了村边，史嵩之下马步行。偶遇一中年农夫下田耕作，史嵩之打问道："请问汪修家人是否在家？"农夫怔了一下，便回道："汪修呀，早就死去几年了。"史嵩之道："他的家人现在可好？"

农夫道："汪修的妻子和孩子都在家中，大官人可去家中探看。"

史嵩之找到汪修家门前，看到一妇人正在用手推小石磨磨粉。史嵩之细看，认得是吕氏，便道："小嫂子，还认得我吗？"吕氏看了史嵩之一眼，仔细分辨，忽然丢下手中活计道："您是通判史大人？恩公啊！不知恩公驾到，失敬、失敬！"言毕，倒头便拜。史嵩之把吕氏扶将起来。吕氏望着一旁一名劈柴后生道："儿呀！还不快来拜见咱家恩公。"那后生丢掉板斧，过来也对史嵩之纳头便拜。

史嵩之让随从拉起后生，道："这是何人？"吕氏道："这是奴家的孩子。当年十岁的小娃娃，今已成大人。"

史嵩之望向后生，此小子身高体健，浓眉大眼，身着蓝色布衫，一角掖在腰间，像个屯垦的军士，颇受人喜欢。见小后生望着他憨笑，史嵩之望了一眼柴堆，看到地上有一本书，拿起来，随手一翻，乃是《春秋》。史嵩之道："平日你还读书？你叫什么名字？"后生拱手道："禀大人，小人名叫汪友谨，平日生计之余读点《千字文》《春秋》《千家诗》而已。"

史嵩之对吕氏道："而今你家日子可好？"吕氏道："承蒙大人当年垂怜，为民妇申了冤，惩治了恶人，还判令那强人赔偿奴家几十两银子，有此弥补，生计尚可，民妇用这些钱币为俺公公医好了病，又剩了些钱，供孩子上了私塾，读点闲书，不图获得功名，只望孩子知礼义，懂事理，做个勤劳质朴的好人。"

史嵩之道："你家孩儿名字取得甚好。"吕氏道："不敢欺瞒恩人，自那年奴家丈夫被人打死后，奴家就悟出个道理，要想出人头地，只有读书识字，才能让人有智慧，博闻强识，成为与众不同之高人。后给孩子取名汪友谨，就是要让他做人诚实，与人为善，行事谨慎，能成就一番事业更好，即便不成正果，也不要像郑重州那般欺世惑众，恶贯满盈，被人唾弃。"

史嵩之听罢吕氏之言，便赞道："大嫂之言甚是。"又问汪友谨道："后生，你出了私塾，可还拜了先生？"汪友谨回道："小人去年在城里拜了个郭先生，小人时常去请教些学问。"史嵩之拍掌道："如此甚好。"

几个人正交谈间，吕氏的公爹汪炳南老汉从田地里回来了，听说恩人在此，急忙拜谢。拜完，嘱咐儿媳杀鸡烧菜温酒，要招待史嵩之。史嵩之不想过多叨扰，汪老汉再三强留，见老人盛情挚意，史嵩之也不再推辞，在汪家歇息用饭。饭毕，史嵩之对汪友谨鼓励一番，还言道，今后如果有甚需求，可去城中找他相助。随后告辞而去。

却说史嵩之回到襄阳城，已是午间，刚想歇息一会儿，有人来报，称大蒙古国的窝阔台汗遣使臣王楫一行十人，南下来到京湖，求见史嵩之。史嵩之不知窝阔台汗遣使臣来找他何事。多年来，史嵩之并未与窝阔台汗有过交往。倘若窝阔台有何军国大事，可差人到临安去与朝廷相议，来京湖路首府襄阳城会见制置使能谈些什么？

不过，既然人都来了，且见他一面，看他有什么可谈之事。史嵩之便传令，召窝阔台汗来使王楫进来相见。王楫，字巨川，乃是凤翔府人氏。自凤翔被金国占领后他便沦落为金朝人，曾上书金帝论国之要事，因高琪元帅举荐，金朝特赐进士出身，授副统军，守涿鹿隘。蒙军入河北后，王楫兵败为成吉思汗所俘，宁死不屈，大汗见其忠义，未诛之，授都统。参与过蒙军破中都之战，后兼行尚书六部事。考虑王楫通晓南宋机宜朝事，故派他来当专使。

王楫进来，呈上窝阔台的文书。史嵩之看了，才知窝阔台欲与史嵩之商议，要他协同进攻金国、支援蒙军粮草之事务，并许下诺言：灭金之后，将河南地区归宋廷所有。

史嵩之道："自嘉定十七年（1224年）金哀宗完颜守绪登基，下令停止与宋之战争后，至今已有九年了，宋金已停战睦和，你来言说，岂不是想挑起事端吗？"

王楫道："史大人好一个'停战睦和'。难道史大人忘记了金宣宗兴定元年（1217年）四月，金国发动的攻宋之战吗？这一开战，就是七年，最终因'士马折损十不一存，国家精锐几近丧尽'，金朝处境危难，才不得不停止战端之事，难道金朝一直视宋廷如密友吗？"

史嵩之道："总而言之，战端既开，劳民伤财，连年兵灾，人所共愤！"

王楫道："史大人，请别忘了，宋之二帝，遗骨北葬，靖康之耻，历史铭刻。南朝君臣亦无颜去见江北父老之面啊！宋金世仇，不共戴天，如今天赐良机，百载难遇，此仇今若不相报，难道让金朝喘过气来，再磨刀霍霍，侵犯南朝故土才算美哉善哉吗？"

史嵩之听王楫晓以大义，将之激之，便道："也罢。你家可汗一句话，就要我大宋出兵数万，还要粮草若干，区区几言，我大宋岂能轻易相信？"王楫道："窝阔台大汗，是大蒙古国的大可汗，是万人膜拜的英雄，他之吐唾，落地成钉，岂能言而无信？"

史嵩之道："无证据和信物，本制置使无法相信。"王楫道："这有何难。"言罢，叫过来一名同伴，从锦囊中取出一物呈与史嵩之。看时，竟是一支银头金雕之箭，已成两段。王楫道："窝阔台大汗担心你等不信承诺，本北臣特使出发前，大汗特折箭为誓，让北臣王某带来出示，相约以为见证。"

史嵩之见王楫如此之举，只好应允："王使臣，此函收受，请回复你家大汗，容我向朝廷奏报，随后便有佳音。"王楫辞谢而去。

于是史嵩之便将此事奏报朝廷，请予批准。同时，还写了一封密函，一同送往临安，交给丞相史弥远，与之上报相议。朝廷大臣进行了三次朝议，有些许大臣认为此乃报世仇之机会，也有一些大臣认为"联蒙"灭金后，会给南宋带来唇亡齿寒之劣势。但若宋廷与金国合作共对蒙古，胜算概率也不甚大，即便是打赢了蒙古，就金人之秉性，也会掉转刀剑砍向南宋之军民。有大臣指出，如今，蒙军灭金势在必行，南宋若不参与，金也会灭国，若出兵参与更会被灭，与其坐看金国被蒙古所灭，不如和蒙，助力一把，免得引起蒙古对南宋的抱怨。再者，联蒙，战后还能讨回一些被金国占去的土地，宋朝领土就会扩充，在纵深方面就会加强，也向蒙军展示自己的军事实力，使其投鼠忌器。两害相权取其轻，先报世仇再说。

到了十月，又有新消息传来，数月前蒙古窝阔台与拖雷所部分兵从凤州入关偷袭利州东下又攻取洋州、金州，在躲过京湖路宋军追击拦截后，蒙军顺利借道成功，进入金国境内。

但是疲惫不堪的蒙军被在禹州郊外以逸待劳的十五万金军包围，双方激战数次，蒙军伤亡数千人。在蒙军处境艰难之际，金国主帅完颜哈达与副帅移剌蒲阿为了争功，二人之间相互掣肘，金军数次贻误战机，最终让蒙军等来了一场大雪。金军将士自入主中原以来，从未遇到过如此寒冷的天气，以致僵冻无人色，几不能成军。而习惯塞北寒冷天气的蒙军却抓住时机，拖雷率军对金军实行反包围，采用疲劳金军的战术轮番对金军进行攻击袭扰。蒙军知道金军急于突围，故意在三峰山留出一条缺口，当金兵从此路逃跑时，蒙军窝阔台部伏兵四出，突飞猛进，两支蒙军前后夹击，大败金军，杀死完颜瞻、完颜彝等骁将，击垮了金国最精锐的十万部队。残军退至钧州城内，五日后蒙军又攻占了钧州，俘虏了副帅移剌蒲阿。

尽管随后窝阔台与拖雷部会师后，拖雷被窝阔台设计毒死，但是金国赖以生存的关河防线已经残破，精锐丧失，离亡国不远了。

宋廷分析形势，在史弥远强烈建议和决策主张下，南宋朝廷决定联蒙灭金，不愿错过最佳时机。遂命令京湖制置司出兵。史嵩之于是派京西路兵马钤辖孟珙携江海、江万载叔侄等将军领兵三万、运粮三十万石，北上与蒙军会师。

出发后，孟珙对江海、江万载叔侄道："此行出兵，一为和蒙灭金，二为收复故土。我等宜兵分二路，见机行事。我领二万人马开赴邓州方向，你等二人领兵一万北上奔赴汴梁与蒙军会合。"江海、江万载二人言道有理。于是宋军分成二路向北进军。

分兵北上后，江海、江万载叔侄与蒙军南北夹击，金军节节败退。很快打到汴梁城下，联军包围了汴梁。不久，城将陷前，金哀宗眼看情势危急，留下丞相张天钢和大将崔立守城，随后带皇后向西遁逃欲入蜀地据守。但逃至郾城，听闻宋军从唐州方向夹击而来，自知西逃无望，只好折身向东南逃奔往蔡州城而去。

金帝逃走后，守将崔立自知金国京城必会陷落，便带人封存了城中府库钱币，以便蒙军进城后向蒙军邀功。在这节骨眼儿上，千户将李伯渊放火焚烧了封丘门，乘乱杀死了崔立，把他献奠给金哀宗，然后开了汴梁城门。降将李伯渊献城纳降后，又献上府库财宝，还将金国皇家宗室妃嫔公主王妃等大约五百人，统统送往蒙军大营。蒙军杀掉一些年轻男人，只留一些力衰者充作仆役，年轻女眷留在营中作为玩物。上百名宗室女眷难忍士兵肆意欺辱，大多自尽而亡。野外弃尸无数，情状可怜。随后，蒙军撤走，李伯渊投降了宋朝。

却说孟珙率军主动出击，十日便攻克了唐州、申州，接着又大败武仙于马镫山，降其部众三万，收了赵祥等降将。不久，又攻克邓州，彻底切断了金国西逃之路。孟珙正欲带领军队收复汝州、禹州，最后向洛阳进军，忽听探马来报，言称金哀宗带领一干人马逃往蔡州。孟珙整合五万兵马追赶到蔡州，包围了蔡州城，继而对蔡州城进行了月余的围攻。

至端平元年（1234年）正月，孟珙命部下夺取城外制高点柴潭楼，宋军冒矢雨挖开潭堤放潭水入汝河，以薪柴填平潭池。军士过潭勇猛攻城，到次日午时蔡州城终被宋军攻破。金哀宗闻讯自缢而死，亲近随从欲焚烧其尸，正点燃帐幔，孟珙带人冲进行宫，扑灭焚物，携带金哀宗一半尸体及金国皇帝的仪仗器械和玉玺等宝物凯旋。

至此金国彻底灭亡。宋军顺势向东进军，收复了寿州、泗州、宿州、亳州及涟水军，加上消灭李全所得之楚州，共五州、一军、二十县之地。两淮全境得以收复。京西又得唐、邓、申、蔡四州，京东得邳州二县。三月下旬，孟珙等将领率军归来。入城时，受到南宋军民夹道欢迎。数日后，宋廷择日以金帝完颜守绪之尸体，率领百官在临安行以祭祖大礼，并将俘获的金国丞相和数十名大臣行以献俘礼，以雪当年靖康之耻。孟珙因功被皇帝授以侍卫马军行司职事、江陵府都统之职。

此次"联蒙灭金",南宋亦算是受益者。史嵩之善于用将之能力也彰显无遗。因此,此一战给史嵩之带来了无限声誉,同时也使理宗看到了他的才能。

十五、史弥远病逝传相位

话说当汴梁城破之消息传到丞相史弥远耳中时,他知道金朝亡国指日可待,顿时感到精神抖擞、心旷神怡。因为,汴梁城被围,金国震荡,其中自然有史弥远定策南宋出兵之功,再则,若金国破灭,既可去除金国骚扰国境之烦恼,又可以一雪那年矫诏诛杀韩侂胄与金"和议"后,招得万人痛骂为"屈膝媚金之徒"恶名的耻辱。

想到此处,史弥远一阵兴奋,拿过纸笔,展纸挥毫,赋诗一首云:"铁蹄得得今欲消,胡虏绝尘宫阙摇;遗民额手眺王师,归我河山更妖娆。"

写罢,史弥远忽然生出去西子湖中乘船秋游的欲念。

打定主意,史弥远一面命令家院备车马,一面差人分头去请郑清之、薛极等人一同出游。

一个时辰后,受邀之人权兵部尚书宣缯,端明殿学士、签书枢密院事薛极,给事中兼翰林侍读学士盛章,谏议大夫兼秘书郎李知孝,监察御史梁成大,谏议大夫朱端常,户部尚书沈浩,参知政事郑清之等人先后赶来。史弥远说明事由,众人皆大欢喜,于是一同乘车出发,出城前往西湖游玩。早有家院与仆人备好一艘双层式大画舫。众官登舟,饮酒赏景。

席上，签书枢密院事薛极最懂得史弥远今日之心思，举杯道："诸位大人，今日西湖美景如画，实乃饱受丞相心灵感应之故。我等耳闻汴梁欲破城，金国将亡，此乃史丞相高瞻远瞩决策之功，我等当敬丞相满杯，以示敬仰。"

监察御史梁成大道："薛大人之言甚是，丞相功高德厚，金国败亡在即，大宋收复故土将要梦想成真了，我等应该先庆贺丞相功德圆满再早日晋升为王爵。"史弥远闻言，开怀大笑道："诸位，同贺。"举杯与众人同饮一大杯酒。

一班人觥筹交错，饮酒谈诗。酒过三巡，忽听附近有唱曲之声，史丞相让仆人探看，乃是湖边一名老翁携带两名女子在卖艺，仆人把老翁与女子招上船来。

众人看时，但见两名女子皆是十六七岁，身着红袄绿裙，粉面桃腮，煞是清新。二人手执琵琶，两名女子轮番唱了几首曲子，边唱边弹。一名女子先唱了一首曲子。众人听了，知是高邮才子秦观之词《浣溪沙·漠漠轻寒上小楼》，词曰："漠漠轻寒上小楼，晓阴无赖似穷秋。淡烟流水画屏幽。自在飞花轻似梦，无边丝雨细如愁，宝帘闲挂小银钩。"

另一位女子接着唱，先唱了晏殊的词《浣溪沙·一曲新词》。词曰："一曲新词酒一杯，去年天气旧亭台。夕阳西下几时回？无可奈何花落去，似曾相识燕归来，小园香径独徘徊。"

众位大人听完曲子，拍手叫好，此女子受到鼓舞，又唱了两首。头一首还是晏殊的名词《破阵子·春景》："燕子来时新社，梨花落后清明。池上碧苔三四点，叶底黄鹂一两声，日长飞絮轻。巧笑东邻女伴，采桑径里逢迎。疑怪昨宵春梦好，元是今朝斗草赢，笑从双脸生。"

第二首曲子所唱乃是李清照的《武陵春·春晚》。词曰："风住尘香花已尽，日晚倦梳头。物是人非事事休，欲语泪先流。闻说双溪春尚好，也拟泛轻舟。只恐双溪舴艋舟，载不动许多愁。"

此曲词意感伤，格调沉郁，苦闷流泄，感慨特深，勾起许多不堪往事，诱人愁眉不展，不太合宜今日欢庆场景，让人有些扫兴。于是，郑清之挥了挥手，让其退下，仆人便向她们赏了些钱，打发二位姑娘下船而去。

史丞相一班人又往湖中游玩了一会儿，眼见天色已晚，便弃船上岸，乘车回府。

当夜史丞相觉得喝得有些过头，便早早歇息了。次日太阳老高，史丞相还未起床，夫人让家人摆好早餐去请丞相用餐，可请了两次未来，询问，仆人支支吾吾。夫人起疑，亲自去请，方才见到史弥远正歪靠在床头，口眼歪斜。原来史弥远中风了。

夫人赶快派人去请来郎中。郎中诊脉后，问了丞相最近行踪和饮食情况，言道："史丞相是因饮酒过量致此。"

夫人不明白为何丞相经常喝酒无事，而昨日喝了一场酒却中了风了，是不是酒质不好。夫人嘀咕道："一同饮酒，其他各位大人，怎无病症呢？"郎中道："同饮一壶酒，体质不同，反应也各异。人之增岁，饮酒皆有中风可能。再者，饮酒并非短期内就会致病。饮酒过度对肝、大脑亦有伤害。"夫人道："就请先生尽力医治，医好我家老爷，重重有赏。"郎中道："夫人言重了，古人云，医者父母心。小人会尽心施治，非图金银之打赏。"言罢，提笔道："小人先开药两剂，给丞相服用后，再行诊断。"郎中开了药方，亲自抓药，拿回让人煎熬，一日三次，尽力给史弥远喂服下去。

次日下午，史弥远病情有所好转，可以慢慢说话，虽然吐字有些不清，但明显出现了好转征兆。夫人欣慰。郎中又对药方作以加减，亲自抓药，拿回让人煎熬给丞相喂服。

第五日，丞相能下床了，但是行动尚不便利，右腿麻痹，需他人搀扶才能挪动脚步。史弥远自知此病短期不能痊愈，傍晚，差人邀来了郑清之。

史弥远道："郑大人，老夫病魔缠身，估摸短期不能处理政务。丞相之位不可虚空。乔行简拜参知政事兼知枢密院事已有三年，且他性刚胆壮，敢言敢谏，近年又暗中网罗盟友，其心可见，今我不能上朝面君，但国事繁重，圣上必有增进丞相人选之思虑，在此非常之时，更不能让乔行简抢先，让相位落入他人之手。"郑清之看了史弥远一眼，没有言语，见史弥远望他，便道："丞相吉人自有天佑，只要静心调养，不久即可痊愈。"

老家院亦安慰道："老爷，您福大命硬，天运长久，不要忧心。"

史弥远摆手止住老家院，示意他不要打扰，对郑清之道："你任参知政事已有三年，参与朝政日久，谅你必能胜此大任。今夜我欲起草奏折，力荐你为丞相，但请圣上恩准。今找你来，特相告知，请勿推却。"郑清之闻此言，跪地行了大礼道："恩相栽培，筹谋甚远，弟子实在难报大恩也。请受学生三拜。"

果然，隔日朝会，皇帝待臣子们奏完事后，当廷宣布，擢升郑清之为右丞相兼同知枢密院事。参知政事乔行简闻言，面露惊讶之色。他怔了一下，左右看看，正欲上前说点什么，侍中喊道："皇上有旨，今日早朝到此，退朝。"众臣跪拜道："吾皇万岁万万岁。"众大臣只好散朝而去。郑清之心下明白，此次，史丞相推荐他为右丞相人选，皇上未做任何犹豫便准了奏折，皆因他前几年担任过皇上讲学教授之职，皇上熟悉他的为人，故而相信他。

又过十余日，史弥远病情有所好转，虽然抬步较慢，竟然能走路了，便强撑着上了一次早朝。散朝回到府中，生性好强的史丞相下得轿来，推开来扶的仆人，自行勉强走进了厅堂大门。落座吃下一杯茶，欲去书房处理事务，谁知起身刚走两步，竟然脚下一绊，摔了一跤。仆从急忙扶他起来，这一跤，史弥远又口眼歪斜起来，家人们将他扶到卧房。此后，虽然请来郎中仍旧开方服药，却一日不如一日。至十一月底，竟然身不能动。第二日傍晚，一阵恶痰涌堵，史丞相一口气上不来，便一命呜呼了，享年六十九岁。

皇帝闻知史弥远病逝，辍朝三日，派右丞相郑清之及签书枢密院事薛极前去吊唁。

按照惯例，史弥远作为南宋朝廷独自一人干政摄事二十余载、辅政宁宗与理宗两朝之丞相，今已亡故，理应对其追封爵位，赐予谥号，加以慰勉。

朝会讨论时，郑清之首先提议道："弥远丞相执宰十数载，操劳国事，寒暑无畏，废寝忘食，殚精竭虑，天下安泰，功勋昭然，可追封卫王爵位，宜谥号忠献。"

尚书右郎吴潜道："郑丞相之言，不妥。史弥远掌权二十六年间，天下泰安乃陛下之福，非弥远的才能。如今联蒙灭金，虽收复数州故土，弥远虽曾执意助其出兵，实乃陛下决策、将士用命之故。臣数年前上书给史丞相，提出正君心，缩减俸禄，重用老诚廉洁之人，用良将以御外患，革除弊端休养生息等六条。但弥远排斥异己，贪污中饱，加重税金，无视良言，使大宋国势渐微。更有甚者，他主张聚财，滥发会子以救一时之急，饮鸩止渴，导致民心弥散而国力渐衰，臣以为弥远既无卫王之才，也无卫王之德，实难配享此等爵位。"

吴潜所奏之辞，激起平素对史弥远心怀不满的一班大臣的情绪，纷纷附议吴潜，皆言史弥远实难配享追封卫王之爵。乔行简也趁机启奏道："陛下，臣也附议吴大人的提议。臣以为，史弥远外取货财，内坏纲纪，于国实无功！自我大宋立国以来，卫王多为皇室宗亲配享，史弥远既无托天之功，也非皇室宗亲，不可封之。否则，他便有僭越之嫌。以后，皇室帝胄，又何以加封呀。"

几位大臣皆如此反对，弄得皇帝一时也无良策。

好在签书枢密院事薛极及时出班奏道："臣思之再三，以为史丞相执宰期间虽有过失，但也良禽司鸣，忠心守户，老骥伏枥，志在千里，人有失足，马有失蹄，人非圣贤，孰能无过？史丞相饱经风霜，操劳国事，并非劳而无功。臣以为可授他两镇节度使、封会稽郡王，可以谥号'忠献'。"

薛极的折中调和之论，使皇帝有了台阶可下，于是允准了薛极的提议，便追封史弥远为会稽郡王，谥号忠献。十余日后，在乔行简提议下，皇帝将史弥远亲信李知孝、梁成大、袁昭等人加以贬谪，任命洪咨夔、王遂为监察御史。

十六、端平入洛宋蒙开战

金国灭亡之后，理宗虽然献俘太庙，但蒙古却迟迟不归还蔡州以北河南大部地区。根据当时形势判断，贪得无厌的蒙古，就像一头嗜血之雄狮，盯住南宋富庶国土，正在拭血磨爪以待机撕啮呢。宋、蒙早晚必有一战。江淮守将赵范、赵葵等人因此提出了攻取洛阳，据关守河以备抗蒙的策略，并得到了丞相郑清之的支持。但这一战略，是否可行，实在关系到南宋的存亡，于是就拿到朝堂来进行讨论。

其实，理宗亲政后，很想行恢复之计，也想夺回河南地区，尤其是郑州西侧巩义皇陵，乃是宋室发祥之地，亦是皇家尊严和象征，作为皇帝必定常念在心。在金朝灭亡后，四个月内就两次派人前去拜谒祭奠，同时暗中进行军事观察，他的内心非常赞成出兵中原。

这时，参知政事乔行简据理直谏道："臣以为不可。自古英君先治内，而后治外。帝王欲用其民者，必得其心以为根本。数十年来，上下皆怀利者不顾大义。民只顾遵令守律，难得安康，战事起时岂有效死之人？年初我朝联蒙大战方罢，兵马未憩，倘若官不惜其军民，卒不爱其将校，临阵岂有奋勇直前之士？自古英君，图谋中兴，必须选将练兵，丰财足食，然后举事。今边面辽阔，出师非止一途，老臣请问，朝中大将，可当一面者有几人呢？"

乔行简此言既出，其盟友监察御史杜范、王遂二人也一同反对："是的，陛下，将士疲惫，国力不振，出兵北伐时机尚未成熟。兵马一动，兴师十万，日费千金，千里送粮，士有饥色，给养不继，能壮军威吗？战能攻克吗？"

乔行简主和是一贯的，但其实这次反对"据关阻河"，更多的是出于乔行简个人的因素，他早有结盟取代郑清之的企图。见有好几位大臣持反对意见，皇帝只好作罢。

数日后，大将全子才、孟珙二人先后又上书提议攻取洛阳，据关守河以备抗蒙的方略。旧话重提，皇帝只好又在朝堂上重议此事。

乔行简再次出班劝道："陛下，出兵伐洛，臣以为尚不可以。昔秦皇汉武，国力雄实，对外用兵，无不先集粮草后聚雄兵，体肥胆壮，再伐域外。兵家云，欲行其兵，先看退路，有道是投鼠忌器，若攻洛不成，骑虎难下，雄狮如蒙，亦未向善，愤犬如虎，怒难安抚。一旦攻洛不成，惹怒了蒙军举兵南侵，恐难收场了。"

郑清之道："乔大人言之过激，我大宋将士亦非摆设。年初联蒙北上，孟珙将军攻势如虎，不是以数万兵马数月之间就拿下五州二十县了吗？"

杜范道："今百姓多垂罄之室，州县多赤立之笫，大军一动，资费多端，战端开启时日或长或短，并非人能控制，军费将何以持续供给呢？"

由于史弥远去世，皇帝不再被束手束脚，朝政之事亲自决策，便说："行军攻伐，原是武将职责，众武将皆陈述攻洛之利，必有成竹在胸之势。文臣只知纸上谈兵，反复议论行军攻伐之事，何足道哉？此事不要再有争议。"朝廷最终决定发兵入洛。为了方便布防和进兵，朝廷任命赵葵为淮东制置使，升全子才为淮西制置使，升赵范为沿江制置使。

但发兵入洛能否成功实施，京西湖北路制置使史嵩之成了关键人物，因为襄阳与洛阳毗邻相望，无论增兵还是助粮，都可谓有捷足先登之优势。当朝廷把这一决定传达给史嵩之时，他坚决反对，并上书六条，力陈非策；但决策已定，赵葵三万兵马已调发，不再更改。在两淮军出动之后，皇帝传旨加以兵部尚书的职位来诱惑他参加，竟也被史嵩之一口回绝。他回奏道："京湖之兵，能战者几万？留屯而守淮、襄者几万？"陈清不能参战的原因。尽管史嵩之反对出兵，但理宗与郑清之还是让他负责筹措粮饷，史嵩之以"荆襄连年水潦螟蝗之灾，饥馑流亡之患，极力赈救，尚不能聊生，不可得陇望蜀，自乱其阵脚"为由推辞，并再次表达了自己反对举兵入洛之立场。

既然朝廷已经决策，而且有两淮将领的支持，又加之安顿兵马调集之事已毕，郑清之认为必须同心协力，一致对外，于是就致信史嵩之，派亲信送达襄阳，嘱他"大事付诸，勿为异同"。史嵩之接到郑清之书信，推辞不得，最终勉强接受了这一职务，回书道："虽世事维艰，纵然春米为炊，我当尽力而为。"事实上，自史弥远去世后，郑清之为弥合朝廷大臣之间的裂痕，召回了真德秀、魏了翁等不愿与史弥远合作的"名贤"，彻底改变了史弥远执政时期"满朝紫衣贵，尽是四明人"的局面。结果郑清之不仅既得罪了四明人，也没有达到弥合朝廷群臣间裂痕的目的。相反，这些召回的名贤，尤其是朱学人士杜范、李煜等人因曾得益于乔行简的提拔，便很快与乔行简结成了同盟，并帮助乔行简谋相位以取代郑清之。在史嵩之看来，这就是迂缓，他不愿同郑清之合作。

端平元年（1234年）五月，绿肥红瘦的花草树木把初夏的大地点缀得恰到好处。趁天气还未燥热，宋廷命令全子才统兵三万，作为前部先锋从淮西西进。很快全子才就率军在半月之间拿下了商丘。宋军初战小捷，军心大振。六月，全子才留下五千人马留守商丘，率淮西兵马士卒二万余人继续向西，进入开封城外，安营扎寨，做好攻城准备。接着赵葵率领淮东军主力三万也赶往汴京，与之会师。两军合围，不久就克复了古都汴京。但出乎宋军意料的是，蒙古人对中原的破坏让人难以接受，不但汴京无屯粮，蒙军还决开河堤引水破坏了两淮至汴京的运粮道，军粮补给只能全靠荆襄一带。

此时，天气日渐炎热，蒙古大汗窝阔台考虑到粮草不足、天气炎热，传令将大军北撤到黄河以北，河南只有大将速不离和塔察儿率领的两支机动部队为主力，其余守备都是原来金兵投降蒙古后被改编的汉军，以刘福为河南道总管，还有都元帅张柔屯兵徐州。

宋军为了全线铺开，出其不意地快速攻克西边城池，占领黄河一线。会师后，等待五日仍不见襄阳军粮运到，全子才则分兵一部向汝州进军。而赵葵竟然不顾粮饷未集结的情况，将远道而来的队伍强行编成两队，分别由徐敏子、杨义指挥。由于粮草不足，赵葵强令各军只带六日口粮出发，计划只要军兵攻克洛阳，就一切好说。赵葵一面传令部队出发，一面派人南下襄阳催粮。

徐敏子前锋将领张迪率一千宋军抵达洛阳，城内只有几百蒙军，宋军很快收复了洛阳。次日徐敏子整军攻进洛阳城。第二天，宋军之前携带的六日军粮，已在过去的八天里吃完，加上洛阳已被蒙军破坏，粮草无法补充，宋军开始出城"采蒿和面作饼而食之"。

而当天下午，杨义指挥的庐州强勇军一万五千余人，行军至龙门镇，遭到蒙军骁将刘亨安部的伏击。原来，蒙军大部撤走时，还在孟津、潼关等地留下几百哨骑侦察宋军动向。故而宋军进入洛阳后，蒙将塔察儿便派万余蒙军渡河围攻宋军。杨义指挥将士奋力冲杀，怎奈敌强我弱，加之敌人占据山头等有利位置，弓箭、飞石、檑木从高处落下，又加上蒙古骑兵的包抄冲击，许多宋军被拥挤跌入洛水溺死，最后几乎全军覆没。

龙门一战后，蒙军逼近洛阳，徐敏子所部与速不离的部队相对峙。宋军无援无粮，徐敏子决定出城突围。宋军一面袭击蒙军前锋，一面率军向南撤退。但蒙军多为骑兵，宋军以步兵为主，加之粮草不继，三天两战，宋军虽杀敌四百余人，夺得敌军盾牌三百多面，正面战斗不落下风，但蒙军骑射手叠加从南边攻击宋军后队，宋军溃散。整体而言，宋军两战皆败，最后被蒙古军骑士追奔数百里，杀伤或杀死者十之五六。

赵葵闻听徐敏子所部战败，从汴梁急率军一万余人前去增援。但走到半路，遭遇蒙将塔察儿率领的二万人马的截击，因行军急速，对地形不熟，军心散乱，也被塔察儿击败。最后宋军整合两路人马退至颍昌，坚守半月，仍然不见襄阳军马接应和粮草补充。而全子才所率兵马正在围攻汝州，还未攻下，塔察儿又率军三万赶来，全子才所部也因粮草短缺，军心动荡，被塔察儿的蒙军三次攻击，也被击败，只好带领数千部下退守郾城。

原来，史嵩之及四川制置使赵彦呐距离北上伐洛军队最近，但双方屡次不理朝廷催粮的诏令，以天雨不便、行动困难为由，不给予帮助。原来史嵩之的心思是，原本自己一开始就不赞成这次出兵洛阳。倘若进军北上的部队在劣势下自己以粮饷供给，出兵北上部队打赢了，也是人家江淮兵马和朝廷的功劳；另外，他倡导经营襄阳多年，略有积蓄，不想因此次伐洛而使襄阳卷入战争，掏空荆襄粮草储备，削减襄阳守备实力，不愿让襄阳后事不济。因此，他便按兵不动。

退守颍昌和郾城的宋军粮饷不足，坚持到月底，进军无望，退到淮阳。最后，入洛的残余宋军毫无粮草补给，只好弃城退归原处。于是，撑到九月初，入洛四个月之后，以宋军损失兵马近三万，洛阳、开封、商丘"三京"再次丢失而告终。

宋军西进败阵的消息传到临安，皇帝大失所望，心情郁结，一连两日未上朝。

第三日，刚上朝，监察御史杜范就上奏章弹劾郑清之，他启奏道："陛下，郑清之身为丞相，不量其才，妄邀边功，用师河洛，兵民死者数十万。臣不忧出师之无功，而忧事力之不可继。此次功败垂成，国家损失颇大，颓势无法挽回。凡此种种，全归郑清之之罪。臣请对其追责，贬官夺职，以赎其罪。"

杜范刚弹劾完毕，其他诸人还未开腔，郑清之却抢前一步，伏地启奏："陛下，入洛北伐之事，操之过急，兵马粮饷准备皆不足，乃臣之罪恶。臣自请黜相位，罢官爵，为国赎罪，为民致歉，以正法纪。用师之败，损兵殄民，臣诚惶诚恐，不胜悲怆。"说完呈上早就准备好的奏疏，不肯起来。

此次西征，皇帝也是主战支持者，今出兵失利，亦是人非所愿也。但恶果已出，总得有个人背负这个罪责。但是，郑清之无论是策划方案，还是调拨人马、调和诸路兵马接济担当，都没有错。而且他忙忙碌碌，煞费苦心。故而皇帝思之再三，认为此次出兵，计划无误差，部署无漏洞，皆诸位臣僚配合不当、粮草不济之故。

此时，在家养病的参知政事薛极赶来，向皇上启奏道："入洛北伐之事，本是朝议所定，指路明灯，是为引领，行路过河在于行者，难道行路失足，也要责之指路人吗？故而，掣肘盲顾之人，有令不奉之官，罪责更甚。"薛极为郑清之开脱之言说中了皇帝的心思。

皇上道："今日朕身体不适，心神不定，追责之事，容后再议。"最后只得散朝。

第三天，郑清之又上了一道奏折，请罢相位。皇帝没有批复。恰好这时，监察御史王遂上书说："史嵩之本不知兵，居功自侈，谋身废公，欺君误国，留之襄阳一日，则有一日之忧。请免其职，以正人臣之心。"

皇帝收了奏章未置可否。直到第十天皇帝才下诏追究责任，称史嵩之"亦上疏求去，嵩之不肯转饷，罪尤甚于郑清之，准令免职"。遂免去史嵩之京西湖北路制置使之职，以待后用；对全子才、赵葵各削秩一级，对徐敏子、杨义各削秩三级，并停职；任命大将军孟珙为襄阳都统制，知黄州，节制黄、蕲、光三州及信阳军之兵马，权理京西路安抚司公事。

至于郑清之，他自知难辞其咎，便再三上疏，自我请求罢官。其意也诚，其责尽担，是为忠臣也。于是，皇上改授他为观文殿大学士、醴泉观使兼侍读。

一月后，朝廷又授予郑清之特进、左丞相兼枢密使之职。

十七、遭去职嵩之回明州

无官一身轻，有子万事足。君归定何日，我计久已熟。

史嵩之接到朝廷免职的诏书后，第三天便有了回浙江明州鄞县老家闲居一段日子的想法。而且父亲大人史弥忠去年初从提举福建盐茶事职位上告老还乡，如今老人已七十有四，年事已高。此次自己恰恰去职，更应该回家奉养老人，陪父亲颐养天年了。打定主意，他立即叫来家仆史喜迎，让其打点行装，租赁车船，不日停当了便要启程。

史嵩之罢官的消息，很快传到了襄阳城外厚朴乡石坎村的吕氏家。吕氏与儿子听说史嵩之被罢官，甚觉可惜，便与儿子汪友谨商议，说不定史大人这回罢官后，按照习惯会回老家去的。他们商定要在史大人离襄之前，前去探望恩公史大人一回。

吕氏亲自磨粉，做了米糕油馍，带一壶好酒，便跟儿子汪友谨一起赶到襄阳城中。母子俩打听了半天，才找到史嵩之的居所。吕氏表明了来意，史嵩之十分感动，问了吕氏母子近年来的生活状况，看到汪友谨比一年前更加成熟健壮，便问汪友谨近来做何事务，有甚打算。汪友谨道："平素在家读书耕田，有时也持刀习武。"史嵩之道："读书之余，习武甚好，如今战乱频繁，戍边乏人，国家急需上阵杀敌之能上。"

吕氏一听，便告诉史嵩之，儿子汪友谨一年前偶遇一位从武当山下来的道长，那道长身怀绝技，武功高强，听说是什么全真派的弟子。友谨便拜了这道长为师学习武功，道长也在城外老君庙住了下来，日常潜心传授友谨武功，一年多来，友谨刻苦学习，精心研修武功，技艺大进哩。

汪友谨听母亲直言相告，心念一闪，便向史嵩之提出，他欲投军入伍，不知道该投谁的麾下，请史大人给引荐一番。史嵩之思虑片刻，便道："你去投孟珙将军。他乃襄阳都统制，为官勇直，你可尽心相投。"随即写就一封引荐书，交与汪友谨。汪友谨母子辞谢而去。

次日，汪友谨收拾停当，便携荐书去投孟珙，孟珙见汪友谨精明干练，身强体壮，已有三分喜欢。随后让其演练武功，汪友谨演练了师父教他的三十路剑法。看完，孟珙拍掌道："甚好！"遂收在帐下，听候调用。汪友谨投军已成功，亲自赶到史嵩之居所，致谢相告。

史嵩之万事俱备，告别汪友谨，次日一早就离开襄阳城，踏上了回归故里的路途。

却说这一年，一入夏，浙江明州、绍兴一带连月大旱，饿死很多百姓，朝廷因为官多，加上奢侈浪费成风，致使财力有限，对于救灾一事一向是"风声大，雨点小"。再加上府县官吏不善组织民间力量自救，穷苦人家为度饥荒，好多家庭卖儿卖女应对天灾。

一日，鄞县有个三十多岁的妇人头戴重孝，拉着一个十几岁的背后插着草标的女孩子跪在街上，她自称白氏，声称是城外李家店人，公爹饿死，丈夫患病卧床不起，乞望有人买下女儿去做丫鬟，筹得几两银子回家葬父并为丈夫医病救命。年景不好，许多平民百姓家里也不宽裕，大伙围观一阵，向母女俩身边丢上几文铜钱后，低头缩脑纷纷离开了。

一会儿，来了一个身穿绸衫的三十岁出头的男子。他发现了跪在地上的这对母女，站住问明了原因。穿绸衫的男子看到青年妇人虽然穿得破烂，但身材苗条，一张瓜子脸配上丹凤眼，颇有看头；旁边跪着个女孩子，虽然十来岁，但也长得极为清秀，很是让人爱怜，便张口道："白氏，你想卖掉这一丫头？要价几何呀？"

自称白氏的妇人看了一眼对面男子，看他身穿绸衫，后边还跟着几个家奴，知是富贵人家，便说："大官人，奴家不得已才如此，若能养家活命，就是有百金之价也不愿卖掉孩儿。如今卖掉女儿，只图解困，不为贪财，大官人倘若想买，您看着给钱便是了。"穿绸衫的男子说："兔子遇骆驼立马让路，算你识大体。饥荒之年，谁家也无余粮。也罢，大爷给你十两银子，咱就成交吧。"男子说完，同旁边一跟班的耳语几句，大声说，给钱吧。随从便掏出十两银子放在妇人面前的地上。

妇人一见这白花花的十两银子，急忙给穿绸衫的男子磕头："多谢大官人可怜民妇，今天让民妇遂了心愿！"妇人谢过穿绸衫的男子，转身替身边的女孩子擦拭了一下泪水，取下她颈后的草标，又叮嘱了几句，就准备去拿这十两银子。谁知，绸衫男子的随从眼疾手快，一把将银子抓在手中。妇人的手停在半空，惊讶道："大官人这又是为何？"穿绸衫男子道："白氏，咱俩买卖已成交了。你说说你家具体住在哪里？丈夫叫啥名字？"妇人说："奴家是城外李家店人，丈夫名叫李致成，住在李家店后村。"穿绸衫的男子道："这就对了。咱们可以走了。银子嘛，不用你拿，让我的家人送到你家便是。"

妇人惊讶道："官人，这是什么意思？"穿绸衫的男子说："因为你也得跟我走呀。本公子我出了十两银子，是五两银子一个人，今日大爷我便买下了你们母女两个。"白氏一听这话，当即反对道："不行！奴家只卖女儿，没卖奴家自己。你若是这样做，我也不卖女儿了。"

穿绸衫的男子道："胡闹！光天化日之下，众目睽睽之中，买卖已成交，岂能说变卦就变卦！"说完，他指使家人拉起白氏母女两个，往家里扯拉而去，又指使一个年长的随从，将十两银子送往城外李家店的李致成家。

那个年长的随从手捧十两银子来到李家店，东问西寻，赶到李致成家，高叫几声，一个面容清瘦的男子拄根木棒从屋里出来。随从问明正是李致成后，将十两银子往他手里一塞道："你娘子和女儿一起卖了身，要给你爹办葬礼，这是卖身金，十两银子。你收着，好生处理家事罢。"

李致成一听，不相信道："什么？我家娘子一同卖身了？这不可能呀！"

年长的随从道："什么不可能？银子都送来了，怎么不可能？"

李致成急道："不对，她说过她要回来给我爹办丧事，给……给我医病，这绝不可能。"李致成听说娘子回不来了，一急，失控了，边说边一把抓住年长随从的衣袖又摇又晃："你是谁家的跟班？我娘子卖给谁家了？"

年长的随从怒道："狗拿耗子，多管闲事！你管我谁家跟班，有银子拿到就行了。"

李致成道："不对，不对！一定是你们欺侮穷人，霸我娘子，还我娘子，还我娘子……"

年长的随从被拉扯得烦了，把李致成猛一推，凶巴巴地说："你凶啥呀！是我家毛大公子看你们可怜，陡起善念，才买了人的，你朝我凶个啥呢！"

李致成迟疑道："毛公子，哪个毛公子？莫非是……"毛家随从说："告诉你，我家毛公子就是当朝户部员外郎毛达胜大人的儿子毛七虎公子，他看上你家卖身的娘子，是你的福分！"

李致成闻言，又拉住毛家的仆从说："不行呀！我不能卖掉娘子，她不会卖掉自己的，肯定是你们仗着有钱霸占我的娘子，我要到官府去告你们。"李致成喘着粗气，紧紧抓住毛家随从不放手，顾不得有病，跌跌撞撞地拉扯着随从来到县衙击鼓告状。

知县杨廷桢听到击鼓声，急忙升堂问案。

当杨知县问了一通经过原情，又听了毛家随从的陈述后，明白了个八九分。暗思，这事儿，若真审起来，不好收场也。他到鄞县任职不久后，毛公子就跟他经常来往，还常常将经商所得利润送他作为照顾之"酬谢"，他也顺水推舟，以父母官的身份多次对毛公子应酬互答，照顾有加。

但今天这事，既然李致成告到县衙了，不公开审理一番，恐怕不能服众。于是，他传令下去，让衙役去传毛公子来县衙问话。

衙役刚走，杨廷桢哎哟一声，称其内急，捂着肚子言道要去一下茅厕。到了后堂，他叫过一个侍从，悄悄吩咐几句，让侍从去告诉毛公子，然后回到大堂坐定。

一会儿，毛公子来了，上堂后，杨知县照例问了一番话，毛公子道："杨大人，冤枉呀！我是光天化日之下，在街上以议价论售的方式买了人的。当时既有人证，又有物证。如若不相信，请大人当堂验证。"

杨知县让毛公子先出示人证。毛公子高叫一声证人出来，随即上来了两个人，一个说他是毛公子的邻居，名叫张二，一个说他叫李财，是毛公子的家仆，当时他们都在现场，看清是先议好价，白氏向毛公子叩头感谢后，毛公子才出了银子，然后白氏托毛府随从送银子给她家丈夫的。跪在堂上年长些的毛府随从附声道："是的，正是如此，当时是白氏托小的送银子，去给她家丈夫的。"

杨知县点头道："很好。"接着问李致成："你有证人能证明，如你所言是毛公子霸占了你家娘子的吗？"

李致成道："大人，虽然小民断定不是我娘子自愿卖身，而是毛公子趁机霸占了我的娘子，但是我没……没有证人。"

杨知县道："李致成，好一个不逞之徒，你只凭臆断，没有证人，故此，你诉讼毛公子的罪名实难成立。毛公子，你还有证据补充吗？"

毛公子说有，于是他出示了一份手稿，说这是白氏到他家后，自愿订立的卖身契约。杨大人接过查看，契约说，白氏为了李家能渡饥荒，甘愿与女儿一同卖身于毛府，以十两银子成交，决不反悔。特立此约。时间是端平元年七月五日。上面果然有白氏的手指印。

杨知县一拍惊堂木，当堂判道："毛公子当街赎买白氏母女，位于街市，经议价后支付白银十两，属于合法行为；李致成状告毛公子霸占其娘子一事，无证无据，纯属诬蔑，本县不予支持。退堂。"

李致成得到了十两银子却失去了娘子女儿，回到村里见人就哭诉，村人明知是毛公子借机霸占他的娘子，可是人家有知县撑腰，谁人能奈何他？只好安慰他一番，帮李致成把老父埋葬了。而毛公子霸占白氏成功，当夜就把白氏给强暴了。白氏与家人分离，又遭此污辱，仿佛天都塌了。她泪眼婆娑地撕烂衣裙打结成绳，往屋梁上一挂，就上吊了。可是，死也不容易，很快她就被毛家仆从发现了。自杀未能成功的白氏被抢救过来后，毛公子派两个女仆人把她与女儿严加看守起来，别说出大门，连二门都不能迈过一步。

李致成得知娘子与女儿的处境，痛苦万分，他脑子一热，操起一把斧头一下就把门口的桃树砍倒了。他还扬言说要拿上斧子去跟毛公子拼命，幸亏邻居王小四眼尖，抢上前去把斧子夺了下来。李致成悲愤不已，蹲在地上，像狼嚎似的哭个没完没了。此后，初一十五，经常到东城门外的关帝庙烧香祈祷，希望神灵能早日显灵，惩治毛公子，还他个公道。

十八、史嵩之助力惩奸恶

眨眼到了年底。这一天，又是这月初一，李致成又到东城外的关帝庙烧香。进到大殿跪在地上，面对上边的神像李致成边叩头边诉说道："关帝神爷，您就显显灵吧，我今天又来给您老人家烧香来了，我实在是冤屈得很啦，您就替我做回主，把那个恶人收回地狱，给百姓出口恶气吧……"说着，他竟然哭起来，还以头撞地……

这时，旁边一个上完香的老夫人，看到李致成这样造次，有点怕人，甚觉奇怪，就上前扯住了李致成的衣襟，问道："这位兄弟，你有什么难事，竟如此悲伤？你可不能再向地上撞了，不然会出事的……"李致成多次来此上香，从来没有人这样关心他，今日见有人问起，他一下悲从中来，就一把拉住老夫人的胳膊道："夫人，小的心中悲苦，实在没有活路了呀……"随后，便把自己的遭遇，向老夫人说了起来。

李致成刚大概讲了个经过，老夫人拉起他道："先停下，等一下再讲不迟。快随我来，对我家相公讲去吧——"老夫人把李致成带到了大殿旁边的一个厢房。老夫人进了门，指着一个四十五六岁的老先生，对李致成说："这位兄弟，这是我家老爷，有啥话，你就对他说吧。"然后，老夫人就对老先生道："老爷，这位兄弟可冤屈着呢，你能帮就帮帮他吧……"

李致成听老夫人称先生为老爷，又说老先生能帮他，咚地就跪下道："老爷，小的有山海之冤呀……"接着，不管三七二十一，就泪水长流地把自家的遭遇说了起来。

原来，这位老先生，正是刚刚从襄阳罢官归乡的史嵩之。他和仆人史喜迎陪伴夫人王氏和丫头小慧等一行五人，先乘船，再沿长江，后至安庆弃船上岸，再乘马车，沿途顺便观山赏景，迤逦而行，最后历时一月零十日，于一月之前回到了本县。

史嵩之听了李致成的倾诉，十分震惊，他道："果然天下之大，鹰隼甚多。你遭遇杨县令愚弄，为何不到州府告状，揭发县令的胡作非为呢？"

李致成叹道："有这个毛公子拦在这里，一手遮天，别说去州府衙门了，一个县令就把我这等小民折腾够了，哪还敢再去州府告状？谁敢说不会官官相护？我等百姓穷苦潦倒，有苦也没办法。虽然说国有王法，可皇帝远在京城，天又高，皇帝又远，毛公子就是这里的王法。我等百姓有苦有难，犹如哑巴吃黄连，向谁去诉啊？"

史嵩之听李致成这样说，想想也是这个道理，便安慰李致成道："你不要难过。船到桥头自然直。你该干啥就去干啥，先把生活过好。这事我清楚了，回头我会查实取证，想办法为你申冤的。你先回家吧。"夫人让侍女小慧拿出几两银子，交给李致成，让他回家好好将养身子，不要再到处折腾了。

史嵩之告别李致成后，心想，如果杨知县真如李致成所说，那么此地一定还会发生一些让百姓闹心的事情的。他决定顺藤摸瓜，对当地的百姓生活进行察访，搜集县令与毛公子违法乱纪的更多的事实证据，再行处置。

经过几天的思索，他想出了一条计策。这一天，史嵩之打扮成一个教书先生，带了两个随从，沿大街小巷边走边道："先生受人之托要替金陵大戏园写几个戏本，向民间征集家长里短、冤屈恩仇之类的'掌故闲闻'作为素材。凡提供掌故者，必厚酬答谢。"他们叫嚷了多半天，遇到了十几个提供掌故者，虽说大多说的是与邻里相处的鸡毛蒜皮之类的纠葛之事，但史嵩之都让随从给付了十文钱的酬金。此后的四五天，他们照旧这样做，又接待了十四五个提供掌故的人，也付了酬金。

第六天，他们依计而行，只是把征集掌故的酬金提高到一两银子以上，要求提供的掌故越奇越苦越好。到了下午，他们转到了城外，一个路过的中年男人听到叫嚷过来，说他几个月前经历了一件冤屈事，问先生敢不敢写成戏文？史嵩之说敢。男人说他叫李致成，几个月前娘子和女儿被一个当地的恶人霸了。史嵩之心想这不是在庙里遇见的那个人吗？只是李致成没认出史嵩之，史嵩之让他细说原情，还让随从准备了纸笔做记录。李致成将娘子如何被霸占，以及他告到县衙县令又如何断案之经过细讲了一遍。

史嵩之见详情记录完毕，对李致成安慰一番，又给了他五两银子作酬劳，让他回家等待，还说，戏文写好后会给他送去一份的。

第八天，史嵩之他们在东城郊外转悠叫嚷时，来了一个老汉，年纪六十上下，说他叫韩纲，也有一件掌故要提供。史大人把他请到旁边茶肆坐下，让他细说端详。

韩纲道，半年前一日，他和儿子在东城望海楼酒楼打理生意，那天下午来了一个公子，说要出二百两银子买下他的酒楼。望海楼酒楼位于十字街，他家已经经营七八年了，已是老店，生意不错，别说二百两银子，就是五百两银子他也不能出卖。

第二天，那人又来了，声称愿出四百两银子买下酒楼。韩纲本来就不卖，一口回绝道，多少钱都不卖。那人没如意，气冲冲地走了。

过了十天左右的一天下午，韩纲在酒楼做生意，突然来了两个公差，传他到县衙应诉。韩纲懵懂地到了县衙，只见儿子在大堂上跪着，县令见到韩纲也让他跪下，让差役拿出一张欠条给他看，上面写道：今欠毛公子赌资纹银一千两，愿用望海楼抵账。欠款人是儿子韩庚辰的名字和红色的手指印。

韩纲急呼冤枉。县令道："大胆刁民，白纸黑字写得如此清楚，休想抵赖。今天本县要当堂了结此案。来人，带毛公子和韩纲父子，即时到望海楼进行交接事宜。"不由分说，差役连拖带拉，将韩纲父子带到望海楼，强行兑现，让毛公子接管了酒楼。

韩纲痛失酒楼，回家后将儿子韩庚辰一顿痛打。儿子泪流满面地说他中了毛公子的圈套了，原本说好，只是在一起品品茶、下下棋，没说赌银子的，没想到那天他没下几局棋，突然头晕，一会儿就睡着了。后来醒来，发现面前就摆着那张按了他手印的欠条。随后，他就糊里糊涂地被弄上了公堂。到此时，父子俩才明白，是知县老爷帮助毛公子设计吞并强占了他家的望海楼酒楼的。可是，人家有知县撑腰，只能把苦水咽到肚子里。

史嵩之说这个素材不错，一定写进戏文，也付了韩纲五两银子，让他回家去。

史嵩之查实了知县杨廷桢贪赃枉法的恶迹，随后就派人于夜间潜入毛府，将白氏接出来录了她的受害证词，然后又将她送了回去。接着又让韩纲的儿子写了被骗的经过。掌握了这些事实，史嵩之立即给皇帝写了一份奏折，派人送到京城，交于他那现任大理寺正卿的门生冯承忠之手。冯承忠将史嵩之的奏折呈报给皇帝，皇帝对陈奏之事十分重视，立即派冯承忠为钦差，前往鄞县查处杨廷桢贪赃枉法的案件。

冯承忠一到鄞县，很快将毛公子、杨廷桢拘捕了。

冯承忠亲自审案，在大堂上，他气愤地道："天高皇帝远，水浅王八多！纵使天下再大，也是王法覆盖之地。看你们能猖狂到几时？"限令毛公子、杨知县将所犯之罪统统招供。在白氏、韩纲等一班人证物证面前，毛公子、杨廷桢据实招供，认罪伏法，被冯承忠大人分别判决发配边疆充军广州府。白氏母女、韩纲各得补偿，人与物悉归原主。

见到娘子与女儿的那一刹那，李致成嘴里一直在嘟哝道："苍天有眼。神爷终于显灵了，神爷终于显灵了……"

而毛公子的父亲户部员外郎毛达胜，在监察御史王遂等人的弹劾下，也因教子不严、纵子行凶之过，连坐儿子之罪，被朝廷连降三级，贬谪到四川利州府，接任司户参军之职。

十九、曹友闻拼死战川边

端平二年（1235年）四月，蒙古窝阔台汗召集大将商议南征。此次，蒙古人认为宋廷联蒙灭金后，宋廷已经占领了部分金朝的土地，也算有所补偿。可是，南宋却趁着蒙军大撤之后，突然冒进，攻占洛阳和汴梁，导致蒙军遭受不必要的损失。故而一些大将建议，何不趁南宋北上伐洛失败之后士气低落之时，挥师南下，一气攻灭南宋，一统天下。

其实窝阔台汗也早有攻宋之意，只是一直师出无名，如今找到理由，便决定兵分三路，分别自江淮、荆襄、四川发起大规模的军事进攻。

蒙军分三路大军出发攻宋的消息传来，宋廷急忙召群臣商议对策。

宋军抗战形势仍如"常山蛇势"，东西呼应：东恃江淮、中据江汉、西据秦巴山地。宋廷决定以荆襄战区为抗战重点，配重兵设阻，除在唐、邓一带屯田备边增兵二万外，又以孟珙为襄阳都统制兼制置副使，训练精锐之卒，增派人马由孟璟、张英分屯于樊城、新野和唐州、邓州之间，形成联防，相互策应。由于部署计划精密，孟珙又督导到位，蒙古军队在南侵中线战场遭到了宋军顽强的抵抗，很难突破防线。蒙军中线战场不利，只能滞留南阳一带。

却说南宋理宗端平二年（1235年）秋，蒙古大汗窝阔台以次子阔端为西路军主帅，率大军三十万，号称五十万南下四川。阔端率军南下，其时，原金国的名将陇州防御使汪世显据守甘肃巩昌一带，拥兵四万。

汪世显是巩昌一带的豪强望族，金国灭亡后仍然镇守巩昌一带，为金朝遗臣。当时蜀口四川制置使赵彦呐曾多次奏请朝廷招降汪世显总兵，以屏蔽四川，但被宰相郑清之等人以不可靠为由而拒绝。阔端见汪世显据石门山，凭借天险御蒙，天险一时难越，便派汪世显故人按竺迩前去劝降，按竺迩对其晓明利害，并许以官爵，最后汪世显便率部归降蒙古了。阔端遂令其仍为旧日官职，统领原部人马。

蒙古阔端招降汪世显后，以其为先锋，率军自凤州进至西川之西池谷向沔州进军。

四川制置使赵彦呐主张退守大安隘（今陕西宁强西北），沔州知州高稼认为守沔蜀存，弃沔蜀亡，坚决反对宋军退守大安驿。赵彦呐觉得高稼所言极是，遂表示与高稼一起坚守沔州。但是临战时，赵彦呐听探马来报，说看到蒙军约有六万人马向沔州赶来，他觉得蒙军人多势众，必守不住，便以退守二道设防线固守为由，先行撤走，高稼只得独自领军坚守沔州。蒙古军自白水关入六股株而进赴沔州。

沔州历来为西陲用兵的门户，经金军、蒙古军的多次抄掠，已外无城郭保民，内无财赋应募士，高稼率部卒依山为阻，并多张旗帜击鼓呐喊以为疑兵，居高督战。用木棒、弓箭、乱石击敌，抵抗一日，击退蒙军第一轮攻击。当蒙军次日第二轮进攻时，赵彦呐遣偏将何邻等五千人赴援。但是，等蒙古军至，何邻抵抗一阵，见不能取胜，先弃军遁逃而去，其军皆溃。见友军败退，高稼临阵不怯，率军继续迎敌，被蒙军五千人围住，他几次率军冲杀，杀死蒙军千余人，但部下损伤也较多，后被敌军围困到河边。至黄昏，他与众将士几次拼命突围，双方激战一个时辰，高稼与亲兵又饥又渴，力竭而战死。蒙古军次日攻克沔州。

却说赵彦呐进屯至陕蜀咽喉青野原，又被千户多勒率领的三千蒙古军追赶包围。屯驻石门镇的利州都统制曹友闻得讯，急率七千军士前往青野原增援。

曹友闻率军接近青野原，绕道至半山腰，令军士依靠山势用石块木棒袭击蒙军，等蒙军受挫阵脚混乱后，便率军冲出与蒙军厮杀。双方激战半天，最终杀死千户多勒，击败蒙古追军两千，解了赵彦呐之围。随后，部下探马来报，蒙古先锋军汪世显率部三万人转攻大安驿。

曹友闻乃北宋名将曹彬第十二世孙，虽为进士出身，但生于名将世家，从小操练弓马、熟读兵书，精通武功韬略和战略战术。他知道大安距阳平关不足百里路，蒙古骑兵突破大安后很快就会向阳平关扑来。于是他急遣摧锋军统制王资、踏白军统制白再兴二将各率军三千速赴鸡冠隘防守；又命左军统制王进据守阳平关。

曹友闻登溪岭指挥部署完毕，探马来报说蒙古军数万人马突至阳平关。曹友闻令左军和游奕军从侧面出击牵制敌军，自率亲兵及背嵬军冲至阳平关阵前，一部入关据守，一部在关前山坡埋伏。蒙军一部赶来，攻击关塞，曹友闻令军士左右轮番用弓箭据关射击，蒙古军死伤无数，曹友闻率军趁势出关掩杀，又加之伏军趁势出击，蒙军挫败，只得退兵而去。曹友闻预料蒙古军难克阳平关，必转攻鸡冠隘，急遣忠义军总管陈庚、时当可二人率三千步骑兵就近前去增援鸡冠隘。

陈庚、时当可二将赶至距鸡冠隘十里处，蒙古军果以步骑万人进攻鸡冠隘。陈庚率五百骑兵勇猛驰援，时当可率步兵二千五百人分左右翼并进；守隘之将王资、白再兴出隘迎敌，两股人马两面夹击，混战半日，宋军大败蒙古军，斩敌上千人。

次日，曹友闻乘势率军北进，收复了仙人关要隘，迫使蒙古军一路北撤，退出了宋境。

青野原之战、阳平关之战，四川制置使赵彦呐怯阵指挥不力，部署失当，几座关隘险遭沦陷。幸亏曹友闻所部勇悍善战，利用险要地势，灵活机动，数次击败蒙古军，避免了更大的损失。随后，曹友闻也因战功被朝廷晋升为眉州防御使，依旧为左骁骑大将军，总领沔州和利州两都统司兵马，同时兼管关外四州安抚事宜，兼知沔州。其弟曹友万知同庆府，兼四川制置使帐前总管，总管忠义军兵马。

蒙军在沔州一带失败后不久，蒙古军另一路人马进攻文州。曹友闻派全贵增援，全贵率军三千赶到文州城外，与蒙军交锋，力战半日，受伤而死。文州守将李安国仍然死守城池，蒙军攻城不克。同时蒙古军又分兵进攻阶州，阶州守将董鹏飞死战不退，最后因寡不敌众而兵尽粮绝。十二月三日阶州城被攻陷，董鹏飞一家全部殉国，蒙军入城又是一番抢掠。

端平二年（1235年）下半年之蜀口进攻，蒙古军取得成果有限，主力暂时退出蜀口，但在边境线一带仍留有两千蒙军游骑屯驻，骚扰边境，以待来年春天对宋境再行进攻。

次年春，知天水军的时当可欲除去境外隐患，便派游骑观察敌情，欲伺机率军偷袭边境外屯驻的蒙古军。一日，探马报告说，距天水城北三十里处有一队蒙军，约有一千人马，正在营中摆酒宴为将军庆祝生日呢。时当可觉得有机可乘，黄昏时领军两千，出城偷袭蒙军，蒙军半醉半醒中，被宋军斩首上千。但蒙古军增援之兵三千人尾随其后疯狂追击。因敌众我寡，蒙人俱为骑兵，又是野战，占据优势，最终全歼时当可出城之兵。时当可激战两个时辰，杀死蒙将三人，毙敌一千，但负伤太重而战死。幸好副将崔琅守城严密，城未失。时当可与曹友闻相识，曹友闻自谦其智谋胆略不及时当可。时当可为人重义轻财，每有赏赐全部分与将士，自己一无所得。他战死后，曹友闻出资将其安葬。就在时当可战死的第三日，蒙军又攻入同庆府，守将陈瑀迎战被俘不屈而被杀殉国。蒙军在同庆府抢掠半月后方才撤走。

可是，次年秋天，阔端再次兵分两路，南下进攻四川。

阔端这次亲率左路军自大散关南下，亲王穆直率军在平定原金国郭虾蟆控制的兰会河洮一带后，从宕昌南下。穆直从宕昌南下后，迅速击破宕昌和阶州，然后猛攻文州。文州守将刘锐虽然率领三千守军竭力死守了半个月，终因外无援军内无粮草，城破被杀。城中一万五千多居民全部被屠杀。文州失陷后，蒙古军从阴平道南下，招降了沿途一些吐蕃部族，再猛攻龙州，计划与阔端之军会合之后一起进攻成都。

就在穆直一路猛进的同时，阔端主力也同时向东南进攻。阔端一路兵分两路，东路主攻兴元府，西路冲击沔州。东路进攻得比较顺利，首先冲破武休关，进入兴元府，击破李显忠所部，直逼大安军。然后重点进攻曹友闻所部，力争一举歼灭曹部，以剪除蒙古军深入蜀地的阻挠障碍。因为，此时的蒙古，南侵的主要目的还是以掠抢物资财富、屠杀异域百姓为主。对黄河以南地区，尚没有屯兵驻守进行占领的打算。

当时身兼沔州和利州都统制的曹友闻，驻守仙人关。面对数倍来敌，曹友闻对其弟曹友万说，国家安危在此一战，众寡悬殊，必须据高守险，出奇设伏方能与之对抗。

曹友闻计划将大军从仙人关撤下坚守沔州，但是四川制置使赵彦呐在得知兴元府已失陷、蒙古军直逼大安军后，急令曹友闻控制大安，以保蜀口。曹友闻对此策极力反对，他派人驰书对赵彦呐道："沔阳乃蜀之险要，吾重兵在此，敌军有后顾之忧，必不能逾越沔阳而入蜀，又有曹友万和王宣之军首尾呼应，可保证大捷。大安地势平坦，无险可守，正好发挥敌人骑兵之所长，显我步兵之所短，况众寡悬殊，退后不敌，岂可在平地控御。"

赵彦呐对曹友闻的建议不予采纳，一日五次传令牌来催促退守大安。迫于无奈，九月九日曹友闻从沔州撤军，十六日抵达大安军。他认为以寡击众，非乘夜出奇兵袭攻不可。于是命曹友万、曹友谅二人领兵一万上鸡冠隘防守，多张旗帜，向敌人显示我军的坚守实力。曹友闻则选精锐部队万人，亲自率领，夜渡嘉陵江，前往流溪沟一带设伏，作为二道关卡。事先与各部将相约，敌人来到，内以擂鼓举火为号，外呼杀声以响应，两面夹击蒙古大军。

部署既定，兵马列阵待战。到了九月二十二日，蒙古兵果然进犯而来。

蒙军前锋拥到鸡冠隘前，曹友万率军据关迎战。这次敌军由八都鲁统领，共有万余兵力，达海率两千人为先锋，冲杀在前，双方搏战多时，关城上矢石如雨。初战，敌人死伤六百人，攻势稍减，接着蒙军大队奔来，一齐对鸡冠隘发起急攻。曹友万严守关墙，令将士以滚石和弓箭袭击敌人。敌军见守关宋军勇猛，时停时攻。此后曹友万与敌军对阵相搏四天，身上多处受伤，敌军未克关也未退兵。曹友万唯恐僵持下去关隘难守，遂令诸军举火传讯。传讯后，他令将士尽快补充檑木器械，继续死守关隘。

九月二十七日，曹友闻听鸡冠隘未陷，留下一部人马继续设伏，亲率精兵五千人，从流溪沟飞驰增援鸡冠隘，欲夹击敌人。不料天公不作美，进军的路上下起大雨。诸将请求道："天雨不停，烂泥没足，等稍晴再战可否？"曹友闻道："敌人若知我伏兵在此，定会猛攻鸡冠隘，若我军迟缓行进，必失良机，反被敌人抢先。"遂领兵前行。曹友闻领军入龙尾头，关内的曹友万闻五鼓已响，即冲出鸡冠隘口与曹友闻会合，内外两军皆殊死战斗，夹击敌军，战至未时，血流十余里。蒙古人沿途的营寨被宋军诸部连破数十个，尸体更是在阳平关外堆积如山。西川的军队素以绵裘代替铁甲，此时尽被雨水湿透，不利于徒步战斗。

至二十八日黎明，敌将汪世显率三万蒙军蜂拥而至。敌方以铁骑四面包围宋军，曹友闻叹息说："天不佑我，我当以死报国！"于是破口骂战，杀死自己所骑战马，以表示殉国的决心。他左手执枪右手提剑，杀上前去，血战更加激烈；曹友闻与弟曹友万左冲右突，杀敌无数，血染全身，最后力竭，双双战死，全军随同覆没。

再说当曹友闻兄弟与蒙古军苦战之时，赵彦呐则率领老弱之兵三千人，逃到了剑门关一带。曹友闻战死后，蒙古军主将汪世显还不放心其是否战死，带人搜索了三天后，发现了曹友闻所部"遍身胆"的旗帜和其尸体后，方如释重负，继而弹冠相庆。

曹友闻战死后，蜀中再无能野战的部队和猛将了。而为打开蜀口大门立下大功的汪世显，则被皇子阔端赏赐名马佩刀，总领秦州巩昌府等陇右二十四州军民财赋事务，世袭罔替，成为元朝一代少有的汉地世袭侯。南宋军民恨死了蒙古前锋汪世显，认为蜀口残破，皆由汪世显引贼而来。汪世显和蒙古军阔端攻破蜀口，接着又夺下剑门关，打开了进入四川的大门。昔日"车不得方轨，马不得并列。一夫当关，万夫莫开"之蜀口，蒙古骑兵竟然长驱直入，如入无人之境。成都、利州、潼川三路之二十余州，都被蒙古军攻陷。

十月底，蒙古军攻入成都，大肆屠城、抢掠。就在蒙古一路皆克之时，阔端下令撤军。原来，一方面是因为京湖战场统帅曲出去世，二是因为南宋金州守将和彦威乘虚率领五千人马向关中进发，袭其后路，故阔端要率军回援，进行防守。不过就在蒙古军撤军途中，也顺势对所过州县进行了一番掠夺。而汪世显率军继续南下，先后攻克了武信城、普州、资州，汪世显部劫掠到了年底，才率军北归。回军途中，经过曹友闻殉难的战场，汪世显触景生情，下令休整三日，赞叹守蜀将军曹氏真好男儿，并传令盛礼祭祀曹友闻兄弟。

而蜀口唯一残存的孤城金州，则被蒙古人视为入蜀隐患，次年六月，阔端突发大军三万，经兴元府、洋州东下，全力来攻金州，耗时两月，攻陷金州城，守将和彦威战死。这样截至嘉熙元年（1237年），蜀口周边城池全部被蒙古攻陷。阔端这次撤军并不是像以往那样返回关中，而是派重兵留守兴元府、沔州一带，以控扼蜀口，确保下次能畅通南下入四川。

曹友闻战死的消息传到临安后，南宋朝廷特赠曹友闻龙图阁学士、太中大夫，赐庙褒忠，谥号为毅节，授官其二子承务郎，婿迪功郎。特赠曹友万武翼大夫，二子封成忠郎。

蒙古放弃成都后，南宋于十一月下旬派兵收复了成都。因为赵彦呐临阵脱逃，被免职，由李埴（zhí）出任四川宣抚使兼知成都府，同时调湖南帅臣杨恢出任四川制置使，处理善后事宜。但是面对关外沦陷、嘉陵江截断、大军溃败和四川内陆被剽掠一空的情况，李埴等人感叹：纵有天大才略，巧妇也难为无米之炊了。

二十、襄阳城失守头一遭

岂料端平三年（1236年）三月，天气转暖，蒙古大军再次南下攻宋。这次进攻目标是宋朝中部北通长江地域之门户重镇襄阳。进攻襄阳，必须先要拿下邓州。蒙古大将速不离率兵五万经金州、房州开赴邓州，把邓州城围困起来。另派一部人马，前去攻打唐州。

却说邓州守将叫赵祥，他原是南宋"联蒙灭金"战役中的金国降将。面对数万蒙古大军，赵祥召集部下商议破敌之策，部将尤檠（qíng）说："金朝灭亡后，蒙古频频南下，如今宋弱蒙古强，我等迟早要被蒙古人吞食。以末将之见，不如开城投降，免得撑到最后，城破时，蒙古人又像端平元年汴梁失守那样，杀红了眼，再大开杀戒，屠杀百姓。"

赵祥道："你我身为宋朝守将，均食朝廷俸禄，理应坚守城池保疆守土，焉能不战而降呢？再说，你我原为金朝守将，降宋南归不满三年，岂能再降北人？如此朝秦暮楚，做反复之人，有辱祖宗门风，亦失将军之骨气。"

尤檠又道："做反复之人又如何？战乱年代，世事如棋局！年初巩昌府汪世显部众近五万，面对蒙古大军，岂不是也未兵锋相较，而顺利归附蒙古人了吗？"

正议论到此，监军呼延实走了进来。原来，自史嵩之罢去京湖制置使后，朝廷升赵范为京湖制置使。他上任以来，调整守备将领，整顿属下军马，加强战备防务。赵范一直以来对北方降将心存戒备，经常念叨"克敌殉国事小，投降失节事大"。于是派部下呼延实到赵祥军中做监军，与赵祥一同镇守邓州，监督控制他的动向。

呼延实听闻尤檠正在劝说赵祥降蒙，不由怒道："大胆尤檠，强敌压境，你不挺身迎战，破敌立功，却劝主将弃城投敌，是何居心？如此贼人，若不斩之，让你乱我大宋军心吗？"说完，拔剑道："军校何在？速将尤檠拖出营房，斩首示众！"

两校尉听到监军大喊，冲进营帐，就欲拿住尤檠行刑。赵祥见此，忙喝住军校，道："慢着。呼延将军，如今敌兵压境，正是用人之际，万万不可豆萁相煎，斩杀部下，惹敌军笑话。"说完，向尤檠道："信口开河，惹是生非。还不快向呼延监军请罪，以求谅解。"

尤檠知是赵祥护他，好让呼延实饶恕他，便跪下道："末将信口开河，惹是生非。末将知错了，请监军大人饶恕在下一回，末将必会赎罪杀敌，固守城池。"

众将听尤檠和赵祥如此一说，一齐为尤檠求情。呼延实道："也罢，众将求情，今且饶你。"说完，将剑入鞘，拂袖而去。

且说城外蒙军围城数日，开始攻城。赵祥带领众将上城御敌。蒙军发起三轮攻坚战，城上守军以弓箭和火弹回击攻城敌军，双方这样激战到半夜，蒙军被城上军士击毙近千人，只得停止攻城。

次日，蒙军又发起三轮攻城战。这回，蒙军分成两班人马攻城，前一班人架起云梯攀爬攻城，后一班人用弓箭向城上乱放，如此一来，攻城攀爬的蒙军被守城军士杀死杀伤许多，但城上宋军也伤亡不少。战到黄昏，虽然打退了蒙军的攻击，但是兵士们也疲惫不堪。

天将黑时，有探马来报，称唐州城已破。赵祥对巡城的部下尤檠、卫浩道："唐州已破，唇亡齿寒，今外无援助，内耗日增，蒙军必全数拥来邓州，往后如之奈何？"尤檠四下瞧瞧道："观如今之情势，守城尤难，不如早降。"赵祥道："呼延将军主张死战，岂肯同意？"尤檠愤慨道："他是想害死众将，也祸殃百姓。唉！往后边走边看吧。"

傍晚，呼延实带一队人马，沿着城墙根巡视城墙和城门情况。忽然一队人马奔来，前面带队的正是尤檠，呼延实不知尤檠来此何干，冷不防，尤檠弯弓搭箭直向呼延实射来，一箭正中前胸，呼延实顿时栽下马来，尤檠驰近，又补了两箭一刀，呼延实就此被偷袭杀害于城墙之下。

到次日早上，赵祥领尤檠等人，打开城门向蒙军乞降。邓州城遂陷落于蒙军手中。

却说蒙古人得到了唐邓二州，接着以主力之军进攻枣阳。枣阳守将樊文斌率部死战三个月，终因缺乏外援，内兼粮草不继，最终城破。樊文斌率亲兵与蒙军巷战三个时辰，殉难。

蒙军攻克了枣阳，便通过南阳盆地，南下围攻襄阳。当年岳飞克复刘豫所占据的襄阳后对其进行整修，整修后的襄阳城，防御质量坚固，城高池深，又加上宋军水陆军相伴，蒙古还无水师，只是骑兵，因此，围困多日，蒙古人在襄阳城下望洋兴叹。打不下襄阳，蒙古军统帅派小部兵力监视襄阳，主力转向东南，去进攻江陵等地。襄阳城中的赵范见蒙军大部人马撤出，便放松了戒备。赵范的亲信部将王旻，在蒙古人的监视下频繁进出，收罗了黄州地区和唐州逃逸之散军数千人，把这些人变成了赵范麾下之新编"克敌军"。因王旻是赵范的亲信部属，新"克敌军"也以襄阳城嫡系部属自居。

数月后，宋军将领李虎带着"无敌军"一路拼杀冲进了襄阳，李虎和他的部下比较骄横，两支部队屯驻在城内，时常发生冲突。赵范自然支持自己的嫡系。但不久，王旻却被李虎的"无敌军"杀掉。赵范一看"克敌军"战斗力不强，就转而支持"无敌军"，但"克敌军"中原来王旻的部将王褚却要求赵范为王旻报仇，带人持剑上门要求赵范把杀死王旻的凶手缉拿惩处。

赵范先安抚住王旻部下，答应随后便缉拿凶手，王褚方才带人离开。随后赵范却令李虎所部将"克敌军"成员全部剿灭。于是"克敌军"与李虎的"无敌军"相互拼杀起来。这就造成了整个襄阳城内之大乱。此乱一发，南军和北方降兵组成的北军也有冤的报冤有仇的报仇，横行无忌拼杀起来。

在全城大乱之时，身为孟珙幕府书记的汪友谨，急忙前往赵范府中报告，赵范自知局面难控，在汪友谨的帮助下，带上一队亲兵，开城溜走了。随后，汪友谨与结拜兄弟张镐回到孟珙的都统制府，将孟珙的亲属护送出城，带到他那乡下的家里安顿暂住下来。

襄阳城内的北方降将李伯渊，知道在南宋地界，南军地位高，北军地位低，凡事是南军将领说了算，胸藏怨气，因此他乘机献出了襄阳城，向蒙古军邀功请赏。于是蒙古军很顺利地占领了襄阳城。

襄阳，南宋朝廷中南部的这一方重镇，未经战斗，即为蒙古军所有，此事在荆襄乃至整个南宋朝廷造成极大的震动。

丞相郑清之因赵范失误荆襄之事而受连累被罢去相位，赵范也因失陷襄阳而被罢官，后贬知静江府（今广西桂林）。朝廷升乔行简为丞相。乔行简执相位以来，必须收拾荆湖乱局，刚好大将全子才因端平入洛之役败军而被朝廷降职为淮西制置副使。在乔行简的建议下，皇帝委派史嵩之任淮西路制置使，去前线督战。

史嵩之接诏受命后，从浙江老家返回江淮西路，把督府设在远离战场的鄂州，放弃了战略要地淮西。此时，蒙古方面见部下连续拿下了唐、邓、襄等州府的城池，切中了宋廷要害，派人来鄂州传牒，胁迫南宋投降。史嵩之经过反复酝酿，认为唐、邓各州城均陷落，襄阳又遭遇蒙军剽掠，如今要恢复襄阳，民力枯竭，军力欠缺，收复失地实在难呀。不如两家罢兵言和，订立盟约，于军于民休养生息，屯兵垦粮，增强国力，以待有利时机再图恢复。于是他力主和议，上书朝廷，请求复议。由于襄阳失守，宋廷人心浮动，面对蒙军一再南侵抢掠，致使宋廷民财乏力，这时的理宗也一心想达成和议。

但是，此话一提，遭到参知政事李宗勉反对，他道："如果一位主将，整天把'和'字放在心上，势必处处退却，国家亦将遭受祸患。"起居舍人道："我与史嵩之虽是同乡，但却未曾洞察其心；然而史嵩之的父亲史弥忠则与我是挚友。史嵩之每当轻易言和，史弥忠每次都会告诫他不要轻言主和，动摇人心。现在朝廷甘心用父子不同心之人，我以为问题不只是史嵩之太轻易说和，还在于朝廷未免用人过于轻率。如此恐误大事，理当撤换此人。"

监察御史王遂道："端平元年臣就说过，史嵩之本不知兵，矜功自侈，谋身诡秘，留之襄阳一日，则有一日之忧。如今他任淮西制置使，理应吸取昔日之教训，加紧防务，整军待战，岂能说出对朝廷不负责之言论，哪像守边御境之重臣啊，应传旨责备史嵩之。"

翰林学士季宪道："陛下，多事之秋，万万不可撤换掌兵之人。"

参知政事李宗勉继续道："慎边防，裕财用，壮国势，乃当今举国之要务。臣以为，欲保江南，先守江北，决不能畏葸退缩，让蒙古人得利，坐失战机，畏敌如虎。无论先秦战国，还是过往诸朝，从无以和议可保国之长存者。民间有俗语说，小人逛街，欺软怕硬；骨头难啃，望而弃之；老叟戏顽童，悍夫人畏惧。国事与之相比同理。"

宋廷对于议和之事久未下结论。蒙军早就不耐烦了，又开始加倍派兵向南攻打城池。宋廷便树起信心，迎战蒙军。

此时，奉枢密院之令到临安禀报军事防御机宜的孟珙，刚赶回来，就遇到蒙古派将军忒木觫率军五万进攻完荆门后，南下将要攻打江陵的危势。史嵩之听孟珙到黄州，即遣人给孟珙下达增援江陵的命令。孟珙驰赴江陵，整顿人马，准备与蒙军厮杀并阻击敌人进军。

一日孟珙出城视察，发觉这时蒙军在枝江、监利编造木筏，准备渡江，欲围江陵。孟珙仍以汪友谨和张镐为队长，组成五十人的侦察队，潜入蒙军后方，摸清了敌军的营盘驻守情况，然后又派汪友谨等人，突出蒙军防线，传递孟珙的驰援文告，邀约随州、枣阳、安陆、峡州、复州五路人马和忠义军，从不同方向驰援江陵。诸军会集后，孟珙调拨军队，出其不意，接连向蒙军前后夹击。白天孟珙让兵士换上服装，又利用夜间出击，令兵士四处张举火把，击鼓呐喊，蒙军不知宋军虚实，四周又是水路，惊慌失措，被攻杀或落水死者数千人。

几次大战，孟珙出奇兵、巧妙部署，昼伏夜出，四十余日间连破了蒙古军二十四阵和营寨堡垒，烧毁了蒙军数十艘船只，夺还了被俘的二万人口，遏制住蒙军进攻势头，蒙军只好撤离江陵。江陵之围就这样被孟珙化解掉了。战后皇帝传旨让孟珙到临安觐见天子，皇帝夸奖道："你是名将孟宗政之子，忠诚勤恳，前者破蔡灭金，后又收复江陵，功绩昭著。"

孟珙道："这等小绩，皆归功于陛下之圣德、承袭于宗庙社稷之威灵，加上三军将士拼死努力，臣何功之有？"皇帝闻言欣然，颁赐给他玉带一条，另赐金碗两只加白金一百两。孟珙回到军营后皆把赏赐分发给麾下诸将，与部下同甘共苦。

史嵩之因调拨人马击败江陵蒙军之功，于嘉熙元年（1237年）晋官华文阁学士。孟珙随后升任江陵府兼京湖安抚副使，汪友谨被封为武翼郎，张镐被授予修武郎。

次年（1238年）春天，蒙古东路军的一支二万兵力的大军由亲王口温不花率领，自河南光州南下复州（今湖北沔阳）。攻克下复州后，又转而攻打黄州、蕲州，各地守臣见抵挡不住纷纷弃城而逃。史嵩之檄令孟珙从江陵前来增援黄州。

黄州所在之长江江面狭窄，利于渡江，是淮西之军事重镇。口温不花让部将张柔先率部众三千在黄州城西的大湖中夺取大批船只，顺流而下达长江之滨。孟珙接到驰援命令，紧急从鄂州率水师三千火速驰援。双方恰巧在江面遭遇，孟珙利用宋军的艨艟斗舰冲乱蒙古军船阵，很快进入黄州。由于这一次蒙军来势汹汹，黄州宋军兵力不足，首战不利，本已绝望的黄州军民听说孟珙率军来援，士气大振，齐声欢呼道："黄州可守，吾父来了！"

黄州为孟珙此前经营之地，防御有方，难以攻克。他每日亲临城头，督促宋军防御，看望伤员，嘉奖勇士，还斩杀四十六名畏敌退缩的士兵，恩威兼用，最终稳住了宋军的阵脚。

黄州保卫战首先在江面展开，孟珙派遣部将带水军两千余人攻击蒙古水军，宋军奋勇作战，善游者潜入水下，凿穿蒙古军船船底，不少船只沉水或覆翻，迫使蒙军阵势大乱，退缩到长江北岸。宋军击退蒙军并俘获蒙军战船两百余艘。蒙古水军的渡江计划完全破灭。于是蒙军便转移攻击目标，去进攻黄州东大堤，想切断黄州与宋军水军的联系。

孟珙挑选精兵壮士三百人，组成敢死队，由汪友谨、张镐带领，分成两队，经过一夜奋战，烧毁敌船五十余条，蒙军溃败，宋军又重新夺回东堤。如此，蒙军便不得不直接攻打黄州城。由于口温不花增派西域兵和原西夏地区的归附军队连续进攻，黄州处于危急之中。为了破坏蒙军的攻城之势，孟珙派部将刘全、汪友谨、张镐等兵分七路，趁夜里悄悄出城，同时突袭蒙古军。蒙军除张柔营寨防备严整，使宋军偷袭失败外，其余六路宋军均获得胜利，共斩杀蒙军三千多人，使蒙古军营大乱、军心动摇。

蒙军知道对手善战，不敢拖延时日，怕拖延日久会被宋军分化击败，整顿兵马之后，便再次发动昼夜不停的轮番进攻。蒙军调来火炮，使用火炮轰击黄州，把黄州城墙上的南城门楼烧毁。但是由于黄州城将士的日夜轮番坚守，城头随时补上缺口，使蒙军无法趁机攻上城头。蒙古人想到草原上土拨鼠在地下打洞储蓄食物的方法，受到启发，就组织兵士冲到黄州城下，挖掘城墙根，想直接在城墙下挖洞杀进城中。

孟珙见蒙军有城外挖洞举动，派人预先在蒙军挖墙地方的城内，再筑一道城墙，并在被挖城墙的内侧挖上大坑当陷阱，号称"万人坑"。当蒙军最终挖开城墙冲进来时，前面还是坚固的城墙，并且前军在后军的推挤下，纷纷掉进坑里而被城墙上宋军用石头檑木砸死。

熬到了第二年春末，死伤十之七八的蒙军最终征战失败，只好撤退。

孟珙智勇善战，连胜江陵、黄州两地两番保卫之战，击败了忒木䚟的几万大军，使南宋在江汉地区的不利形势得到扭转，一时间朝野振奋。

孟珙认为："襄樊为朝廷根本，应及早收复，加强经营。"他一方面奏告朝廷，一面招纳降人，扩编军队，派兵分驻在樊城、新野、唐邓二州之间，屯垦训练，着手筹备。皇帝晋升孟珙为京湖路制置使，令他恢复郢州（今湖北钟祥）、荆门，以便巩固江陵的北面屏障。

二一、孟将军收复襄阳城

嘉熙二年（1238年）初夏，刚升任京西湖北路安抚制置使三个月的孟珙，积极谋求进兵收复重镇襄阳府的大计。他将收复计划上报朝廷。宋廷以乔行简为中心的枢密院认为可行，奏报理宗皇帝，便同意了他的计划方略。于是宋军在荆襄战场展开了反攻。

孟珙以江陵为根据地，在他的安排和指挥下，将军张俊领兵三千西上，于十月收复郢州，贺顺接着率军五千又乘势收复了荆门军。刘全带领一万人马，在冢头、樊城、郎亭山三次击败游动蒙军，赶走樊城外九集一带设寨的蒙军。

在各路宋军接连胜利收复外围州县的鼓舞下，孟珙按计划推进收复襄阳之日程。首先，他仍派汪友谨和张镐带领五十人的骑兵侦察队，北上襄阳，侦察敌情。汪友谨的侦察队侦察到，蒙军留守襄阳的是一个千户将，名叫夏季，有兵力六千人，而配合夏季的是驻在樊城的汉人统军刘廷美。

原来，刘廷美是襄阳北边樊城镇的一位地方豪强。他带领宋军残兵与自己召集的庄客、民兵，拥兵共四万人，在叛军手中收复了樊城。为防止骚乱再起，他将樊城内趁机骚乱的北军士兵全部杀光，现在驻守在樊城。为了能镇守住樊城，他只得委身蒙古人麾下。听附近百姓说，刘廷美当初在蒙军未进城前，曾三次派人去向赵范求援，可赵范玩忽职守，根本不理睬刘廷美，后来刘廷美只好自己召集人马，进行自救，最后暂时寄人篱下。

打听到这个消息，汪友谨赶回江陵，将详情向孟珙据实相报。孟珙觉得可与刘廷美联合，便修书一封，仍让汪友谨和张镐带人返回樊城联络刘廷美。汪友谨等人来到樊城，扮成客商模样，混进城去，可是刘廷美外出到乡下查看粮草征集事务去了。汪友谨与张镐出城在城门外等了两天。第三日下午，终于等到刘廷美回城。

汪友谨与张镐迎了上去，将孟珙将军的手书交给刘廷美。刘廷美早已闻听孟珙的大名，仰慕已久，今见派人相约，当下答应要与宋军相约时间，共同收复襄阳。双方几人坐在城外杨树下指东望西，共商要事。一旁有个女子，不时向这边张望，间或持笛吹曲，汪友谨回首一望，未加留意。

汪友谨跟张镐连夜急回江陵报告孟珙大人。孟珙大喜，马上下令升刘廷美为武功大夫，并上报朝廷，正式任命刘廷美为京西路兵马钤辖，让汪友谨将印信官凭送给刘廷美。

刘廷美被授了宋朝官职，心意铁定，立即与汪友谨约定五月上旬南北一起举事。大事商定，刘廷美也派兵给族弟刘廷辅送信，让其从荆门带回五千忠义军回襄阳支援。

四月初，刘廷辅领兵从荆门出发，一路召集散兵游勇以及壮丁，部下扩大到万人。

由于有内应，宋军顺利向北推进到襄樊地区。四月中旬，江海率宋军从荆门关出发，沿途召集官民兵农，做好对收复襄阳后长期经营并恢复其活力的准备。

五月初，刘氏兄弟领兵向襄阳城发起进攻。夏季带兵回击，由于刘廷美在攻打襄阳之前，早已部署两千人，以增加襄阳守备为由，提前进入襄阳城中。这回攻城之战一开打，城内城外相互配合，南门和北门已被刘廷美的部下打开。蒙军见城守不住，把六千人马撤出城外，妄图以骑兵冲突之势，引宋军来战，消灭宋军。城外早已待守的南宋江海所部一万人马驻守在西南郊，于是对这支蒙军进行合围，激战二日，大败蒙军，为南宋收复了襄阳城。

此时蒙军大部队已经北归，除了城中驻守的六千蒙军外，尚有邓州五千金国受蒙古接管的降军准备南下增援襄阳，他们出发后还未赶到襄阳，闻听襄阳已被南宋内外夹攻夺了回去，只好又返回邓州去了。

在宋军的攻势面前，蒙军不继的消息传到新野，从新野一侧赶来援助襄阳的蒙将刘义走到甸子铺时，听到襄阳失守的消息，与部下商议道，蒙古大军北撤，襄阳已经被宋军攻克，何不反水去投襄阳宋军，以求有个前途？部下大多赞成。于是，刘义来到监军游显身边，一声令下，将游显和亲随等人逮捕后，率军南下向宋军投降。

至此，在孟珙部署督促下，京湖路的宋军收复了整个荆襄地区。

　　这次襄阳收复，孟珙以功再被授为枢密都承旨兼知鄂州，仍任京西湖北路制置使。刘廷美因功升为成安大夫，汪友谨因功升为武翼大夫，张镐升为武功郎。其他诸将和兵士，皆论功各有奖赏。

　　但是孟珙清楚，宋军之所以能够轻松收复襄阳，是因为蒙古对襄阳的轻视。在他进入襄阳之后，就马上给朝廷上表，认为"襄、樊本为朝廷根本，今百战而得之，当加经营，如护元气"，因此需要"甲兵十万"，以预先应对蒙军的再次进攻。

　　朝廷知道襄阳当初失守后朝野震惊，如今得以复归实属不易，便同意了孟珙的提议。于是孟珙就以蔡、息两州的降兵组成忠卫军，以襄、郢两州的"归正人"组成先锋军，补充襄阳兵力。襄阳开始逐渐恢复元气，重新成为军事重镇。至嘉熙三年（1239年）春天，宋将曹文镛又带人收复了信阳军。接着孟珙率军又北上，不久收复了邓州、唐州。这更加强了守卫襄阳的力量。为了恢复襄阳元气，孟珙除了加强军队力量，组织兵士在襄阳周边屯垦，积蓄军粮外，还鼓励百姓恢复农业生产，兴修水利，并颁布法令，减少赋税。经过一段时间的经营，襄阳工商业恢复，商旅又通行，人口复归，日渐有了生气。

　　当然史嵩之也因襄阳复归，被皇帝擢升为参知政事，督视京湖、淮西军马，开府鄂州，成为宋廷前线的最高统帅。虽然孟珙接连获胜，但史嵩之仍主张跟蒙古和议。

　　在中部相继收复以襄阳为中心的京湖失地形势较好的稍后一段时间，这年八月，蒙军又以和议未能达成为借口，由察罕率领大军从山东一带南下侵袭。蒙军先后攻下寿州和泗州等地，继续南下。但在真州被宋军杜杲部下将领吕文德所拦阻。

　　吕文德面对蒙古大军，决定用计取胜。他与聂斌约好合击敌军，先让部下先锋夏贵领兵一千"筑封圉于滨江瓦步，树五色旗帜于废寺林木中"，作为疑兵。蒙军以为南宋援军在此，便向这里进攻。而吕文德等将领趁机绕道潜师渡河，从后面攻击敌人，又加上夏斌所部伏兵在侧，两军合击，蒙军措手不及，被击退。

不久，蒙军在休整数月后又集结了号称八十万的大军去围攻安徽庐州，想占据巢湖地带，以便在巢湖造船，驻军设垒继而进攻江南。淮南东路安抚使兼知庐州的杜杲识破蒙军的诡计，派舟师及精锐部队共计三万，扼守淮水要害，加强防御。双方相互对峙一月后，蒙军做好了攻城准备，移兵绕道包围了庐州。

为防止蒙军用炮火摧毁城楼，杜杲命令部下用木材制作了数十个可移动的木楼，跟城墙一般高，木楼上开窗，既可以观察敌情，又可以倚窗射击，楼与楼之间用横木连接，可以如城墙一样调整兵力，一旦哪个城楼被蒙军击毁，就在同一个位置换一个新楼上去，就如同一道移动的城墙。经过数十日的围攻，城池仍然围攻不下，敌人就在城外用人力堆起一道六十里长的土墙，想将庐州城的兵将困毙在城内。

但蒙军元帅察罕求胜心切，还派出五百名身穿数层牛皮做成甲衣的敢死队，多次向宋军发起攻击。杜杲一边指挥宋军偷毁城外土墙，一边挑选神射手，制作弓弩，专射敌人的眼睛，射手训练后百发百中，杀死杀伤许多蒙军敢死队军士。淮东、淮西民兵万余人也赶赴前线参加了保卫庐州的战斗。蒙军攻打庐州二十余日不能取胜。

不久，赵葵之军与夏贵之军先后赶来，宋军内外夹攻，短兵相接，蒙军火炮发挥不了功用，蒙军被宋军严重打击，死伤一万七千人后，仓皇败逃。丢弃的火炮，均被杜杲部下收获。

蒙古军无法攻取庐州，留下一部围含山县城，大部兵马改攻滁州。在这紧急关口，知招信军（今江苏盱眙）余玠亲提精兵两万前去援救滁州。蒙古军又转攻招信，余玠赶回招信指挥军队，兵分两路，采用迷惑战术，声东击西，轮流出击，多次组织敢死队在蒙军造饭之时带兵攻击营寨，烧毁蒙军营盘和粮草，蒙军疲惫交加，又加上杜杲派部将吕文德、聂斌领兵士用火炮来攻击蒙军后路，蒙军前后受击，只好向西撤退，被余玠在五河拦截打败。

同时知镇江知府吴潜也组织民兵五千人，筹船百只，夜渡长江，从南攻袭庐州东部一带蒙军的营寨。侵掠江淮的蒙古军不断遭受宋朝官军和民兵的多方攻击，前后消耗一月，因粮草不济，只好下令退兵北归。

作为督视京湖、淮西路军马最高统帅的史嵩之，又一次得到了皇帝的奖誉。

自郑清之被罢去丞相之位后，史嵩之就有意于相位。他企望史氏能重新得到圣上宠爱，更企望自己能成就一番事业。嘉熙四年（1240年）三月，史嵩之因功被理宗召回临安，拜为右丞相，兼枢密使、都督两淮四川京西湖北路军马，晋封奉化郡公。至此，史嵩之实现了他多年振兴史氏的愿望。

蒙古兵退，但派遣使臣来宋廷，诱说南宋投降。理宗又想以对金议和的办法对蒙古求和，史嵩之竭力附和和议。右司谏曹豳听闻此事，上书指责史嵩之"以和误国，丧失斗志，助长敌方气焰"。但皇帝与史嵩之观点一致，认为长期战争，国力损耗巨大，借助蒙古军事受挫之时，与蒙古和谈，可以占据有利条件，不会受到蒙古的勒索。遂派遣参知政事李宗勉与户部侍郎甘修为通好使者，去与蒙军谈和。但因蒙古方面没有诚意，以王楫为代表的蒙古使臣，索要纳贡数额巨大，条件苛刻，和谈一直没有结果。

二二、孟珙出兵袭张柔

　　嘉熙三年（1239年）入秋后，蒙古大将塔海、秃雪在征得蒙古大汗的同意后，率兵四十万，号称大军八十万，再度入侵四川，抢掠物资。由于有蒙将汪世显在西北部巩昌守卫入蜀门户，蒙军顺利从凤州和阶州南下入川。十日后，迅速推进到了川东一带，逼近开州。开州知州梁栋借口乏粮，带领百十人以外出筹粮为由擅自离开州城，只留下守将崔焕之与两千人守城。随后蒙军攻破开州城，之后继续向东，抵达万州一带的长江北岸地区。

　　宋朝夔州路守将王致远急忙调兵屯于长江南岸，对入侵之敌进行拦截。不料蒙军在塔海的部署下，派出一支五千人的队伍故意先在万州长江北岸摆出大批船只，做出了一副强行渡江向南推进的姿态，又命汪世显在长江上游设下五千伏兵，以防宋军前来阻挠截击。

　　次日，蒙古军上下配合开始渡江，宋军出动数百艘战船阻拦，汪世显则率领伏兵乘小船从上游往下直接冲入宋军的船队，蒙军左右夹击，顿时将宋军水师杀得大败，统军张延战死。宋军水师战败，副统军刘年只得率军边战边往东撤退。

　　蒙军首战取胜，截获大批船只物资，休整五日。数日后，士气高涨的蒙军顺势将宋军追击到川东重镇夔州（今重庆奉节），以五万人马直逼夔门，屯驻沿江一带，以逸待劳。其余蒙军则从万州渡过长江，袭扰利川、石柱等相邻州县后，便沿南岸急速向夔门挺进，准备对宋军王致远部水陆夹击。夔门乃出川咽喉，一旦突破，敌军顺江而下，荆湖地带就危险了。

眼见川东危急，告急文书向临安和京湖路频繁传来。

其时已是十一月初，孟珙接到上游告急文书，率领万余湖北精兵从东线进军，经秭归入川，前往夔州路布防。此时，孟珙之兄长孟璟为湖北安抚副使、知峡州（今湖北宜昌），他见敌军向他的领地逼近，自知力单的他也派人向孟珙求援。

孟珙接到兄长的求援书，将告急书置于一旁，对求援送信的人道："你回去告知孟璟，本帅已经妥当布防，敌兵东进不得，孟璟只需统领部属，固守峡州则可。"其实，面对十倍于己的敌人，孟珙深知绝对不能轻易分兵援助，必须找到一个合适的区域进行防守，紧守咽喉要地，阻挡敌军前进之势，不能在无险可守之地与蒙古大军硬拼。他准确判断蒙军主力汪世显部必取道施、黔（今四川彭水）两州渡江，于是派部将张英率兵两千驻屯峡州白马岭，又令部将焦进以一千兵力屯归州（今湖北秭归）之西险要处，另拨两千兵力由汪友谨和王坚率领增援归州重要的隘口万户谷。

接着，他又派人嘱托其二弟孟瑛，让其以精兵五千驻于松滋，作为援夔的预备军。又令三弟孟璋率精兵三千驻守澧州，以防施、黔两州的蒙古军队东进。孟珙的军事防御体系部署得当，环环相扣，遥相呼应。

凭借着孟珙的得当防御，不久，南宋京湖路方面捷报频传：朝施州方向挺进的蒙军被孟璋部将刘义在清平（今湖北巴东）击败，斩获无数。孟璟于归州之西大垭寨，凭借山险，在四周山坡兵分四处，让军士广砍山竹，削尖做成竹筏，挂于树上或山崖边，以逸待劳，待蒙军到来，将士将蒙军引入设伏的一条山谷，用绳索牵引竹筏，竹筏飞出锐利无比，这种武器以一当百，经过一场激战后，大获全胜，蒙军死伤无数，丢盔弃甲后撤至夔州。

在蒙军另一支队伍向东窜逃路过太平溪时，又被孟璟部将吴忠两千兵力和张英所部在白马岭以北山谷间左右拦截夹击。蒙军措手不及，双方激战半日，蒙军又死伤无数。蒙军另一路人马，在万户谷被汪友谨和王坚率兵以山石檑木和弓箭攻击，死伤千余人，其残余向北逃逸而去。这便是史上著名的"大垭寨之战"。

话说屯驻夔州的汪世显见宋军防守严密，其他几路蒙军也战败，知道此次出师不利，便率军向西急撤。这时孟珙本人率领本部五千人马向西挺进，跟踪追击。等孟珙到了前线夔州路的时候，夔州已经被邻近宋军收复。战后，孟珙因功晋升为随县伯。

连续几年蒙古军队每年都南下侵袭南宋，让孟珙伤神，他决定也给蒙古军一些打击。

来年春天，孟珙通过探马刺探，得知蒙古大将张柔率军一万，分三部在河南地区屯田，同时派人在邓州、顺阳（今河南淅川）以北扎营积聚造船木材。孟珙觉得西边蒙军占据了蜀口后频频入川，已经构成了蜀川的隐患，更不能让蒙军在中部京湖路周边屯兵筑垒，以免再对宋廷的北部边疆造成威胁。他思虑几日，决定一改"兵来将挡、水来土掩"的老方法，实行主动出兵骚扰之策，破坏蒙古方面的攻势准备。

二月初，草长莺飞，桃花奔放，家家户户种田忙。孟珙命令张英率领五千人马出随州，任义领三千人马出信阳军，焦进、汪友谨领三千人马出襄阳，分几路北上连续袭扰唐州以北的蒙军。

张英和任义两路人马到了邓州，除了袭扰唐邓蒙古驻军，还派出一千兵士，分头专攻蒙军的屯田营寨，趁夜间烧毁敌军的营寨五处，破坏蒙军的耕田农具若干，让蒙古军无法安心屯田。同时，孟珙所派遣部将王坚、刘石河领军三千偷袭顺阳。王坚领宋军将蒙军积聚的造船材料全部烧毁；刘石河领军趁夜色掘开颧河之水，把蒙军顺阳城内城外的营寨全部淹没，淹死敌军两千人。另一路由部将张德、刘整分兵一部攻入蔡州，毁坏蒙军城外屯田之农作物五百余顷，接着又焚毁其城外确山一带营垒三处，抢夺其物资马匹一批。

再说焦进、汪友谨领军三千人北上以后，他们先攻取了社旗县，然后直达南阳，汪友谨提议采用昼伏夜出的策略，让焦进领军两千佯装攻城，汪友谨则领一千人马，专寻找蒙军的粮草储备库，然后于同一日夜晚行动，共将南阳的五个粮仓烧毁。张柔闻讯粮仓遭遇宋军焚烧，急忙领军三千赶来救护，焦进则领军两千从方城折回于路边设伏，张柔仓皇间中了埋伏，大败而归。

蒙军元帅张柔未料到宋军这次会主动分几路人马北上出击，疲于应对，急忙调集人马四处应对，因措手不及仓促迎战，蒙军四处挨打，又遭遇多处偷袭，共计损失了上万军卒马匹和物资器具，价值银近万两、粮食达三万石以上。当张柔弄清这一番袭扰之战是孟珙蓄意策划的"掘根"之战略后，叹息道："宋廷有此名将，何愁江山不稳固啊！唉！有此人在，我军不得安宁了。"

可以说，这是宋军在端平入洛以后，宋军北上取得的一次主动攻击蒙军后方基地的进攻性作战的重大胜利，把敌人积蓄战备的攻势扼杀于萌芽中，史称"邓穰之战"。

也就是在这次袭扰张柔部下的屯田之战中，当年被刘义俘获的蒙古监军游显也跟随同去。这个游显羁留南宋后因思乡心切，一日傍晚，他与同被俘的一名军官，假装出营巡逻，趁人不备，骑马逃出宋营后，一路向北急奔，逃到汝州地界时正遇上巡防的蒙将阿思兰，便又回到蒙军中去了。

不久，在宋军成功救援夔州和袭扰河南后，宋理宗大赞孟珙英勇善谋，多次挫败蒙军，忠诚而又勤恳，功勋昭然，实乃名将。李宗勉趁机道："皇上盛赞孟珙功勋，何不趁势对其嘉奖，以彰其功，鼓励将士呢？"皇帝道："此言在理。"理宗遂授孟珙宁武军节度使、四川宣抚使兼知夔州，原任京西湖北路制置使旧职不变。爵位升为汉东郡开国公。

此时，四十五岁的孟珙继南宋名将岳飞、毕再遇后，成为南宋第三位勇猛无敌的大将军，并且承担了守卫京湖路建立四川防御体系的重任。他受命后，决定重新构筑川蜀防御设施，以备抵御蒙军的再度入侵。

二三、余玠出任四川制置使

所幸的是，淳祐元年（1241年），蒙古大汗窝阔台病死，皇室内部纷争汗位，王爷贵族勾心斗角，蒙古对宋的和议停顿，也无暇发动南侵战争，南宋抗蒙之战也暂时告一段落，得以休整和重新防御部署。

宋蒙两军这些年多次在四川展开拉锯战争，且四川多次失守，让四川的防御工事和军民物资、军事设施运输路线遭遇了巨大的破坏和损失，南宋深感四川防务的薄弱，决定重整四川防务。而最大的问题就是谁能够出任四川制置使，统领整个四川边防事务。当时最大的名将莫过于孟珙，孟珙也确实有意整治四川军事设施。

但是，京湖方向襄阳古城刚刚收复，蒙古张柔所部屯田河南，虽遇袭击，但一直未撤离，蒙军也在一点一点地重建军事设施，始终威胁着襄阳一带。襄阳毗邻汉江，直通长江，襄蜀二者相比，前者更重于后者。因此孟珙是无法分身无暇顾及两个重大军事要地的防务的。

此时左丞相、平章军国事乔行简刚刚因病去世，理宗与其他丞相多次商议守蜀人选，史嵩之正在犹豫，左丞相李宗勉道："回顾蜀地多次遭遇破关抢掠，皆因督帅不懂兵事，守备无方，缺乏固守之策，敌军一来，不打就撤，战之未几，往南而逃，导致军心大乱，军备废弛。蜀地山川广阔，仗频多乱，若非曹友闻等能征惯战之人，实难胜此任啊！"

史嵩之道："曹友闻虽英勇善战，可惜他已经殉国了！"李宗勉道："曹友闻虽去世，然而余义夫还在，义夫堪比当年的友闻呢。"余义夫就是余玠，义夫是他的字，李宗勉建议委派余玠任四川制置使，他说余玠参战多年，曾知招信军，为人沉稳机智，智勇兼备，屡打胜仗，颇有将才和防务策略。

理宗知晓李宗勉被人们誉为"公清之相"，他绝对不会看错人。皇帝思之再三，最后选择了在江淮战事中表现出色，已经升为兵部侍郎的余玠。

淳祐三年（1243年）春天，朝廷派余玠出任四川安抚制置使，兼知重庆府，便宜行事。

余玠接到诏命，立即前往四川制置使司赴任，路经江陵，顺路拜访孟珙。余玠向孟珙请教防御川蜀之策略和拒敌经验。孟珙道："我以为，守蜀之策，莫过于'因地制宜、增兵置卫、据关设险、联民屯田'了。"余玠道："孟大人之策，正合我意。愚弟谨记孟兄教诲。"

次日，孟珙还陪同余玠参观了荆襄之西北的野三关几处关隘驻军设施和沿途屯垦营寨。因为孟珙近年采用"立寨栅"与"安耕种"养兵守卫与护民联民相辅相成的防备策略，他组织军民大兴屯田，从秭归到汉口，调夫筑堰，募农给种，所屯之田有十八万八千顷，已是军威粮丰。他认为重庆府及川西诸州，数次遭遇蒙军劫掠，军民粮草太少，便慷慨地发送十万石屯田粮给余玠作为支援，并派兵六千入蜀，命令儿子孟之经担任策应司都统制，驻扎夔州，随时准备救援川蜀。余玠辞别时感谢道："孟兄对愚弟坦诚相待倾心相助，余某终生难忘。正所谓国有良将，无不可治之土，也无不可守之城。"孟珙道："世上无难事，只要心相依。等你恢复险关隘口，明年我来蜀地看望兄弟。"

余玠到四川赴任后，川蜀之北已处于无财、无兵、无民、无粮的境地。为了扭转窘况，余玠组织兵力开屯田以备军粮，整顿财赋，申明赏罚，重整防务设施。也为了抵御"来如天坠，去如电逝"般的蒙古骑兵的侵袭，他采取孟珙提议的依山制固、据险而守的方略。联民拥军，共同扼守四川水陆要道，使城寨相互联系，共同御敌，如此可长期坚守，同时能够消耗来犯之敌。同时他对川蜀抗蒙有功将士都进行了奖掖扶持。当然，对于一些守战不力、违法凌乱的将官，也给予了严厉惩处。比如利州都统制王夔凶残跋扈，号称"王夜叉"，不听余玠调度，恃势傲物，还到处劫掠百姓。

王夔，时年四十岁，浙江永嘉人，早年从军，骁勇善战，一直在广汉任职，从偏将再到守将。淳祐元年底，汪世显率军三万入川，他亲率五千前锋进攻广汉城，全歼出城迎战的三千守军。三日后，蒙古诸军皆至，又攻城三日，广汉城危急，守将王夔领一千军士驱火牛队突围而去，城陷落。一月后，汪世显回程之中，遭遇了王夔带领的三千宋军在龙泉山设伏攻击，汪世显被竹筏箭器击伤，回到巩昌后，不久病死。王夔因有功，被升为利州都统。但他自以为在蜀守战多年，经验丰富，一直不把总领四川军事的余玠放在眼里。

一日，余玠又听到王夔带人在利州昭化县抢掠后，命府下掌书记刘昭带人去昭化县内进行暗中走访，寻访到五六个受害人，随后将其带到制置使府，录其口供收藏，然后以商议军情为名，传令王夔来制置使府，当众揭露其罪状。为防不测，余玠命部下杨成持令牒马上进入王夔的营寨，掌控其军队。谁料王夔虽在制置使府，仍然仗恃屯居利州日久，手握兵权，竟然当庭斥骂对质的百姓，指责几人是诬陷朝廷官员，罪责难逃，接着拔剑欲将其杀死。

余玠早就料到王夔嚣张胆大，已在大堂左右伏下军士五十，此时一声令下，军士冲出，将王夔拿下。王夔道："余大人，末将镇守利州多年，熟知环境和行军布防之事，你面对境外重兵之敌，斩杀己方大将，必会后悔。"余玠冷笑道："非本制置使要杀你，是你自寻死路啊！为将者，不光要带兵抗敌，更要守护一方百姓安宁，可你经常派人到辖地扰民劫掠，是官还是贼？再说拒敌抗战，蒙军多次突破利州防线南下攻城掠夺财物，你又是如何履职尽责拒敌于境外的？"

王夔面对余玠连声质问，无言以对。余玠道："既无战功，又骚扰百姓，还凶残跋扈，留你此等守将何用？"说罢，依军法令人推出辕门，将其处斩。随后又将王夔罪恶公诸各州府，以儆效尤。

经过余玠的大力整顿，四川驻军纪律严明，将帅同心，士兵效命，声势大振。

同时，他在地方治理上，革除弊政，实行轻徭薄赋、鼓励生育、整顿军纪、除暴奖贤、广纳贤良、聚小屯为大屯等政策。他又采用播州人冉琎、冉璞兄弟建议，号令全境采取依山制骑、以点控面的方略，先后修筑青居、大获、云顶、钓鱼、铁峰城、紫云城等十余座山城，并迁郡治于山城之内。又调整兵力部署，移金州戍军于大获，移沔州戍军于青居，移兴元戍军于合州，共同防守内水要道。蒙古军队多次从陇右入山自西来蜀侵扰，都被宋军以山势为凭，亦用木栅设阻，竹筏箭器石器攻之，灵活出击，巧妙退敌。

余玠经营蜀地多年，广泛地设置山城，构建了屯居合一的山城防御体系，蜀地的十余万南宋军民据险坚守山城，"春则出屯田野，以耕以耘；秋则收粮运薪，以战以守"之法，成为日后四川抗蒙的有效力量。蒙古人几次南下，面对山上之城镇，蒙古人入侵耗时费力，又掠夺无物，只好望洋兴叹。余玠在蜀数年，积极经营，多次击败了忽必烈率领的蒙古军的入侵骚扰。地方治理上，他选官吏、重人才、办学校、兴商贸，经数年之功，终于开创了"军得守而战，民安业而耕，士有处学读"的良好局面。朝廷对他的功绩评价颇高，因此，他被任命为兵部尚书，拜资政殿学士，给予执政官相同的礼遇恩数，但为边防，仍驻守四川。

一晃眼，余玠驻守四川已经七年了。他认为，蒙军这些年多次轻易入川南侵，是因为五州三关有丢失，只有收回五州三关，据关守隘，自控门户，方能保蜀安宁。

此年八月，余玠调集四川各路精锐之师，誓师北伐。刚入秋，他先命武显大夫谭渊权知巴州军事兼川东路马军总管，依托新筑山城积聚粮草；又命都统张实在通江县存储粮草，接着他集中播州、帐下诸军、雄威军等几路兵马四万余兵力北上进攻兴元府，希望能够重新夺回蜀口汉中地区，并进而收复整个川蜀之地。这次出兵，余玠以部将卞忠义率一支军队沿金牛道向陇蜀边界阶州出击。

阶州蒙古守将王德新原为宋朝将领，在宋朝大军压境下，趁机反正归宋，献出阶州。卞忠义攻取阶州后，以阶州为依托，继续向北推进。而此时，余玠自率主力，取米仓道向兴元府进发。赵寅所率播州五千名忠勇军作为前锋，沿途出击，在岩州马鞍山、罗村、金牛堡三战三捷，击败了利州路蒙将王进的军队，然后攻陷了西县，俘获颇多。宋军前锋最后逼近了汉中地域首府兴元府。

但是蒙古汉中守将夹谷龙古带绝非等闲之辈，他率蒙兵拼命抗战。夹谷龙古带原本是女真贵族，金朝亡后被蒙古人俘获，后来被蒙哥收留做了十几年的仆人，并得蒙哥信任。蒙哥当了大汗后，派他到帖哥火鲁赤麾下为偏将。多次随军征战，因多立战功，被晋升为都统，后来被派往利州之北来镇守兴元府了。夹谷龙古带当时驻守兴元已近十年，整修城池，兴建堡垒，广建斥候，发展生产，根基甚稳，实力绝不容小觑。

到次年四月，余玠率军号称十万，进占了汉中西南之三十里外的中梁山，让部下汪铭潜军一千，切断蒙军与关中的联系，烧毁汉中至大散关栈道后，欲攻复汉中城。

接着宋军屯居在兴元城外汉江之南二十里处大梁山下，竖立木竹围障，以白粉制造假城墙堡寨。余玠又令士兵一人执数个火把，如约高举，环视四山都是如此，造成宋军数量庞大的假象迷惑蒙军，制造敌人恐慌局面。蒙军果然上当，主帅夹谷龙古带闻讯也登城楼观望变色，认为是大敌压境。但兴元行省掾李唐认为宋军城楼为假，举烛只不过是"添灶"之类的计策，蒙军军心方得稳定。宋军采取的心理战术有所失效。李唐认为宋军"大兵远来，当乘锐速战"，却忙于玩弄虚假计策，不过虚张声势、乘机劫掠。他认定蒙军只要坚壁以守，消耗对方体力军粮，伺其退军，再派骑兵控制险要地势，就能将宋军击败。

余玠也逐渐意识到此战术的弊端，随即对兴元城展开总攻。宋军采用层层围城、轮番攻击的战术，先用砲石攻击城上，再用云梯攀爬攻城，环城数重，造成孤危之势；攻城昼夜不息，双方伤亡惨重，城池之水都变赤色。在宋军军事攻击的影响下，汉中一带百姓纷纷前来投奔宋朝官兵，协助宋军总攻兴元城。蒙军主帅也日夜在城头督战，城中守军昼夜坚守，士兵食物都是城上传递而食，以拼命死守。

夹谷龙古带在死守兴元之时，急忙派人向周围各处蒙古军所部和巩昌汪世显之子汪德臣等人求救。不久，凤翔府都元帅图忠率蒙古军修复大散关以南栈道，蒙古关中西府大军和汪德臣的巩昌陇右五万兵马先后来增援。余玠见失去最佳时机，无力再战，被迫撤军回川。

余玠北攻的失败，主要还是宋军野战攻坚能力薄弱。宋军长于守城而不擅于攻城。不过余玠能够全师而还，还缴获了不少战马并带回了一些投诚的兴元军民，也殊为难得了。余玠此次反攻兴元失败后，蒙军加强了汉中守备力量，四川之军再也没能进入蜀口汉中地域，只能是依靠山城据险死战，固守蜀地了。

二四、汪友谨得志完婚事

却说汪友谨自从跟随孟珙将军谋事四年以来，既得到了历练，又参加了大小许多战斗，因功升为武翼大夫，位及七品官阶，这是多少人梦寐以求的好事。汪友谨携带奖品钱物归家，让母亲和爷爷翻修了老宅，拓宽了地基，又增修房舍六间，让家人住得宽敞舒适。随后，汪友谨还与母亲备好祭品，邀请亲族诸人，到祖坟祭祀了祖先和父亲，接着备办酒席，宴请亲族，甚是热闹排场。

席罢，族兄友诚对汪友谨道："兄弟，如今你功成名就，万事都好，就是一样不好。"

汪友谨道："友诚大哥，你说，我是哪样不好？"族兄道："还缺个媳妇呀。"众人皆笑，均说友诚说得甚是。

汪友谨的一位族姑道："大贤侄如今有官位有俸禄，贵人天佑，前途无量。若寻媳妇，也得是富贵人家的千金小姐，那可不是随随便便一个都能配上我家友谨贤侄的。"

一位族伯接言道："这事得让弟媳重视起来了。也是，众亲友得留意了，看周边三镇与四乡有哪里的员外或殷实人家，将那未出阁的小姐姑娘，说与俺家贤侄，以盼早成好事。"

族姑又言道："各位听好了，若寻到那些中意的姑娘，得让她们排队等着，让咱友谨挑选挑选。要知道，这姑娘入门呀，可就是官太太了。不然，官太太有那么好当的吗？"

众人又皆大笑。汪友谨的娘说："挑选是说说的事，打听可得打听好了。咱家不图什么千金小姐，但得贤惠淑德，会持家，能生养，特别是那些能兴族旺户的姑娘最合适咱了。"

一位姑奶奶道:"友谨的娘说的是,大家按照她的要求,四处物色儿媳吧。当然,选人嘛,首先看外表俊秀的,再看内心贤惠淑德的,说话还不能高声大嗓的。不然,友谨也不会喜欢呢。"

亲友又是一番欢笑,都说大姑奶奶说的话是经验之谈,也是符合父母心意的。

汪友谨道:"各位长辈,休要取笑敦促小侄,如今战乱未定,烽火随时骤起,尚不是谈婚论嫁的时候。"

有亲戚道:"打仗也得娶媳妇呀,不然,没有兵员军马,没有百姓纳粮捐税,还打啥仗啊。"

众亲友互相议论一番,先后散去。晚上,汪友谨的娘又对他言道:"儿呀,亲戚们说的话,都没有错,今年你已二十有三,也不小了,该谈门亲事了。如今,你爷爷将近七十岁了,娘也一年年老去,你得赶紧成婚,为咱家添丁进口,让我们安享天伦之乐吧。"

汪友谨道:"娘,谈婚论嫁,虽为人之常情,但总得讲个缘分吧。这事慢慢再说,当前,我军务繁忙,还顾及不得。"吕氏听儿子如此之言,也只好作罢。

次日一早,汪友谨离家归队而去。刚回到江陵制置使府,第二日孟珙就叫汪友谨将一份文书送到襄阳城兵马钤辖刘廷美的府上。

孟珙道:"今观襄阳情势,虽有极大好转,但老夫仍然觉得与十年前史嵩之知襄阳时,还有极大的差距。但是,今日之襄阳,犹如蒙军眼中一颗钉,早晚想拔掉。故而,老夫想起当年史嵩之在襄阳城北屯垦之事,今仍可事之。"

汪友谨道:"敢问孟大人,如何屯垦呢?请大人垂训,学生也可受教一番。"

孟珙道:"垂训倒不至于,但自你跟随老夫以来,机智敏锐,处事得当，如此，有事不妨与你商榷之。"

汪友谨道："多谢大人褒奖，属下请示屯垦机宜。"

孟珙道："老夫以为，可仍在襄阳边卸甲山与邹湾的跑马岭各设一座鹿寨，各派一名副将委以知寨之职，一是屯军，二是屯垦。老夫也看到了，卸甲山环山面积有五六百亩，当为军事要塞，可驻军五六百人，既可屯兵又可垦粮，乃两全之策。而跑马岭，沿山伸缓，为一座孤山而已，站在阜顶放眼四望，视野开阔，既可作为军事瞭望哨，增强战备，亦可驻军数百，同样屯垦。若遇战事，依寨增军，作为防守，则两座寨子互为掎角，双向出击，可为主城减少军事压力。"

汪友谨闻言道："孟大人之言甚是。"

孟珙道："如今襄阳遭遇蒙军袭扰后，军民资源大不如前。当年，史嵩之可以如此做，而今，我等更应当如此做，屯军屯垦，以充战备，此为未雨绸缪之良策。老夫思之再三，此事可让刘廷美去做，宜速不宜迟。"

汪友谨说声遵令，接过文书，出城急驰，向襄阳而去。

汪友谨到了襄阳，把文书交到刘廷美的手上，退出府来，正要去驿馆歇息，没想到在都统府门口，遇到了一位姑娘，差点相撞。姑娘道："小将军，乱跑什么？见了本姑娘也不问安，想去哪里？"汪友谨道："你我互不相识，怎么向你问安呀？"

姑娘道："哈哈，你不认识我，我可认得你。"汪友谨道："你如何认得我？"姑娘道："你叫汪友谨，一年前，你来襄阳联络刘大人共取襄阳，我可见过你了。你是孟珙大人的部下。"汪友谨惊讶道："你怎么知道此事？"姑娘道："当时在樊城城门外，你在杨树下与刘大人叙谈，没听到吹笛之声吗？"汪友谨惊呼道："噢，原来如此。好像……"他突然想起，当时不远处确有一位吹笛姑娘，当时他并没在意。

姑娘道："汪将军好高的眼力。既然小将军见了我欠了个问安道好，也罢，那你留下一样东西，明日来取，补个问安吧。"说完，姑娘伸手往汪友谨腰间一探，摘下了他的佩剑。汪友谨急道："姑娘不可，兵器无眼，不可乱动。"姑娘又是一阵娇笑，道："你当本姑娘是柔弱女子，不识兵刃，别拿大话吓唬我。"

正在此时，一个绿衣女子匆匆奔来道："小姐，别逗了，得罪老爷的客人，要怪罪咱的。"姑娘道："我并没有得罪谁呀！只是看看将军之剑质量如何。"说完，拔出剑来，扎个架势，舞了个剑花道："此剑精钢打制，舞动起来，剑风凌人，好剑啊！"

姑娘把剑递回，又道："此剑还你，不过，城东大街有家肉煎包子铺，他家包子味道甚美，要不，小将军请我跟春雨去吃上一顿包子，补回所欠一个问安可好？"

汪友谨被姑娘的一连串举动弄得有些发蒙。姑娘忽然朗声笑道："小将军，不用难为情，跟你开玩笑的。我知道你是担心，请一个姑娘去吃包子，被你家娘子知晓，你不好向她交代。"汪友谨闻言急忙道："姑娘请勿多心，末将还未婚娶。请小姐赏光，请——"

姑娘闻言，微笑道："本姑娘早吃腻了。再说，下午包子早卖光了。小将军，请便。"说完，笑着转身走了。

绿衣女子向汪友谨施了一礼，说道："小将军请勿见怪。刚才的姑娘是刘廷美大人的千金。我家姑娘从小舞刀弄剑，性格外露……"汪友谨道："末将不知姑娘是刘都统的千金，失敬。"绿衣女子问清汪友谨是要去驿馆歇息，说声失陪了，转身追赶小姐去了。原来，刘廷美有二子三女，此女最小，今年芳龄十八，是刘大人的二夫人所生，从小舞刀弄枪，练就一身武功。

次日早晨，汪友谨起床正在驿馆吃早餐，昨天那个绿衣服女子提着一个食品盒赶到驿馆，在驿卒的指引下，来到饭堂，她把盒子向汪友谨面前一递道："我家小姐送给你的，你就仔细品尝吧。"说完转身就走，走了几步回身道："汪将军，有缘千里得相会。我家小姐喜欢你，不要辜负她一片深情哟。"

汪友谨打开食品盒，发现内装点心，上面有一张书笺，写道："你若未婚，请来提亲，若你婚娶，权当是戏言而已。约期半年。刘若莺书。"

汪友谨手捧信笺，怔了好一会儿。随后他赶回江陵向孟大人复命。汇报完公事，汪友谨还未退下，孟大人看他一眼道："你还有何事？"汪友谨回说已无事，但还未退下。孟大人对他道，有什么话，但讲无妨，不必顾虑。汪友谨只好硬着头皮把到了襄阳后，办完事，与刘小姐在府门口相遇，然后刘小姐送他食盒的事全盘托出，还拿出信笺放在孟大人面前，等待孟大人的训斥。谁知，孟大人听完，看看汪友谨，问他今年青春几何。他答二十有三。孟大人道："此乃天赐良缘，何必错失呢？"

汪友谨唯怕听错，问道："孟大人何意？"孟珙道："此乃天赐良缘，何必错失呢？老夫为你保媒吧。"汪友谨惊讶片刻道："谢大人顾念之恩，属下没齿不忘。"

过了几日，孟大人果然对刘廷美修书一封，向刘大人说明情由，替汪友谨向刘小姐求婚。因为刘廷美对汪友谨也较了解，很快得到了刘廷美大人的应允。随后，孟大人给汪友谨放假半月，让他向刘小姐下了聘礼。不久，在孟珙大人的关心下，择了吉日把汪友谨与刘若莺小姐的婚礼办了。到此，汪友谨总算完成了婚姻大事，了结了他母亲的一番心愿。

诸事办妥，假期已满，汪友谨又回到江陵，向孟珙报到，听候孟大人随时差遣。

二五、贾妃北宫见从弟

话说自从孟珙收复了襄阳、巩固了京湖路边防，四川有余玠镇守，淮东又有杜杲经营设防以来，南宋的军事形势比起嘉定年间有了较大的好转。于是理宗大可以放心在国事以外进行一些娱乐活动了。

宦官卢允升便在皇帝面前道："皇上，您整日操劳国事，宫闱废秩，何况皇上春秋正盛，开枝散叶多子多孙乃是国家之福，社稷之幸。陛下子嗣不兴，为何不多去后宫走走？才人、娘娘们可多有怨言呢。"

经卢允升这样一说，理宗便突然想起了贾才人。贾才人就是贾玉华。她的父亲名叫贾濡，曾任台州通判，可惜刚升知府二年就病故了。叔父就是贾涉，当过淮东提点刑狱，后因兼楚州节制京东兵马，颇有谋略，政绩优佳，而升淮东路制置使。贾涉因招降山东忠义军扼守淮北，让金国难犯而闻名，嘉定六年（1213年）因患病请辞时恰逢金兵大举进犯，再次带兵出战，大败金兵，将缴获的京河版籍及金银钢印等送交朝廷，受到嘉奖，因劳累过度，病逝于回师途中，诏赠龙图阁学士、光禄大夫。贾涉有一子，名叫贾似道，因父功而荫补为嘉兴司仓。

皇帝道："起驾凤寰宫。"卢允升急忙道："奴婢遵命。"不一时，主仆二人到了凤寰宫，贾才人闻报急忙迎了出来。入座，一番寒暄，贾才人命侍女菲儿上酒菜，食毕侍女唯恐皇上离开，便插言道："皇上，我家娘娘惦念陛下好久了，今日，陛下可不能再起驾别处了。"贾才人道："菲儿，不许多嘴。"侍女菲儿道："娘娘不让奴婢多嘴，奴婢偏要说。陛下就是再忙，也不能不来凤寰宫看看未来的小皇子或小公主啊。"

皇帝道："什么？贾娘娘有喜了？为何不去禀告于朕？"菲儿急忙道：

"奴婢多嘴。"言罢，自打嘴巴。

贾才人道："皇上，也只是十日前太医才告知于我。臣妾也想给陛下一个惊喜而已。"

皇帝道："甚好，这真乃一个惊喜。"言罢，对卢允升道："你且回去，明晨再来凤寰宫接驾。"卢允升答应一声，随即离凤寰宫而去。几日后，贾才人被升为淑妃。

日月如梭，光阴如流，十个月后，贾淑妃如期为皇帝诞下一位小公主。皇帝一高兴，第六天便封贾淑妃为贾贵妃。在贾贵妃的女儿满月的那天，皇帝在大殿为女儿举办弥月之喜，封贾贵妃的女儿为瑞国公主，文武百官都来庆贺。皇帝当着百官的面，还赏赐了贾贵妃不少金银财宝。此日，贾贵妃风光至极。

贾玉华做了贵妃，高高在上，常有些臣子向她请安问好。但是，看到这些臣子在皇宫走来走去，贾贵妃不由得想起一个人，这个人就是让她时常思念的堂弟贾似道。自从她进宫后，又加之不久父亲亡故了，便再也不知他的消息。贾贵妃便托人四处打听。终于有一天，菲儿告诉她，她的弟弟在嘉兴任司仓之职。贾贵妃便让人捎去一封信。

当这封信送到贾似道手中的时候，他竟然不敢相信，自己还有个做了贵妃的姐姐。贾似道怔了半天，接着仰天大笑道："想我贾似道吉人天相，今天终于鸿运当头啦！"随后便立即赶到县衙，向县令告假，当天便赶到临安，拜见贾贵妃去了。

姐弟相见，喜极而泣。贾贵妃与贾似道也只相差十二岁。当年十五岁的贾玉华在进宫时，他仅有三岁。如今见到这个娘家的唯一亲人长成了大小伙，贾贵妃真是激动万分。她吩咐厨房，置办酒宴招待弟弟。随后，贾贵妃向皇帝求告，请皇上提拔她多年未相见的弟弟。皇帝本就宠爱贾贵妃，为了讨她欢心，便升贾似道为太常丞。贾似道升官后，第一个想到的便是他母亲。他的母亲胡氏，如今还在乡下，据说是嫁给了一个石匠。他必须要把母亲接到京城来，安享晚年。

事情还得从二十六年前贾似道的父亲说起。

那一年春天，他父亲贾涉还在任职高邮县尉时，一次外出办事，走到半路，遇到了风口里的一个在溪边浣衣的女子，因女子年轻貌美，便多看了几眼，越看贾涉越觉得女子貌美，还很有福相，便产生想买下这个女子为妾的想法。因贾涉想要生个儿子，可是妻子一直不能让他如愿。于是就走过去问女子的姓氏，芳龄几何，女子说她姓胡，人称胡氏，今年二十岁。贾涉便对女子道："姑娘，可以跟我走吗？我要娶你做我的夫人。"

女子看看贾涉衣着光鲜，一副很有钱的样子，便道："不可，奴家已有丈夫。"贾涉道："你家丈夫现在何处？"女子说："在前边田间做工。"贾涉道："你若愿意，我去田间找你丈夫商议。"刚说完，女子的丈夫过来准备唤妻子一起回家，贾涉便道："兄弟，我想买下你的妻子，你要多少银两？"农夫怔了一下，看了妻子一眼，以为妻子和这个衣着光鲜之人早已有了私情，稍顿，便道："可以。你付给我四十两银子吧。"贾涉道："可以，就以四十两银子为价。"于是，贾涉取来四十两银子，将胡氏转买了下来。农夫爽快地接过了贾涉的银子，转身而去。可能他想，四十两银子再去娶一个妻子，已是绰绰有余了。

胡氏跟了贾涉，没过多久就怀孕了。贾涉已有妻子唐氏，胡氏跟着他只能落得小妾的名分。对于胡氏来说，从农家村妇到官宦之家的妾室，并没有觉得有什么不好。

但是新的问题出现了。唐氏跟贾涉多年，一直未生育，此刻看到小妾怀孕，醋意萌发，心态顿时崩溃了，不仅时常打骂胡氏，还将她当作奴婢来使唤。而贾涉惧内，是个有名的"妻管严"，对此只能看在眼里，急在心里。

贾涉心里郁闷，便向自己的好友，当时已任县令的陈履常一诉衷肠。

陈履常说："贾兄勿急，我给你想个办法。"过了两天，他对贾涉授计，如此如此地说了一通。

贾涉回到家，拿着陈履常给的红帛花，给胡氏做好记号。第二天，陈履常的夫人去探望生病的唐氏。两个人闲聊了一番，末了，陈夫人称家里老夫人要过大寿，要给提前置办，家里人手少忙不过来，要借一个得心应手的奴婢使用一阵子。唐氏爽快地答应道："夫人想用多久就用多久吧。"陈夫人便直接在三个奴婢中，挑选了戴着以红帛花为标记的胡氏走了。

胡氏在县衙大院住了下来，数月后，生下了一个男孩，贾涉喜不自胜，还时常偷偷地去看她。纸里终究包不住火。而且，陈履常任职期限已到，马上就要转任他处了，胡氏产子这件事最终还是被唐氏知道了。唐氏一哭二闹三上吊，说想要把孩子接回来可以，但胡氏不得回家，必须要嫁给别人为妇。

正在贾涉犹豫不决的时候，贾涉的哥哥贾濡来了。贾濡本来要带着女儿贾玉华去京城竞选妃子的。贾濡听到弟弟的难处，想到自己也没有儿子，半生只有一女，还要送到宫廷去，不如收养这个侄子也是美事一桩。就当即决定，自己来抚养这个孩子。贾涉当即同意了。而另一边，陈履常期满外调异地时，就带着胡氏出发了。在半道上，在陈夫人的督促下，便把他嫁给了一个老实本分的石匠为妻。

一晃二十多年过去了，这个孩子长大成人，就是贾似道。贾似道在十一岁时，贾涉就病死在任所了。但是，贾似道却因父亲贾涉之功，而蒙受荫庇被授予嘉州司仓，也算有好日子过。不想，贾玉华这个女子也有福气，入宫后初为宫女，因相貌俊美而升为才人，后从淑妃当了贵妃，成了富贵无比的人上之人。贾似道也因姐姐的皇亲关系，一跃而成为手握实权的太常丞、军器监。所以，如今发达了，他得让母亲跟他享福了。

贾似道安顿好新官职的事务，第一件要做的事就是四处打听母亲胡氏的下落。经过三个月的探询打听，最后得知母亲还在乡下，住在天台县一个叫陈塘寨的村子里，然后亲自带人去接胡氏回来。

贾似道找到胡氏后，说明情由，立即就要把胡氏带上车子离开。其实胡氏此时也不老，才四十多岁。可是胡氏嫁给石匠十几年了，多少有了一些感情。胡氏就惦记着他的石匠丈夫，说要等他回家告知去向再走不迟。其实，胡氏心里想的是带着石匠一起去过好日子。

但是，贾似道与石匠从未见过面，毫无感情，而且身为官宦之人，凭空多出个后爹甚为不妥，也不允许胡氏与石匠有何瓜葛。于是，他命随从把母亲扶上车就出发了。

话说贾似道走后不久，石匠就回家了。石匠听邻人说妻子被一伙人拉上马车带走了，惊异万分，问清妻子离开的时间，估算走不多远，便急忙向马车驰行的方向追了上去。

贾似道一伙人边走边留意后面的动静，当他的随从发现了后面追来的石匠时，就报告给贾似道。贾似道闻言，眉头紧皱，他下车嘱咐手下留下来等着石匠，在半道上截住石匠，然后找个清净处，把石匠处理掉，不能让他四处寻找他的母亲。吩咐完，他和胡氏前面先走了。贾似道则对车上的胡氏说，他想了一下，石匠一个人也够辛苦的，还是带上石匠吧。所以要仆人回去，接上石匠一起带回临安去的。母亲信以为真，说道："我儿终于长大了，懂得人伦之理了。"便放心地跟着儿子先往临安去了。

可怜那个石匠，正在追赶妻子到岔路口的时候，忽从路边走来两个人，其中一个高个子问他干啥，石匠就说自己妻子被人带走了，便追赶上来了。矮个子随从道，他们看到一辆马车向西走了。矮个子叹息两声，还言称十分可怜石匠，要帮他追赶马车去。

三个人赶了一会儿路，走到一个小村边，高个子随从说路边有个小酒馆，都走饿了，吃了饭再接着追；矮个子也说肚子饿，要吃饭，石匠只好应允，于是三人进了酒馆。在小酒馆两个随从拿酒将石匠灌醉，背上就走，等背到一个河边时，四下无人，仆人把石匠推进河中淹死了。然后，两人在旁边的土丘上扒个坑，把石匠草草埋葬了，回去报告胡氏说，石匠在来的路上，因着急心慌，突发心绞痛病死了，已经就地安葬了。胡氏闻言，伤心了一些日子，便只好自叹石匠命苦了。

二六、史嵩之受迫辞相位

却说史嵩之因治理京湖有功而登上丞相之位以来，先由右丞相兼枢密使，再到左丞相，一晃就是四个年头了。从拜相次年年底，左丞相乔行简与右丞相李宗勉先后去世后，他便成了独相，随着他在丞相之位上时日一久，又加之朝中大事皇帝多要采用他的意见，大有倚重之嫌，故而史嵩之亦即行事果决，听不得不同意见。一旦觉得哪位朝臣对自己果决之事造成阻碍，就会加以打击或除去。

史嵩之大权在握，也想再建殊勋，巩固相位。为了筹划前哨江防，他欲在洪泽湖及江都沿江一带建立水师，便迫令当地州府征集渔舟。楚州知州康侍昭、泗州知州冯颢二人难以完成征集任务，便接连向京官写信并向朝廷上书反映此事，以求减缓执行征集任务或期盼朝廷能取消征集渔舟。皇帝便将此事拿到朝堂进行朝议。

朝臣兵部郎官康植首先反对道："圣上，令征渔舟，渔民无以为生，必会生乱，自古官不与民争利。征集渔舟，犹如夺之口食，如此粗劣之策，愚臣以为，万万不可。"

史嵩之听了十分不悦，奏道："陛下，嵩之以国计而不舍昼夜，欲建水师，加强前哨，忧国忧民，奈何竟成粗劣之策呢？臣以为康植谤毁廷臣，恶意中伤，敌视朝廷布防良策，乃为不忠之臣，理应将其贬放州府，襄理民事。"

户部侍郎李椿道："陛下，康植身为兵部郎官，掌管兵籍，忠心耿耿，勤勉自律，从未有废公挟私之思欲。自淳祐纪元之后，京湖路有孟珙，西蜀有余玠，淮西有招抚使吕文德，均能安排守备，抗战退敌，无懈可击。蒙古兵虽屯垦境外，却未敢南侵，宋室内外平安无事，陛下洪福齐天，社稷稳泰。置备水师，稳缓行事，不可与民相扰啊！"

知枢密院事杜范出班奏道："大臣言事不采纳，反而加罪，还有何人敢向陛下奏事？又有谁人敢为国事上疏陈策呢？望陛下掂量彼此轻重，酌情而处置。"

皇帝听几位大臣这样说，刚刚被史嵩之调动起来对康植不满的一点心思，被大臣们给平息了。皇帝道："众臣皆为国事所劳，不可相互攻诘。渔舟征集之事，暂缓行事。"

一场小争执就这样结束了。但是，史嵩之心怀不满，过了几个月，刚好江陵酒官病故，史嵩之趁机指使御史梅杞向理宗奏议，称当下兵部事少，而康植办事尽心尽力，不可浪费人才，请将他调为江陵酒官。史嵩之附议说，御史梅杞之言有理，不可让尽职之人无用武之地。理宗顺水推舟，准了史嵩之二人的推荐，遂调康植为江陵酒官。

不久，浙西路提点刑狱张钰巡按吴县时查知，平江知府史宅之私下兼并土地，贪赃枉法，鱼肉百姓，民愤极大，但鉴于其兄史嵩之身为丞相，投鼠忌器，不敢上疏加以弹劾，便与淮西路制置使杜杲面议此事。杜杲十分愤慨，认为史宅之是狐假虎威仗势欺人，便上奏揭发史宅之的枉法之举，并对其兄史嵩之表示谴责，言其身为丞相，不对亲属的贪婪举动进行遏制，罔顾国法，挟私祖护，应当自责。此奏书令史嵩之十分难堪，又很恼怒。皇帝让人到平江府复查后，将史宅之兼并的田地退归，又将史宅之贬往隆兴府，调任通判之职。因此，史嵩之对杜杲怀恨在心，不久即对杜杲进行报复，他背后指使台谏李昴英弹劾杜杲。

李昴英为人正直，他认为杜杲身为淮西制置使，抗战尽力，杀敌英勇，朝夕戍边，并无过错，如若刻意寻找事端对其弹劾，属于强词夺理；台谏虽有检察臣工职责，但妄加弹劾，于情不合于理不通，而且误国。

史嵩之见李昴英不肯配合，暂且放置此事。过了二月，一日，史嵩之对李昴英言，他对杜杲上书弹劾其弟那件事想通了，他称杜杲其言在理，史宅之其错属实，杜杲敲打一下宅之，亦是好事，可以让他进行历练，让其引以为戒，有助其成长上进。

可是，过了几日，史嵩之让工部侍郎李心传向皇上启奏，言说杜杲任淮西制置使三载以来，边防稳固，将士同心，其功卓著，可以升迁。建议升杜杲为工部尚书兼直学士。皇帝闻言，觉得李心传之言甚是，应当对有功之人进行升迁，便准其所奏。于是，史嵩之轻巧地夺去了杜杲的兵权。

通过此两件事，许多大臣看出了史嵩之对朝臣越来越强的打击报复心。尤其是对于杜杲，明面上看是让其高升，实际上乃暗降，削减其与之抗衡的实力。

史嵩之入相后，为了拉拢大臣，结交几位盟友，曾召叔父史弥远的弟子师雍到他家喝酒赏花，并示意主动与他改善关系，秘密交往，然而师雍不领情，日后对他敬而远之；史嵩之迁师雍到粮料院任职，并说："粮料院与相府密迩，近水楼台，所以日后你我应亲密相处。"师雍还是不领情，淡然道："古人云，淡淡长流水，炎炎不到头。"史嵩之十分不悦。

乔行简、李宗勉二人先后病故，史嵩之成为独相后，博士刘应起首先上奏论史嵩之的过失，言说独柄误事，专权害国，他提议道："皇上应下诏命刚正不阿之崔与之入朝任丞相，削减史嵩之之权力。崔与之杰然之才，恻然之心，超然之见，近世唯一。若他回朝任相，乃是航海健帆，宋朝福星。"

　　崔与之，字正之，广南东路增城人，于宋光宗绍熙四年（1193年）进士及第。他为官清正，尽心竭力，殚精竭虑。当年任淮西提刑司检法官时，不畏权贵，秉公判决大京官之子称霸乡里霸占民田的犯罪案。后任广西提点刑狱，不辞辛劳，跑遍广西二十五个军州，每到一地巡察都自带费用，不用地方分毫开销。一次到海南琼山巡察，渡海因浪大船舵折断被迫返回，他仍不放弃；第二次再度出发，终达琼山县。他奖廉肃贪，公正办案，官民深为敬佩。后任淮东路制置使，精练军兵，每日亲临校场督训，月终对将士考核，奖优罚劣，致使将士每遇战事勇往直前，淮东路边防局势稳定。后升任工部侍郎、四川安抚使，政绩斐然。后入朝为吏部尚书，因广东动乱，朝廷派他为广东经略安抚使，他临危受命，到达广州，巧妙部署，机智瓦解叛军，还带病亲上城楼与叛军相见，晓之以顺逆祸福道理，很快平息了兵变。后来理宗任命他为参知政事、右丞相等职，亲下七道诏书催他就职，但他以年老体弱为由多次请求辞职。时人誉为"年高德劭，国之希望"。如此谦恭谨慎之人，有人提议再度任其为相，皇帝怎能不记忆犹新呢？

　　皇帝被刘应起说动了心，便道："能臣如藏书，不翻不能习读之。崔爱卿的确可当起复重用呀！"便下诏请他入朝。可是，不久崔与之回复说身体欠佳，暂不能入朝。半月后，皇帝再次下诏催促，崔与之又回复说病体尚未痊愈，不能入朝。一月后，皇帝第三次下诏召崔与之回朝。但是，崔与之又上书推辞说老臣年逾七十有六，年老体弱、老眼昏花，诚蒙圣宠，感激涕零，但老臣已是朽木难雕之年，恐误国家大事。坚持推辞，不肯入朝为官。皇帝叹息道："人各有志，不可强求。"

　　大臣高斯得闻知崔与之坚辞不肯入朝为相，也十分惋惜，借机上奏，请求皇上择才与史嵩之并相。史嵩之闻此消息很恼怒，当夜摔坏了一只青花瓷茶碗，隔日就指使其党羽刘晋之、郑起潜二人在朝堂上言说高斯得叔兄子侄不可以同朝为官，皇上遂将其外放通判绍兴。

理宗见史嵩之刚愎自用，弃之不忍，用之又担惊受怕，犹豫不决。过了十几日，皇帝又想驱逐史嵩之，另立他人为相。史嵩之听说后大为恼火。因为师雍与刘应起友好，故史嵩之怀疑是师雍与高斯得从中作梗，怀恨在心，就暗中指使御史梅杞攻击师雍，于是梅杞在朝堂上称师雍背后结交朋党，居心叵测，妄议朝政。稍后就以朝廷名义，寻机谪迁师雍知兴化军，三月后又让师雍改知邵武军。

一日，有个道士叫孙守荣，四十余岁，在临安大街上吹笛行于闹市中。有人就跟随观望。道士边行边说道："贫道曾遇异人，异人授我一支铁笛，我吹笛可招鹰雀而来，使之相互飞舞。"有人不信，道士便到河边吹笛，果有雀鸟奔他而来，上下翻飞，形同舞蹈。众人一齐欢呼道："大师果然无戏言。"道士见众人相信，便言说他已修道有成，能预测能遥视。有人找他测验，道士言说此人的过往之事，十之有九属实。众人交口相传："这道士真神人啊。"

某日，道士从史嵩之相府门前经过，便欲入府拜谒。门吏问他是否已预约，他言没有。门吏谎称史嵩之在午休，不让他入府打扰。孙守荣当即指出史嵩之正在后花园池旁钓鱼，怎么说是在午休？门吏非常吃惊，便入报史嵩之，史嵩之闻此言很惊讶，便召之入府。

一番交谈，史嵩之颇喜欢孙守荣的言谈举止与仙风道骨之雅气。刚巧，史夫人所养的猫前日死了，便让孙守荣卜测吉凶。孙守荣道："猫主财，夫人主内，内属蓄财之地，猫之死，则应示尊夫人有财破之灾。"史嵩之让其细说端详，孙守荣道："贵府二老爷史宅之前不久是否被贬了官？"史嵩之虽惊讶，但点头认可。孙守荣道："二老爷被贬乃是因兼并他人田产而获罪，贵府高门大户，上下一家，退归田产，此非贵府有失财之理吗？"史嵩之佩服不已。接着，孙守荣坦陈己见，将史嵩之身上近年来经历的许多事都一一说出，自然包括史嵩之指使御史梅杞蓄意弹劾贬谪康植并调为江陵酒官之事在内。史嵩之闻之，心下虽不舒服，但仍旧赞扬其高明。

过后，史嵩之自思道，这个孙守荣，果然有半个诸葛亮的本事，若让此道士四处漂荡，岂不将老夫的秘密私事泄露无遗啦？罢了，切不可放任自流。

旬日后，某日，史嵩之差人请道士孙守荣来府上饮酒。酒罢，孙守荣喝得大醉。仆人扶孙守荣到厢房歇息。半夜，忽闻府中一阵呐喊声，史嵩之让人将道士捆绑起来，随后将道士送交大理寺。孙守荣酒已醒，大惊，并喊冤枉，史嵩之家仆将一包物品扔在道士脚下，恶声道："牛鼻子，你做的好事，我家老爷好心请你喝酒，你却佯装醉酒，然后趁夜色，偷盗我家金银玉器。人赃俱全，看你有何话说？"道士面对如此局面，愕然道："欲加之罪，何患无辞。王侯堂皇，人心难测，贫道咎由自取呀。"然后，低下头颅，自认倒霉。

于是，史嵩之让大理寺将道士处以盗窃罪，发配于海南儋州。最后道士死于边远之郡。

种种举动，使史嵩之在朝中大臣们心中的形象一毁再毁。

淳祐四年（1244年）九月，史嵩之父亲提举福建茶事史弥忠因病去世，但史嵩之却贪恋权位，不肯辞职在家守孝，只休假三月，便欲回朝理政。有朝中大臣提议他应该丁父忧，他竟援引战时特例，企图自我起复。结果引来了一片反对声，四明一带当时流传着关于史嵩之的十七字之说："光祖做总领，许堪为守臣，丞相要复起援例。"传言中所说的马光祖、许堪、史丞相，三人皆为四明籍大臣，前二人皆为勤政务实、为百姓办事之人，因守边之需要而起复，是国事之需要。而史嵩之则一心贪位弄权，也借势搞官位起复，实乃反面典型。

临安太学生黄恺伯、金九万、孙翼凤等一百四十余人，武学生翁日善等六十七人，京学生刘时举、王元野、黄道等九十四人，建昌军学教授卢钺等人都上书论史嵩之不当起复，指责他"恃宠怙势，殄灭天良"。

大臣虞复也借势上书反对史嵩之，称他"心术不正，行踪诡秘，力主和议，瓦解斗志，窃据宰位，处心积虑，居心叵测"。隔了一日大臣李昂英还写了一篇《论史丞相疏》上奏皇帝，揭露史嵩之的过失。这些大臣和太学生对史嵩之的"专权""贪位"愤愤不平。公愤汹汹，激情昂扬。上书事件发展到此，已到一发不可收拾的局面。

而理宗欲坚持起用史嵩之，既有感激史弥远的原因，也有看重史嵩之才能的因素。

一日，权中书舍人徐元杰去见理宗奏事。谈完要事，皇帝问徐元杰道："卿以为将史嵩之起复为相如何?"徐元杰道："陛下以为如何?"皇上道："朕欲起复嵩之。"徐元杰道："此命出于陛下之心吗? 出于大臣之心吗?"皇上道："朕以为国家多事，宜用祖宗典故起复他。但三班学生上书，卿知道吗?"徐元杰道："臣闻有此书，不知真假。"皇上道："众人言之也许太过了。"徐元杰奏道："人言那是因有可言之事，并不是非议。陛下，众人所言万不可轻视。"皇上道："朕也有顾虑，但边事也需用人，史嵩之久在边防，娴熟军事，故而欲起复之，非为他故。"徐元杰闻此言，便道："那臣无话可说，请告退。"

君臣二人对话表明，皇帝需要史嵩之，边防事务似乎也需要史嵩之来周旋。

刑部侍郎兼给事中谢方叔听闻此事，赶紧单独去见皇帝，伏地叩首奏道："陛下，臣以为史嵩之万万不能复他为相。史嵩之为相以来，上蒙蔽君主，下抑塞群臣，其人游身权力顶峰，聚居名利场中，性情大变；他蛰伏三载，蜕化变质，排挤异己，已为大恶之人，论其所为与他叔父史弥远有过之而无不及。如此之人，怎能尽心国事，倾情匡正社稷呢? 千万不能让国家大事坏于此人手上! 嵩之若起复，臣心如火焚，臣肺腑之言，万请陛下三思！"皇帝闻此言道："朕偶思之，并无定论。卿大可放心。"

由于史嵩之执政时深深地得罪了公众，大臣和太学生们一百个不愿意史嵩之继续为丞相。而同时，史氏已有史弥远一个在位二十六年的丞相，人们不愿意再让史氏长期任相了。史家人任丞相，皆是独断专行，故而朝中反对他的大臣借机群起而攻之，其规模之大、语言之激烈实为宋代所罕见。最终连史嵩之侄儿史璟卿都受不了大臣和各界对史氏的反对浪潮，也写信对史嵩之指责道："面对朝野诘责，叔叔不可再安之若素，激增怨愤了；你为相多年，应知高处不胜寒，当断则断，不可贪恋名位。"史嵩之看完信，怒扔于地。

在大臣们再三的反对下，皇帝只好放弃了复用史嵩之的念头。于是先后提升杜范、范钟为相。以杜范为右丞相、范钟为左丞相，辅助皇帝处理国家大事。

史嵩之眼看复职无望，只得居家安心地为父亲守制。闲得无聊时，便邀上几个乡绅，出城到旁边邻县风景地赏景，或者携带仆人，头戴斗笠到西湖边钓鱼，闲居在朝野闹市间。

史嵩之平素之爱好也只是下棋、钓鱼、会友，有时雅兴来了，也吟诗作词。一日，雪霁天晴，四野明亮，史嵩之在家闲来无事，带着仆从走出家门，到城外感受自然界之独特风光。

当他到城西十里外一条两岸长满竹林之河边时，忽来诗兴，让仆从取来纸笔，放在旁边亭台上，当即吟诗一首，题曰《雪后》："同云收万里，斜日已三竿。有鸟皆迹潜，无风尚送寒。晴檐如下雨，枯涧忽鸣渊。渐觉山河复，方知世界宽。"

史嵩之刚吟完诗句，有一老翁带着两个孩子从旁路过。两个小孩，一个七八岁，另一个约莫十岁。其中一个小童子道："爷爷，那个写字老爷爷是谁呀？他为什么要在河边写字，在家写不舒服吗？"另一小童道：

"就是一个写字的，你管人家是谁？与你何干？"老翁道："小玩童莫要乱说，人家定是读书人，在赏景赋诗，并不是随便在河边写字。"

史嵩之闻听一老一小之言，感慨万千，自思道，昔日在朝任丞相时，每日前呼后拥，万人敬仰，如今赋闲回家，众人视而不见，待我如河边草木了。于是，不禁又感慨系之，吟诗一首，题为《郊野偶思》，诗道："落日归山海，暮狮隐草丛，英雄出少年，俊杰叹乡松。人生最苦短，天涯曾飘零，此生已近暮，空怀报国情。"

二七、贾似道游湖杀无辜

却说贾似道自从升任太常丞兼军器监以来，职位上升，又在京城结识不少大臣，还有姐姐贾贵妃之赏赐，自然是日子越来越富贵，慢慢地也过上了豪华奢侈的生活。平时，他不是与一些年轻京官投壶嬉戏，就是找歌伎听曲纵乐。他仗着自己为官，又有贾贵妃这个皇亲关系，更是举止放浪，动不动就会责怪青楼招待不周而把歌伎馆的桌台砸烂。一天，跟他同去的一个年轻官吏，见贾似道这样，怕闹出事来，就把他拉去西湖上游玩，这一游，贾似道竟然游上了瘾。此后隔三岔五，贾似道就会带上三五个随从，邀上一群常在一起玩耍的官宦子弟去西湖乘船玩耍。渐渐地，他游湖时还要带上几名歌伎，边饮酒听曲，边游水赏景，快乐无比。

一日，贾似道去见姐姐贾贵妃，贾贵妃道："允从，你觉得当今日子如何？"贾似道说："允从自从跟娘娘相逢后，蒙受娘娘深恩，日子过得如鱼得水。臣弟已经心满意足了。"

贾贵妃道："日常你可曾读书？"贾似道回道："臣弟日常也读一

些书。"

贾贵妃道:"如此最好。你还年轻,理应多读一些书,也好增长学问见识,以利他日为国出力。"贾似道说:"臣弟谨尊娘娘指教。"贾贵妃道:"本宫意思是说,你可曾愿意继续深造高升,今年会试将临,允从可有参加会试之设想?"贾似道说:"臣弟纵有意愿参加会试,只怕学识短浅,难过龙门高堑啊。"

贾贵妃道:"允从只要有此意愿,本宫可助你一臂之力。"贾似道说:"多谢娘娘。"贾贵妃道:"如此,往后你只需苦读诗书,以待会试到来。但愿不要让本宫枉费心机。"

贾似道回道:"娘娘放心,臣弟从明日起,就拜魏了翁和刘克庄两位大儒为师,发愤读书,力争上进,以丞相郑清之为榜样,争取能进士及第,光宗耀祖。"

贾似道走后,贾贵妃便开始打听今年会试的日期。接着又从皇上口中打听到了今年会试的主考,乃是礼部尚书陈泰大人。

一日,贾贵妃召来陈泰大人,先是赐座,接着又是上茶,还让侍女端上点心。陈大人诚惶诚恐道:"娘娘,不知召臣来凤寰宫有何吩咐?"

贾贵妃说:"陈大人勿要猜测,本宫召陈大人来此,只是念冬季天寒,想关心一下大人家人可好?陈大人操劳国事,可不要轻慢了家人呀!家有贤妻,万事昌盛。唉!说来本宫也是福薄,母亲早逝,是为人生憾事一件。本宫听闻陈大人的夫人,跟本宫的母亲年岁相仿。故特请陈大人来此一叙。"言罢,喊侍女道:"菲儿,捧上桂花糕两盒,请陈大人带回家去,与夫人一同品用。"

陈大人听到此处,当即跪下道:"承蒙娘娘恩德,老臣家人尚好。今日娘娘厚恩,老臣汗颜难报,不敢承受。"

贾贵妃道:"陈大人勿要推辞,此乃本宫一点心意而已。"

菲儿也道:"陈大人快接糕点,切勿拂逆娘娘盛情美意啊。"

陈大人只好再次跪下接了糕点。贾贵妃说："也罢，听说陈大人正在为今春会试费心，本宫就不多留陈大人了。"

陈大人回到家后，把糕点交给夫人，夫人听说贵妃娘娘亲赐了桂花糕，欣喜地打开糕点查看，这一看不要紧，把夫人吓了一跳，轻声道："老爷快看，娘娘恩赐的两盒桂花糕，怎么其中一盒竟然是……"

陈大人听到夫人惊呼，赶到旁边道："其中一盒怎样？"夫人道："其中一盒，不是桂花糕，竟然是金豆粒啊！"陈大人讶然道："怎么会这样？"

夫人道："有道是无功不受禄，贵妃娘娘为何要赐你金豆粒呀？恐怕事情不简单。"

陈大人怔了半会儿，也不知是怎么回事，嘀咕道："娘娘莫非有什么话没言明。"于是，复又进宫，去见贵妃娘娘。见了面，陈大人支吾了半会儿，不知如何开口。贵妃娘娘道："陈大人复又进宫，不知有何要事？"陈大人施礼道："娘娘，您赐老臣桂花糕，因老臣心中激动，故而走得匆忙，可能娘娘还有什么话要交代，臣疏忽，请娘娘赐罪。"

贾贵妃道："陈大人勿要多心，本宫没有什么要吩咐的。陈大人将要主持会试，必将操劳过度，特赐桂花糕以关爱慰问。再说了，本宫有个弟弟，名叫贾似道，也将要参加会试，这也给陈大人增加了工作量，本宫心中过意不去，特送两盒糕点以表心意，区区小事，陈大人何足挂齿。"陈大人闻言，还未表态，贾贵妃又说："本宫心知陈大人日理万机，百事缠身，本宫就不多留大人吃茶了。菲儿，送客。"于是，陈大人知趣地告辞而去。

日子一晃，就是三个月后了，会试如期举行。贾似道也如期参试。几场大考下来，贾似道如沐春风。不久放榜了，贾似道果然名列新科进士榜单。

贾似道高中了进士后，更是春风得意。心情舒畅的他，一有闲暇时间便邀上三五朋友到西湖乘船游玩。

一日傍晚，理宗在宫中登高望远，结果看见西湖上灯火通明，便问随从是何人在挑灯夜游。随从张口便答："定是贾似道在湖里与朋友泛舟玩耍。"理宗第二天派人去核实，果真如此。理宗便让京兆尹史岩之去告诫贾似道，不要太过放纵，弄出大动静，影响不好。史岩之是史嵩之之弟，官场老手，熟谙人情世故，他到贾似道府上，走走看看，品了香茗，收了贾似道所赠一对玉器而去。史岩之向皇帝回奏道："臣遵旨已警告过贾似道了。臣以为贾似道虽有少年之风流习气，但古语云，凡成大事者，多放荡不羁。似道思想激进，头脑灵巧，若加以引导栽培，将来可堪大用。"

皇帝本来对贾似道之作风习性不悦，听史岩之如此说辞，反而觉得贾似道放任之举，也非坏事，有成大事者不拘泥于俗规之理。于是没过多久，便将贾似道派去了澧州磨炼，让他从通判做起。澧州知州为了巴结国舅贾似道，总是向上为他邀功请赏。常常把别人干的好事情，都算在他的头上。

两年后，因贾似道政绩卓著，升迁回到京城，任宝章阁直学士。贾似道官位越来越高，府里也越来越豪华。宋理宗爱屋及乌，为了宠妃贾玉华高兴，特为贾似道赏造一处奢华庄园，取名为"后乐园"。贾似道除了正牌夫人外，还娶有三个妾室、三个媵室。

贾府与凤凰山之皇宫隔湖相对，早晨听到上朝钟声响，贾似道方出府下湖，船系于一条缆绳上，绳端连着一大绞盘，船不必划桨撑篙，只用十余壮汉推绞盘，船行如飞，一会儿便到宫前。即使如此他亦不爱上朝，平素和妻妾们斗蟋蟀、蹴鞠，玩得不亦乐乎。贾似道爱玩蟋蟀乃少年时他跟邻舍之少年玩伴养成的老习惯，然做官后他仍然舍不掉这等爱好。故人们称他为"蟋蟀贾公"。

贾似道为人机巧狡猾，他一方面结交志趣相近的官场朋友吃喝玩乐，网罗宦朋，一方面多次寻找机会巴结郑清之、乔行简、李宗勉、史嵩之等中枢权臣，几位中枢大臣便常在皇帝面前为其美言，因此，贾似道很快就升迁到户部侍郎之三品官位了。

贾似道妻妾成群，自己纵欲无度，但其家法却比皇家深宫更森严苛刻，贾似道对妻妾管束甚严，也非常残暴凶狠。

有一日，他携带几名美妾及家人侍女在西湖上游玩，至太阳西斜时，陪他玩的两个官场兄弟告辞而去，他让两个小妾为他捶背，言称出门半日，有点累了，稍作歇息再回家去。

此时，湖面上荡来一叶小舟，船上有两位年轻书生，一个白袍，一个蓝袍，二人边行船边吟起诗来。只听一个书生道："夕阳山外山，湖水荡新船。远处西子来，暮色携子还。"另一个吟道："人言西子美，今行君面前。不识美颜色，常在梦里欢。"两个书生儒雅风流，无拘无束，不一时就与贾似道之大舫擦身而过。小船轻灵飘逸，很快向岸边驶去。随舟靠岸，两位书生飘然下船，慢慢向堤岸而去。两个书生举止儒雅，身影年轻飘逸，吸引了这些姬妾的目光，大家纷纷扭头向书生背影张望。其中一小妾不禁赞叹道："夕阳斜晖里，美哉二少年。"一小妾道："一个白袍，一个蓝袍，二人之中，哪个更俊俏？"赞叹的小妾道："白袍者更甚。"

贾似道斜眼视赞叹小妾，随口道："身在井隅，心向璀璨，明珠在手，欲望沙滩。"小妾不明白贾似道言语何意，便道："老爷想说什么？"贾似道说："少年风流，人生苦短。你想嫁他吗？"小妾小声道："就是妾愿意，老爷岂能愿意？"贾似道说："我可马上叫他送聘礼过来娶你。"小妾不敢言语，众人都嬉笑一番，便玩乐去了。

过了片刻，贾似道叫过仆人贾茂，如此这般附耳言语几句，贾茂便点头哈腰而去。

晚上回到家，大家正欲各自回房，贾似道叫姬妾们都到大厅中。大家不知贾似道要做什么，便个个站在厅中，满脸疑惑。此时，贾似道让贾茂拎着一个礼盒过来，揭开盖来让大家看，他道："刚才那美少年送聘礼来了。"言罢，女人们嬉笑，往前来看。挨近前一小妾看清了，大叫道："原来里面装着一颗血淋淋的人头啊。"听到这声叫喊，曾经说过白袍更甚那个小妾，便抢着往盒盖下看，顿时吓得惨叫一声，晕倒在地。

可怜白袍书生，刚才那位小妾只因一句玩笑戏语，一句赞美，就丢了性命。

没过几日，众人皆见一个蓝袍书生，疯疯癫癫地在大街上跑来跑去，实在可怜。

又过了两年，贾贵妃因病去世，贾似道失去了靠山，做事才有所收敛。那是因为，贾贵妃病逝前，召贾似道进宫见面，嘱咐他道："为姐病入膏肓，将不久于人世。今召弟来，不得不嘱之，官场如战场，宦海有沉浮，今后为姐不能庇汝，汝当躬身为事，勤政为官，更需在国家患难之时，挺身而出，为国建功为己立勋，方可保汝一世平安，富贵长存也。"

贾似道闻之，涕泪皆流，叩首相谢道："娘娘为臣弟设想，臣弟感激不尽，娘娘一言，臣弟醍醐灌顶，今后当谨遵懿旨，自我勉励，绝不会自我弃之。"

二八、孟珙招降范用吉

却说史嵩之受众多大臣反对复位不成，仍旧回家为父亲丁忧守制后，理宗便拜知枢密院事的杜范入阁为右丞相兼枢密使。

杜范拜相后整肃朝纲，选拔贤才，为赢得众多大臣之心，驱逐史嵩之党羽全渊、濮斗南、刘晋之、郑起潜等人。接着杜范上疏，力陈五事："正治本，肃宫闱，择人才，惜名器，节财用。"理宗也想振作精神，有所作为，便接纳杜范的建议，命他制定政令，于是发布了一系列利国利民的政令措施，临安士民欢呼载道。不久，杜范提议，又将谪居江陵酒官的康植调回朝廷，升任为淮西路提点刑狱，将吴潜升为承事郎兼江东安抚留守。随之，杜范又擢升中书舍人徐元杰为工部侍郎，一切政事都与他商议。

当然，杜范也十分关心边防事务，祈求能国泰民安。他常与徐元杰议论守边的几位大将军的能力，以及如何让边防长期安稳之事宜。

这一日，杜范在书房中与徐元杰又在评论孟珙的功绩时，忽然仆人送来一封书信。杜范打开来看，真是说曹操曹操到，书信正是京湖路安抚制置使孟珙写来的。原来，杜范升任丞相后，作为制置使的他，写书信来表示祝贺。信上道，杜公拜相，诸臣所愿，谨怀相贺；今蒙丞相推诚相许，愿效死不辞。杜范看后，将书信递与徐元杰看，徐元杰看后道："孟珙来信，此乃人之常情。"杜范道："但愿如此。"但是杜范还是给孟珙回信道："古人谓将相调和则士豫附，自此相与，同心殉国。君若以术相笼之，非杜某所屑也。愿孟公公私分明，袒怀竭诚，忠心报国。"意思是希望他不要拉关系，把国家大事做好就行。

孟珙收到杜范书信后，心想，我孟某绝不是拉关系走后门之人。我心一片如明月，昼夜忧国以挽救宋室之社稷也。正这样思虑，汪友谨前来报告："孟大人，有特殊客人求见。"孟珙问是什么样的客人，汪友谨说，不知此人来自何处。那人说面见大人才肯说出实情。

孟珙道："也罢，传他进来相见。看他有何要事。"

一个中年客商模样的男人被汪友谨带进来。来人自称周铨，向孟珙呈上一封文书。孟珙看了，才知是范用吉与他商议归降之事。

范用吉时任蒙古河南行省知事，原是南宋镇北军将领，几年前，因

157

襄樊相继失守，蒙军大肆南侵时，唐、邓诸州也失陷，范用吉逼不得已降蒙。现今却暗中向孟珙请降，愿意以河南行省归附宋朝，这是求之不得的事。原来，近年孟珙收复了襄阳及以北的唐、邓和信阳诸州，还派兵多次袭击张柔驻军，造成极大影响，周边正阳、新蔡等郡县旧部多有降附，故范用吉也有归降意向。

孟珙大喜过望，立即回信一封，让来使带回交于范用吉，让范用吉耐心等待，若蒙圣上恩准，便封官晋爵，还要列队夹道相迎。送走来人，孟珙急忙上书请求朝廷予以批准。

却说周铨回到开封，向范用吉报告了孟珙回应之态度，并将回信交于范用吉，范用吉看完孟珙书信，认为归降有望，就耐心等待结果。然而，周铨此行到京湖路找孟珙联络谋事之举，让驻守河南的蒙军将领张柔部下发觉，报告张柔后，张柔回想近年来河南有多位将领归降南宋的事例，断定必是行省知事范用吉产生异心，暗中与孟珙沟通。张柔回想孟珙曾派人北上分几路偷袭他部下，使其损失惨重之事，此仇早晚要报。

张柔思索了两日，终于想出一条妙计。于是，叫来部下张禧和游显，嘱其带上黄金二百两、珠宝一批，赶往临安，欲行"黄皓废姜维兵权"之计。

张禧和游显带上两名随从打扮成客商模样，旬日赶到临安。因为游显逃回蒙古前曾在南宋为官二年，略知一些规则，在游显的指引下，张禧二人辗转一番终于见到了皇帝的贴身宦官卢允升，赠其黄金百两、珠宝二盒，要求他适当时在皇帝面前说些孟珙的微词。最好让其调离京湖一带为官。卢允升为贿赂所惑，答应寻机尽力。

却说这一日，丞相杜范拿着孟珙请求收降范用吉的奏书，来请示皇帝。

杜范道："陛下，恢复中原今有契机，蒙古河南行省知事范用吉愿举省归降，请陛下下旨，但愿夙愿早日成真。"皇帝道："可是孟珙将军奏陈而来？"杜范道："正是，请陛下恩准下旨。"刚好卢允升在身边，急道："陛下，万万不可。若是他人从中周旋，还可收纳，唯孟珙周旋招降敌将，不可应允。"皇帝道："公公何意？"卢允升道："孟珙据守京湖，麾下十余万，呼风成云，吐唾成雨，必拥兵自重。小人闻孟珙近年多番招降降蒙旧将，日渐居功自傲，今又欲收降河南行省及范用吉，势力更大，渐有异志，恐怕难以掌控了。"皇帝道："不可妄言。"卢允升跪下道："陛下，小人何曾敢在陛下面前妄言大事？小人京湖地界有亲戚，来信俱有描述孟珙自傲之事例啊。小人如敢乱言，天打五雷轰。"

皇帝道："公公不必发咒盟誓。杜丞相，宁可信其有，不可信其无。此事不再商议。"

杜范道："陛下，降臣归附，古今有之，不可错失良机。就像当年汪世显……"

皇帝道："范用吉叛服无常，不可接纳。何况，他乃蒙古行省知事，收之，恐怕惹是生非，又落抢夺蒙人疆域城邑口实。此奏书，朕不允。"杜范只好告退。

再说孟珙，他的奏报报上去后，时隔月余，仍然未有回复。孟珙便派汪友谨带人进京打听底细。汪友谨到了临安，打探数日，才从杜范那里得知皇帝"不允从"的决定。

汪友谨问道："丞相大人，收服人心，招降敌将，乃是不战而屈人之兵所达到的幸事。为何圣上不允从呢？"杜范道："端平入洛阴影在，蒙古心胆得挫动，当年入洛虽无功，却遭遇蒙古频频南侵之口实，故朝廷怕招降河南，惹是生非，不愿意贸然招降纳叛。何况，圣上言范某叛服不常，不可接纳。请孟大人不要枉费心机了。"

汪友谨听杜丞相如此说，知道真情如此，便赶回江陵回复孟珙详情。

孟珙听说原情后，不免心灰意冷，叹息道："三十年收拾中原人心，现在志向却不能得伸展了。"他想到范用吉真诚托使者来联络请降，殷切

159

期盼，时过一月，却无音讯，实在有欺骗辜负对方之嫌，而对朝廷来言，送上门来的疆域城池都不愿意收纳，还有什么恢复中原的志向呢？越想越烦恼，夜不能寐，自此一病不起。

一日，一个李姓游方道士路过江陵，听闻孟珙病了，便上门为孟大人诊治。李道士对孟珙把脉诊断完道："孟将军，若对他人，贫道开药方一剂为其稍作调理即可，但大人与他人不同，开药未必有效呢。孟大人可服此药，亦可不服此药。"

孟珙道："李道长此话怎讲？"李道士道："大人此病不在身而在心。"孟珙道："道长请直言。"李道士道："孟大人此病是为国事劳心，乃心病也，心病只宜心药医。若用药真准，便可去根。用药不准，则病根长存。"

孟珙道："何药最妙？"李道士道："孟大人，恕贫道直言了。贫道观大人印堂，灰中含暗，暗中带紫，似有前途破挠之迹象。"李道士说到这里，掐指算了算，继续道，"孟大人前些日子好像上书向朝中奏事，朝中不允。必是遭遇小人作祟，猜疑大人动机，使大人失去威信。如此厄运下，大人可归隐处之。"

孟珙马上明白道士所说的小人作祟，是指的什么。自己拥兵十余万镇守京湖路多年，影响日益巨大，必然引起一些小人的忌讳嫉妒。想必是圣上听从小人谗言，害怕范用吉的归顺增长我孟珙的势力，便起了猜忌之心，竟以范用吉"叛服无常"为由，拒绝了我孟珙的请求。作为武臣，最怕圣上对其产生猜忌之心。他知道该怎么做了。

送走李道人，孟珙主动向皇上上表，以守边多年，身染疾患，欲解职归养为由，请辞京湖制置使之职，意欲打消圣上的疑虑。可没料到皇帝接到孟珙辞呈，马上批准，颁旨让孟珙以检校少师、宁武军节度使致仕。由荆襄安抚使李曾伯暂代制置使。

有道是，雄鹰要展翅高飞，骏马要纵横驰骋，作为武将，孟珙闲置在家，不能统兵御边，犹如蛟龙困沙滩，病情日渐加重。同年九月初三，江陵天气突变，电闪雷鸣。随后狂风大作，掀开城外多处居民房屋屋顶，折断不少树木。孟珙听闻天地异象，料到宋廷必有异事，忧心如焚，当晚，孟珙于江陵逝世，享年五十三岁。理宗听闻讣讯，十分震惊，下诏辍朝一日，以示哀悼，特赠少师。其后累赠至太师、吉国公。至此，南宋自损一员柱石大将。

二九、张镐搬兵救信阳

话说正在秭归巡查屯田事务的汪友谨，忽闻恩师孟珙病逝的消息，大吃一惊，急忙与同来巡查屯田事务的义弟张镐嘱咐一番，让他再坚守几日，以备完善后续事宜，便带着两名亲兵往孟珙将军的老家枣阳城外孟家庄赶去奔丧了。

汪友谨协助孟珙将军的儿子孟之经将孟珙将军安葬后，已经是两个月后。由于孟之经当时正在镇守川蜀与荆楚交通之咽喉重镇夔州，朝廷以军务繁重不宜疏忽为由，不准他丁忧守制，命他尽快归队，料理军务。因此孟之经就告别母亲妻子回夔州任所去了。

汪友谨因为孟珙去世时他未在身边，加上孟将军病逝之因他是一清二楚的，认为当初孟将军派他进京打探奏请朝廷收纳范用吉的消息一事，他未能做到尽如人意，使孟将军失意灰心，心中一直有愧于孟将军。又加上汪友谨随军多年，孟珙将军一直待他不薄，而且还是他和刘若莺成婚的保媒之人，对他一家人可谓恩重如山。故此，汪友谨便决定以孟珙弟子的身份，在孟珙将军墓前结庐守孝半年，以尽孝心。

一日正午，汪友谨正在孟将军墓前草庐中读书，忽见张镐骑着马匆忙赶来。汪友谨道："张贤弟，你从哪里来？巡查屯田事务完毕了吗？"张镐边下马边回道："早已完毕了。小弟这次是从信阳来的。"汪友谨道："你去信阳做甚？"张镐急切道："汪大哥，不好了，蒙军夏季领兵正在围攻信阳……"汪友谨吃惊道："怎会如此？你仔细说来我听。"

张镐便细说端详。原来，驻军河南的蒙军万户张柔，听闻孟珙将军去世后，料想宋军暂无能人大将镇守京湖一带，便借机派部下夏季领军七千，从汝南进军南下，围攻信阳城。信阳守将刘廷辅与副将刘义，率领守城的五千宋军坚守城池，与蒙军抗战二十余日，蒙军攻城无果，便请求张柔增派援军，意欲尽快攻克信阳，再转攻襄阳。张柔认为夏季的主意可行，又增派八千人马，由其弟张禧率领，从东边罗山方向朝信阳合围过来。

刘廷辅见情势危急，便向驻守襄阳的京西路兵马钤辖刘廷美大人告急，刘廷美便一面派部下刘荣领兵三千前去信阳增援，一面发檄文请江陵府派兵北上到信阳救援。江陵府接到檄文，派张镐从江陵领军三千前往信阳解围。两路人马到了信阳后，入城壮大了守城军事力量，但是，宋蒙双方相互对抗激战二十多日，虽然蒙军发动五次攻城战，均被守城宋军以檑木等器械打退，还杀死杀伤两千余人。夜间宋军亦曾出城偷袭敌营，斩获无数，可是蒙军一直不肯退兵。数日后还增援五千人马，继续围城消耗城中粮草，欲困毙信阳城中宋军。

刘廷辅召集诸位将军商议对策，有些将领建议继续向周边州府求援，一是增兵，二是搬运粮草，补充信阳兵备。张镐则建议派人前去枣阳邀请汪友谨前来助阵破敌。因为汪友谨跟随孟珙将军多年，而且一年前曾出兵北上河南参与了袭扰张柔屯田的"掘根"之战，颇有对付蒙军的经验。刘廷辅是刘廷美的族弟，听了张镐之言，他本人也听闻过汪友谨这个侄女婿颇有才能，便同意了张镐的提议，让他去请汪友谨。于是张镐便趁后半夜杀出城，奔枣阳来邀请汪友谨了。

汪友谨听了张镐的诉说，知道信阳危急，对着孟将军的灵位祷告一番，便收拾衣物，欲回孟府向孟琪大人的夫人卫氏老夫人告别。

二人刚到孟府门口，却见一位身穿蓝衣衫的十七八岁的姑娘往前面张望。姑娘看到张镐便喜悦地道："张大哥你回来啦？找到汪将军了吗？"张镐道："找到了，这便是汪将军。"汪友谨见姑娘与张镐甚为熟悉，而且姑娘模样清秀俊俏，极为聪慧，便对张镐道："张贤弟，这是何人？"张镐道："这是黄姑娘，名叫黄小芸，路上救下的。我认她做义妹了……"

从张镐的叙述中，汪友谨才知道是张镐从信阳来的路上救下的落难姑娘。原来，两天前，张镐从信阳城中突围而出，行到离城四十里的柳树镇时，天已大亮了。他朝东又行了二十里路，忽听路边树林有女子的哭声，他下马寻找，只见一个十七八岁的姑娘，正站在石头上将头往拴在树上的绳套中伸，欲自寻短见。张镐急忙抽剑斩断了绳子，救下女子。女子见有人搭救，哭得更厉害了。在张镐的再三催问下，姑娘才说出要寻短见的原委。因为姑娘的爹娘和弟弟早晨被路过的一队蒙军杀死，家中物品遭抢掠一空，房屋也被蒙军放火化为灰烬了。幸好当时她在旁边山坡边地窖中取红薯，才躲过一劫。但是面对一家老小遭遇血洗，她既无家可归，又无力安葬一家老小，悲痛之间，只想一死了之。张镐见姑娘可怜，便帮姑娘把几位亲人掘坑埋葬，随后掏出几两银子，让姑娘收下暂且谋生。可是眼望故园一片灰烬，方圆几里已无人烟，姑娘无论如何不要张镐的银两。姑娘跪地哭求道："恩人，求您好事做到底吧。小女子已无家可归，也无生计可依，求您收下小女子，今后当牛作马我都甘愿。"言罢，不停地磕头。张镐寻思片刻，心生一计，何不把姑娘带到孟家庄，交给孟夫人收做侍女，也好解决她的生计。问明姑娘姓名，得知叫黄小芸，于是当着小芸亲人的坟墓，磕头为证，把小芸认作义妹，便带她到孟家庄来了。刚才张镐见到孟夫人，已说明情由，夫人答应收下黄姑娘暂居府上。

汪友谨回到孟府，对孟夫人禀明信阳危急欲去救急之事，孟夫人很赞成，让仆人备好马匹和干粮，供他俩启程备用。于是汪友谨便与张镐一起向信阳出发。二人刚出门，黄小芸便追出门来。张镐对黄姑娘道："小芸你好生陪着孟夫人，安心在这里住下来。"黄小芸道："张大哥，小芸等着你早日回来呀！"

汪友谨和张镐离开枣阳日夜兼程往信阳赶。行到新县地界，汪友谨道："兄弟，快到信阳了，我寻思，我方得用智取方可战胜蒙军。"张镐道："何以行事？"汪友谨道："先在附近筹兵，寻找战机，再夜袭敌军。"

二人进入光山县城，拜访了光山县伍知县，说明情由，借得兵卒五百，又让伍知县在三日之间帮忙赶做了二百套蒙军服装。汪友谨与张镐带着五百军士往信阳方向靠近。行到罗山县，汪友谨让军士在城外树林中休息，他与张镐亲自前往前线打探蒙军军情。经过一天时间的打探，汪友谨摸清了蒙军的屯兵及粮草囤集情况，然后与张镐分头行动。

当夜，汪友谨带着五百军士，让穿着蒙军服装的二百人接近蒙军，向蒙军的三个粮草屯集仓库摸去，到半夜，这些军士在汪友谨的指挥下，把三个蒙军粮仓点上火，由于夜间风大，粮仓被焚烧一空。当蒙军粮草燃烧起火时，已经进入城中去的张镐，见火为号带着城中的五千宋军开城杀了出来。一时间，蒙军大营混乱不堪，蒙军救火不及，又遭袭击，被宋军杀死三千多人。蒙军受此重创，虽然连夜往北退出二十里扎营，但士气跌落到谷底。

第三日黄昏，宋军在刘荣、汪友谨、张镐等将领率领下，又各领三千人马从北门西门东门分三路出城向城外的蒙军分头攻击，蒙军未料及宋军再次突然奇袭，仓促应战，又被杀伤无数士卒，蒙军大败，夏季也身负重伤。

又三日后，围攻信阳的蒙军因失败而全部撤走。

这一次信阳之围得以全面解除，汪友谨功劳不小。刘廷辅为了犒劳众将士，在军中大摆三日酒宴，除了宴请众将士，还对汪友谨从光山县借来的几百军兵进行了奖赏，对于其中阵亡的士卒，加以优厚抚恤。第五日，汪友谨与张镐准备把光山县借来的士卒还给伍知县。他二人带着数百光山军卒正出城门，却在城门口遇上了从枣阳赶来的黄小芸。原来，黄小芸自从张镐他们赶往信阳后，一直担心他们的安危，这些日子甚至寝食不安。前几日她听人说信阳之围已得解，便央求孟夫人同意，在一位侍女的陪同下，二人骑马赶往信阳来了。

汪友谨看出这个叫黄小芸的姑娘一定是爱上张镐了。寻思道，张镐兄弟今年也二十三岁了，按理早该成家立室了。只因战争频繁，他一直未能成婚。也该是良缘天成，张镐兄弟无意间能在行军之际遇到如此俏美的姑娘，如能促成他们结成连理，也不失为一段佳话。于是汪友谨对张镐道："既然黄姑娘远道来寻你，你还不快请姑娘入城歇息。愚兄送将士们归光山去了。"言罢，便带着这些军士朝光山县而去。

是年底，在汪友谨和刘光辅二人的主张和保媒张罗下，张镐与黄小芸拜了花堂结成了一对夫妻。

三十、杜范执宰暴病亡

孟珙病逝，理宗发觉免去孟珙制置使之职是个错误，虽然后悔，但为时已晚。

三个月后，理宗为重树朝臣廉洁风尚，重用贤能之士，便升清廉无比的端明殿学士、参知政事范钟为左丞相兼枢密使，与杜范同朝议政。当时范钟身为首相，但杜范在任丞相前后大力阻止史嵩之复出，积极向皇帝提出许多治国良策，深得民心。况且范钟清德雅量，廉洁奉公，惜重名节，因此，范钟每遇大事，总是听取杜范的意见，如此一来，地方官吏传言说，范钟虽为左相，却实际受制于右丞相杜范。

谁料不久后的一天杜范从中枢处理完政务回家后，次日竟然没有起床。家人前去查看，才发现杜范竟然暴病而亡。算起来，他在相位不过八个多月。

之后，怪事迭出，先是还没过上两个月，与杜范政见相同的徐元杰，也突然在家暴毙。随后，半个月后，户部侍郎刘汉弼又是突然得病身亡。因为在史嵩之丁忧之时，刘汉弼曾奏议，要求理宗早日确定丞相人选。他言道："自古未有一日无宰相之朝，今虚相位已三月，圣上不要三心二意。愿陛下奋发英断，矢志拔去阴邪，否则是非不可两立，邪正不并进，陛下虽欲收招贤良，不可得了。今嵩之既逢丁忧，愿听其终丧，故应速选贤臣，早定相位。臣以为，范钟、杜范参政已久，熟谙朝事，是清廉贤达之人，皆可以相位托之。"其言也对史嵩之甚为不利。

杜范、徐元杰、刘汉弼三人相继暴死后，朝廷内外都传言说徐元杰等人定是被小人谋害而死的。不然，数月之间，连暴毙三人，多么巧啊。太学院蔡德润等三名太学生听说此事，义愤不已。他们为抱不平，于是联名伏阙上书道："历朝以来，小人之倾陷君子良臣，不过使之远谪而触冒烟瘴而死。而今这蛮烟瘴雨，不在岭南，转在朝廷来，数月之间，三位大臣先后身故，实属蹊跷之事，臣等实感不胜惊骇，请陛下严查凶手！"执意为暴亡之人讼冤。随后，有太学生一百七十三人叩阙上书，皆声讨之。

众议越加沸腾，竟然有人说杜范是中毒而亡，在廷之诸臣无不人人畏惧。理宗见了此书，下诏将阁中丞及侍吏役数人逮捕交临安府审讯，忙碌十日，但没有进展。就在这时，史嵩之的侄子史璟卿也暴病而亡。所死之人，似乎皆与史嵩之有过嫌隙。有了这些事，大家不由自主地都怀疑到了史嵩之的身上。

为此，有的臣僚就议论起一件有根有据的旧事。前年，史弥远的儿子史宇之休了他的媳妇洪氏。据说是因为对林氏不够孝顺，林氏是史弥远的嬖妾，因深得宠爱，平日淫纵自如，她为史弥远只生一子，即宇之，宇之娶妻洪氏，而洪氏不能与林氏合污同秽，曾顶撞林氏不要太放纵，林氏认为洪氏揭她老底顶撞了她，认为对长辈不孝不尊，林氏就叫宇之休掉了洪氏。杜范得知就上奏说："朝廷应当诫谕史氏，勿使丑闻遍布，以免让士林之人蒙羞。"理宗没有过问。不久林氏突然患病死了，理宗给予恩泽，恤典极盛。

杜范认为不公，便又上奏道："皇上因为林氏是会稽郡王（弥远）嬖妾而加以恩赐，为什么不想一想洪氏也是郡王之媳妇而对其怜惜，另眼相看呢？"当时史嵩之还在相位，因此杜范上奏中就有："古人云，一屋不扫，何以扫天下！宰臣嵩之本来是会稽郡王的同族，连这样的家丑之事都不管，那他凭什么来治理天下呢？"杜范实话实说。但似乎管得太宽了，史嵩之非常气愤，自然把对杜范的怨恨记在心里。随着杜范在皇帝心目中地位日高一日，必谋相位，于是史嵩之就差人去摸透杜范的习惯。不久，取代他的果然就是杜范。如此，史嵩之再也不能容忍，他得知杜范平素嗜书如命，便用毒药涂在书简上，差人献给杜范，杜范早晚翻阅此书，毒气蒸目，就失明中毒而亡。

众人分析得头头是道，入情入理。但皇帝觉得有些道听途说，便置之不理。

道听途说也好，妄生穿凿也罢，都只是一种猜测，不是如铁证据。但当时史嵩之为公论所不容，他的报复心一日重似一日，却是事实。这些推断尚不为人们所接受。纵然人人都信三臣为史嵩之差人所害，议论不断，但是始终无人拿出确凿的证据。

皇帝为了平息舆论，于是御笔除授史嵩之祠官。史嵩之在朝中再无牵绊，闲居京城也无意义，无奈之下，只得动身回故乡鄞县。他返回老家翻新了府第，修筑了云树壁、三溪桥，还扩建了私家园林，购买了几名歌女，平素不是钓鱼、观景就是在所建的园林中听曲，以打发时光。这期间，皇帝曾三次在朝堂上提议想恢复史嵩之的职务，但每次话一出口，都因遭遇众朝臣强烈反对而无果，致使史嵩之闲居家中十三年，直到宝祐五年（1257年）八月二十七日去世，享年六十九岁，终未能复出为官。最终被追赠为少师、安德军节度使，晋封鲁国公。此为后话。

话说杜范等人去世后，范钟又帮皇帝执政理事一年后，已是次年二月。一日范钟处理完政务，回家吃过晚饭，觉得疲倦，便上床睡了。后半夜，他梦见杜范和徐元杰二人先后来找他，诉说他们的冤情，并责怪他不为他二人主持公道，至今让凶手逍遥法外。这样一折腾，范钟一直到天亮再难入眠。从次日起，范钟一连几日心情郁结，精神衰弱。想想自己年高，又加之杜范等人无故死去的阴影始终在脑海徘徊，他忽然产生了退隐的念头。一日与皇上谈完政事，他便奏请皇上恩准他辞官归故里。

皇上再三挽留道："范爱卿，朝中精干之臣，非故去就是辞老而归，爱卿难道不可多陪朕几年，替朕再分忧二三年吗？"

范钟去意已决，道："陛下，臣是有心无力啊！古人云，人生七十古来稀。臣已七十有八，年老体衰久矣，今岁更兼昏聩，望乞骸骨早归故里，以遂臣愿。再者，陛下圣贤，朝中多有后起之秀，臣深自愧，退让贤能，使得少贤群集，以图其宏愿，致我大宋再度中兴了！"

皇上听范钟之言诚挚而又毅然，只好说："卿之坚辞，让朕实难割爱！但是，爱卿为官多年，清正廉洁，如今告老还乡，朕赐你良田千顷，黄金万两，也好荣归故里，享度晚年！"

范钟忙跪下说道："臣万万不敢受赐，否则一世名节，留人笑柄。臣在家乡还有薄田三亩，陋舍数间，足以安身度日，万请皇上收回赏赐！"

皇上闻言，只能作罢，便道："贤臣之德，正如范卿廉洁奉公之操守也。范公真乃当朝楷模。也罢，朕依了你就是！"

于是范钟于五日后带家人离开京都。他一路上饱览大好河山，心情十分舒畅。到达金华时正值寒春，不料那几日天气突变，又是刮风又是下雨，范钟事必躬亲，不小心受了风寒，在客栈里一病不起，家人请了几个郎中来诊治也不见好转。范钟说要先回兰溪去，但派去兰溪的人回来说，他老家那几间茅舍小屋几年前就倒掉了，回去也没地方住。金华与兰溪只有几十里路程，可谓近在咫尺，但范钟一家人却无家可回、无处可去，只能待在金华的客栈里。眼看着范钟病情一日重于一日，家人心急如焚。

金华的知州和通判等官员获知情况后，也来探望过范钟几次，还找了几个有名的郎中，诊治后，服药多剂，但病情仍然不见好转。知州和通判凑钱让兰溪县令赶快为其修缮老屋。

一个多月后，范钟病入膏肓，溘然长逝。在金华地方官的帮助下，范钟的家人得以扶柩沿江而下，回到兰溪故里，把范钟的灵柩安放在白露山脚的一块荒丘上。这事传开以后，百姓们都称呼范大人为"无地起楼台宰相"。

三一、余玠含冤殉川府

杜范、范钟两位丞相先后去位，丞相之位不能无人。此年三月初，一直闲居在家的郑清之被皇帝召回朝廷授予太师、左丞相兼枢密使，他没有接受太师的官职，仍然居太傅之职。郑清之复相后，常感国家的财富因为养兵而困乏，因为发放生券而使兵费短缺，他常思考变通的办法，每有调兵戍守边境的时候，就命令枢密院根据距离的远近，就近调兵戍守，根据情况之缓急，决定调兵的先后顺序。又议定明年调兵戍守淮水，合并军队以便节省物资供给，先调镇江策胜军驻屯于泗水，公私都很便利。

皇上忧虑边疆之大事，欲强振军威，便下诏命老将军赵葵以右丞相兼枢密使的身份检阅江淮军队、部署兵力，令陈韦华以同知枢密院事之身份统率荆湖南北二路之军事。他们二人推辞间，正值郑清之再次担任宰相，便分别致信对他们的任命极力支持，并给予慰勉。于是二人慨然受命。随后，凡是他们所要求的军事设备郑清之都大力支持，从不刁难短缺，赵葵、陈韦华上任后就尽心竭力进行战略部署。于是宋军在随后的泗水、涡口、木库抗敌作战中，都军心大振，士气高昂，因而三战皆得胜利。随后蒙军两年内未再进犯泗水之境。

郑清之复相三年后，以年老体弱向皇上上疏请求辞官，皇上未准许。郑清之被授予太师的官职，但他极力推辞。朝廷在明堂有事，皇上下诏让合门官给郑清之派去两个人，搀他上明堂，皇上又赐给他玉带，命令他戴着玉带上朝。十一月十二日，冷风乱吹，寒气阵阵。退朝后郑清之回家得了伤寒病，卧床不起，但他仍然因为冬天没下雪而担忧来年春旱而影响桑麻农事，天天向家人念叨。不久天降大雪，他闻知，不顾病体披衣起身道："百官庆贺下雪，皇上必定万分高兴。"他命令家人把雪捧到床前观看，念叨道："冬天麦盖三层被，来年枕着馒头睡。"

郑清之自知体弱多病，一时难以恢复，不能为国理事，便多次上奏请求辞官，皇上不许，他一而再再而三地上奏请辞，皇上授予他太傅、保宁军节度使充任醴泉观使，他被加封为齐国公后退休。到年底，郑清之病逝。

郑清之辞相前，理宗授予谢方叔同知枢密院事兼参知政事，辅佐理宗掌管军事机密、边防事务，与宰相同议朝政。郑清之辞相后，理宗又拜谢方叔为左丞相，同时授予枢密院最高长官枢密使一职，让其担起了负责大宋军国大事的重任。

谢方叔入相后，心怀感恩，勤勉敬业，励精图治，一心扑在军国大事上。他上任后一方面关心庶民百姓，发掘人才，擢升吏部尚书兼知临安府事吴潜为参知政事，提升吴渊为资政殿大学士，提升福建安抚使董槐为签书枢密院事，加强中枢力量；另一方面不断与违制日渐参与政事的宦官、内侍做斗争，遏制抬头的宦官势力，欲振兴宋室，提振国力。

当时南宋军队中有一种"举代"制度，在军队中下层名声不佳。在川蜀，处于战事前线的云顶山石城戎州帅，意欲荐举兵马统制姚世安代为州帅之职。云顶山位于金堂县境内龙泉山脉中段，山高九百多步，山势挺拔，环绕数里，峭壁高耸。上有平地近百亩，状若城垣，建有城堡，又称"石城山"。乃南宋蜀中八大军事防御体系之一。日常驻军四千人，屯兵防守二者兼备。为了削减地方将领势力，也便于蜀地军队能统一指挥调度，余玠向来想革除军中"举代"之弊。故思之再三，他派人传来都统蔡中原问道："老夫欲命你去云顶山，顶替姚世安之职，你意下如何？"蔡中原道："承蒙大人抬举，末将遵令。"蔡中原遂带领部卒五十人，前往云顶山。

姚世安平时与丞相谢方叔居住在蜀中老家理县的子侄来往密切，今见有人来欲替代自己戎帅之职，故恃势而"闭关不纳"。蔡中原不能入云顶山关城奉令，在关外等待二日，只好返回重庆帅营，向余玠禀告交令。

余玠见此十分气愤，就亲率三千骑兵赶到云顶山，让部下喊话："制置使大人到了，要面见姚世安。赶快开城。"守关兵士道："请制置使大人稍候，容小的通报后定夺。"便进去报告。姚世安听说余玠亲率三千兵马而来，知道余玠前来的目的，仍闭关不出，也不前来答话，只对一偏将耳语一番。

偏将便来到关城上回话道："制置使大人，姚将军因守关劳累，今日身体不适，不能前来拜见大人，请大人谅解。姚将军交代末将，让我转禀余大人，他会替大人守好云顶山关城，誓死不让蒙军越关一步，请制置使大人放心。"余玠见姚世安跟偏将皆耍滑头搪塞，便道："本制置使是来巡视关城防守情况的，定要入城巡视，赶快开门。"偏将道："请大人海涵。关城乃军事重地，规定甚严，非得主将姚将军之令，其他人不敢开门。"言罢，偏将又补充道："请大人理解。待姚将军身体康复，再登门向大人请安。"

余玠见姚世安有令不奉，而且也不与其正面冲突，有怒火也无法发泄，只好说道："也罢，本官择机再来。"只能带着军队返回。此后，余玠徒生闷气之余，派人监视姚世安的动向，以防他有对朝廷不利的举动。

却说姚世安拒绝交出关城防守权后，即派亲信姚三保携带黄金二百两前往临安向京城的谢方叔求援，并附信以余玠斩利州都统制王夔之事，诬告余玠行事专断，已失"利戎"之心，皆因私利所图罢了。谢方叔本来在战和问题上与赵葵、余玠等武将派见解不同，眼看自己的世交姚世安又要被余玠的亲信取代，心中很是不快，决心推倒赵、余二人。他指使亲信在朝中散布余玠已失去士卒之心、恐会引起蜀地兵变的谣言，唆使姚世安收集余玠的过失，并通过职务之便"陈之于帝前"，弄得皇帝对余玠也疑云顿生。

然而姚世安凭借与谢方叔家人的私密关系，继续恃势和余玠对峙，拒不配合他的调拨和换防。对此"余玠郁郁不乐"，但又毫无办法。

谢方叔深知余玠背后的支持者是赵葵。如果赵葵继续把持相位，他治世之方略只会束之高阁，政治抱负也难以实现。为此，谢方叔着手挤对赵葵。他联络其他主和人士，攻击赵葵不是科举出身，以所谓"文臣武将"各有所为，"治国乃是士大夫之职能，宰相须用读书人，方可胸怀全局，以谋策而机巧治国"为理由，排斥赵葵继续任右丞相。赵葵闻讯，先后两次向皇帝上表请辞相位，乞请"归田里"。皇帝认为赵葵于国有功，于位无错，未允准。但是，谢方叔仍旧不罢休，背后继续怂恿文臣，让其联合轮番奏议撤换赵葵任相之事。

为快速达到目的，一日，谢方叔拿着一封信呈给理宗。理宗看了看不明白，谢方叔指着信中的几句话道："'日前将军来信收到，信中所言，老夫主意不定，但老夫为相时日不久矣，不能助力将军，请将军笼络人心，撤换蜀将，授用己者，站稳脚跟，方能成大事矣……'陛下，此乃我的属下截获的丞相赵葵写给余玠的书信。臣不知他们所言到底为何事，但由将相书信往来之事可见，人心难测，不可不防也。请陛下早做决断，免去赵葵丞相之职，于国于私，皆有好处。"皇帝接过书信，瞅了一眼，看字体倒是像赵葵的笔迹，便道："爱卿不必担忧，朕自有安排。好了，朕累了，卿且退下。"其实皇帝对这封信的真假也是半信半疑，不过让赵葵继续任相的决心，倒是有所动摇了。

毕竟赵葵为人忠勇耿直，颇得人心，有一名小太监悄悄把谢方叔以仿造冒名之书信在帝前中伤赵葵之事告知于他，让他当心。过了几天，几位朝臣又当廷奏议撤换赵葵任相之事。理宗亦未当堂决断。转眼已是六月，赵葵一连五天未上朝，称病卧床不起。理宗派人上门探病两次，明白赵葵是给自己台阶下，于是，十日后，才将赵葵右丞相兼枢密使之官职予以罢免，改授为观文殿大学士兼荆湖南路安抚使，加特进。不久，谢方叔升任左丞相兼枢密使，朝廷任用吴潜为右丞相。

余玠乃行伍出身，性耿直、擅直言，长于攻守而输于文采，故凡有奏疏，语词不谨，直抒胸臆，不加雕饰，理宗看了很不是滋味。这就给理宗留下了一些不良印象。

恰好这年春天，蒙古部将汪德臣又率三万部卒南下，侵掠成都时，围攻嘉定府（今四川乐山）。余玠率部下两万人由重庆府驰援嘉定府。他机宜部署，打井囤水，积聚粮草，固守城池力战一月，挫伤蒙军五千人。他还令兵士用柴草将粪水煮滚，用桶勺向下泼洒，攻击攻城敌军。蒙古军进攻月余，依旧攻城无功，只好撤离。蒙军回撤途中经左绵、隆庆、剑门等处，都遭到余玠部署的王维忠、杨成、蔡中原各自率领五千兵力于半道的截击。蒙军损失了一半兵马，所掠物资，尽皆遗落于路途，为宋军所获。

余玠抗战获胜，军民盛赞其贤能。但谢方叔却始终没有放弃对他的政治偏见。谢方叔和参知政事徐清叟等人在理宗面前攻击余玠掌握大权，拥兵自重，不可不防。还言说余玠武人善武，容易意气用事，不知事君之礼，要求理宗"出其不意而召之，探视虚实，可制且制，不可养虎为患"。理宗也知大敌当前，余玠拼死杀敌，护国有功，不可姑妄责之，故听而不答。谢方叔又进一步挑唆道："陛下莫非是考虑余玠手握兵权，召之不至吗？"过了二日，谢方叔又对皇帝道："陛下，臣度余玠素失士心，必不敢来。如此，必助长将帅狂妄之心。"

这么一激，理宗又失去自己的判断。暗思，余玠若心中无愧，身正何惧影子斜，为何不敢来京呢？便下诏书要余玠回临安面圣。赵葵罢相后，谢方叔又多次施压为难，余玠深知自己的处境，接旨后压力很大。他与部将王维忠商议，王维忠道："大帅莫非忘记岳武穆往事了？"王维忠这一句话，让余玠想起当年岳飞屡次接到金牌召其归朝之故事，大将在外，君主若无疑虑，怎会派人召回？便料想回到临安是凶多吉少。叹道："可是不回则又有抗旨之罪。"王维忠道："如今已是年底，大人乃是主帅，边关岂能擅离。先拖延些日子，待年后再看情况如何吧。"

可是，过了一月，仍无缓和之消息。想起赵葵罢相后自己孤立无援之境况，余玠整日郁郁寡欢，夜不安寝，忧愤成疾。宝祐元年（1253年）春末夏初，一日，一名回家探亲的偏将解玉良归来向余玠报告，言道他在路途中听人说最近姚世安又在向部下征询搜集余玠大人的不利言辞把柄，欲要向朝廷上告诬陷他。

余玠闻言怒道："朝臣人心散乱，不顾全大局；边关守将不思抗敌之策，钩心斗角。内忧外患，环环相扰。如此同床异梦，我大宋江山危险了！"顿时，对边疆之事大失信心。

恰在此时，马夫匆匆前来报告道："余大人，不好了，青骢马躺卧在地，竟然不动了。"余玠闻讯，惊异道："怎么回事？细说缘故。"马夫道："回大人，早晨小的前去添料，青骢马还好。但是，下午我去添料，青骢马却躺卧在地上不动了。小的仔细查看，战马已经死了。"余玠闻言，心头一阵悸痛。青骢马是他的坐骑，已经陪伴他十多年了，经过大小百余次战阵，也算立下大功，今天竟然无疾而终。他心中悲伤不已，立即与解玉良一起随马夫到马厩查看。青骢马静静地躺在地上，像睡着了一般。余玠吩咐马夫叫来两名军校，将青骢马好生埋葬。解玉良说他带人去埋青骢马。

余玠从马厩回到内堂，心想青骢马好端端的，却突然死去，乃不祥之兆；又想到解玉良提到的姚世安继续搬弄是非之事，一时心头忧郁难解，悲伤交加，胸口一阵疼痛，神情异常。解玉良与书吏赶紧上前，将余玠扶到卧室躺下。书吏让仆人送来一杯热茶，让余玠饮下，余玠让书吏与解玉良回去休息，书吏便告辞而去，解玉良便带人埋葬青骢马去了。

次日早晨，仆人为余玠送来早餐，见余大人还未起床，便到卧室查看，发现余玠还静静地躺着，于是到签房唤来书吏，两人入室一起查看，发现余玠牙关紧咬，嘴角有血迹。急忙让仆人唤来军医。军医查看一番，摇头道："余大人去了。想必是昨夜便服药自尽了。"

书吏闻言，大哭道："余大人最近一直忧心忡忡。大人一定是因悲愤过度，才自尽的。"偏将解玉良听说余玠已去世，也悲伤不已。他伏地哭道："昨日还见将军一面，不想一夜之间，已是阴阳两隔了……"

三二、董宋臣助推阎贵妃

话说自从贾贵妃病逝后，皇帝心中一直郁郁寡欢，有几次，路过贾贵妃住过的凤寰宫，总是停下来，站在凤寰宫门前久久不愿离开。贴身太监董宋臣看在眼里，急在心上，他知道皇上对贾贵妃依旧念念不忘。

董宋臣入宫已经十多年了。他甚是了解皇帝的心思。皇帝当初很想立贾贵妃为皇后，可是杨太后却顾念当年右丞相谢深甫支持她立后之恩情，一心要把谢家孙女谢道清立为皇后。杨太后劝阻皇帝道："皇后母仪天下，威仪内宫，堂堂皇后，不设真人，难道要天下人称'假'皇后，百官臣僚亦人前人后皆呼'假'皇后吗？"

皇帝在杨太后面前执拗不过，只能答应册立谢道清为正宫皇后。因此这些年来，皇上跟谢皇后的关系一直不咸不淡。直到贾玉华由淑妃升为贵妃后，皇帝才找到了精神的寄托。可惜，贾贵妃命不久长，三十六岁便病逝了。这一来皇帝又颇感孤独寂寞起来。

董宋臣察言观色，决定寻觅一位绝色佳人，以抚慰皇帝孤寂之心。

一日，董宋臣从宫外办事回来，路过锦绣苑，听到里面吵吵嚷嚷，便进去查看。原来，是几位才人跟三个宫女正在蹴鞠，因玩耍投入尽兴，故而喧哗阵阵。

董宋臣假咳几声，几位宫人闻声，掉头看，看见乃是皇上贴身内侍董公公，便停下蹴鞠，同声问安道："董公公吉祥！"董公公道："各位才人吉祥！"

打完招呼，董宋臣正欲转身离开，忽然其中一个身着粉红衣衫的才人道："董公公慢走！以后请对锦绣宫多加关照！"董宋臣停住脚步道：

"才人不必客套，若他日高升，还请关照老奴才是！"这一问答，董宋臣看清这位红衣才人，身材高挑，面若桃花，明眸善睐，宛若仙子。那身材，增一分则肥，减一分则瘦。

董宋臣忽然心中一动，咱家正欲四处寻访美人，这不是踏破铁鞋无觅处，得来全不费工夫吗！这样一想，董宋臣急忙向身边宫女打听红衣才人之名号，宫女告诉董宋臣，粉红衣衫才人名叫阎月蓉。董宋臣知其名姓后，上前道："阎才人，老奴明日前来请教才人一个学问，现在有事先告退了。"言罢匆匆而去。

次日上午，董宋臣赶到锦绣宫，找到阎才人，如此这般说了一通话后，匆匆走了。下午，董宋臣陪同皇帝到后花园赏花，路过锦绣宫旁边的披香亭时，忽闻一阵琴声传来，循声而望，原来琴音来自披香亭中。只听一女子边弹边唱道："原是昭阳宫里人，惊鸿宛转掌中身。只疑飞过洞庭春，按彻凉州莲步紧。好花风袅一枝新，画堂香暖不胜春。"

董宋臣道："陛下，何不坐下听曲一首？"皇帝道："也罢，且听一曲，也甚好！"主仆二人移步亭前，就坐石凳之上，默默赏听。一曲刚毕，董宋臣击掌而赞道："如此美妙歌曲，如听仙乐呀！"

亭中弹曲之人听到赞赏，抬起头来，这一抬头正与皇帝四目相对，女子知是皇上驾到，急忙推开琴上前施礼叩迎道："不知圣上驾到，贱妾阎月蓉有失礼仪，请恕臣妾之罪！"

皇帝扶起女子道："卿且平身，不知者何罪之有？"言罢，盯住女子就看个不停。董宋臣知道皇上喜欢此女，急忙对女子示意道："阎才人，还不请皇上到宫里小坐喝茶，皇上入园赏景，想必早已走累了。"

阎才人急忙在前引路，邀请皇帝到寝宫就座饮茶。整个下午，皇帝沉溺于阎才人的寝宫，心中温暖，不肯离开。他对董宋臣道："你且回去，明晨再来锦绣宫接驾。"

皇帝自结识阎才人后，只要政务不忙，就在董宋臣的陪同下，移驾到锦绣宫与阎才人相会。可以说，时年四十三岁的皇帝，已被十九岁的阎才人的姿容美色给迷住了。董宋臣看得出来，阎才人姿色妖媚，能言善舞，深得皇上欢心，皇上已经慢慢从失去贾贵妃的伤痛中解脱出来了。

一日，董宋臣道："既然皇上如此中意阎才人，何不晋封阎才人为昭容娘娘，以正其位呢？这样，也算是陛下对阎才人尽情服侍陛下的一种回报啊。"

皇帝道："朕正有此意，只怕有人反对，故未对其晋封。"董宋臣道："后宫封赏，乃是陛下的家务事，可由陛下做主，无须顾虑他人闲言。"于是，十天之后，阎才人被皇上封为昭容娘娘。同时，皇帝还晋升了阎娘娘的父亲和兄长各升官职一级，又赏赐了阎娘娘不少金银财宝和玉石器皿。自然，爱屋及乌，阎娘娘是董宋臣引荐给皇上的，因而论功有赏，皇帝也赏赐了董宋臣白银一千两、绢八百匹。董宋臣因薄功而受厚禄，心怀感激，往后对皇帝更是尽心服侍，搜尽奇花异草讨皇帝欢心。

一年后，在董宋臣、卢允升等宦官的支持下，皇帝又把昭容娘娘封为贵妃。加封前，阎娘娘还没有孩子，按照惯例，贵妃得养育有皇子或公主。董宋臣建议将贾贵妃遗留下刚满六岁的瑞国公主过继到阎娘娘名下，由她抚养。这一来，阎娘娘就顺利地被晋升为阎贵妃了。

日月如梭，几年过去了。一日，阎贵妃做了一个梦，梦中有个老太太告诉她，若想青春永驻、长命百岁、富贵常在，就要捐献功德，兴修寺庙，敬奉神灵。于是，她想修建功德寺，早晚上香祭祀，以求赐福。理宗不惜动用国库，耗费巨资，派遣吏卒到各州县搜集木材，为了求得合适的梁柱，吏卒跑遍江南各州府采伐了一批上好的木材。

一日，董宋臣陪同阎贵妃路过灵隐寺，发现灵隐寺门前的古松比采伐回来的巨树还好，心有所动，竟想砍去灵隐寺前的晋代古松代替梁柱。董宋臣将此意说出，阎贵妃十分满意，便吩咐董宋臣去安排监理官，组织人员，择日采伐古松。

灵隐寺住持僧元肇听说阎贵妃要夺取古松，心急之间，想到了当年史弥远欲拆除阿育王寺造坟的旧事，无奈之下进行效仿，便赶紧写了一首诗，言道："不为栽松种茯苓，只缘山色四时青。老僧不许移松去，留与西湖作画屏。"让人把诗单四处散发。

这首诗被大臣董槐读到，他明白其中的含义，觉得砍伐千年古松，破坏寺庙风景乃是人间一大罪恶。便把诗页送到皇帝那儿，进行劝阻。董槐建议道："陛下，修寺建庙，乃是积修功德之事，但巨松乃是灵隐寺的物产，所谓庙产一动，神佛心惊。何况巨松乃千年庙产，早已为菩萨喜欢，如今强行夺取，菩萨必然不满，定降灾祸，何苦多此一事呢？动念采伐古寺巨树，实乃损德弃善弄巧成拙之事。愚臣以为万万做不得。"

皇帝听闻此言，觉得董槐所言有理，便召来监工进行阻止，这才保住古松。

但皇帝支持阎贵妃修建功德寺的力度不减，他先后拨库银二百万两，工匠前后耗时三年方才建成，耗费极大，时人称为"赛灵隐寺"。

功德寺建好后，阎贵妃甚为喜欢，经常前去礼佛祭拜。因为功德寺乃是阎贵妃倡导修造，朝中许多大臣也隔三岔五带领家人前去上香，如此一来，百姓纷纷慕名而来，导致功德寺香火旺盛，香火钱亦是源源不断。

内侍董宋臣、卢允升替阎贵妃聚敛财富而取媚于她。阎贵妃也经常在皇帝面前为两位内侍美言请功，皇帝不但经常赏赐二人金银财宝，还提拔他们推荐的名利小人，把这些人安排在重要的位置。由于有阎贵妃的狐媚之功，皇帝对阎贵妃言听计从，满足她的所有需求，又用外戚子弟为监司、郡守。

董宋臣还积极为皇帝扩建园林，在宫中建芙蓉阁、香兰亭，引进歌舞杂技艺人和木偶戏，来供皇帝贵妃玩乐。由于深得理宗宠信，也有阎贵妃为其撑腰，董卢他们还步步为营，结交大臣，窃弄权柄。台谏之臣若有谁议论弹劾他们，他们便在皇帝面前指责台谏之臣居心不良，欲打击内侍，孤立皇帝，方便图谋不轨。皇帝认为他们所言有理，就宣诏弹劾之臣，谪逐外放至地方为官。如此，无形中助长了内侍弄权之嚣张气焰。

三三、谢方叔受阻罢相位

余玠含冤去世后，蜀人莫不悲戚如丧父母。余玠死后，理宗为之辍朝，特赠五官。

但是，姚世安一伙还是不放过身边的敌对派。次年，余玠部下王维忠，也被诬告潜通蒙古之罪而处死。宰相谢方叔任命知鄂州的余晦去四川任制置使统兵。不久蒙古率军来袭，余晦本不是守疆护土之辈，一遇敌军，屡战屡败，四川又处在蒙古大军威胁蹂躏之下，损失财物一批。丞相谢方叔因庇护姚世安逼死余玠导致了川蜀战事的危急，使南宋形势逆转，让人有目共睹。谢方叔自知因"帅蜀误国"被世人评议，让朝廷蒙受损失，他也悔恨不已。

谢方叔有愧于余玠，却不承认自己有错，只对庶民百姓加倍地关心，这种关心，不仅反映在日常之言行中，也体现在他对制度、体制的一些考虑和构想上。南宋中后期，举国上下土地兼并成风，大片土地集中到官僚、将领手中，他们凭借权势，巧取豪夺，逃避税赋，造成朝廷财政亏空、军费不足、物价上涨、民不聊生，南宋统治陷入重重危机。

淳祐六年（1246年），谢方叔为了国家利益，置权贵豪强的利益于不顾，冒着极大的政治风险谏言皇上推行"限民名田法"。他言称，我朝在临安立足至今已有一百二十余年了，当前之形势是川蜀、京西唐邓以北、淮北等边境的土地因战乱而不断荒芜，而国内之人口却不断增加，"权势之家日盛，兼并之习日增"。各种矛盾交织在一起，已经到了不可不管的地步。

一日，谢方叔在朝会时提出："夫百万生灵生养之具，皆本于谷粟，而谷粟之产，皆出于田地。今百姓膏腴，皆归贵势之家，租米有及百万石者。平民百亩之田，连年差充保役，官吏骚扰不休，不得已则献其产于豪强之家得以免役。然而，小民田日减而保役不休。大官田日增而保役不及，兼并日盛，民无以其为生。当今之时，不可不严加控制事态扩大化了！今日国用边饷，皆仰和籴，然权势多田之家，和籴不容以增加，保役不容以涉及。有鉴于此，为保税赋收支正常，必出良策以解目前困窘了！"

皇帝耐心听完，问道："卿之述如此具备，何以扼制呢？"谢方叔对道："陛下，鉴于豪强兼并之患，自今而起，非行'限民名田'不可了。"

皇帝道："旧法施行日久，新法必然会遇阻碍。"

谢方叔道："古来善策，初起之时，皆无顺者。臣期望，陛下勿牵贵近、大臣勿避仇劳，妄计利益得失，定经制，塞兼并，使百姓有田可耕，有食果腹，以缓解敌人睥睨于外、盗贼窥伺于内的局面，只有刮骨疗毒，兼备壮士断腕之勇气，方保大宋江山社稷安泰。"

理宗皇帝道："此策可靠吗？此法可行吗？"

谢方叔道："陛下乃堂堂一国之君，当秉持刚毅正直之德行，回报上苍之厚望。重振威武决断之雄风，以应对天下之态势。行之则可靠，不行之，万事皆不可靠。"

皇帝好像真下了决心，道："就依爱卿之言，择日颁策，全国推行。"

"限民名田法"的推行，有力地限制了土地的非常兼并，扼制了巧取豪夺、逃避税赋、两极过度分化的弊端。百姓有田可耕，缓解了百姓贫困日增而官吏敲诈无息的局面。

但是，朝廷里大臣之间的斗争仍旧在暗流涌动。两年后，谢方叔在被宦官卢允升、董宋臣结交台谏之人如谏议大夫丁大全及侍御史唐璘等人多次诬陷排挤下，失去了相位。此事的起因，是针对董宋臣枉法一事进行处置引起的。

唐朝中后期，宦官专横骄肆，干权乱政，致使朝政大坏。宋时，虽已形成"宦官不得干政"的祖宗之法，但宋理宗的贴身内侍董宋臣、卢允升等人，仍在其庇护下，得寸进尺，结党营私，恃宠弄权，不可一世。

宝祐三年（1255年）四月，苏州百姓仲大伦等七人联名控诉董宋臣等权势之人强占其土地、鱼肉百姓之罪，新任监察御史洪天锡受理此案，并要求朝廷依法严办此事。但理宗极力祖护董宋臣等人。洪天锡虽"疏六七上"，但理宗仍然置若罔闻，不予惩治。洪天锡寄望日久，多次提来案宗揽卷重新审读，觉得事实清楚，有法可依，据实可惩。但是，圣上不置可否，他骑虎难下，夙夜忧叹。到六月下旬，洪天锡终于忍无可忍，愤然请辞官职，告病回乡而居。

面对是非颠倒、正不压邪的艰难局面，大宗正寺丞赵崇瑶觉得洪天锡无能为力，是缺乏支持者。于是他想到了宰相谢方叔。他给谢方叔写了一封密信，信中直言宦官骄横放纵，猖狂到无以复加的地步，这是大宋立国以来自童贯、梁师成之后再无有的事。本朝出现宦官乱政的现象，当朝宰相不理不问，不采取措施加以遏制纠正，任凭奸人坏了法令，动摇国之根基，谈何振兴国运。作为臣子，面对此事，真是有愧于江山社稷啊。

看罢赵崇瑶之密信，谢方叔不觉有些惭愧，他来到院子里，不期然看到庭院一侧大树上，一只绿尾小鸟正与一只稍大黑羽之鸟争斗。绿尾小鸟虽处下风，但仍然坚勇如旧，最后绿尾小鸟终于用毅力和勇敢搏斗，将大黑羽鸟击败。他情不自禁地想到了赵崇瑶来信上所言，不由得被绿尾小鸟之行为羞得脸红。他认识到，在与宦官、内侍的斗争中，自己

"事不关己，高高挂起"的态度，实际上助长了董宋臣一伙的嚣张气焰，造成了恶劣的后果。

几日后谢方叔利用皇上对他的信任，凭借他那三寸不烂之舌和渊博的学识，向理宗申明大义，讲述历朝历代宦官、内侍干政乱权的危害和恶果。秦朝的赵高、东汉十常侍、蜀汉的黄皓以及唐朝的马元贽、李辅国，无不是奴大欺主、背主误国。理宗开始认识到问题的严重性。在丢不得江山社稷和离不开之宦官、内侍之间，他痛苦但又暂时性地选择了前者。

皇帝道："卿之所言，拨云见日。可对宦臣敲敲打打，使其收敛些锋芒。"他同意重新起用忠心为国、刚直不阿、态度坚决的洪天锡，并授予他大理少卿的职位，负责查处董宋臣这个案子。洪天锡接到朝廷诏书和丞相谢方叔之书信，旬日后，还是回来上任了。

事态的发展正朝着有利于"倒宦派"方向行进。正如赵崇瑶所预料的，朝内诸君在谢方叔的感召下，纷纷加入了声讨宦官、内侍的行列。太学生池元坚、太常寺丞赵崇洁、左御史李昴英皆论诘卢允升、董宋臣之罪。但缺乏政治博弈手腕的洪天锡，却没有察觉到形势悄悄地在发生变化。

一日傍晚，宦官卢董二人趁阎贵妃与皇上用餐后闲聊时，忽然伏地磕头，哀求理宗救命。理宗吃了一惊，唤二人起来，但二人不起，用头撞地泣血哀求道："奴才只是多贪了几块地，加上平素多为皇上办了几件贴心事儿，有大臣竟借机要除掉奴才二人。皇上若不肯救奴才性命，我二人愿撞地而死，以免让皇上因庇护家奴不成而左右为难，再落下个弱主难护奴才的恶名。"二人仍然用力以头撞地道："皇上保重，以后奴才不能侍候皇上，来生再报皇上恩情。只是请皇上振作发力，以免被人架空，招致大权旁落之危局啊。"说完二人又以头撞地。

阎贵妃在旁看到这吓人场景，急道："公公不可！"遂帮腔哀求道：

"皇上，快答应救护二位公公吧，不要吓煞臣妾了。"皇帝道："罢了，朕赦免你二人无罪，看谁还敢来抓你们。""谢皇上垂怜。"卢董二人才起身。他俩以卑劣手段终求得皇帝的谅解和同情。随后皇帝将一查到底的决定撤销了。面对昏庸嗜欲的理宗和奸臣当道、宦官弄权的朝廷，洪天锡仰天长啸，怀着报国无门的感叹，选择了再次封金挂印，愤然离京之策。

洪天锡不辞而别彻底改变了双方力量的对比，也使谢方叔措手不及，一下乱了阵脚。而已经偃旗息鼓、惶惶不可终日的董宋臣等人，闻之趁势迅速振作起来，并适时抓住机会，开始反击。他们到处散布谣言说："洪天锡阅历太浅，缺少心眼儿，受制于宰相，其所作所为都是受谢方叔指使。左宰借刀杀人，妄图通过洪天锡之手搞翻内侍，打击圣上贴身力量，削弱皇权，架空天子，最终达到独揽朝纲之目的，欲步二史之后尘。"此谣言一经传开，街头巷尾皆在流传。古语道，众口铄金，积毁销骨。

理宗本是一个意志不坚之人，平生最不愿意提及的就是史家叔侄弥远、嵩之两位丞相专权的事情。如今谢方叔又玩起了同样的把戏，理宗心中大为不快，三天没有上朝。谢方叔眼看自己掀起的滔天巨浪不仅没有扫平异己，反而就要把自己淹没了，他与门吏商议，门吏说："丞相应当追根究源，划清界限。"万般无奈，谢方叔只好丢车保帅，让洪天锡当替罪羊，对外说一切皆由洪天锡引起。他下令罢去已经挂印而去的洪天锡的官职表明态度。至此，董卢一伙尚不罢休，他们再给谢方叔布下圈套，暗中派人唆使他"上书自解，求得宽恕"。

谢方叔一时心乱，只好向皇上自解。正在气头上的皇帝哪容得谢方叔辩解，谢方叔一自解，等于承认谣言成真，罪责全在，皇帝大骂谢方叔忘恩负国，居心叵测，有失圣望。董宋臣等人环环相扣，步步进逼，命令死党朱应元、丁大全再烧一把火，上书弹劾谢方叔阳奉阴违，盗名欺世，乘危行诈，纵子作祟，曾排挤大臣如赵葵、余玠等能臣之过失。

皇帝被别有用心之几个人一番渲染和诬陷，竟听信谗言，借坡下驴，决定罢去谢方叔宰相职务。他遂下诏道："往年二相并命，各分朋党，互相倾轧。郑清之、赵葵既退，方叔独相，持禄固位，政以贿成，诸子放荡，恬然不顾。身为宰辅，钩心斗角，天示警戒，臣庶交章，不夺方叔之相权，则是朕躬有罪啊。"皇帝说谢方叔一人为相把持朝政，导致不行贿赂就办不了事，儿子行恶也不管束，臣子百姓都上书指责他的不是，不罢相不行了。

当时是宝祐三年（1255年）八月，谢方叔被罢去相位。谢方叔罢相后，到江西一个名叫午乔泉的地方居住下来。多年的宦海生涯，使他感到心力交瘁、疲惫不堪。他想好好休整休整，过一段闲云野鹤般的隐居生活。他也知道，只要理宗在位，董宋臣等人尚存，他就没有翻身的余地。

他蛰伏了下来，耐心等待机会。以养鹤寄情，以诗文消遣，一等就是十五年，可是权臣一批一批选出，他这样的耿直人士再无复出的机会。

三四、吴潜入阁任枢密

谢方叔和赵葵被先后罢去相位后，参知政事吴潜就被升为左丞相兼枢密使，处理朝政要事。为分担吴潜的政务，又擢升签书枢密院事董槐为右丞相，兼同知枢密院事，协助吴潜处理朝政，为国分忧。

吴潜辅政，勤政爱民，兴修水利。在他的倡导下，订立了《义船法》，广征民间船舶充作战船，加强战备。他还鼓励农耕，支持浙东制置使兴修洪水湾塘三坝，外泄江潮，内增官池蓄水，为阻隔江河之巨防，成为山河堰的重要配套工程。另修吴公塘、大西坝、北郭闸、澄浪堰等水利工程，惠泽万民。同时，吴潜采取了一些让地方百姓休养生息的措施，使地方财政收入大幅增加，对贫苦百姓，吴潜下令郡县为之输纳赋税，代民输帛，举国前后共计减免赋税五百四十九万一千七百贯有余，减轻了百姓负担。他还奖励屯田以保障军队供给、百姓生活，使军民团结一心，地方风气趋于稳定，使原本民生凋敝的政府摆脱了捉襟见肘的落后面貌，并纠正了乡民哄抢救助物品之风气，鼓励游手好闲者改业务农，促进粮食增产。

吴潜除了大力倡导百姓务桑麻，修路建桥，兴修水利外，还创建或修复了地方上的老香堂、苍云堂、占春亭、逸老堂等以供闲暇观景、读书讲学的处所，大兴教育，培养人才。

吴潜改革弊政、增强国力、夯实边防等一系列措施，深得民心，让知江州兼任江南西路安抚使的贾似道大为振奋。贾似道特致书信给左丞相吴潜，要求到京湖路去守护荆湖边防，筑牢京西屏障，以拦截蒙古铁骑南下，阻挡其掠夺宋朝子民物资、践踏大宋国土之师。

此时，因京西湖北路制置使孟珙大将军病逝后，李曾伯暂代此职已有年余，吴潜觉得李曾伯守边经验不足，经过一番思虑，与右丞相兼同知枢密院事董槐商议后，便奏明皇帝，调任贾似道为京西湖北路制置使，李曾伯兼制置副使。

贾似道升任京湖制置使以后，新官上任，十分敬业，他召集将士，严明军纪，加强屯垦，训练军士，奖励有功士卒，积极推动劝农营田事务，得到地方军民的大力支持。贾似道初获成绩，致信向左丞相吴潜报告他的业绩。吴潜闻报甚为高兴，便委派他兄长资政殿大学士吴渊亲临京西湖北路去视察。吴渊驻守荆襄三个月，四处行走，所见如上报文书一致。三个月后，丞相吴潜听了吴渊回京后的汇报，心中始放心。

吴渊回京不久，适逢秋淋季节，淮北太平州遭逢大灾，百姓号饥而走，地方官报告朝廷，请拨调救灾物资进行赈济。吴潜考虑到吴渊曾经任职太平州知州数年，熟悉该境民情地况，利于处理事务，便奏告皇帝后，仍然派吴渊前往太平州，全力慰抚赈济灾民。

吴渊携带赈灾钱粮赶到太平州时，两淮流民涌入太平境内者达四十余万人。他将流民编成"什伍"（古代户籍编制，十家为什，五家为伍），各选一名年长有威望者任"什伍长"，分片择地设粥锅一百二十灶，有序予以赈济。吴渊还让地方官发布文告，传令当地土著对流民不要侵犯，组织巡逻队，予以巡视，凡有土著欺凌流民者，判决流放之罪，使流民得以安定。而对地方灾民，则因策施治，按户籍发放粮食，自行造食。当时邻近的其他州县经常发生流民趁势放火抢劫事件，唯独太平州境内安然无恙。吴渊昔日任隆庆知府、镇江知府时均遇过大灾，他力行"荒政"，因循经验，数次赈灾，安民度荒，无有乱象，前后使一百八十万余灾民得以存活。

灾情缓解后，吴渊借此招选八千精壮流民，创办团练，建司空山、燕家山、金刚台三大寨及嵯峨山、鹰山、什子山等二十二小寨，组织丁壮为伍，各寨队伍相接应，使之星罗棋布，无战则耕，有警则御。如此团练，既可抗敌御边，邻境人暴乱，亦可受命平定，生擒魁首。半年后，吴渊诸事办妥，回京时将团练部队移交平江府管辖。回京后，董槐到城门口相迎。

却说右丞相兼同知枢密院事董槐上任以来，也是鞠躬尽瘁，尽力行事。

董槐，定远县人。他身体魁梧，宽额丰腮，留有美须，颇有风采。董槐少年时代就勤奋好学，聪明过人。经常与人谈兵论武，讨论事情慷慨激昂，自比诸葛亮、周瑜。他十二岁那年，朝中太傅顺长江游览，来到无为县的刘家渡，正好董槐到刘家渡探亲。

那一日，他盘腿坐在渡口埋头读书。太傅一行上岸至近前，董槐尚未察觉。太傅的随从喝道:"太傅至此,还不让路?"董槐故作惊讶道:"噫,太傅?皇帝家的老师来啦?正好,我有一事要请教呢!"太傅笑道:"噢,遇着什么难题了?"董槐便拱手问:"什么水没有鱼?什么火没有烟?什么树没有叶?什么花没有枝?"太傅一怔,这小童问得古怪,江湖河海,有水就有鱼;柴草灯烛,有火便有烟;高楼百木,是树得有叶;四季百花,花花有枝。但还是回答:"烧开的水没有鱼,生气的人发火没有烟,光杆儿的树没有叶,江水泛花没有枝。"

董槐点点头又摇摇头道:"你不愧是皇宫中的老师,'鱼'和'枝'算你答对了,不过,'烟'和'叶'没有答对。"太傅只好请董槐作答。董槐一挥衣袖答道:"井水没有鱼,萤火没有烟,枯树没有叶,雪花没有枝。"围观之人闻之一齐叫好。太傅也略一拱手赞道:"小小少年,才学不浅。"长大后,董槐于宁宗嘉定六年(1213年)二十岁便考中进士。董槐为官清正,政绩卓著,朝野闻名。历任迁工部侍郎、兵部侍郎兼权给事中、宝章阁直学士、知福州福建安抚使、同知枢密院事。

董槐任右丞相后,为了利国安邦,任人唯贤是举。他向皇帝建言献策道:"臣认为当下对朝政有害之隐患有三桩:一是皇亲国戚不能执行法律;二是执法大吏久居其官,作威作福;三是京城之官吏不约束部下,任其胡作非为。将领不检下故而士卒横,士卒横则易生变故。存此三桩者,国则不昌盛,民则不安乐。臣请圣上当极速肃清所隐藏之弊端,严肃法度,整顿纲纪。"

皇上听了董槐的建议,心想,这策略建议虽好,但是如何执行?再说,满朝勋贵,盘根错节,王公大臣,斤斤计较,如何整顿纲纪?于是便道:"卿言有理,欲速则不达,需缓而行之。"随后放之未理。但是,董槐之提议,却让一些心怀不轨者,嫉之更甚,恨之入骨。

宝祐四年(1256年)四月,蒙军大将汪惟立又率兵五万南下入侵蜀地,四川制置使余晦指挥不当,两战两败,致使蒙军先破利州,再下遂州，向成都城进逼而去。此次守战，部署失策，抗敌不力，失陷二城，损失军民不下十万。

幸而朝廷先命吴渊任江陵知府兼夔路策应大使、京湖屯田大使率军阻挡蒙军东进。吴渊调兵两万增援四川，又力战白河、沮河、玉泉一带，打败东进蒙军。蒙军大将汪惟立损失两万人马，不得不撤军北退而出川退回巩昌。

余晦战败后，朝廷诏令荆襄制置副使李曾伯前往四川视察战败原因和损失情况，并对余晦进行处置。李曾伯向董槐辞行，李曾伯问："丞相有何交代？此行之事，对余晦之事严查还是适可而止？"董槐道："事如此，当可严查，如此损国折兵，失职非小。若是败军之将，覆灭将士，回营元帅能饶其性命吗？"李曾伯道："下官遵命。"

李曾伯前往四川视察后，发现真实情况比蜀地上报之说更为严重，于是将余晦夺官，送交京城处置。丁大全已为殿中侍御史，与余晦有姻亲关系，遣僚属去私自结交于董槐，欲为余晦枉法，让其削减官秩一级，改任他地为官。董槐道："做官为臣不可营私舞弊，此事甚大，我不敢私结盟约；况在朝为臣，当以天下为己任，余晦误国事大，处置宜在朝廷法度，不宜挟私偏向。若行事不慎误入歧途，既贻害国家，亦误卿卿自家性命呢。"

丁大全闻言，怒道："吾猜度董槐之言，非为善者，若不趁早对付他，非害众臣不可了。"于是，衔怨日甚，乃联络众多朝臣，散布董槐欲整顿官场秩序的虚假消息，日夜苛求董槐之短，欲扳倒董槐。恰逢此一时段，理宗疏于朝会，改为五日一朝，董槐就及时对余晦严肃处置，贬其为永州司户。随后任命蒲择之接替余晦继任四川制置使。

入秋后一日，丁大全先上疏弹劾董槐有假公济私之罪。几天后见理宗未加处置，丁大全便私自去见皇帝。他颠倒黑白，言说余晦乃董槐故交，上次战败误国，董槐差人提余晦来京，欲从轻发落，为余晦枉法，让其削减官秩一级，改任他地为官。但他知道这个决定后，上门与董槐争执，力陈余晦误国事大，处置宜在朝廷法度，不宜徇私，护人之短，贻害国家。董槐无奈，才依法处置了余晦，从此被董槐嫌恶，扬言要报复他。

皇帝年事渐高，操柄独断，不喜直言之臣，却亲近佞人。丁大全善为佞，皇帝却看中他的才干，故而其窃弄威权之心皇帝并未察觉。此时皇帝听闻丁大全之言，想到余晦战败误国误民之事，顿时对董槐产生憎恶，便道："朕于适当时，召董槐来答对。"

丁大全退出来后，急奔侍御史唐璘、沈炎府上，嘱其赶紧再各上一道奏疏，弹劾董槐"假借'严肃法度，整顿纲纪'之名，排除异己，挟私专权"。

隔日，皇帝召董槐入宫，皇帝道："卿可有事相告于朕？"董槐道："臣无事可告。"稍顿，又道："大全为人奸佞，陛下不可近之。"皇帝道："大全未尝云卿之短，卿勿猜疑。"董槐道："臣之言，乃为实情，非为猜疑。"皇帝道："卿与大全同朝为官，切勿徇情枉法、相互倾轧。"董槐答道："陛下，臣与大全有何怨仇？致使陛下召臣至此；臣早知大全奸邪而未言出，有负陛下。陛下言大全忠而臣以为其乃奸人，如此，彼此不睦，两心不齐，臣不可与他同朝共事了。故而臣请乞归。"皇帝闻此言，越发坚信丁大全所言，见董槐尚不坦白，还指责大全奸人，有诽谤他人之举动，故愠色道："卿不必以辞归，回避于朕。既然如此，朕心明白，卿且退下。"董槐叩谢而出，归家后，便托病不出。

再说丁大全等人将两道奏章呈上去后，到了第三日，处理此事的诏书还未下发，丁大全竟然有点着急了。他思忖，如果拘禁了董槐，说不定他会心虚而自我请辞或招出暗藏的不法之事。如此一来，事半功倍，他董槐罢职去相就会更快些。于是，他决定向董槐先行出击，逼他就范。

入夜，丁大全从御史台调隅兵百余人，持刀露刃地包围了董槐的府第。丁大全以台牒驱迫董槐出来。董槐为人直率，亦并无思想准备，听丁大全声嘶力竭地叫唤，就走出门来了。众隅兵在丁大全指使下一拥而上，围住董槐。丁大全假传圣旨，言称皇上有口谕，命董槐即去大理寺接受审查。丁大全带兵来，一是想借此恐吓董槐以壮声势，二是以备董槐不服，迫其前往，制造出董槐兔子逼急会咬人而做出反抗之事来给皇上看。而董槐并无丁大全期望出现的行为，只是应道："皇上既有口谕，老夫便随你去。"

一行人出了北关，逼近大理寺了，丁大全见董槐无出格行为，只好命人弃了董槐，高呼道："董槐既到，席蒿待罪，坦白从宽。"吆喝几声隅兵都散了。董槐随丁大全来到大理寺，御史唐璘皮笑肉不笑地道："下官恭候董大人。"董槐未加理睬，缓步走进接待室，昂然而坐。直到次日午时，大理寺也未有任何处置，只是有人不断前来奉茶、送饭。过了几个时辰，罢相圣旨才传下来。董槐被改授以观文殿大学士提举洞霄宫。

原来，丁大全将董槐挟迫到大理寺后，他与唐璘、沈炎二人商议一番，然后等到天亮，便入宫去叩见皇上。丁大全对皇上说，董槐做贼心虚，已到大理寺"席蒿待罪"，请求发落。丁大全还拿出三百两银票，声言是董槐向大理寺坦白交出的数月前收受余晦的贿赂之物。皇帝本就宠信丁大全，今见事实证据确凿，又听说董槐自行到大理寺请罪，便信以为真，传令中书舍人洪沂入宫，草拟对董槐之罢相诏书。

可怜董槐耿耿忠言、赤诚之心却落得个被罢免丞相之结果。丁大全扳倒了丞相董槐，从此信心倍增，仗恃皇帝宠信，为人更加目空一切，倨傲非常。

下部

三五、文天祥状元及第

话说宝祐四年（1256年）春天，南宋的会试在京城临安如期举行。此次会试，从江南西路吉州庐陵县来京参加会试的考生中有两兄弟，一个叫文天祥，字履善，时年二十一岁；一个叫文璧，字宋珍，时年十八岁。兄弟二人出生在一个书香门第，且家资丰足。其父亲文仪虽两次科举未第，但其学识渊博，名闻乡里。相邻数个乡镇都闻其名，为其他文人所推崇，由此文仪在家开课教书，远近皆来听受、研讨。可谓家风良好。

三场大考完毕，等到放榜时，兄弟二人皆大欢喜，同中会试金榜，文天祥还获得第一名，会元。放榜的第二天，兄弟二人一大早走出歇宿的客栈"腾云阁"，到西湖边游玩了一天，傍晚回到客栈，只见门口有个人正向外边张望。走近一看，原来是堂叔文谨和。文天祥正惊讶堂叔为何在此，文谨和看到两个侄子回到客栈，一把拉住文天祥的胳膊道："履善，快到店里，叔父有话要说。"

三人回到房间，文谨和道："履善，你和宋珍这次双双登科，家乡人都赞赏不已。但是，你兄弟离家三个月余，家里出了事了，我是特来报信的。"

文天祥和弟弟惊讶道："我家出了何事？"文谨和道："一月前的一日，你父亲外出游学，走到溪边，听到一个小童惊呼，原是另外一个小童跌入河中，你爹为了救人，跳入溪中救了小童，但是，他上河堤时，脚下一滑，跌倒在地，头撞在石头上，竟然晕了……"文天祥追问道："后来怎样？"

文谨和道："履善，莫急，听叔父说，刚送回家，他就醒了。先前几天，只感到有时头晕，可是半月后，头一日比一日疼痛。请郎中给开了药方，吃了十几剂，不见好转。"

文璧闻言，一把拉住文谨和道："叔父，咱赶紧收拾东西，连夜启程回家，我爹恐怕凶多吉少了！"文谨和道："宋珍，少安毋躁。虽说你爹凶多吉少，但是，咱得把这边的事商议一番。不可两头都不顾，徒留遗憾呀。"

文天祥道："叔父之言甚是。虽然我爹病情重要，但爹爹更期望我们能金榜题名，光宗耀祖呀。我们千里迢迢来京城是为了什么？"文谨和道："履善之言，极有道理。赴京一趟，你们还没有参加殿试呀。"

按照当朝科举规定，对于中榜及第之进士，由礼部奏明朝廷，要参加殿试。办理程序是，主考官批完试卷，取前三名的卷子，由宰臣复审，最后呈送御前阅览。这一年的殿试将于五月在临安的集英殿举行。

可是，就在等待殿试的日子里，却传来了父亲病危的消息。这可如何是好？

因当时三弟文璋尚未成年，在堂叔文谨和的建议下，兄弟二人决定一个先回家，另一个留在京城。文天祥留京参加殿试，文璧则火速跟堂叔返回江西吉州，留守家中，照顾父亲。之所以这么考虑，主要原因有两点：第一，因文天祥毕竟是会试第一，倘若放弃殿试，实在有些可惜。第二，文璧毕竟年轻，以后尚有更多机会。这兄弟二人，一忠一孝，次日早上在京城告别。

五月十日，按照规定，文天祥的卷子送到理宗手中，理宗阅后，亲自把文天祥的卷子擢为第一。次日上午理宗在集英殿召见文天祥等人，进行策试，文天祥以"法天不息"为题议论策对，文章洋洋洒洒六千多字，没有草稿，一气呵成。策试卷子由理宗亲阅，理宗看罢文天祥的策论，把几案一拍，道："妙！文笔畅达，策对论点新颖而且便于实施。乃金玉之言，良善之策！"于是，当即朱笔一挥，钦定文天祥为新科状元。

考官王应麟也阅览了文天祥的策论之卷，上奏道："文天祥这个试卷，以古代的事情作为借鉴，忠心肝胆好似铁石，微臣为我大宋朝能得到这样的人才而欣喜，实乃可喜可贺之事。"皇帝一听更是欢悦道："皇天厚佑我大宋朝，故天降俊才，欲与我朝廷添一良臣。"

皇帝接着问道："文天祥，你祖籍何处？"文天祥道："学生吉州庐陵人氏。"

皇帝道："吉州庐陵人？是欧阳修之同乡。难怪卿如此出众，卿乃欧阳文公之同乡，吉州庐陵出俊杰啊！"文天祥道："学生不敢，欧阳文公乃我大宋第一文忠公，大学士。而学生乃一初出茅庐的后生小子，实不敢与之攀比呀。"

皇帝听文天祥如此谦虚，心甚悦之，接着问道："卿可有字？"文天祥答道："学生有字，字曰履善。"皇帝道："履善，甚妙，治国理政，造福百姓，也是履善之行。朕观你策对，言说治国之策，在于树德，天下祥瑞，现于大宋。朕就赠送你一字，曰'宋瑞'可好？"文天祥叩谢道："学生谢圣上隆恩。学生以后，其字就是'宋瑞'了。"

文天祥高中状元后，回到客栈，身边的人是又惊讶又嫉妒。当文天祥正沉浸在莫大的喜悦中，等待朝廷放官任职时，家乡又传来了消息，言说年仅五十岁的父亲因病情严重，已经病逝。他旋即向皇帝奏明，回家乡丁忧守制去了。

三六、巡视九江纳侧室

话说丁大全弹劾董槐使其罢相之后，他个人则被晋升为右谏议大夫、端明殿学士、签书枢密院事，参与处理中枢机要和军事防御事宜。

丁大全的妻子曾是皇帝的新宠妃阎贵妃娘家的女婢，借助这层关系，他内结阎贵妃，以此取得理宗的宠信，次年初，被擢升为参知政事。过了六个多月，丁大全又被拜右丞相兼枢密使，晋封丹阳国公，成为与左丞相吴潜平分秋色的当朝实权派人物。

成为右丞相兼枢密使后，为巩固其丞相地位，丁大全专权结党，排斥异己，培植亲信。

来年春，在丁大全的提议下，朝廷任用他的亲信袁玠为九江制置使。袁玠为人贪婪而且苛刻，他主管向当地渔湖土豪收纳税银。因丁大全督促得十分急迫，袁玠就传令府兵拘捕了一些渔湖土豪残酷催逼。结果惹怒了众人，其家属纷纷在制置使府前吵嚷、抗议。袁玠一方面派人驱逐这些抗议的家属，一方面更加催逼在押的土豪，迫令完税。其中有个叫董琪昌的富豪，因拘禁期间纳税稍迟，多拘了两日，因其年老体弱，又在拘禁室受到了一些折磨，待到家人将税金凑足来取人时，董琪昌已经死亡。

董琪昌的儿子董铭大怒，回家安葬其父后，就四下控诉袁玠为官残暴，行事残酷苛刻，这些渔人在董铭的怂恿下，皆言日子难熬，随后竟背弃大宋，纷纷把渔舟用来援助刚从北边南下入侵的蒙古敌兵，给朝廷带来极大的威胁和损失。

消息传到京城，太学生陈宗、刘黻、黄镛、曾唯、陈宜中、林则祖六人伏阙上书，指责丁大全借助征集捐税，委派袁玠横征暴敛，鱼肉百姓，官逼民反，罪恶昭彰，要求尽快罢免丁大全相位，贬谪袁玠官职，一并发配二人到海南涯州。

此一时间段，丞相吴潜因母丧在家丁忧守制，未能参加朝政奏议。他仅以观文殿大学士身份在浙江庆元老家参与做些兴修水利、修路建桥、督学促学利民利国的地方事务。虽然朝中还有一位任右丞相兼枢密使的程元凤，但是程元凤对丁大全的作为感到失望，又羞于与丁大全为伍，提了辞职要求，因此，对于朝政大事亦不怎么表态。

于是，朝政大事几乎为丁大全一人把持裁决。

当时的台谏之臣翁应弼、吴衍都是丁大全的鹰犬，他们一方面在朝堂上为丁大全辩解，说渔舟叛逆其心已久，并非因征税而逼反，征稽税收，乃朝廷寻常之举，非为肇事之端。而之所以恰在此时出现渔舟叛逆，乃九江制置使袁玠处事不慎，急于求成所致。一方面，翁应弼、吴衍钳制太学，他们串通朝臣，颠倒黑白，指责太学生搬弄是非，扩大事态，扰乱朝廷的税收制度，冲击辅政重臣，妄议国政，有颠覆社稷之嫌。最后在翁应弼、吴衍、唐璘等几位御史和谏议大夫的多次建议下，朝廷竟贬逐了陈宗、林则祖等六人。

但是，九江制置使袁玠毕竟闹出了乱子，得有个人来担当重责，在谏议大夫萧泰来的奏议下，九江制置使袁玠被贬官秩二级降为九江通判。

当时宫外丁大全与端明殿学士、同签书枢密院事马天骥专横用事，蒙蔽上听；宫内阎贵妃颇得宠爱，迷惑圣心，理宗无心理会朝政，一月之间，也难得上一次朝。朝野上下，正言难诉，岌岌可危，有人在朝门上题写了"阎马丁当，国势将亡"八个字。无奈朝廷里有许多人都是丁大全的党羽，他们官官相护，丁大全毫不为此担惊受怕。因此，凡有大事，都要上报于他，由他在中枢一人裁决。

九江制置使袁玠被贬官秩二级降为九江通判后，丁大全不放心淮西与九江的防务与政事治理，便于半年之后，奏请皇帝，以"统领淮西总事督察"之差，带人到九江一带巡视。

这一次丁大全到九江巡游，还带着他的儿子丁寿翁。丁寿翁时年十九岁，任国子监丞八品小官，尚未婚娶。

袁玠见老上司来了，放下公务，整天陪同在丁大全身边，带丁大全四处游览，饱赏九江的湖光山色。一天傍晚，袁玠与丁大全的儿子闲谈，得知丁寿翁尚未婚配，遂脑子一转，有意巴结丁大全，便思虑可在哪里物色一个品貌俱全的姑娘，为丁寿翁做个大媒，让丁大全的公子成婚，如此岂非在丁丞相面前又立一功。他想来想去，也没想到合适的人物。

当日夜晚，袁玠回家后心思不定，夫人问他有何心思，袁玠便与夫人谈到丁丞相的公子尚未婚配，他欲帮其物色一位姑娘，助其完婚再立新功的想法。夫人想了一会儿，便想起了前不久逛庙会时，结识了提举淮西常平盐茶事郑羽的夫人吕氏，两人闲聊，曾经听她说过她家有个姑娘叫青菀，年方十八，尚未出阁。一月后的某日，她到郑家串访，见到了郑青菀，果然品貌超俗。

袁玠听罢夫人之言，大腿一拍道："天助我也。郑羽总领淮西盐茶事，虽说只是个从五品官职，可也是官宦人家，而且郑羽是吴门首富，能与丞相丁大全家联姻，真乃求之不得。"

袁玠得意地大笑了一阵，上床就寝。

次日上午，袁玠便把他的想法报告给丁大全，丁大全也知道郑羽，而且听说郑羽家乃是吴门首富，也想与他联姻。当即道："袁通判若能促成此桩喜事，年底，老夫便奏请皇上，让你再官升二级，复任九江制置使。"

袁玠听丁大全这样说，心花怒放，当天下午便找到郑羽，把欲为郑家保媒，让郑羽的女儿青菀嫁与丁大全家公子的来意说了。可是，出人意料，郑羽一听袁通判意欲让他的女儿嫁给丁大全的儿子，便不答应，推说他女儿已经许过人家了，只等来年春天来临便要完婚。因为，丁大全陷害丞相董槐的事，朝野皆知，他从骨子里蔑视这种人，不愿意与其联姻，以免遭遇世俗唾弃，辱没郑家清誉。

丁大全听了袁玠的回话，知是郑羽委婉推却，十分气愤，当天就修书一封，送回京城，命令台臣卓梦卿和侍御史唐璘，弹劾郑羽在提举淮西盐茶事期间，利用职权，结交盐场，徇私舞弊，吞食课税。没过十天，诏书下来，郑羽被罢了官，郑家亦被抄没。

郑家一时成了阶下囚，丁大全仍然不放弃为儿子丁寿翁婆郑青菀为妻子的想法。他让袁玠的夫人上门去找郑羽的夫人吕氏说合。郑夫人处在患难中，听说袁大人要为她的女儿保媒，还是一门官亲，心想，在这种时候只要人家不嫌郑家倒霉受牵连，还有啥推辞的，便应允了。于是，丁大全便安排袁玠以媒人的身份，更换了双方庚帖，随后带着丁寿翁送去了厚重的聘礼，很快定下了婚期。

婚期定了，丁大全还是委托袁通判，让其帮他儿子赶紧筹备完婚事宜。

要给儿子完婚了，可只听说过郑青菀品貌超俗，真人到底长什么样，丁大全决定见见这个女子。一天，他让袁通判陪他到城外的普光寺游赏，然后让袁夫人去约郑青菀到普光寺中进香祈福，丁大全从禅房窗口见到了郑青菀。觉得这姑娘果然清新脱俗，貌美如花。

次日下午，丁大全对袁通判说见了新人貌美，很满意。只是，今日早晨他派人让禅师给卜算了一卦，禅师说，此女子不太适合丁寿翁，因为此女子命硬，如果强要郑青菀跟丁寿翁成婚，恐后期对寿翁人生命运有破冲之险。

袁玠急忙问道："丞相大人，婚期都定了，那可如何是好？"丁大全道："事已至此，只有另寻一品貌优佳女子与寿翁完婚了。再者说，九江如此大郡，户籍当以百万计，焉能没有一名合适之女子？"

袁玠怔了一下，又问道："那么，郑青菀如何处置，婚期都定好了，亦不能悔婚失约呀！"丁大全道："老夫也很为难。不过，我已想到一妥善之策了。"袁玠急忙问道："丞相有何良策？请示下官。"丁大全道："老夫外出数月，身边也缺少个侍候的丫头，不如让老夫把她收到身边做个侧室，亦算对郑青菀有个交代。再而言之，老夫身为执事宰相，有齐天之福，有狮虎之命，人莫能克制呢。"

袁玠明白了。接下来就是要加紧为丁寿翁寻找另外一个品貌优佳的女子，按时完婚了。袁玠急忙召来各县县令，让其四处征询合适女子。

说来也巧，德安县县令季通就有个女儿，名唤季小蕙，年十七，样貌俊秀，而且知书达理。袁玠急忙将此事向丁大全报告，丁大全道："如此甚好，袁大人辛苦了，尽快去下聘书。"一切办理完毕，原定下的婚期到了眼前。丁大全让儿子丁寿翁到德安县季县令的府上去完婚，他则在袁通判的主持下，与郑青菀在袁府办了纳娶新人之事。

此事过了数月，到丁大全携带新人回京后，大家才算悟透原委，都在议论此事。原来丁大全绕了一圈，是看郑青菀貌美，自己娶其为妾，遂被世人耻笑。

三七、丁大全乱政锁军情

宝祐六年（1258年）二月，蒙古大汗蒙哥决定发动全面侵宋战争，彻底征服南宋。

蒙古欲效仿当年西晋灭东吴之法，决定先取长江上游，从蜀地沿江东下，配合陆路大军平定江南。当时蒙军计议兵分两路南下进军宋朝。首先，西路由蒙哥领十万大军亲征先攻四川，由西向东扩展；蒙哥亲征的军队，先由蜀地西边绕道云南，经过大小十三战，杀南宋军民三十余万，攻克云南后，他让悍将兀良合台由云南向东攻占广西、贵州、湖南，他则亲率大军北上，再向四川腹地拓展，蒙哥行军路线曲折，攻关比较困难，因而行动亦缓慢。而宗王塔察儿率东路军由河南南下攻打荆山地域。

看起来东路军进军路线直观，但是到十一月，由于汝州、邓州一带宋军的顽强抵抗，塔察儿忙碌数月，攻宋不利，军队死伤不少。蒙哥得知情况，改命其弟、总领漠南汉地军国庶事忽必烈统领东路军。蒙哥想在踏平川蜀后，与忽必烈的东路军攻下鄂州会师，然后直趋临安。同年十月，忽必烈自开平（今内蒙古锡林郭勒）率军启程，南下接替了塔察儿，向荆襄而来。

次年七月，忽必烈大军行至汝南，得知蒙哥在攻打钓鱼城之战中负伤严重，已死于钓鱼城下，初闻误为谣言，遂采取招降与进攻两手策略，攻占了淮河北部，继续由北向东南前进，进攻两淮一带。

其实，蒙哥汗委实已死在了钓鱼城下。那么，蒙哥汗是怎么死的呢？原来，蒙哥自率军入川后，先破西边数州，在潼川路合州之钓鱼城下受阻，蒙哥先派降将晋国宝去招降，宋知合州事王坚严词拒绝并杀了来使，蒙哥大怒，遂决心用武力攻克钓鱼城。

钓鱼城位于合州城东十里的钓鱼山上。其山突兀耸立，与江面相对高度三百尺，处于嘉陵江、渠江、涪江汇合处，东南北三面环水，壁垒环江，城周一圈十四里，均筑数丈高的石墙。城内有大小池塘十三个、井九十余眼，可谓兵精粮足、水源充裕。江边还筑设水师码头，布有战船，上可控三江，下可屏蔽重庆府。钓鱼城的形成分两个阶段，最初于宋理宗嘉熙四年（1240年）在四川制置副使彭大雅为抗击蒙军之际，派将军甘闰于钓鱼山上筑寨驻军。淳祐三年（1243年）又由四川制置使余玠命部将冉琎、冉璞主持修筑成城，迁合州治所及百姓于城内，驻以重兵，扼守嘉陵江要害。

次年正月，蒙哥分兵攻打合州老城和渠江流域的礼仪城，同时还围攻平梁城，断绝了他们与钓鱼城之间的联系。另外，蒙哥还派部将纽磷率兵一万攻打忠州和涪州，断绝下游宋军的增援，使钓鱼城成为孤城。到开庆元年（1259年）二月，蒙哥亲率大军驻守在钓鱼城东南角的石子山上，扫除了江上宋军的船只，但是蒙军接连攻打钓鱼城及其周围的营寨，都被宋军击退。

由于连续进攻钓鱼城五个月不克，前锋主将王德臣于七月初五日晨，率军突破外城马军寨，王坚率兵拒战，天亮时大雨来临，蒙军攻城云梯也被斩断，只得撤退。次日汪德臣领兵三千再到城下，被宋军砲石击伤，当日阵亡。加上夏季到来，蜀地炎热，疫症流行，蒙哥非常着急，但南宋军民在王坚和副将张珏的指挥下，白天守城，夜晚派兵偷袭蒙军营寨，蒙军不得安宁，士气十分低落。术速忽里便提出了避开坚城，迁回夔州、万州东下的建议。但蒙哥恃其兵强马壮，不纳其言。他斥责道："帝国南征，何惧一城？一遇坚城就迁回绕行，如此进军，能夺胜几回几城呢？况蜀地坚城许多，如此一旦受阻即绕行，往后我军还有什么斗志可言？如再言撤，即斩不饶。"遂传令大军必须于一月内攻克钓鱼城。

而蒙哥也知道，这样强攻是攻不进去的，他要亲自等着钓鱼城弹尽粮绝，率军进城。宋军看到蒙古军队围而不攻，知蒙军有困毙宋军之意。王坚命人从城墙上扔下几只三十多斤的大鱼和一百多张面饼，并附上了写给蒙哥的信，信上写着你就算再打十年，也别想攻破钓鱼城。这次空中投食不是空城计，而是钓鱼城的守军早就想到了这一点。在防范蒙古军队的几年中，城中的军民囤积了大量的粮食，还挖了十三个池塘和九十口水井，又在山上开辟了大片的农田，屯垦储粮。就算完全与外界隔绝，钓鱼城也能做到自给自足。

其实这蒙哥心中也有自己的计策，他看似按兵不动，实际上正在悄悄挖一条通往钓鱼城外城的地道，这次暗度陈仓的行动，真的成功了。蒙古军队通过地道，攻进了钓鱼城的外城，守城的宋兵还没反应过来，就全部战死。尽管王坚及时率军赶来增援，跟蒙军激战了一夜，但还是没能把蒙军赶出外城。最终只能退进内城，继续坚守。随后又调来援军，激战一夜，才把蒙军打退。

蒙哥看到这次攻城有进展，心中十分兴奋。他下令军士于东城门外筑台建楼，要登上高台瞭望山城内的敌情，有的放矢地指挥大军再攻打坚城。

七月中旬一日，高台筑成。蒙哥亲自登楼观察宋军军情，临阵指挥时，被宋军城上用投石砲击中受伤。原来，宋军发现蒙军筑台建楼，就备好了投射机和石弹，专待数日。这时无数早已准备好的巨石从天而降，不但打翻了蒙哥，还打伤了阵地上不少蒙军将士。蒙哥被众将士抬回营寨后，昏迷数日，十日后死于军中。西路蒙军被迫撤军北上。

八月十五日，忽必烈率主力渡过淮河，攻破了大胜关。三十日，率军抵长江北岸。因南宋沿江制置副使袁玠横征暴敛，当地百姓无不痛恨。及蒙古军队至，渔人尽献渔舟济师，并充作向导，欲助蒙军过江，让蒙军备受鼓舞。就在此时，跟随西路军攻打四川的宗王末哥遣使来告蒙哥死讯，请忽必烈一同北归，争夺汗位。忽必烈闻讯，思考一番，认为大军已到长江边上，一路下来克险夺关不易，不可言退。为立战功，他仍决定率军渡江。

当年九月，蒙军一部从两淮南下，忽必烈部下万户张柔率兵攻取蕲州北部的虎头关，后夺取黄陵，将要攻打鄂州。一旦鄂州失陷，蒙古军队就会顺长江而下，直趋临安。边关报急的文书接连传到朝廷，但丞相丁大全认为距离京师尚远，宋军仍旧在抗战，不日即可退敌，便隐而不报，朝廷未加增援督战，亦未加强西南关隘防守，以致战事日益转向不利境地。蒙军元帅兀良合台率军由云南入交趾，随后北上从邕州攻占广西，再一路向北攻破湖南靖州、辰州、邵州，将要包抄东部大片疆土。南宋京师震动。

眼看宋朝西南半壁江山尽失，丁大全才知道情况危急，这才到后宫上报理宗。正在后宫和阎妃下棋听歌的皇帝闻听京湖和西南大片疆域危急，如梦初醒，不知所措。

正在此时，中书舍人洪芹、侍御史沈炎、右正言曹永年、监察御史朱貔孙、监察御史饶虎臣等几位大臣先后相约一同叩宫上疏请求皇帝罢免丁大全。听到宫外吵闹，召众臣入内，皇帝才知晓丁大全已隐瞒了军情数月，致使战况日险，社稷倾危，大怒。方知丁大全乃是误国奸人。皇帝盛怒之下抓把棋子掷向丁大全，继而又将棋盘向丁大全扔过去道："朕真是瞎了眼了，悔不当初寄望于你……"遂下令让中书舍人洪芹连夜拟诏，罢免了丁大全的相位，命其以观文殿大学士判镇江府。继而根据情况，再削其官。

此时已是九月底，秋风劲吹，朝政跟秋风吹过的树枝和枯草一样让人感到萧条寒碜。丁大全被罢相，老丞相程元凤又患病卧床不起，朝政缺辅，在这危急关头，谏议大夫萧泰来提议，尽快起用吴潜，部署军务，收拾残局。众大臣听到萧泰来奏议，纷纷提议速召回丁忧的吴潜。于是危难之际，宋理宗起用了吴潜为左丞相兼枢密使，晋封庆国公。

面对摇摇欲坠的南宋王朝，吴潜忧心如焚，再次陈述"畏天命，结民心，进贤才，通下情"之必要，他还对枢密院众大臣致信道："臣年将七十，捐躯致命，所不敢辞。众臣各献良策，集聚力量，以驱虎狼。"吴潜上任后对蒙古主张加强战备，集结江淮浙东兵力，强力抗击。其时蒙古军除了中路和西路军外，还兵分一路进犯京城临安，朝中一片惊慌失措，而刚升为右丞相兼枢密使的贾似道和宦官董宋臣一同向理宗奏本，荒唐地主张迁都四明（今浙江宁海）。

在此紧急关头，吴潜连夜进宫面见皇帝，极力谏阻道："陛下，迁都之言乃为荒谬之策。若銮舆一出，军心动荡，民心将失，国家亦无望，臣恐生灵将遭涂炭，临安将不攻自破。万万不可迁都啊。"

恰在这时，因居家为父丁忧守制期满刚被朝廷补授承事郎、签书宁海军节度判官的文天祥，也差人星夜上书道："撤退，乃为弃守，弃守，似为送人。迁都之说乃为误国之计，请求斩杀董宋臣，以统一人心，宜速集结兵马稳固边防，以固守祖宗之基业。"

皇帝权衡利弊，总算听从吴潜和文天祥等几位朝臣的谏言，打消了迁都之念头，暂时保存了南宋半壁江山。

吴潜还向皇上启奏，请皇上收抚人心，广纳贤才，应恢复因揭发丁大全徇私枉法而遭遇贬逐了的太学生陈宗、陈宜中、林则祖等六人，准其参加官职任授。皇帝也都应允。

随后，吴潜征调江西、福建各路兵马北上，让吴渊到太平、隆庆、镇江等民情通达州府组织忠义军三万人，又调集金华、上饶守军共五万人马北上陈兵长江边，防备蒙军过江袭击京师。蒙军见宋军防备之师不下八万部署有序，阵容严整，初试两阵，都被宋军击败，死伤五千人马，知道没有获胜把握，便屯驻江北，观望形势。

再说长江中游的忽必烈登上阳逻堡北边高地，俯瞰大江，见江北有武湖，湖东江岸筑阳逻堡，南岸即为浒黄州，宋军以大舟扼守大江之渡口，拥兵十万，战船两千余艘，陈于江中，水陆之师阵容严整。但他仍生出攻占险要之意。当日黄昏，忽必烈遂遣蒙古军五百夺得民用大舟五艘，连夜准备舟楫，欲夺据点阳逻堡，为强渡大江做筹划。

初四晨，风雨交加，天昏地暗，诸将提议不可渡江。忽必烈不从，言道："行军打仗，应当出其不意，兵行险招，才可速胜。"遂令扬旗击鼓，兵分三路并进。勇将董文炳率敢死队数百人冲锋在前，乘艨艟巨舟击鼓疾进，直达南岸，诸军亦竞相争渡。宋军见蒙军渡江，派兵迎战，因敌军人多势众，三战皆败。常习水战的蒙古部将张荣实亦率军乘轻舟

207

鏖战于北岸，夺获宋军大船二十艘，俘获宋兵二百多人。

宋军武功大夫吕文信见蒙军渡江已经初战取胜，便率水师两千人与张荣实的轻舟展开大战。交战三个时辰，吕文信部击沉蒙军轻舟七艘，杀敌六百人，敌军又增援十艘船只开拔过来。增援的两艘蒙军船只上全是弓箭手，敌军百户一声令下，万箭齐发，吕文信身中数箭，英勇殉国。其部下也被弓箭射死数百人。

同时，蒙古水军万户解诚之部将朱国宝，率精兵五千与宋军战于中流，经十余战，夺宋船三百余艘，杀溺宋兵甚众。宋军三道皆败，阳逻堡防御失败，蒙军遂迅速渡江。董文炳派董文用以轻舟渡江成功，向忽必烈报捷。忽必烈闻报大喜，传令全军集结，包围鄂州城。

鄂州位于武昌，地处长江中游，扼汉水入口，行政区划属荆湖北路，与襄阳、江陵构成京湖战区，隔江与淮南西路为邻，东南与寿昌军、江南西路之兴国军接壤，形势十分险要。西可以援蜀，北可以镇京湖，而且京湖路一旦有警，则江浙之诸郡焉能高枕而卧！

这一日，理宗皇帝以蒙军大举入侵未退，再下令满朝文武官员入朝共商退敌之机宜。

朝会时，同签书枢密院事马天骥道："当今之计，请皇上下诏，再调福建、广州兵马北上增援鄂州，以击退蒙古兵马，切不可让其骚扰京湖，夺我大宋咽喉要塞，而切断我方东西脉搏。"吴潜道："陛下，老臣以为，既要调兵北上增援，又要督师湖北，兴军严阵。根据当前紧张局势，臣建议命贾似道移军于黄州，督视鄂州，加强防务，以鼓士气，迄济事功，击退胡虏。"皇帝道："就以二卿所言，似道明日启程赴黄州督师。"

贾似道无奈应道："臣遵旨。"

黄州正当军事要冲，直接经常与蒙古军正面接触，这本来是为了加强防务，而贾似道却认为是吴潜蓄意排挤他，口中不说，心中怨恨吴潜。他虽率军出发了，却蓄意日后要寻机对吴潜进行报复。

再说丁大全，被罢相改授为观文殿大学士后，在家待了几天，准备收拾行李到镇江去上任。一些朝臣对丁大全这样的处理极不满意，认为过往许多大臣因一些事情的牵连而被贬谪，都是贬到边远地方任个闲职，而丁大全误国失职，罪责难赦，还被贬往镇江这么便捷富庶的地方为官。而且镇江乃是他的家乡，让其回乡居官，太便宜他了，如此不足以惩戒。于是有大臣支持御史们上奏于皇上，宜加贬斥丁大全。

　　隔了三天，在侍御史沈炎、监察御史朱貔孙二人先后对丁大全处置太轻宜加重处罚以儆效尤的建言下，理宗又下诏贬他为中奉大夫。但大臣们还是一致建议："大全阴险诡诈，引用凶恶，陷害忠良，遏塞言路，浊乱朝纲，乞望夺官远配，以伸国法，方能使其以谢天下。"

　　由于丁大全伤透了皇帝的心，于是理宗采纳了众臣建议，当日再下诏将丁大全贬到边远之地，遣送南康军居住。次月，监察御史刘应龙上言道："丁大全绝言路，坏人才，竭民力，误边防，陷忠良，民愤不减，街坊对其仍斥骂不休，宜再削其官。"请皇帝再向边远之地发配丁大全，其他诸位大臣多有附议，理宗又追削丁大全两官，移至贵州团练副使。

　　丁大全被贬谪到贵州，经常与地方官喝酒酬答。一天，他在与贵州州守淤翁明喝酒时，酒醉后大发感慨而失言。没过几天，淤翁明与部下议论政事时，诉说丁大全自言暗地里在制造弓矢，欲结交蛮夷，图谋不轨，要大家观察提防。通判朱禩孙将此话记挂在心，随后写一奏书，奏告到朝廷，丁大全再获罪被移置于新州。

　　太常少卿兼权直舍人院刘震孙认为丁大全阴险狠毒，不思悔改，乃大恶之徒，又上疏给皇帝，请求把丁大全发配到海岛，以绝后患。皇上准奏，令校尉官毕迁"护送"丁大全到海岛，当护送之舟过藤州时，突起风浪，船上人影混乱，丁大全被人挤落于西江中溺亡。

三八、陈宜中福州除祸患

话说陈宜中两年前在太学院跟其他几位太学生林则祖、陈宗、黄镛、曾唯等人上书攻击丁大全，丁大全因此恼怒，指使监察御史吴衍反击弹劾陈宜中几人不务正业，诽谤朝臣，因此削夺了他们六人的功名。随后陈宜中被朝廷遣回原籍浙江永嘉羁留管教。

陈宜中因上书之事反被丁大全的党羽反击，遭遇羁押管教，归乡后一蹶不振。他的岳父葛宣义，认为陈宜中遭遇朝廷处罚，是时运不济，得罪神灵，未被护佑，为了让女婿早日转运，走向光明路途，家道殷实的岳父，花费白银八十两，到江心寺设水陆供奉道场，为陈宜中祈福。江心寺是瓯江江心屿上的一座古刹，唐代和北宋各建有东西二塔，远近闻名，也是温州人心中的佛教圣地，一直香火旺盛。葛宣义的这个道场一连做了二七一十四天。

为了显示诚意，陈宜中和岳父开头几天每天必到道场应承，因为家离江心寺有十几里路程，后来几天，陈宜中和岳父葛宣义就暂住江心寺，家里只留已有身孕的陈妻也就是葛宣义长女葛桂英和丫头小环在家居住。

葛宣义年届五十，经商多年，很富有，而且名声在外。他前几年丧妻，因疼爱女儿，一直未再续娶。就在陈宜中和葛宣义住在江心寺期间，一天夜里，几个强盗突然前来葛家抢劫。强人翻墙而入，将守门的一个六十五岁的老家院葛淮用药熏晕，把葛家金银财物席卷一通，走时，竟然将葛员外之长女葛桂英和侍女小环也一起抢劫带走了。

家中失盗，女儿被劫，葛宣义闻讯，惊异又伤心，便到县衙报案。县令上门查看案发现场后，让捕快差役四方走访，侦查案件，可前后忙碌将近半月，也没有线索。此后，每隔十天半月，葛宣义都到县衙催问案情，县令满面难色道："老员外，事发夜半，没有任何头绪线索，本官明察暗访，岂料忙碌两月多，也无可奈何。"

一晃三个多月过去了，案件仍无任何进展。葛宣义知道没有结果了，只好自认倒霉。

葛宣义是忠义诚信之人，他看好陈宜中，随后便将住在舅父家的幼女葛英娘接回家来。葛员外道："贤婿，老夫知你将来必有作为，奈何桂英遭遇强人劫掠，音讯皆无，想必已经不在人世。老夫欲将英娘续嫁于你，你可愿意？"陈宜中闻言，跪地而拜道："岳父大人，小婿何德何能，让您对我如此垂爱，实在愧疚不已。英娘青春年少，应当婚配英俊贤才，不知小妹愿意屈嫁于我否？"葛员外道："这个就由老夫来周旋了。"葛父随后问过英娘，英娘对续嫁陈宜中没有异议。几日后，葛员外请来女儿的舅舅周洪福，让他做媒，择了良辰吉日，把十八岁的葛英娘嫁给二十八岁的陈宜中为妻。

两年后，丁大全因把持朝政、瞒报军情而误国殃民，激起民愤，朝廷有识之士纷纷弹劾丁大全，皇帝准奏并把丁大全罢撤相位，论罪发配外地贬谪为地方官吏。新任丞相吴潜、谏议大夫萧泰来等人认为必须整肃纲纪，便向皇上提出要收抚人心，广纳贤才。皇帝准奏。随后，诏令恢复陈宗等六人的举人身份，可以直接到京城临安参加会试科考。

不久，陈宜中在会试大考中进士及第，录取名列榜单第二。六人之中，陈宜中尤其通达时事政务。陈宜中因曾弹劾丁大全，名声在外，这次进士及第，很快被任命为绍兴府推官，一年后调任户部架阁、秘书省正字；次年又任校书郎，浙西提刑，数年以后迁任为监察御史。

陈宜中在朝任监察御史期间，仍然秉性不改，直言敢谏，曾数次上书弹劾不法之臣，也直言揭露董宋臣、卢允升等内侍的枉法行为，这正与贾似道反对阎氏外戚和宫廷内侍擅权乱政的主张一致，因此，贾似道非常赏识陈宜中的秉性和其敢想敢做之魄力。便有意提拔他，不久又提升陈宜中为太常少卿，权礼部侍郎。

咸淳五年（1269年），闽地缺乏抚军将帅，在贾似道和知枢密院事等人的提议下，陈宜中以显文阁待制，任福州知州兼福建路安抚制置使。他到福州后，鼓励农耕，兴修水利，发展生产，重视教育，体察民情，缉拿盗贼，平反冤狱，在任期间做了许多实事，深得民心。

这一年到了"乞巧节"，下属官吏对陈宜中各献礼物。此日夜晚，陈妻英娘整理收到之礼品，蓦然发现其中有件首饰十分特别。拿起来细看，不禁心惊。原来，这件首饰是自己家里的旧物。上面图案，皆为父亲十多年前向玉器工匠提示而雕制而成。

葛英娘把她发现的情况告诉夫君。陈宜中拿起首饰细看，这一看，也大吃一惊。原来这是妻子桂英用过的首饰。就找来赠送此物的那位下属询问此物从何而来。

下属答道："此物，乃是年初海巡所之巡监向我赠送之礼品。属下见此物精巧，故奉献于陈大人矣。"陈宜中问道："哪个海巡所？"下属道："乃是马祖岛海巡所。"陈宜中道："原来如此。你忙公务去吧。"问清了海巡所名号，送走下属后，他马上传来王都统，让他发兵六百人围其寨，当天便逮捕了马祖岛海巡所诸校。经过审问，弄清了首饰的来历。

原来，早年抢劫其岳父葛家，并强占其前妻的正是福州海巡所属下尤全、张松、顾大寿等五位校尉。因为，几年前，尤全他们在浙江永嘉海边的巡哨所值守，空闲时，便于夜间摸底排查周边可供抢劫的对象，随后趁机实行打劫。三年后，因轮值换防，尤全、张松他们几个人便调离永嘉，来到了福州海边继续做马祖岛海巡所的巡检及校尉。

陈宜中问道："你们当年抢劫的两名永嘉女子何在？"尤全怔了片刻回道："这个……这个……已过去数年了……我记不得了……"陈宜中斥道："胡说！你亲手酿此灾祸，怎能不记得了？若不如实交代，罪加三等！"张松回道："当初，两名女子被我等带回岛屿住处，三天后她们便死了。"

陈宜中拍案道："死了？怎么死的？据实相告！"尤全道："是、是……投海死的……"说罢，伏首在地不敢再看陈宜中，也不说话。张松见尤全不说，只好回道："小人愿供述实情……"原来，当年尤全、张松等人将葛桂英和侍女小环劫回海岛上的哨所后，实行了奸淫。刚烈的桂英与小环痛心疾首，不堪承受羞辱，次日便双双投海自尽了。

陈宜中闻言，愤慨不已："如此巡检，禽兽不如！"令人将尤全、张松、顾大寿五人各打五十大板，然后继续审讯。这几个人还招出，去年，他们在海巡所巡航中仍然贼性不改，竟然又多次远赴温州东门外海沙，对过往船只进行抢劫。陈宜中大怒："有此巡检，与海贼何异？想必尔等奸人，在福州自然也是作恶多端。要尔等巡检之人，反为祸害也。"

于是，陈宜中再次发兵，将周边其他两个海巡所的巡检校尉士卒彻底歼灭，无一漏网。如此一来，算是破了当年悬案，亦为福州人民消除了隐患。随后，陈宜中从福州都统兵马营，挑选一批素质较好的官兵，派往以上三个巡检所，重新执行巡哨事务。

不久，陈宜中回朝任职，由刑部侍郎很快升任刑部尚书。

三九、贾似道移镇江北地

却说开庆元年（1259年）十月下旬，已经四十七岁的贾似道奉旨带着百余人，自临安出发，经九江向西行驶，很快来到湖北汉阳，于黄昏时进入危急的鄂州城内督师指挥鄂州军民，展开这场保卫战。次日，众军民听说皇帝派使者贾似道以两淮宣抚大使的身份前来督师，士气顿时大增。

贾似道明白此次前来鄂州的责任，他顾不得休息，立即带领众将到处查看守备设施和布防情况。站在城楼上，远远望见忽必烈的军营和水师战船，贾似道对众将道："城外蒙军营垒相连，战船无数，看来此次蒙军兵力极众，不知当有多少？"鄂州都统制兼守将张胜道："前晌听探马报告说，此次围城者，主要乃忽必烈所部，当计有十万之余。幸喜川中钓鱼城之战，让蒙哥负伤阵亡，迫其所部撤军北上，不然，鄂州更是雪上加霜了。"

贾似道道："蒙军此次人多势众，我等务必小心，若非迫不得已，不宜出城应战。"

张胜道："若一直闭城不出战，士气将有损伤。"贾似道说："我已向周边各州府高达、吕文德等诸将发了檄令，让其派兵来援，等我宋军各部援军一到，城内城外夹击而战。"张胜道："遵令。末将听从宣抚使大人的安排。"

没过三天，忽必烈见鄂州城中不出兵，便派宋军降蒙之将周池到城下劝降。周池对城上道："张将军，老话说，北斗因天地流转而易形，社稷因福竭力枯而更替，如今大蒙古国国土遍布黄河南北，战将千员，士民达千万计，人神共助，已是神器易主之时，张将军何不开城投降，蒙古国大汗可授你高官厚禄，安享荣华富贵，将军何苦要据城而守，力行不可为之事，让生灵涂炭，徒费民力呢？"

张胜道："周池，逆贼！你亦曾食大宋君禄，竟为如此不忠之事。如今还有面目来此说降于我？我张胜从未曾见过有如此厚颜无耻之人！再者说，蒙古历来不行人道，多次南下侵扰我大宋国土，抢掠人畜，摧毁城邑，杀我百姓，致使天地倒悬，日月蒙尘，如此蒙昧之邦，只知抢掠物资，安享现成，从未悟识人间财富乃为人力辛苦劳造而成。如此野蛮邦国，何德何能，让你竟然倒行逆施，为其效劳，助纣为虐，岂不怪哉？今你既来此地，就得受死，以替蒙国人代向大宋臣民谢罪。"言罢，张弓搭箭，一箭洞穿周池的颈脖。周池扑通栽于马下。其他蒙军部卒见其将领周池已死，哗然散逃。城上军士看见主将放箭射击敌人，便纷纷放箭，一时间城上箭如雨下，死伤不少蒙军兵卒。只有数十人逃脱而去。

忽必烈得讯大怒，让元帅张柔准备攻城。当日下午，张柔派张禧带领五千人马从南边攻城，宋将高达指挥军士用檑木滚石抗击，激战半天，还斩断蒙军攻城云梯两架，等待蒙军疲惫之时，高达带领三千人突开城门，冲出城外掩杀蒙军。双方激战一场，蒙军死伤部卒四千余人，宋军也折损兵力两千人左右。

次日，忽必烈指挥部下在鄂州城外造起了一座五丈高的瞭望台。忽必烈每日在台上指挥攻城。由于久攻不克，又听说宋朝援军将陆续赶来，忽必烈下令抓紧攻城。元帅张柔传令组织敢死队五百人，由勇将张禧和张弘纲父子率领，自城东南角架云梯攀登攻战，高达率诸将力战攻击之敌，拼杀半日，张禧身负重伤，敢死队员死亡一半，张弘纲只得率残兵而退。

忽必烈见状，对张柔道："我等犹如持刀之猎人，若不能尽快将圈中猪羊擒住，反使其以野猎之势伤人，视我等如食物了，你何不奋力破圈而尽快将其抓住呢？"

张柔闻言，遵令而行，乃命部将何伯祥赶造鹅车，依墙根掘洞入城，又选勇士登城，经激烈战斗后破城东南隅一方。高达率军在南城一带奋力抗击，打退蒙军数次进攻，并组织人力抢修城墙，随破随修，使蒙古军不得机会进入城内。

为防蒙军再次穴城而入，贾似道命宋军沿城墙内壁建造木栅，仅一夜工夫，环城木栅全部竣工。次日，蒙军依墙根再行掘洞入城之策，洞开一穴后，发现全是木栅隔断，不但不能进，反而被宋军从木栅缝隙中用刀剑杀死部卒不少。

忽必烈听说此事后，大为称赞道："我等未料贾似道有此防御之策。我军若能得贾似道用之，可大增军力！"遂下令继续围城，欲困毙宋军。

蒙军围攻鄂州久攻不下，十分着急，宋军见蒙军围城四十余天不退，也怕时日一久生变。都统制张胜便与贾似道商议道："我军何不用缓兵之计，诈降蒙古，诱骗蒙军东撤，然后趁势对其击之呢？"贾似道回道："可以一试。"

次日，张胜遣高达率军三千出城向张柔请降，并言明，请张柔部撤军五十里扎营，宋军方可全部出城投降。张柔闻言答应，于是撤退，但撤退时把城池周边民房点火焚毁，宋将高达派人追击撤退之兵，并率军抢救被敌军焚烧之民居。

蒙军千户糜琨和百户长巩彦晖二人率三千蒙军回击救火宋军，高达率军与蒙军激战。汪友谨在城上远远看见蒙军回击，即率三千军士出城增援高达，两军联攻，三个时辰后，击败蒙军，并斩杀了巩彦晖及蒙古士兵六百余人。糜琨见宋军攻势难挡，急率残部逃走。然后高达与汪友谨返回城中，仍然坚守城池。

在贾似道的指挥下，不久南宋各路援军纷纷驰救鄂州，特别是吕文德所部在蒙哥阵亡撤军后，自重庆府沿江而下前来增援。他们先在岳州（今湖南岳阳）击败了蒙古军张柔部下五千人马的拦截阻击，后于十一月初一抵达鄂城。樊城守将刘廷美自从孟珙将军病故后，便召回汪友谨到樊城听用。不料年初刘廷美已病故，其婿汪友谨遵照刘廷美遗命，率军驻守樊城，本次听说鄂州军情紧急，便让其妻刘若莺领军一万镇守樊城，他则亲率六千兵马来援鄂州。几路人马集结会合，从而使鄂州城的守备力量愈加坚强。

忽必烈见一时难以攻克鄂州，便命张弘纲率军向东边攻打九江，又命令由西向东推进的兀良合台领兵攻打潭州（今湖南长沙）。幸有曹世雄、向士璧二将率兵迎击，潭州才不致失陷。

虽然鄂州暂时可保，但是宋朝的军事形势仍不容乐观。由于荆湖南路首府潭州和江西一带也受到蒙古骑兵的进攻骚扰，南方腹地被蒙军四面开花攻击，这一情况引起了宋廷极大震惊。朝会上群臣对此局势进行筹谋。

监察御史饶应子首先启奏道："今精兵健将均在阃外，湖南、江西地阔兵稀，虽有老臣宿将可以镇压，然无厉兵，何以连捍大敌之来！御敌之势，当自由内托出，不当自外赶入。"

吴潜道："陛下，老臣以为，饶御史之言有理，陛下可以命贾似道突围移司至黄州（今湖北黄冈），筑起第二道防线，环环紧扣，以御东进之敌矣。不然，若鄂州有虞，岂非敌方无有羁绊了。"

皇帝道："二卿之言有理。朕准奏。"

十一月十日，理宗便派内侍传诏，命贾似道尽快突围移师至黄州，在那边建起一道新的防线，扼守要道，以便更好地指挥宋军全局战斗。

然而从鄂州突围至黄州相距百余里，周围尽是蒙军，十分危险。吕文德遣部将孙虎臣率精兵六百，于次日晨时从东门出城护送贾似道移师黄州。途中遭遇一股蒙军，幸而都是老弱残兵和所掠之金帛子女，孙虎臣持刀奋力冲杀将其击败后，贾似道顺利进入黄州城。贾似道成功移师黄州，鼓舞了两淮、江西宋军士气，长江下游之兵士气也大振。

此时，贾似道身在黄州，唯恐黄州和鄂州一样，被蒙古大军围攻，便秘密派虞候宋京为使者去蒙古军中以"划江为界，每年奉献银二十万两、绢二十万匹"为条件乞和，但蒙古的目标是想平定南宋，不想划江而治，于是被蒙军拒绝。

时序进入冬季，蒙古军屡屡向鄂州发起强攻，但是疫病、缺粮使围城部队减员十之四五；宋军死伤也达到一万三千余人，鄂州之战初期守将、都统制张胜也因负伤严重，英勇牺牲在城上。更令忽必烈担心的是，妻子察罕送来书信，言汗位将被他人夺取，催忽必烈速归。

此时蒙哥汗去世已有五个月，北国各路兵马回归蒙古，为争帝位，蒙古贵族帝胄之间大打出手，争夺帝位之势已难平息。谋臣郝经劝忽必烈率军回国夺取汗位，否则帝国落入他人之手，纵有经天纬地之才、托天过海之功，也为他人案头鱼肉啊！忽必烈认为，谋臣郝经之言甚为有理，回军争位当为头等大事。

是年十一月二十八日，忽必烈决定撤军，但是对外仍声称要直捣临安，于是移师到青山矶。忽必烈派部将张文谦告知诸将，于六日后撤离鄂州。蒙古撤军后，贾似道及时向朝廷递表奏报道："臣赴京湖，历时四月，披肝沥胆，督视众将，众志成城，历经百余昼夜，枕戈待旦，击退蒙虏，鄂围始解，诸路亦大捷。今托陛下之福，江汉肃清，宗社危而复安！"

鄂州之围开解，旬日后贾似道得胜回朝，理宗率众臣出城外迎接，随后对其赐宫宴后，加官晋爵，恢复右丞相兼知枢密院事之职，并晋封少师，封为卫国公。

由此，贾似道居功自恃，走上了专权秉政的道路。在贾似道的提议下，将重庆知府兼夔路制置大使的吕文德升为京湖路制置使。

四十、吴潜失势谪循州

话说蒙古大汗蒙哥在钓鱼城一死，打乱了蒙古鼎力攻宋的全盘计划。众路蒙古人马纷纷撤军北上，回到草原参与各位王爷主公的争夺帝位之战去了，如此一来，再无心思和力量南下攻宋。再加上蒙古主力北撤，零散蒙古兵力在宋朝各路将领的联合抗击下，也只得败军而退，宋廷又趁机收复了湖南、湖北的城池土地。宋朝得以安宁下来。

理宗经历了丁大全事件，惊心动魄一番感受之后，再不敢频频蛰居后宫不理朝政，也不敢大小事务悉听丞相处置了。他又恢复了按时上朝的规制，开始了勤恳理政。

眨眼之间，理宗赵昀已经五十五岁了，面临着皇位后继无人的困扰。

其实，理宗早年有两个儿子，一个名缉，另一个名绎，但于绍定三年（1230年）正月、二月先后夭亡。此后，理宗就没有再得子。没有皇子，被视为"国本未立"，遂有大臣向理宗建议选择宗室子弟养育宫中以备皇嗣之选。但是，理宗没有采纳，他在观望，自思妃子那么多，希望某一天会生出一个皇子来。直到淳祐六年（1246年），理宗已年过四十，在位二十余年，仍然没有儿子，便不得已把皇嗣继统的希望寄托在赵宋宗室子弟身上。有道是血浓于水，理宗自然首先想到了自己的亲侄子，即皇弟福王赵与芮之子赵禥（qí）。因为皇帝之弟赵与芮在兄弟姊妹中排行第八，理宗本人排行第六，但兄弟也就他们两个，其他均为郡主，所以他一直关心这个让他那一支血脉亘古传承的皇弟。

说起来，当初赵与芮与理宗一起被选入宫，但是没有什么突出表现，在宁宗之世没有得到一官半职。后来，随着理宗登上皇位，作为皇弟的他陡然显贵起来。嘉熙元年（1237年）四月，理宗登基已是第十三年才授赵与芮武康军节度使、提举万寿观，晋封天水郡开国子。嘉熙四年（1240年）十一月，赵与芮之妻钱氏得封安康夫人。理宗即位后曾经追封三代，其父赵希继追封为荣王，到第二年三月，正式下诏令赵与芮继袭荣王爵位，并加开府仪同三司、万寿观使。宝祐四年（1256年），又以太师进太傅。宋代对待宗室防范很严，采取高其位、厚其禄、不予其权的办法，严防宗室夺权。理宗对待弟弟赵与芮也同样奉行祖宗家法，终理宗之世没有给赵与芮提供参与国家大事的权力。赵与芮得到的实际权力是在宝祐六年（1258年），即蒙古攻打鄂州的前一年五月，才接替秀王赵师弥判大宗正事，主管整个赵氏皇族的宗族内外事务。

所以，理宗出于血缘和感情上的原因，同时内心也很担心有人执意拥立济王赵竑之后，也有些相信荣王府关于侄子赵禥出生时神异的一些传说，便选择赵禥作为继承人，并封其为忠王，进行培植。

唯一不理想的是，赵禥有先天性缺陷。因为赵与芮有三个夫人，她们是安康夫人钱氏、柔懿夫人李氏、齐国夫人黄氏。钱氏和李氏相继为正室。赵禥的生母是黄氏，是偏室。黄氏和李氏都是浙江德清人，黄氏名叫定喜，是作为李氏的陪嫁而来到赵家的，所以在荣王府的地位自然十分低下。由于黄氏在荣王府内地位低下，原本不想让孩子出世，以免孩子将来因母亲出身微贱受苦受难，于是饮药堕胎。可是药力不到，没有达到预期之目的，却造成孩子先天性发育不良，身体一直羸弱。可无论如何，她为赵与芮生下一子，也是有功，故被封为隆国育圣夫人。

从这一点来看，赵禥似乎没有做一国之君的能力，尤其是当南宋面临蒙古一直心存亡宋不利形势、国家正逢危急存亡之秋，更需要一位雄才大略之主来力挽狂澜，赵禥明显不能担当此任。可是理宗却一直执拗地要立赵禥为储君，并封赵禥为忠王。

于是，左丞相吴潜就对理宗立赵禥为太子持反对意见。吴潜在上陈理宗的密奏中道："臣无弥远之才，忠王无陛下之福。皇储乃未来国君，主聪则国振，主贤则国昌，请陛下为社稷之思虑，选择福才俱全者，确立国本，收服臣心，以振兴我大宋之国祚。"

吴潜之言虽用心良苦，却良药苦口，一时让人难以下咽。此奏本，一则根本上违背了理宗决意立赵禥为太子的意愿，二则又揭起当年史弥远挑选理宗入宫为储君抢占赵竑太子之位的伤疤旧事。有道是，打人怕打脸，骂人怕揭短。吴潜的奏言，惹得理宗对他非常恼恨。倘若是对面相奏，想必会将奏本折子掷向其面，严加叱斥呢。于是理宗对吴潜始产生不再信任的心理，从而导致君臣之间形成了难以调和的矛盾和心理隔阂。

之后，一场围绕皇位继嗣问题的政治斗争终于爆发了，在奸人反复算计和推波助澜下，忠诚正直的吴潜愈加处于被动的局面。

其实，除了赵禥之外，相传有可能被立为太子的是理宗姐姐的儿子——魏关孙。是这么一回事：理宗的姐姐四郡主下嫁魏峻，生下一子，名叫关孙，从小就养育在绍兴府外婆家，深得外婆全夫人的喜爱，全夫人每次进宫都在禁中称道外孙关孙如何可爱，并且向理宗为他求官。理宗要召见魏关孙，为其封官。宋朝宫廷早有规定，凡异姓入宫者，须腰悬官方特制的令牌。唯有赵氏宗室可以不悬腰牌，直接进宫。为了出入方便，魏关孙冒名宗子赵孟关，与忠王赵禥一起进宫。对此，有人首先倡言魏关孙为"魏太子"之说。这事在朝廷中越传越广，参知政事王伯大和左丞相吴潜闻知其事，便上奏理宗，支持此事。

于是，坊间就有了"魏紫姚黄"的传说。所谓"魏紫姚黄"都是牡丹花品种。相传"魏紫"为宋初宰相魏仁浦家所植，色紫红，因此得名；而"姚黄"则出自平民姚氏之家，色黄，故此得名。"魏紫姚黄"比喻魏关孙出自郡主之子，地位高贵，有如魏紫；而赵禥的母亲黄定喜地位不高，有如姚黄。可见，当时魏关孙成为太子的传言很盛。

但是，理宗根本没有此意。不久，魏关孙在荣王府玩耍时，不幸掉入荣邸瑶圃池中，溺死了。对于传言要当太子的魏关孙突然不明不白地溺死在荣王府花园的水池中，从种种迹象看，理宗是幕后指使者。但无人敢正面质疑。从而看出理宗立赵禥的态度十分坚决。

早就忌惮吴潜的右丞相贾似道看出这种矛盾，认为扳倒吴潜的机会来了，便屡思策略，几日后他借机向理宗献谗言道："陛下，立储之事，虽为建储国本，但臣以为，乃陛下之所定断啊。吴潜力反立禥者，明为社稷之虑，实为一己之私，其有所图谋。"

皇帝道："吴潜有何所图呢？"

贾似道回道："臣曾闻人言，吴潜私下曾对方甫道，他反忠王者，则另有谋算，因其从皇位脉络传承上思考，想立沂王询之后嗣呢。"

这更与理宗形成了尖锐的对立意见，理宗心里十分不悦。但理宗毕竟是皇帝，当年丁大全参奏董槐"挟私弄权"的情景又在脑海中呈现。

于是他向贾似道问道："吴潜之过，比董槐如何？"贾似道没料到皇帝会这样问，稍一顿，回道："吴潜比董槐更甚。"

皇帝向贾似道挥挥手道："朕心明白，卿且退下。"

贾似道回家后，细思量，看来皇帝对"吴潜力反立禥者，明为社稷之虑，实为一己之私，其谋有所图也"之罪行，不能动其恶念，亦无杀伤之力。

贾似道在家思谋三天，终于心生一计。于是他让心腹刘宗申进行安排。不几日，街头便有童谣传唱："大蜈蚣、小蜈蚣，尽是人间业毒虫。夤缘攀附有百足，若使飞天能食龙。"

贾似道遂令家仆将街头传唱之童谣抄了一份，进宫献给皇帝。贾似道启奏道："陛下，世上无无源之水，亦无无根之树。街头传唱之谣，并非空穴来风，必有来龙去脉。陛下不可不防。"皇上道："童谣传唱有几日？"贾似道奏道："已半月有余，臣闻之，恐陛下不悦，故不敢上奏。"

皇帝"唉"地叹息了一声，似乎信了传言。因为贾似道拿"童谣"奏献一事，似乎又提醒了他，他想起去年蒙军围攻鄂州期间，理宗向吴潜问策，吴潜认为理宗应暂且离开临安避敌锋芒，由他与重臣死守于此，当时理宗心里就认为吴潜有当年张邦昌僭越皇权、想做代理帝王的心思，有欲仿效张邦昌的不轨之心。现在回想，当初的推断似乎没有错。于是更是心存忌惮，多少有了想疏远吴潜的心思，但还没有对吴潜进行如何处置的策略定论，只对贾似道挥挥手，让其退下。

贾似道洞察皇帝的心思，知道火候未到。为了迎合帝意，回家后思之再三，又令侍御史沈炎上疏弹劾吴潜。沈炎问："如何弹劾？措辞咋写？"贾似道道："上疏之辞，老夫已替你备好了。"遂拿出一张纸给沈炎看。于是，沈炎据此理由向皇上启奏道："忠王之立，人心所属，唯吴潜不以为然，昔日章汝钧对馆职策，乞为济王立后，吴潜曾乐闻其论，授章汝钧秘书正字，奸谋叵测。臣请罢吴潜之相位，以正纲纪，定风立标，宜速召贾似道正位以辅政。"沈炎曾因政论之事，遭受过吴潜的论劾和指责，因而心怀不满，此次贾似道在中间鼓风点火，所以沈炎偏向贾似道，借机大肆报复，罗织罪状，并重提吴潜想立济王的陈年旧事，全捅到人的痛痒处，惹怒理宗，迫使其对吴潜痛下贬谪决心。

有道是，一人成虫，三人成虎。史弥远把持朝政，让他当傀儡的往事经常在他的脑海中回荡。景定元年（1260年）春，在权相贾似道和台谏之人数次共同攻击下，年前七月才起复为左丞相还不满一年的吴潜，被罢相后贬谪到江西知建昌军。十月，又被贬到广东知潮州。

吴潜被贬，贾似道仍不解恨，怕皇帝再听信某些大臣之进言而反悔，再度起复吴潜，唯恐其东山再起。因为早在罢免吴潜时，中书舍人洪沂就拒不奉诏，不愿起草罢免诏书。这说明朝中有一干大臣在强烈地反对罢免吴潜。因此，他必欲置其于死地。

第二年初，在贾似道与沈炎等人再次建议下，吴潜从潮州又被贬谪到广东循州任通判。贾似道还派心腹刘宗申为循州知州，监视吴潜，并受命寻机杀死吴潜，以绝后患。不久，吴潜的心腹方甫亦遭遇贾似道一伙人的诬陷，最后被捕，让其招出吴潜的不法之事，方甫不从，声称无供可招，最后在狱中绝食自尽。

刘宗申到循州任知州后，几次请吴潜到他府上饮酒，但吴潜都以身体不适，不宜饮酒为由婉言谢绝。次年四月初，刘宗申几次到吴潜住所查看他的生活状况，还送去鸡蛋和罗浮柑，假装对其十分关心。五月中旬，循州知州刘宗申以地方长官之名设宴为吴潜庆生。吴潜不知是计，推托不了便去了，喝了刘宗申之酒，实为毒酒，当晚，肝胆欲碎，痛苦万分，最终强忍病痛，端坐而死。而刘宗申则向朝廷上报道，吴潜自到循州后，因身体虚弱，又加之不服此地水土，一直有病，后来，因为累疾日久，一日夜间，突发心绞痛去世了。

清除了吴潜这个障碍，理宗在贾似道支持下，可以心满意足地立赵褒为太子了。七月，皇太子赵褫入东宫，行册封礼。命皇太子上朝侍立。贾似道兼任太子少师，朱熠、皮龙荣、沈炎并兼太子宾客，知枢密院事江万里被升为右丞相。参知政事王伯大被罢官，以资政殿学士谪知江宁府。

贾似道支持立赵褫为太子，从中得到了巨大的政治利益，而且成了太子的老师，地位更加重要，前途亦显光明。

四一、贾似道得迁把朝政

吴潜被贬而死，朝中能臣干吏，退休的退休，病死的病死，已经没有几个能撑大梁的了。又加之贾似道在鄂州之战中，守株待兔，机缘巧合遇上蒙哥之死导致蒙古贵族为争帝位而北归大撤军，让贾似道把"河汉肃清"，而让皇帝看到了他的才能，于是，他得到了皇帝的特别倚重，朝政都靠他来处理。

南宋时代由于战争频繁，又加之土地因战乱荒芜较多，何况蒙古人每隔二至三年南下抢掠一番，蒙古的物质财富和军费开支多由抢夺而得，而南宋则要自生自产，这就导致财政始终十分紧张。贾似道当政后开始在政治上施展拳脚。

景定三年（1262年）年初，贾似道与侍御史陈尧道、右正言曹孝庆、刑部尚书陈宜中等人策划协商后，下定了决心开始主持推行公田法。

贾似道以强硬的手段阻止富人囤积谷物，限制兼并土地，提倡全国实行"公田法"。他建议废除和籴，减少纸币的流通以稳定物价，然后限定土地所有人拥有地产的数量，超出限定的土地，由国家收购变成公田，然后用公田的收入去偿付军需。贾似道作为该政策的重要决策者，为了推行"公田法"，带头捐献自己的千亩土地。贾似道推进"公田法"的目的是为缓解中央财政危机，但侵害了地主集团的利益，因此遭到大地主阶层的强力反对，"公田法"的推行，和籴数量虽然减少，军粮供应却基本得到满足。贾似道为了政权的正常运转，极力推行新政，使"公田法"实施到他罢相贬谪时，有十余年时间。

由于武将中虚报开支、大吃空饷的现象普遍存在，贾似道便在武将中实行了"打算法"，也就是打击和清算武将因军费犯罪的方法。他派马光祖、曹孝庆到各地核查守将，导致一些武将如刘整、徐敏之、向士璧、杜庶、史岩之、谢枋、李曾伯等人或因罪而死或因畏惧朝中权臣借此法排除异己而不得已变节投敌。有自撤屏障、自毁长城之失误。

光阴如流，岁月如梭，三四年很快就过去了。

景定五年（1264年）十一月，理宗驾崩，赵禥顺利即皇位，是为度宗。不久，贾似道被拜为太师，封魏国公，度宗皇帝为了表彰他的辅佐之功，喻其为"周公"。来年，改元为咸淳元年。稍后，贾似道又被晋升为平章军国事，主持军国大事，权倾朝野。新皇帝还给他许多特权，得到特许"一月三赴经筵，三日一朝，治事都堂"。

度宗即位后，孱弱无能，由于身体弱，智商低于正常人水平，整天宴坐后宫，与妃嫔们饮酒作乐。因为不爱理政，连批复公文也交给四个最得宠的妃嫔执掌，号称春夏秋冬四夫人，朝政则统统委托给贾似道裁决。贾似道见度宗皇帝比理宗还要昏庸软弱，就更专横跋扈，目无天子，稍不如意，就以辞官相要挟，度宗唯恐他不辞而别，总是卑躬屈膝地跪拜，流着眼泪挽留他。此种举动，与当年汉献帝之跪求曹操，魏末帝曹奂之跪告司马昭没有不同！有一次，当度宗皇帝为了赦免兵部侍郎向士璧又要下拜恳求贾似道时，恰恰江万里也在身边，他扶住度宗皇帝，极力劝阻道："陛下不可，世上绝无君拜臣之礼，不要破坏礼法。"贾似道假惺惺道："陛下，快快请起，似道就要成千古罪人了！"嘴上虽如此，但心中对江万里恨之入骨。结果，向士璧也未被放过，冤死狱中。

贾似道在控制了新皇帝后，生活也日益糜烂，怠于政事。他每日深居葛岭私第，由小吏抱文书到他家中，大小政事皆由门人廖莹中、翁应龙处理，只向他做口头汇报。当时朝中有右丞相江万里，但因其为人正直，支持谏议大夫萧文富在朝堂弹劾贾似道阳奉阴违、贻误战机，导致襄阳以北州郡失守之罪。可是度宗皇帝懦弱，收到弹劾奏章不敢治贾似道之罪，推诿说证据不足不再议论。贾似道得悉此事，极为恼怒。于是，江万里反而得罪了权臣贾似道，半月后被贾似道诬陷结党营私，逼迫皇帝贬他为资政殿学士奉祠，在家闲居。一年后，大臣程元凤、吴坚提议让江万里复归相位，但贾似道极力反对道："江万里年老昏聩，其人善于结党，不善于治政，不可复相。"一心要排挤异己，便建议调江万里去治理地方，他言称"湖南提刑有缺，万里正可发挥其才"。

度宗皇帝看了看贾似道，见他态度生硬，只好应允。于是江万里接受朝廷对他湖南提刑的任命；再一年后，又受命出任荆湖南路安抚使，彻底到地方为国出力去了。

之所以贾似道这样专横，是因为他知道度宗皇帝赵禥治国无方，处理朝政离不开他。

有一天，朝廷要举行祭祀大礼，大臣们齐聚殿下，天公却不作美，突然下起倾盆大雨。祭礼只得停下，群臣只好到廊下避雨。掌管皇帝马车的太仆官胡显祖，正是度宗宠爱的胡贵嫔的父亲，胡显祖见大雨不住，便建议皇上先乘小车回宫，雨停再摆驾过来。度宗担心道："先询问一下贾丞相再走吧。"胡显祖急于回宫，哄皇帝道："丞相已经答应了。"皇帝便匆匆回宫。过了一会儿，雨过天晴，贾似道以为皇帝要再来主持典礼，等了片刻未见人，一打听才知皇帝已经起驾回宫了，顿时大发雷霆道："我身为大礼使，连陛下之举动都不得预知，臣难做，我要辞归！"当即拂袖而去，随后带上随从车马，佯装走出京城，再不理政事。

度宗皇帝得知，派人持书携带礼品追到城外丞相别馆，苦求几日，贾相仍不归。捎话道："太仆大人权重，皇上不处置之，老臣不敢归朝。"皇上无奈间，只得将胡显祖罢官，流着泪把胡贵嫔送到庙里罚做尼姑，贾似道这才满意地归京入朝。

　　话说忽必烈夺得蒙古汗位，经过四年时间，统一了蒙古各部。已稳定内部政权之后，又派元朝兵马（忽必烈即位后改蒙古国号为元）于度宗咸淳四年（1268年）侵犯南宋四川地区，并沿汉江南下攻占了金州、房州，最后又围攻京湖重地樊城和襄阳。边疆形势危急，但贾似道依然每日在园中享乐，娼妓、歌女、庵中尼姑、旧宫女，凡是他看上眼的，都被他召唤而来，日夜喝酒淫戏，只有年轻时结识的那些酒朋赌友或亲戚可进贾府。每天贾似道趴于地上，与群妾斗蟋蟀玩耍，或者整日游乐于西湖之上。时人称道："朝中无宰相，湖上有平章。"

　　后来，度宗皇帝知道了襄阳被围困之事。这一日，他追问贾似道："太师，襄阳被元兵围困半年，可否有解？"贾似道仍然隐瞒真相，便道："襄阳在吕文焕、吕文德几位将军的守卫抗击下，蒙古兵早已经退去，这是何人造谣？"度宗便回道："是昨天一个宫女告诉朕的。"贾似道道："襄阳二月前早已解围，怎么昨日才有人谈说，莫非陛下是想诬老臣？"度宗回道："明明是宫女蔡环说的，朕何曾诬太师了。"贾似道说："陛下是信老臣，还是信蔡环呢？陛下可不要妄听谎言呀。"

　　度宗只好回答道："朕从不听信谎言。可能是朕听错了。"贾似道说："错言就是谣言，造谣等于杀人，不可助长其气焰。"随后，贾似道就带人入宫将那位名叫蔡环的宫女找到，让人把她推进宫中莲池里溺死。如此一来，宫中闲杂人等都对贾似道十分畏惧。

　　其实襄阳那边，战斗的确打得甚为惨烈、艰苦，也持续时间较长。当时，元兵在左丞相伯颜的统领下，已经做好灭宋的准备了。

　　咸淳四年（1268年）九月，蒙元大军于襄阳城外大举筑城建寨，围困襄阳，襄阳守将吕文焕飞书告急，贾似道却置之不理，他大权独揽却置国家安危于不顾。其实，贾似道有他个人的想法，一是认为国力益弱，难以抗衡，二是认为襄阳迟早会沦陷，与其劳民费力苦撑，消耗大量补救力量，不如放弃襄阳，坚守鄂州，筑牢长江防线。

襄阳，更准确地说应该称之为襄樊，它是由隔汉江而筑的襄阳城和樊城二城相互拱卫共同组建的京湖北线防御城池体系，也是扼制敌军南下长江的大门要塞。樊城的北面有一片开阔的湖水，城南则紧邻汉水，以步骑兵为主的蒙古军队面对这些山水沟壑，将会举步维艰。而南岸与其隔江相望的襄阳城，地理位置更为优越，东、北两面为汉江环绕，西、南又有众多山脉形成天然屏障，而两条能从群山之间进攻的路线，又都是一夫当关、万夫莫开的羊肠山道，艰险难行。

其实，对于蒙元这次下定决心要攻下襄阳，京湖制置使吕文德也是有责任的。

从咸淳三年（1267年）年初忽必烈就筹措起来了，他遣使臣携带重金贿赂当时南宋的京湖制置使吕文德，请求在襄阳城外设置"榷场"，来了个蒙混过关之计，可谓筹谋已远矣。他提出设榷场，目的是实现"围而不打，绝其外援"待时机成熟而击之的策略。其实从表面看，也无不妥。因为在两国边境建立官方的贸易市场，进行互市通商交易，这样的榷场，早在宋辽金时期就非常普遍。但作为荆襄防区的最高军政统帅，大意糊涂的吕文德，既没有看透蒙古人建立榷场背后的狼子野心，对榷场设立在如此敏感的地点又没有加以防备监督，反而是在金钱的诱惑之下，欣然应允了北方强敌的过分要求。随后，蒙古人又以周边盗匪猖獗，保护货物安全为由，申请在榷场外建立堡垒，由此，蒙军堂而皇之地在襄阳东南的鹿门山，成功建起了第一个军事据点。

正所谓当局者迷，旁观者清。吕文德虽然被贿赂蒙蔽了眼睛，但镇守襄樊的吕文德的堂弟襄阳知府吕文焕将军，却心明眼亮，他从敌人的小动作中察觉到了潜在的危险，并告诫堂兄，应当火速派兵拔掉鹿门山榷场，否则后果将不堪设想。谁知堂弟的警告，非但没有引起吕文德的重视，反而怒斥吕文焕小题大做、妄言邀功，不加重视。

就这样，在南宋将帅的眼皮底下，一座座堡垒在关隘险要处拔地而起。等到吕文德终于醒悟过来时，襄阳外围已是"重营复壁，繁布如林，遮山障江，包络无罅"。此时陆上交通几乎被蒙军垒起三道关隘而全部隔绝，而襄阳最关键的生活补给线、汉江下游连通鄂州的水路，也因为白河口和鹿门山两座据点的存在，而遭到了彻底的封锁。就连中间连接两座城池的唯一一架浮桥，也早被蒙兵偷袭斩断了。于是襄阳就越来越危险了。

同时，因有了营垒和扎根之处，各地蒙军也是源源不断地向襄阳周边增援而来。短短一年之内，围困襄阳的蒙军已达到了十万余人，由大将军阿术统领。襄阳已然状如池中之鱼、囊中之物了。

四二、张贵募兵起郢州

公元1269年秋天，襄阳守将吕文焕面对襄阳周边现状，忧心忡忡，只得再次派人向吕文德报告襄阳日益危险之局势，请求增兵和粮草补给，或采用适宜策略扭转危局。但是，此时京湖路制置使吕文德已经身患重病，而且他已知道蒙军部署严密，宋朝方面欲重新掌控襄阳、图谋恢复，为时已晚。无奈中，只好将荆襄实况向朝廷奏报。

两个月后，朝廷尚无回复，吕文德便已病入膏肓。在病逝前，吕文德面对襄阳被蒙军四面包围，周边宋军对襄阳援助十分困难之局面，无比羞愧和悔恨地高呼道："观今之势，悔之晚矣！误国家者，怪我文德啊！"他内心既万分愧疚于宋廷的倚重，又觉得有失察渎职之嫌，也辜负了赵葵大人在淮西路对他多年的栽培和提拔。

吕文德去世后，吕文焕自知坐守襄阳任蒙军在周边部署筹备更加危险，于来年春天一日黄昏，他亲率襄阳步骑兵一万三千人、兵船二百艘，由南门西门北门分三路出城去偷袭襄阳西北万山堡蒙军的造船基地。

吕文焕与偏将李昂率中军从南向北进攻，将士们分成三队冲击造船基地。副将余涣之从北向南攻击敌人后路，副将何当柯率四千人在外围接应。前锋将士们大战三个时辰，虽然烧毁了蒙军新船二百六十余艘，焚烧其物资一批，但蒙军负责营造战船之主将张禧和张弘范各领一万人马，从两侧合围而来。

双方激战到半夜，何当柯率众拦截敌军三千人，杀敌数百人，在他奔向张禧时，被张禧亲兵乱箭齐发射死。吕文焕与部下被蒙军张弘范部团团围住，偏将李昂因战马困乏，又被敌军斩腿而连人带马摔倒后被砍杀阵亡。

余涣之率军五千来救吕文焕，但蒙军众多，宋军虽奋战到天亮，依然被打败，死伤兵士二千。但余涣之手持长刀左冲右突，身上三处负伤，鲜血染红战袍仍守护在吕文焕旁边。在余涣之拼死冲杀救援下，吕文焕才突出重围，二人率领剩余七千人撤回襄阳城内。

此战后，吕文焕再向朝廷奏报襄阳危情，朝廷派李庭芝督军京湖路军马援助襄阳，但驻防在京湖路的殿前副都指挥使范文虎统领大军而不受李庭芝节制，李庭芝调不动范文虎之军，救援襄阳之事无法实施。

到了咸淳七年（1271年）四月，在吕文焕多次向朝廷奏报和求告，以及签书枢密院事陈宜中、参知政事高斯得等人的商议催促支持下，贾似道才遣殿前副都指挥范文虎率军两万护送粮草驰援襄阳。但是，蒙元军队屯驻襄阳周边已久，已熟悉了襄阳周边的情况，知道宋军的援救路线。蒙军阿术、马福率两万人驾百艘战船于滩滩设伏，将范文虎的援助军队击败。宋军损失战船百艘，救援物资尽落蒙古人之手。范文虎带着残军万余人突围而出，逃回鄂州。

六月中旬，襄阳再度派人向朝廷请求援助。贾似道只好再令吕文德的女婿范文虎率战舰一千余艘、禁卫军及两淮水军十万人，从下游驰援襄阳。尽管宋朝援助军吸取上次在湍滩被蒙军伏击的教训，一路加强戒备，一举突破湍滩的拦阻，但进军至鹿门山一带，又遭蒙军刘整部拒险阻挠，双方随即进行激战，大战半日，宋军又被敌军击败，援助失败，退守郢州。

然而，襄阳之危不可不顾。同年七月，几场大雨过后，河水暴涨的汉江河道变得浩渺无垠，权京湖安抚制置使夏贵，亲率三千只战船、五万水军，在部将来信国的配合下，满载粮草盐布，浩浩荡荡溯汉江驰援襄阳。由于当年汉江水量格外丰沛，下游两岸堡垒大半被淹，蒙军饱受水浪侵袭，对夏贵所率军队的突然出现缺乏准备，而江面宽阔，临时发射的投石、箭矢又无法伤及江中船队分毫。宋军基本没有遇到阻力，物资便安全地抵达了襄阳城下。城内宋军开门接应，顺利将物资运进城内。

也许是此次增援任务完成得过于顺利，返程的夏贵竟临时起意，想率军攻打襄阳东北的鱼梁洲蒙军城堡，决定摧毁蒙军的营堡，再立战功。结果，当夏贵的军队刚接近鱼梁洲时，反遭敌军阿里海牙所部伏兵偷袭。双方在鱼梁洲展开拼杀，蒙军以岸边兵士为援军，不断向宋军船队发射投石、箭矢，宋军两面受袭，激战两个时辰，在折损战船五十多艘，伤亡士兵两千余人后，夏贵仓皇带领残军逃回下游的郢州。

咸淳八年（1272年）春，贾似道派遣沿江制置副使孙虎臣及湖北安抚副使高世杰趁汉水暴涨之机，护送衣物、粮草等成功进入襄阳，但于撤退时被蒙军击败，都统孟纪战死。从这些军事行动看来，在襄樊之战的中后期，南宋已缺乏像孟珙、余玠那样能征惯战的大将了。

而蒙军主将阿术为了阻止汛期宋军从下游派战船增援襄樊，秋冬水浅时派蒙军在河道中打入大量木桩，并相互间拴上铁链，以防宋军战船行驶，阻拦其为城中守军提供补给。

襄阳兵微粮荒的消息传到民间，郢州城外小南庄游侠张贵与族弟张顺知道襄阳险情加重，决定筹粮增援襄阳。张贵时年三十五岁，他为人仗义豪爽，行侠济贫，颇有威望。他去拜见家境宽裕的叔父张贤。张贵叩拜道："小侄不日将远行，特向叔父辞行，望叔父保重身体，长命百岁。"

张贤闻言惊异道："侄儿要去何处？"张贵道："虎狼来袭，侄儿要去襄阳看守门户了。"张贤道："侄儿为何要去襄阳守门户呢？"张贵道："如今蒙元大军入侵宋境，封锁襄阳，致使襄阳缺粮少兵。一旦襄阳攻破，蒙元大军长驱直入，覆巢之下无完卵啊！故我欲募兵救援襄阳，希望叔父能参与小侄的援助计划。"张贤听了张贵之言，大腿一拍道："说了半天，原来如此。侄儿尚知覆巢之下无完卵之理，难道叔父就是糊涂人吗？蒙古人入侵蜀中，杀人放火、掠物劫财，老夫早有耳闻。守卫门户，拒贼有理！就是捐助些粮草而已，老夫支持你！"于是同意带头捐献粮食六百石。张贵甚喜："感谢叔叔。"

随后，叔父张贤又号召族人和同乡诸人共同认捐，共扶危难。乡亲们在张贤的鼓动号召下，纷纷拿出家中余粮。五天时间，便筹粮三千余石。接着，张贵又四处游说青年投军抗元。张贤鼓励青壮族人带头参军。十日后，张贵招募到两千余人。张顺也在朋友楚仁杰的帮助下从南漳招募到千余人。二人聚齐勇士，在郢州一带打造兵器，并打造船只一百艘，将招募的勇士三千余人编成三队，由师弟唐晖任教头训练四十余日后，便携带粮食衣物一批，率军前去救援襄阳。

张贵率领这支义军，趁着夜色，突破蒙军数道防线最后抵达襄阳城外。襄阳主帅吕文焕见来了援军，精神振奋，开城迎其入城，力留张贵与其共守襄阳。张贵道："吕帅，末将若留襄阳，也是力单，我欲派人邀约退守郢州的殿前副都指挥使范文虎将军，率大军在龙尾洲与我部两面夹击蒙军，以击退南面蒙军，解除对我援军和襄阳的威胁。"吕文焕道："张将军设想不错，但去往郢州沿途皆有蒙军，险阻重重，信使何以到达呢？"

张贵道："吕帅放心，我早有良法。"张贵随即派遣早前募来的两位能伏水中数日不食之人士，作为信使持蜡书赴郢州求援。此时蒙军增守益密，水路连锁数十里，河道中列撒星桩，虽鱼虾不得渡。两位信使遇桩即锯断之，五日后达郢州，将蜡书交于范文虎，范文虎许其十日后发兵五千，驻龙尾洲以助夹击之战。二人携约返还襄阳，报告张贵，张贵甚喜。

到了约定时日，张贵恃其骁勇，发兵践约，乃告别吕文焕东下，检视所部三千军卒，与张顺登舟出发，乘夜率兵突围而出，顺流而下，去迎接郢州之援军。众兵士既出险地，军心振奋，夜半至小新城，有兵士迎击。原来是蒙古偏将哈律领兵在此守卫。张贵让探马探视，得知只有两千人马，张贵便率军迎战，一个时辰后，击败哈律的阻挡敌兵。

张贵领军继续前行。后半夜至勾林滩，渐近龙尾洲，遥望前面军船旗帜摇动，张贵之军以为是范文虎的军队，众人皆喜悦，举流星火示意。对面军船见火把即迎上来，张贵之军近前欲合，对方忽然杀声四起，张贵之军方知来舟皆为蒙军。原来这是刘整部将刘索拉领军在此驻守。

原来郢州范文虎之军前两日出发行到半路，不料突起风雨水浪高涨，范文虎惊疑不已，便率军撤退屯于三十里外，未到龙尾洲赴约。张贵今见蒙军前来，又不见盟军一兵一卒，方知范文虎未来践约，他怒道："范文虎，你这等胆小鬼，误我大事了！"言罢，只得拔剑应战，他指挥军队形成方队，前排军士皆举盾牌向前冲杀，双方均有伤亡。但敌军在岸边砲石相攻，半个时辰后张贵之军伤亡不下五百人。

张贵指挥部下边打边退。张顺杀上前道："大哥率军快撤，我带人断后。"张贵道："敌军士气正盛，必先挫伤其锐气，待敌畏缩时方可抽身撤军。"怎奈蒙军势众，又加上刘整率三千人赶到，张贵之军很快被敌军包围，又因蒙军出其不意，早有准备，占据有利地势，双方一番恶战，张贵部下被杀伤无数。张贵率亲兵五百奋力冲杀，欲冲出包围圈，他持长刀直奔刘索拉，二人大战二十回合，张贵长枪刺伤刘索拉的左胸，刘索拉血流不止退到一边。

张贵又恃勇杀死敌兵数百人，并砍伤刘整副将两名。敌人见其骁勇，呼来弓弩手，乱箭齐发，张贵身中数十箭，手持长刀背倚船桅，不屈而死。

张顺见兄长遇难，手持长枪继续率残军驾驶二十艘军船浴血奋战。一个时辰后只剩十余艘军船。他令兵士撕裂衣物缠绕箭上，以火箭开道，破围而出，向北撤退。蒙军紧追不舍，最后与蒙军船队胶着于小新城西侧，激战到天亮，杀敌一千后张顺血染全身，也以身殉国。只有张贵的师弟唐晖带领属下十余人突出重围，回到襄阳报信。

张贵之军因范文虎失约而战败覆灭的消息传到襄阳城吕文焕耳里，吕文焕悲伤不已。

四三、吕文焕无奈失襄阳

咸淳九年（1273年）正月，寒风凛冽，山川萧条，蒙军在大将阿术、刘整、阿里海牙、李恒指挥下，兵分四路对樊城又发起猛烈攻击，抛石车轮番将石砲发射到樊城城上，兵士又死伤好几百人。城下，随着沉闷的响声，攻城槌猛烈地撞击着东城门。

守卫东城门的汪友谨，时年已经四十七岁，经过数月与敌人昼夜对阵抗击，不但满身都是伤痕，而且因营养不足，人已显老了许多。但他仍然把爬上城头的数百个蒙元兵士击落于城下。但是不幸的是，一枚流矢射中了他的左肩，他忍痛剑锋一挥，削断了箭杆，顾不得伤痛，继续阻击攻城敌人。这时他的妻子刘若莺来到他身边，夫妻二人并肩作战。

随着剧烈的响声，樊城东城门被蒙军用撞槌撞破，大队蒙军潮水般涌了进来。汪友谨和妻子持剑冲下城台，与入城蒙军巷战拼杀起来。好一个汪友谨，面对百余名蒙军，他抖剑如游龙，挥剑似骤雨，连续刺杀了几十个敌人，突然听到一声惊呼，妻子刘若莺被几个蒙军刺中了后背。汪友谨奔杀过去，挥剑刺死了几个蒙军，扶住受伤的妻子。刘若莺满身是血，持剑而立道："夫君，不要管我，你快突围出去，找到儿子延晖，一起向鄂州撤退，只要留得性命，再、再战蒙军不迟……"

此时汪友谨之子汪延晖奔杀过来了。原来，时年十九岁的他，正在城墙之东南转角处与汪友谨的结义兄弟张镐一起坚守城头抗击敌人。蒙军三番进攻，都被张镐和汪延晖打退。无奈，敌人用抛石车向城上投掷石块，张镐不幸被石块打伤，因受伤严重战死。汪延晖因张镐叔叔负伤身死而难过，忽然听说东城门被敌人攻破，便擦干泪水急忙赶了过来。

汪延晖看见他娘负伤严重，浑身是血，挥刀砍倒几个圈外蒙军，冲到娘的身边来扶她。刘若莺喊道："儿子，别管我了，快跟你爹杀出重围，奔向鄂州……"汪友谨也道："延晖，城已破，无补救，别管爹和娘了，快杀出重围，奔突而出，以后好为爹娘报仇……"汪延晖见爹娘身处逆境，守护旁边，不肯离开。

这时，城内敌军越涌越多，汪友谨刺死几个敌军，又吼道："延晖，还不快走，晚则难以走脱了……"汪延晖砍倒两个敌军，只好向爹娘磕了头，边战边撤退。此时从城门已不能再出，汪延晖靠近城墙，纵身上了城墙，从城墙上跃越而下，向东城外奔杀而去。

城内，汪友谨终于身疲力竭，蒙军见他英勇能战，将其团团围住，又是一番厮杀，汪友谨杀死三十多个蒙军兵士；圈外的蒙军便用弓箭攻击他，最后，他身中数箭，与妻子一同尽忠职守，殉难樊城。二人虽然身负重伤，血流不止，但是，他们仍然后背相靠，相互扶持，面向敌军，屹立不倒，虎死威在。

同年三月，蒙元大军史天泽部又对襄阳城发起进攻。守将吕文焕指挥将士在城头与攻城蒙军激战四十余日。面对蒙军的一日日强攻，宋军不断有人伤亡，又加之外界支援断绝，粮草告罄，日复一日，宋军将士士气不断低落减弱。至三月底，看到宋军困境日显，蒙军将领阿术，便用弓箭将劝降书射向城内。有军士将蒙军劝降书送到吕文焕手上。吕文焕作为襄阳守城之主帅，他始终明白自己的责任乃是与城池共存亡。敌人射来劝降书，无疑是动摇军心之举，他立即将送信军士鞭挞三十，传令三军不得懈怠，必须日夜加紧守城。

此时间段，由于城中物资极度匮乏，吕文焕被迫下令拆掉城中部分住房当作柴火，把麻搓成线制成衣物，且每次巡视城墙，他都会望向临安方向痛哭不已，期盼有援军赶到。

元军统领阿术见劝降不成，又下令一轮接一轮地攻城。一晃又过了十余日，在宋军粮尽援绝，兵力折损多半，敌军用威力无比的回响砲连续轰击城墙，眼看城破在即，不少守城将士外逃投敌，吕文焕无奈地产生了降蒙的念头。夜晚，他站在城头，望着城外营寨连珠、灯火通明的元军大营，陷入了进退两难之境地。一连两个夜晚，他都站在城头望着城外敌营，内心激烈地挣扎着。

第三日中午，当元军的一批又一批回响砲射向城头，将吕文焕几十名亲兵砸死在城头上的时候，他用拳头击打着城楼木柱道："将士虽血染城垣，然百姓焉能安生……"几名亲兵见此情形，上前跪下道："大帅，并非我等贪生怕死，实在是我们坚持不住了，大帅当早作打算，停战言和，当为城中百姓顾念着想啊。"吕文焕闻听此言，痛苦地闭上眼睛，不置可否。附近的兵士见此，纷纷上前跪求道："吕大帅，城内的百姓，已是日无宿粮夜难安枕，如此抗战下去，城必破，百姓皆为殉葬品了。请大帅休战言和吧。"

正说话间，一枚石砲从城外投射进来，石砲轰的一声打在城楼的横梁木上，接着石砲滚落下来，将墙根的战鼓砸了个粉碎；然而被石砲打折的两块雀替却迸溅而来，分别打在两个兵士的头上和小腿上，两个兵士各自叫唤一声倒在地上。吕文焕见此情形，仰天长叹一声，终于下定了投降的决心："你等苦求，皆为百姓，本帅只好允准了。"

正在此时，守卫南城门的副将余涣之赶来道："大帅，不可呀！我等坚守襄阳已达六年，六年呀，两千余昼夜，将士浴血奋战，何其英勇，今日怎能滋生开城受降之心思，让死难兄弟热血白流？"

吕文焕道："余将军，本帅何尝不是这般想这般思！奈何城郭俱困，危机日重。本帅弃战言和，非为苟且偷生，乃为百姓着想啊！"余涣之道："如此说，大帅心意已决了？"吕文焕道："本帅身为军人，岂有不知固守一城，当与城池共存亡之理……但我方已陷弹尽粮绝之境，守城如登天。弃城护民，事关大局，不能悖逆众人心意啊。"余涣之道："末将是问大帅，大帅降意已决，不可回转吗？"吕文焕道："本帅心意已决，不可回转。"

余涣之忽然仰天长笑。众人见之，皆满脸疑惑。只见余涣之收住笑，唰的拔剑出鞘。吕文焕道："余将军，你意欲何为？"余涣之道："我既为将军，宁为城上鬼，不做城下囚。末将今与将军辞行决绝了。"言罢，剑锋陡转，刎颈而亡。吕文焕未加防备，拦阻不及，见余涣之死在自己面前，噗通跪地道："余将军，余兄弟，你何苦如此？"言罢，痛心疾首。

吕文焕痛哭了一会儿，让军士拿块床单，将余涣之裹了，嘱托军士择地埋葬。擦干泪水，吕文焕依然令人挂出免战牌，向城外喊话，要求停战谈判。城外的元将听到喊话，下令停止了攻击。随后，吕文焕派人到元营交涉，在求得元军统帅阿术同意投降后不伤襄阳百姓的承诺后，第三日，吕文焕带领诸将，把坚守了六年多的襄阳城门打开，献城投降了。

襄阳失守吕文焕降元的消息传到临安，贾似道前去拜见度宗，假装要率军出征，胆小无能的皇帝，怕贾似道一去无回，便死死拖住贾似道

237

说："太师不要冲动，此事需从长计议。"不让他出征。贾似道便回府休息去了。

参知政事高斯得赶到相府劝诫道："太师，襄、樊之失，皆因范文虎遇战事怯懦逃跑，不尽职责援助襄阳，贻误战机，请将他斩首。"贾似道道："自古胜败乃兵家常事，焉能动辄斩首，如此谁愿领兵拒敌？"贾似道拂袖而去。随后不许斩首，只降官一级，令范文虎知安庆府。监察御史陈文龙也前往劝阻说："丞相，范文虎失襄阳，还让他知安庆府，这是当罚而赏，赏罚不明。"贾似道认为陈文龙攻击他处事不当，斥道："陈大人，官员升降非你职责，不可非议。"陈文龙道："丞相，纠劾官员错失，乃御史职责，怎能称为非议呢？我陈某人任职监察御史一天，便要恪守职责。"贾似道道："大胆！难道老夫不尽职责？"喝叫随从将陈文龙赶了出去。他暗思，老夫让你不得再狂妄。随后对其贬官一级。

太府寺丞陈仲微也上书道："失襄之罪，师臣当分受其责。误国者回护耻败之局势而不敢议，当国者昧于安危之机而不后悔。只有君相幡然悔悟，亡羊补牢，采纳建议，天下事还可为。"贾似道大怒，撕毁其书。此后奏请皇帝将陈仲微贬斥出朝，任江东提点刑狱。

新任京湖制置使汪立信听闻贾丞相不加强战备部署，而打击建言者，便写信给贾似道说："师臣明鉴，今天下之势，十去八九，而朝中股肱，乃酣歌深宫，抑或啸傲湖山，玩忽岁月，缓急倒施。为今之计，只有二策：将内郡的兵士调出充实江上，可有兵七十余万人。沿江百里设屯，平时往来守御，有事东西并起，战守并用，互相应援，乃是上策。与敌人讲和以缓兵，二三年后边防稍固，可战可守，乃是中策。二策如果不能行，就只有等待亡国了。"

贾似道读信后，将信扔到地上，大骂道："汪立信！瞎贼！怎敢胡言乱语？老夫鞠躬尽瘁多年，为国操劳，无不殚精竭虑，何曾玩忽岁月？再说大宋国势尚好，逆臣竟敢诅咒我朝亡国趋向，实在可恨！"随即奏请皇帝，以"非议朝政、惑乱军心"为由，将汪立信罢免，让他去任建康府知府。襄、樊失陷后，贾似道拒绝一切救亡的建策，认为襄阳虽失，坚守鄂州，筑牢长江防线即可。他一意孤行，坐失不少良机。

四四、蒙元进兵下安庆

话说原本身体就欠佳的皇帝赵禥，也许因为后宫生活过于糜烂，导致龙体欠安，只当了十年"太平"皇帝，于咸淳十年（1274年）八月就驾崩了，享年三十四岁。于是，在贾似道与谢太后的商议下，扶持四岁的太子赵㬎（xiǎn）继位，即宋恭帝。

不料，宋度宗刚去世，忽必烈在兀良合台等老臣的催促下，趁火打劫，派元朝兵马开始从东西两边大规模攻宋，甚至快要趋向淮东和亳州了。

蒙军中路军在攻克襄阳后，集结兵力，不久又攻破了随州、荆门、黄州、德安府、鄂州，致使湖北安抚副使高世杰所在的江陵势单力孤，他领兵五千抗战半月，损失三千人马后终战败降蒙。蒙军继续水陆并用向东挺进，朝安庆方向杀过来。

话说督师九江的宋朝兵部尚书吕师夔、知州钱真孙二人当时部下有兵一万，他们二人站在城上望见元军接连不断的营寨和压城而来的数万大军，惊惧不安，知道不敌，正商议妥协之策时，恰好降元将军吕文焕派人送信来劝说他们归顺。二人便借坡下驴，鼓动将士顺天应时，很快也投降了元军，元军遂占领了九江。整个京湖路的失守，长江天险已成坦途，蒙军沿江东进，向临安步步紧逼。太学生们也认为非"师臣"贾公亲自上前线拒敌不可。贾似道不得已，在临安设都督府。

其实蒙元军队当初之所以要紧紧盯住襄阳攻打，是因为一个名叫刘整的叛宋降蒙之将，其致使策略彻底改变，并且一步一步向前推进，最后取得了战略上的突破。

刘整，字武仲，出生于1212年，说起来他并不能算作宋朝人，因为在其出生前七十多年，他的故乡邓州穰城就被南宋割让给了金国。而这个在金末由北朝投奔南宋的悍将，先在赵方麾下为将，也曾随名将孟珙攻打金朝信阳，在攻城战中率十二人渡堑登城，袭擒敌将。后因战功任泸州兼潼川安抚副使。其虽战功赫赫，却因地域歧视和出身问题而屡受时任四川制置使的吕文德的猜忌、排挤。刘整每有计谋便被否定，一有战功则被瞒报。又因俞兴与刘整关系不睦，但吕文德离蜀时却推荐俞兴出任四川制置使，对刘整进行打压掣肘。当刘整看到名将向士璧、曹世雄均被丞相贾似道以"清算武将贪墨军饷"之事而逼死后，内心日益危惧不自保。刘整无奈之下，最终在1261年夏末愤而转投蒙古，并向蒙古献上了泸州所辖十余郡的城池，遂被蒙古任命为夔路行省安抚使。此时，蒙哥的四弟忽必烈在残酷的汗位竞争中胜出，并积极筹划着第三次南下与宋廷作战，而了解南宋防御体系的刘整，不仅积极充当蒙军攻宋的急先锋，更向忽必烈提出了"欲灭南宋，先取襄阳"的战略建议。蒙元因为有这个内行作为向导，先后攻克了长江中游沿边的一些城池，因此路线正确，计划完备，步步得逞。

德祐元年（1275年）正月，其时，蒙元大军在征南统领伯颜丞相的指挥下，把安庆府包围起来。知南康军叶阊、殿前副都指挥使兼安庆知府范文虎二人聚兵合守安庆城。面对大军压境，范文虎犹豫不定。部下见范文虎抗战无信心，也不精心部署，皆产生懈怠守城心理。十日后，范文虎接到围城蒙军送来的劝降书，心生降意，便找叶阊商议归降之事。

叶阊道："安庆乃我朝重兵设防之地，南康军有兵六千，安庆守军七千，只要我们联手设防守卫安庆，谅那元军一时也难以突破我军阵地。

再说庐州、池州仍有我朝大军驻守，必要时可来接应。敌我双方未曾对阵，守土护城是为臣之道，不要轻易说降。"范文虎道："叶将军虽有骨气，但安庆岂与襄阳可比，再说，襄阳坚守了六年，到头来仍旧陷落于元人，将军何苦要仿效徒费六年光阴的吕文焕呢？"随后，叶阊在范文虎的诱导劝说下，二人相继向元军投诚。于是，蒙军又顺利地攻克了宋朝的军事重镇安庆府。

休整五六日后，元军开赴池州，南宋都统制张林见元军围逼池州城，率军抵御了五天，元军以砲石相加攻城，宋军守城五天死伤两千多人，勉强又抵御两天，张林自知不敌，也献城投降了。当日下午，宋池州通判、权州事赵昂发见蒙军进城，不愿归降，便与妻子儿女一家于后衙自缢而殉节。下一步，蒙军兵锋所向，就是要进攻常州、建康、临安了。

就在宋廷上下闻讯震惊，京城各界都希望贾似道能率军亲征，再造南宋清平世界之际，在同知枢密院事兼参知政事陈宜中等人的催促劝告下，贾似道无法推托，意欲出征。恰在这时，已是六十三岁的降蒙将军刘整，听说襄阳新降之将吕文焕帮元军拿下了鄂州下游黄州、蕲州、江陵等几座城池，因妒忌吕文焕之功，又气又急，终于引发心绞痛去世了。

贾似道闻此讯，兴奋道："刘整此时亡命，我等失去一大对手，此乃天助我也。"于是精神倍增，上表出师，随后抽调各路精兵共计十万，向西进发。贾似道本为出征却貌似巡游，装金帛辎重的船，头尾相连达百余里。到安吉，贾似道乘用的五艘大楼船在水堰中搁浅，常州兵马都统制刘师勇率五百人在水中也没拉动，就劝他换乘小船，贾似道只好换船离去。

二月十日到了芜湖，贾似道驻军鲁港，便命大将孙虎臣统领前军屯驻在池州下游之丁家洲。丁家洲乃是铜陵县一座闻名遐迩之商埠小镇。传说在古代丁姓先祖移住沙洲之上，因面对长江，与小湖洲隔水相望，能种粮捕鱼，乃是人居最佳之地，经过世代繁衍，人丁兴旺，他们认为此洲皆是丁家的，故名"丁家洲"。小镇前面江面宽阔，风急浪高，波涛滚滚。商船在此避风行小港出荻港而入大江。数百年间，繁华不衰。夏贵率战舰三千五百艘，水兵数万，横列于巢湖至长江沿河一线，听候调用。

贾似道知道拦截蒙军没有胜算，决定跟丞相伯颜议和。他让人把被俘的蒙将曾安抚放回，并送给大元丞相伯颜荔枝、黄柑若干，派太尉府少卿宋京到元营，请求纳岁币称臣，就像开庆年间在鄂州跟忽必烈约定的那样：年纳岁银二十万两，绢二十万匹。但是，面对南宋岌岌可危的局面，蒙元平定南宋信心满满，拒不答应议和。蒙元要的是南宋的整个江南的半壁江山，不是那么点财富。再说，那年鄂州议和，贾似道只是玩个空头口号，骗得蒙人撤军，并不履行纳贡诺言。蒙军不想空费唇舌，再上其当。

议和不成，只有刀兵相见。贾似道急忙调兵遣将开始部署。

庐州知府、两淮宣抚使夏贵接到应战命令，从合肥率军来会合。其实他也没有胜利把握。几年前已在襄樊与蒙军交战过几次，都是败仗。夏贵迟疑片刻，从袖中拿出编书给贾似道看，他道："宋历三百二十年，我朝气数将尽。我等臣子只能尽人事，听天命了。"贾似道闻言，盯住夏贵道："大胆！你身为将军，临阵之时，竟然说出如此浑话，不怕杀头吗？再说，你等操演兵马多年，食禄多年，就不能像当年孟珙、余玠一样，拿出点武将的杀伐气度，让蒙军有来无回？"夏贵偷视对方一眼道："丞相责下官之言，下官无话可说。"贾似道闻言叹息了两声。

半晌，贾似道道："议和之策若成，则万事大吉，然而蒙人不允，如之奈何？只有背水一战了！"夏贵道："我等尽力而为吧。"本次出征随贾似道前来的大军实有七万多人，都隶属孙虎臣统治，驻扎在丁家洲，属于前防。贾似道和夏贵所率四万军队，驻扎在鲁港，属于后卫之队。两军前后接应，互相配合。

贾似道之部署为，核心战斗力量乃是战舰三千五百艘组成水师屯于洲前江中拦截元军。此外，将七万步骑兵部署于长江两岸，由于担心水师会被敌人前后包抄，贾似道制定了这一水陆相互掩护、互为掎角的战略。为了配合水师防御敌人骑兵攻击，他命宋军步兵排出了三叠阵法，五千人为一叠阵，兵士持长柄刀，共分三层排列，后面部署着冲击力较强的骑兵。这种在重步兵附近设置拒马、保护大量弓箭强弩射手的列阵防御战术，也是多年前宋军对抗辽金军队数百年间攻击敌军惯用的老战术，能阻挡敌人骑兵冲击，亦能斩敌马腿。

面对宋军摆下的大阵与防攻战术，伯颜与吕文焕于山头观阵后有些踌躇。伯颜对吕文焕道："我虽知晓宋军战斗力不如自己麾下，但在长江两岸复杂地域开战，我依然没有把握。今观宋军摆出未常见之进攻态势，本相甚觉奇怪。"吕文焕道："但我军拥有汉族将领所不具备的刚猛优势，战之，必能发挥其长，大破宋军。"吕文焕自思道，水军中头领者不乏南宋降将，他们不仅熟悉长江之水文特点，也对宋军之虚实了如指掌。而且参战者皆北方军营老手，借助长驱直入之锐气，两军相交，勇者必胜。至于北方汉军万户们，大多为金朝降将，已经成为二主之臣，也都想立功立威，更是尽力拼杀、誓死破敌。

伯颜闻言称是。而后伯颜在这群幕僚和老将军计议下，制定了对贾似道的作战计划。

三月十六日的晚上，蒙元军队主动向宋军发起第一次攻击。十余艘精心打造的木筏从上游顺流而下，直逼宋军水师的铁索连环船队。大筏上堆积了大量柴火，在点燃后照亮了整个江面的天空。由于元军的这一活动，是在对手眼皮底下完成的，所以宋军显然对可能发生的火攻早有防备。在很快用小船清除了火攻木筏后，他们彻夜都高度戒备。

位于全军后方坐镇中军大营的贾似道，却没有对此部署做出调整。他期望继续以即将进攻之态势来阻止对手。但他的部署，也让战斗力不强的宋军分散在长江两岸。之后几天里，整支舰队也需要时刻提防下一轮火攻来临。如此昼夜地反复折腾，宋军疲惫不堪。

接下来，丞相伯颜率元军发起攻击，时年四十岁的伯颜亦是征战经验丰富的老将。伯颜这些年一直跟蒙哥汗之弟旭烈兀远征西亚，建立了伊利汗国。至元初年，他奉旭烈兀之命回朝奏事，深得忽必烈的赏识，被忽必烈留作侍臣，参谋国事，两年后，忽必烈越发认可伯颜的贤能才干，最后升其为中书左丞相。这次南征，他以步骑兵相互配合并进的方式，向前推进。已经疲惫不堪的宋军，被强敌阵容所震慑。这些南征之蒙军都是由被征服之契丹、女真、党项等族乃至北方汉军之降兵组成。这些精兵强将，不但有骑兵也有水师，他们具有北方人的强悍性情，好勇斗狠，十分善战。蒙军用抛石机不断向宋军大船投射攻击，连续攻战，许多大船被击中或受损，纷纷开始进水，船也失去动力，只能被动挨打。此时，阿术带领由上千艘小船组成的水军战队，向江中的宋军大船游击攻杀。宋军伤亡严重，士气大跌。

再说岸上宋军，同样也遭到了蒙军抛石机和新式武器回回砲的袭击，这也对三叠阵造成了很大冲击。趁宋军阵脚散乱时，蒙军骑兵很快与宋军三叠阵外之宋军骑兵交战起来。显然，江南之宋军抵御不住强悍蒙军骑兵冲突攻击，死伤近千人，处于下风。步兵长刀队因受回回砲的袭击，阵脚大乱，亦未能正常发挥优势。

面对这种颓势，孙虎臣站在督战台上，一目了然，心中愕然。他见三叠阵不敌蒙军，已经散乱不堪，持剑大吼道："将士们，不要乱，勿后退，稳住阵脚，向前冲杀！"然而，兵荒马乱，无人理他。孙虎臣见士气低落，溃不成军，他跳下督战台，骑上战马赶紧撤退。指挥水师的夏贵，看见宋军船队被敌人分割包抄，已死伤大半，也知道大势已去，赶紧乘坐小船，往东逃跑。主将一撤，不少宋军也砍断大船上的铁链，往后撤离。一时江上混乱不堪。宋军一撤，蒙军跟着追杀。宋军大败，死伤无数，一时江水为之变赤。

不久，蒙军突破了孙虎臣、夏贵两道军事防线，直逼鲁港而来。

此日夜晚，孙虎臣逃回鲁港中军营帐向贾似道报告宋军战败的消息。贾似道闻之，仓皇间大呼道："孙虎臣，朝廷将十万雄兵交给你，你竟然也战败了！你是如何指挥督战的？"

孙虎臣低头不答。贾似道又问道："夏贵所部战况如何？"孙虎臣回答不知晓，接着捶胸而泣道："太师，我统之兵，表面虽众，但人心涣散、步调不一。再者说，蒙军凶残，砲石攻击如雨，我将士血肉之躯，能承受矢石几何？不败又能如何？"贾似道怒道："蒙元之兵，为陷城夺池，已然丧失人性了！"说完，气恼地将桌案文书掀落于地。

过了一会儿，夏贵也匆忙赶来，禀报道："太师，敌军太强，实难相抵。我军已溃败……"贾似道怒吼道："两军皆败，你们全是废物！"夏贵跪下磕头："太师，我亦血战数日，阻挡数万敌兵，部下皆已阵亡，兄弟们也算尽力了。"贾似道捶胸顿足道："如此败迹，如何奏报圣上？你二人丧师误国，老夫要将你二人斩首。"

孙、夏二人急忙求饶道："太师息怒。就是杀我二人，也于事无补，何况现在正是用人之际……"贾似道摆摆手，颓然坐下。过了半会儿道："当今之计，如之奈何？"夏贵答道："各军已丧胆，所辖之兵非死即逃，我们已不能再战了。丞相您只有与孙大人到扬州，招收溃兵，准备移师到海上保护皇上。眼下，末将只能整军死守淮西，不让敌军从东边南下。"于是，他又磕了个头，起身出营乘上一条船离去。

贾似道还在犹豫，常州都统制刘师勇赶来了。他也建议贾似道先退守扬州，整顿人马，备足粮草再战。贾似道思索良久道："只好如此。"便和孙虎臣乘上小船，连夜奔扬州而去。

第二天，宋军的败兵顺江而下，贾似道派人到岸上摇旗招呼，进行收集。然而溃兵都不理睬，有人还骂起贾似道来，说他不会带兵打仗，跟了他，是无出路的。贾似道收集不到兵马，就发檄文给沿江各郡，让他们去海上保护皇上，并上书请求迁都。沿江各郡守与县令，听说贾似道的大军大败，蒙军继续东进，于是都畏敌怯阵逃走了。贾似道难以聚兵，只好进入扬州闭城据守。

四五、群臣请贬贾似道

贾似道战败后，宋军被元军大败的消息传到京城，群臣皆认为贾似道误国，他已成为众矢之的，朝野上下一片喊杀之声。

刚升任右丞相的陈宜中请求诛杀贾似道，以整纲纪、聚人心。垂帘听政的谢太皇太后道："贾似道为我大宋三朝勤劳，虽有过失，但也有苦劳，哀家怎忍心因一朝的罪过，失去对待大臣的礼法？"但是，参知政事高斯得觉得朝廷有此衰弱局面，皆因贾似道之过，仍然请求杀贾似道，他道："贾似道之过，与往昔诸臣的过错皆有不同，贾似道欺蒙圣上，只手遮天，误国之事日甚一日。仅丁家洲之败战一事，足可以'部署失策，丧师费财'之罪诛杀他。"但谢太皇太后仍不答应诛杀贾似道，只许诺说，着吏部拿出方案，适当对其削爵贬官处置。

贾似道在扬州得知众臣建议杀他，也十分担忧，自己上表请求保命，自责丧师失策之罪，朝廷就下令削去他的三官，罢去他平章军国事、都督之官职，让他提守宫观祠，管理祠观。但他仍住在扬州，未敢回京师来。

接着，在朝臣的一再要求下，朝廷废止了贾似道那些不爱惜百姓的政令，放回那些被流放贬谪的官吏，恢复吴潜等人官职、爵位，杀贾似道之幕僚翁应龙。廖莹中、王庭等贾似道的亲信，闻讯都因绝望忧郁而先后在家中自杀了。潘文卿、季可、陈坚、徐卿孙都是贾似道的爪牙，此时都遭遇谏臣上奏弹劾，多被降职远调州府任闲散之职。

在这一轮人员大变动中，陈宜中升为左丞相，留梦炎、王爚升为右丞相，吴坚升为参知政事，江万载升为礼部尚书。

转眼到了五月，贾似道的母亲病逝，他本该辞职丁忧，但他未做任何表示。右丞相王爚又在朝堂论奏贾似道不忠不孝，失礼法，悖人伦。王爚话一出口，吴坚立即附议。太皇太后谢道清便下诏让贾似道退休。贾似道退休后，每日在家花天酒地、大行其乐，许多大臣愤慨不已。一月后，御史黄镛、中书舍人王应麟请求把贾似道移配到潮州，谢太皇太后没有准许。王爚拜见太皇太后道："古人云，亲贤臣，远小人，皇朝之兴隆也，亲小人，远贤臣，朝政之颓废也。本朝权臣酿祸，无有比贾似道更甚者，群臣百姓不知多少次伏阶上疏，陛下都置之不予处置，这不只是对人言渴求的不重视，也无法向天下臣民释疑、慰藉。"

谢太皇太后觉得此言有理，这才下诏把贾似道转贬到婺州。婺州人听说贾似道要来，纷纷抗议，几个客栈掌柜就联名请秀才书写文书四处张贴驱逐贾似道。监察御史孙嵘叟等人闻讯都认为朝廷对贾似道的惩罚太轻，先后数次弹劾贾似道。于是贾似道又被移贬到建宁府。

诏书刚下，贾似道还未出发，中书舍人王应麟、给事中黄镛又上奏道："建宁乃名儒朱熹之故乡，就是三尺童儿也略知优劣好坏，若听闻贾似道要来，人人皆呕吐恶心，何况见到贾公本人呢？臣等以为，不可放之于此地，免得生出意外之事！"

那边中书舍人王应麟二人的奏章刚递上去，这边国子司业方应发权直舍人院，也认为诏敕不当，赶快上书进行驳正，请求把贾似道流放到广南路柳州去。先后几道奏折连番发难，弄得谢太皇太后左右为难，但谢太皇太后人近暮年常忆旧，白首最念少年时，顾念旧情，都没准许。侍御史陈文龙刚直不阿，认为太皇太后偏袒贾似道，十分不满，在朝堂上请求皇上和谢太皇太后听从众人的建议，该严惩贾似道，依例对其流放烟瘴之地，以提振士气，恢复民望。陈景行、徐直方、孙嵘叟及监察御史俞浙也都先后出班启奏，言说贾似道为相期间排斥异己，独断专行，在民间积怨日重，如果不进行有效责罚，难平公愤，尤其是国势飘摇之时，更要忠奸有别，善恶各报。若不辨忠奸，严法律，乃赏罚不明，恐大失民心。

谢太皇太后闻言，思虑一番，觉得大臣们的提议入情入理。于是才应允将贾似道贬为州团练使，配去循州安置，同意将他家的财产也全被籍没入官。

福王赵与芮一向憎恨贾似道，也想借此机会杀死他。赵与芮向谢太皇太后建议道："贾似道此去循州，路途遥远，为了安全到达，宜派一个能吃苦耐劳之人一路押送，不然恐怕不能安然到达循州。"谢太皇太后应允道："就有劳福王择优选用押解官差好了。"随之赵与芮便将提前派人秘密招募到的能杀贾似道的人找来，吩咐他押送贾似道去循州贬所。这个人叫郑虎臣，原是嘉兴县的县尉，其父辈曾受过贾似道的迫害。郑虎臣听完福王的吩咐，欣然愿往。

贾似道动身时，侍奉他的妾和仆人还有十余人。一出浙东路，郑虎臣以人多事杂延误日期为由，让解差把她们都赶走了。又走不多远，让解差夺去贾似道的宝玉，撤去轿盖，让其在秋日暴晒下行走。走了两日，郑虎臣还命令轿夫唱杭州民歌小调戏谑他，同时，还隔三岔五地斥责贾似道行程太慢，使他备受凌辱。

贾似道行至漳州，因是夏末秋初之季，天气尚属炎热，他便要求停歇两日再走。监押官郑虎臣对贾似道怨恨日久，心中十分不愿，但表面假意答应停住两日。那天下午，郑虎臣邀贾似道到旁边的木棉庵后院纳凉。在木棉庵门外的粉墙上，有吴潜南行时写下的诗句，郑虎臣叫来贾似道问："贾团练，吴丞相为什么会到这儿来？"贾似道羞愧满面，不能回答，半会儿才嘀咕道："世事一场大梦，人生几度秋凉。"

到了后院，郑虎臣道："贾太师、贾团练，过了漳州，就离循州不远了，循州乃荒僻之地，太师可要有心理准备了。"贾似道说："墙倒众人推，落井常下石。循州再苦，老夫只能挺身而去了。"郑虎臣道："十几年前，吴潜老丞相，忠君爱国，体察百姓，直言敢谏，如此好人，都在循州病逝了。可以说，循州乃是贬官终结之地也。难道贾太师结果会好过吴公吗？"贾似道闻听此言，心有触动，半会儿无言。

郑虎臣看到贾似道心情忧郁，乘其不备，拿出事先准备的绳索，往其脖颈上一套，将贾似道勒死后，悬挂于树上，对外宣称他是丧失信心、失意绝望自杀而亡。

四六、江万里举家殉国难

话说元军攻占了安庆和九江、池州这些重镇之后，就把矛头对准了饶州。德祐元年（1275年）三月，元军大将阿术从安庆率一支大军南下，抵达鄱阳，攻占鄱阳周边城池后，下一个目标就是饶州。饶州，因为有一条始建于唐代的"徽饶古道"，沿着河流和山沟，古道蜿蜒曲折，道上布铺的石板、小桥、栈道、石碣、茶亭、廊桥，在苍茫的群峰万山间，将这座古城连接起来，使其成为江南名郡、通都大邑、富饶之州。南宋时期，此驿道乃是饶州与首都临安通行之必经之路。驿盐与兵备并重，让饶州之战略地位达到极高位置。

这条古道，驰骋着往来传递公文之驿骑，行走着熙来攘往之商旅。就是逢大比之年，古道上也行走着络绎不绝进京赶考的饶州才俊，他们正是顺着古道在重山叠水中穿行，踏上追寻济世梦想的前程。南宋时期，江西境内书院最多之地便是饶州。

阿术率领元军将饶州围困起来后，时年江万里已经七十六岁，已经从荆湖南路安抚使职位辞官回家半年了。如今他归隐于饶州芝山的止水池之畔。

江万里虽人在家中，但时时让孙子打听外面的动静。他得知元军正在围攻饶州，怕守城官兵会怯敌而开城投降，便写信给饶州守将汪得铨，他道："我老矣，今观天时人事当有变，然而，千古世事，无不是忠臣良将主导流转，致使天下昌兴，万代传颂；今元虏压境，世事之责，其在将军，将军勉之，天下百姓，无不为英雄而荣，为怯懦之夫而耻辱。麾下之功，乃社稷之福，生民之幸呢！你等为民当涂之难事，州县百姓，绝不会袖手旁观。"

江万里乃江西都昌人，二十八岁进士及第，三十九岁时出任吉州太守。他一到任，一面组织民众兴修农田水利，发展农业生产，一面大力兴办教育事业。他创办的白鹭洲书院，培养了文天祥等十七位状元，还有数百名进士。白鹭洲书院创办之初，由于找不到合适的老师，江万里亲自为生员讲学。他白天忙于政务，晚上亲自驾舟来给学生讲学，亦师亦友，从容于山水之间，几乎忘记了父母官身份，得到了众多生员的爱戴。江万里一生经历坎坷，既做过地方官、封疆大吏，又入主中枢多年。言官、监察官、参谋官、司法官、刑部、吏部、枢密院都曾任过职，乃至参知政事、左丞相、晋封南康郡公，入阁拜相，身处高位。但他始终谨言慎行，恪尽职守。因得罪触犯权臣贾似道，江万里被贬为资政殿学士奉祠，后又愤而辞职。度宗知他为人忠直，不顾贾似道中伤诽谤，挥泪予以挽留。他自己也三度为相，一生清廉，直言敢谏，愤世嫉俗。

饶州守将汪得铨接到江万里的书信，很快回信道："国难当头，社稷倾危，世事维艰，吾当尽力。老丞相之言，让我等备受鼓舞，虽肝脑涂地，我等将士也绝不让生民失望。饶州乃百姓心中旗帜，我等擎旗而战，誓与城池共存亡。"

接到守将来信，江万里很欣慰，但他知道元军兵多势众，自己虽老，但总得对其有所帮助，于是，他召集全家儿孙，共二十五人，要求大家发挥个人专长，也可以以他之名号，到周围各县去募兵筹粮，要略尽绵薄之力，支援饶州守城军兵，打退元军。

儿孙们受江万里安排，便立即出发，分头到周边各县去募兵筹粮，经过十多天努力，还真募集到两千名义军，在周边德兴、万年几县大户人家支持下，也筹到了粮食三千余石。江万里道："国难当头之时，唇亡齿寒之理，大家都已知晓。现在，国难就是家难，一旦饶州有失，我们家园尽毁，生灵必将涂炭。危机已临，我等要振衣持械，共同面对。"他让家里各位子侄皆想办法，变卖家产，再筹措一些物资，作为军资。

有江万里号召要求，家里儿孙们、媳妇们，都拿出各自珍藏的玉器和首饰嫁妆，变卖成钱物，又筹措到八百石粮食。集齐粮草后，江万里让儿子江镐带着三个孙子，与饶州守将汪得铨取得联系，便带着两千名义军，押运着粮草往饶州城赶去。江镐一伙人，刚行进到半路，遇上了饶州守将汪得铨派来接应之人，于是，江镐便把两千名义军和这一批粮草，全交给这位名叫周镐的将领带回饶州。他因年岁大，引领着儿子们回家了。而接应他的将领周镐，趁着夜晚，把援助之军兵、粮草全部安全地送进了饶州城中。

自从江万里筹备了粮草和义军后，隔几日就派儿子江镐出门打听饶州战争进展情况。

一日，江镐从外面回来，痛哭失声道："父亲，不好了，出事了。"江万里急道："出了何事如此惊慌？"江镐道："我三叔父死了！"江万里吃惊道："怎么回事？细说端详。"

江镐道："我三叔与堂弟江铎，十天前从老家到芝山时，路上遇到元军被捕了。他们拒不投降，被元军杀害了。"原来，二月初，江万顷冒险与儿子江铎前往饶州芝山，探视兄长，因为饶州周边已经在蒙古人控制

251

之下，不幸被蒙古游兵俘虏。父子二人宁死不屈，大骂不止，结果被蒙古兵悬挂树上，肢解而死。因为江万顷也是一位血性男儿，两年前，鄂州被元军围困时，他曾和江万里一起号召江氏家族所有成年子孙毁家纾难，不顾朝廷对义军之反对、压制，他们筹组义军，奔赴前线，以抗蒙元，故元军中有多位将士认识他们。

江万里激昂道："吾弟吾侄，真乃大丈夫也！汝二人忠君爱国，虽死犹生。"

江万里闻听三弟为国捐躯，悲伤之余，让江镐组织全家人，为三叔江万顷披麻戴孝，然后在屋后山坡上给三叔江万顷与堂弟江铎做了衣冠冢。

谁知，过了十多天，江镐从外面打听消息回来道："饶州城，被元军攻破了。"原来，元军围攻饶州城两个月，因久攻不克，围城元军越聚越多，几日前的夜晚，元军运来投石机，发起猛攻，砲石连发，饶州一役，宋军拼命血战，城池最终还是陷落，守将汪得铨战死城头；饶州知州唐震在城破时，也率领全家持械抗敌，英勇不屈遇害。

江万里听到这一消息，半晌无言。他知道，该来之祸迟早会来。他双眼盯着远处青山和绿水，岿然不动，眼中充满无限深情。他喃喃道："国破山河在，城春草木深……"

过了片刻，江万里道："镐儿，你可曾打听到你大哥江璆的消息？"江镐道："父亲忘了，我大哥不是半年前就带着义军，到临安增援去了？他年初之时募集三千广东义军到临安去勤王，与二叔江万载在一起。"江万里道："这个消息为父知道。我问的是现在的情况。"

江镐道："后来，听说他所募集之义军，被陈宜中遣散，他便回到德庆，依山建了二十多座军事城堡，分派儿孙及部将、地方豪杰分兵把守，为以后城池之兴复做准备矣。"

江万里道："镐儿，你大哥做事忠勇果敢！不愧为江家贤能子孙啊！"

没想到第三日，一队元军赶到家门口了。原来，元军攻破饶州城后，阿术听说宋朝告老丞相江万里仍在饶州，他不但不举家逃跑，而且还带头募兵筹饷与元朝为敌，便派一千户将，带着一千人马找上门来。元军前来，一是准备劝降江万里，二是欲擒他回去，以宋朝故相之身份，以他为旗帜，帮助劝降其他宋朝将领和大臣们归顺元朝。

江万里直到敌兵冲入住宅门前晒场，仍从容坐守，为乡民树立了榜样。江万里见元军千户下了马，便站起道："大势不可支，我虽不在位，但仍为大宋子民，当与国共存亡了！"然后，他对儿子江镐道："我儿，全家准备妥当了吗？"江镐道："都已准备齐备了。"

元军千户不知老丞相要干什么，怔怔地盯住江万里一家人。

只见江万里和儿子江镐率男女老少一百二十多位家人仆妇，鱼贯而出，至门前大池边，江万里吟道："生当作人杰，死亦为鬼雄。至今思项羽，不肯过江东。"然后发一声喊，大家便一齐投入大池中殉国了。他之所以这样做，是希望以自己及家人之死，唤醒"天下忠义节烈之士闻风而起，聚集万千众人之力，保江山社稷不移腥膻，道德文章不堕宇内"。

江万里一家人之赴死，也确实激起了很多义士的血性与斗志，这些血性男儿，在南宋灭亡后的三年内，在各地继续与元兵不断抗争着。

四七、李芾誓死守潭州

贾似道被贬官后，蒙元大军继续向南宋淮东路和沿江南路一带入侵。

当时，湖北许多郡县都已归附元朝，随着元军的不断推进，湖南的岳阳、常德也在元军的攻击之下，湖南已处于岌岌可危之势。为固守湖南，稳住江西，保卫临安，朝廷号召各地募兵坚守城池并入卫京师。当时，李芾因在祁阳县为县令期间治理有方，名声远播，被升为湖南安抚司幕官，他看到政局危急，遂号召发兵，择壮士三千人，在当地土豪尹奋忠的支持下，建成一支临时军队，随即他命令尹奋忠统率此军，发往临安勤王。接着他又召集民兵三千，组成忠义军，居衡阳为守备，保卫衡阳城池以防被蒙元之兵南下攻占。

德祐元年（1275年）七月，朝廷命李芾出任潭州知州兼湖南安抚使。李芾许多好友劝他不要上任。李芾道："我岂能因危险而畏缩不前呢？兄弟我世受国恩，应时刻想着挺身报国，今国家有幸用我，我当以家许国才是。"当时李芾正好有一女儿不幸病死，他悲恸欲绝，但想到自己身负重任，遂挥泪携家眷前行。李芾很快赶赴潭州，着手管理州府事务。

李芾祖先是河北广平人，高祖曾祖皆为朝官，靖康年间金兵南犯，因慷慨激昂痛陈金国不义，皆死于金人之手。后来曾祖徙家于衡州。他亦为祖上荫庇为官，世代受禄于朝廷。李芾曾经担任过临安府尹，因为人刚正，得罪了贾似道而被免职为祁阳县尉。他自小立誓报国，为官后一直勤政为民，事必躬亲，很受百姓爱戴。

当时，潭州兵力因调外增守临安和参与邻州防御，已用尽，元军游骑已入湘阴、益阳诸县，为了固守潭州，李芾仓促间招募三千多人，命统制刘孝忠统领，加紧训练，督促诸军士严加防范守卫城池。他则带领部属储备粮食，整修器械，积极备战。

另外，他说服了本地一些土豪加入抗元队伍，取得了他们的支持。又加之从四川、湖北等地退守过来一部分兵士，李芾集合这些力量，共计聚兵五千人，与潭州人民一起，准备与元兵决一死战。这时，元朝右丞相阿里海牙已经攻下江陵，他抽出一部分兵力戍守常德，然后集中大部力量，亲自率军一万五千来进攻潭州。

李芾想先拒敌于望城以北，给潭州留下活动部署的时间和战略空间。时令已是八月下旬，秋色渐起，便派大将於兴带兵两千五百人据守望城迎敌。於兴领兵日夜坚守城头。三日后敌兵杀到，双方交战五日，蒙军势众，又皆为骑兵，於兴在与蒙军拼杀时，不幸中箭身亡。於兴所部兵士也损失一半，副将周兴仍然死守，望城危急。

九月初，李芾准备另派一名将军继续率兵到望城抵抗，但元军攻势太猛，宋军还没来得及出兵，元军已攻克望城，向潭州包围过来。在此情况下，李芾亲自率领士兵上城迎敌。

元兵包围潭州后，先攻西城，宋将刘孝忠指挥士卒与攻城敌军奋战三天，身上四处负伤，仍旧坚守城头。李芾也亲冒矢石在城上日夜督战。经过大家努力，四十余日中打退了元军数十次攻击。兵士中有伤者，李芾躬身亲自抚劳，为其敷药，日以忠义榜样人物事迹勉励其将士。将士们深感关怀，死伤之家相互慰藉，城中民众发誓坚守城池，与敌军殊死一战。

坚守到十月下旬，潭州城的宋军粮草越来越少，为了节省，李芾命士卒轮番守城，食物也减半而食，与菜根野草等能食用的物品杂混而用。即使如此，他仍旧以忠义之辞感召部卒。城中几个财主富户，均倾仓而支捐赠口粮物资。李芾也拿出家人的口粮，恤民为先，率领宋军日夜坚持抵抗。

转眼已是十二月，由于城池坚固，将士奋勇，坚守已达四月余，城仍不陷，元军便派宋朝降将前来劝降。李芾将劝降者当街杀死，将其头颅悬于城外，以坚定誓死殉国而战之决心。到十二月下旬，潭州城外敌兵越来越多，形势更加危急，一些士兵流着眼泪问李芾道："李大人，潭州形势如此危急，我们死不足惜，但是城中百姓怎么办呢？"李芾恐此言动摇军心，遂佯装大怒，道："大家只可坚守，不可乱思；国家平时所以厚养我等，就是为了今日，你等只管死守城池，凡有妥协之举动者，必斩。"

到了农历年底，经过数十天的攻防，潭州的形势到了杀身成仁的边缘。当时城中没有一支完整之箭了，李芾就命令百姓收集废箭，磨光，再配上羽毛作为新箭；盐也用尽，李芾就命令将盐库中席子、麻袋焚毁，取灰熬成汤分给军民喝下以补充盐分；粮草也告罄，军民们就自发捕雀捉鼠，甚至削树皮采树叶充饥。李芾则日夜巡视城池，深入兵民之中，号召大家激扬斗志，为国家尽忠。后来木石器械用完，李芾令兵士以桶勺用烧开的滚水往城下泼洒，数次击退攻城敌军。

农历除夕，城中没有一点除夕的节日景象。所见皆是百姓不断把能够用来打击敌人的物品，砖头、石块、扁担、小磨盘尽往城上搬运的身影，因补充击敌的武器是当务之急。

城外不断传来元军攻城的器械撞击声和一阵阵喊杀声。城墙已有多处被城外敌军投石攻击而残破。又加上元军轮番攻击，城破日甚一日，城上守军牺牲越来越多。统制刘忠孝也全身多处负伤，手持长枪仍在城头坚守。城陷，随时都有可能发生。

除夕日黄昏，突然传来协助守城多日之衡州知州尹谷自焚之消息。李芾正在城墙上巡城，闻讯急忙下城。尹谷乃本地人，因母丧守孝期满，两月前刚被引荐为衡州知州，还未上任，潭州已被围，便以参谋身份协助李芾守城。除夕夜，尹谷判断潭州危在旦夕，蒙古兵随时可能登城，就在家里堆积柴草，招呼全家人坐在一起，举火自焚。有赶来救火之邻居发现，在熊熊烈火中，尹谷将官服穿戴整齐后，正襟危坐，坦然葬身于火海之中。

闻讯赶到的李芾感慨不已，叹道："尹谷兄，你乃是真男子大丈夫啊，竟然先我一步去了！"说罢，伏地向着火光中，含泪接连行了几个跪拜之礼。

一阵喧哗之后，元兵登上潭州城墙，统制刘忠孝舞枪杀死五名元兵，怎奈越来越多的元兵将他包围，刘忠孝又杀死两名元兵，他被身后一群元兵用刀砍中后背，但他强忍疼痛，挥枪又刺死三名元兵，最后力竭而倒地身亡。城上元兵越涌越多，接着城门被入城敌军打开。城外马嘶之声非常刺耳。城中南宋许多将领、官吏面对残局，均率家属以死报国。

尹谷自焚的消息传出后，掀起了潭州城内杀身殉国的浪潮。潭州作为湖南的首府，有潭州州学、湘西书院、岳麓书院等号称"三学"的学府，聚集着三百余名读书人。这些读书人皆是湖南一地的文脉精华，被本地人尊称为"三学生"，皆为成绩最优良的入府学就读者。当这些州府学生听说尹谷殉国后，书生们集体来遗迹前看望，号啕痛哭。之后，几百名学生放下书本，拿起武器，无畏地冲向前线，与冲进城来的元兵进行拼命，全部殉国。

李芾见城池已陷，召心腹属吏沈忠对其道："我力竭，理当死，蒙元凶残，我家人也不可辱于俘，你尽快杀之，而后杀我，皆放火烧之。"

沈忠伏地磕头，喋血满地说："李大人，屠杀人民，遍地喋血，乃是蒙元人喜好乐为之事。我等皆为礼义男儿，以仁义道德治国行事，岂能做这禽兽之事。我不能奉大人之命。"

李芾道："休要多言。国破无颜面，只能以死殉难了。昔日蜀汉国破，刘禅之子刘谌自杀殉国，为后人敬佩，我当效仿之。"李芾自刎身死。

沈忠满眼含泪放火烧了"熊湘阁"，也纵身跳入火海。潭州城破后，城内百姓多举家自尽，城无虚井，缆林木者，累累相比。一时天地含悲，日月同戚。

四八、勤王招兵建军营

经过鲁港之役，南宋军队损失惨重，士气严重受挫。伯颜继续沿江东下，德祐元年（1275年）一月，春寒料峭，元军开始攻打建康。

建康知府汪立信率五千人据守建康，日夜守城，坚守半月，元军奋力攻城，汪立信见守兵伤亡严重，有再击即溃之象，便派人趁夜色突围出城到淮北求援。部将马铠五日间筹兵数千，但率军刚行至高邮，建康城已陷落。城陷时汪立信正在指挥亲兵补充守城器械，他见元军涌进建康城来，建康既失，宋朝危在旦夕，忧愤之间，他执剑立于府库门口道："贾似道，尔误国误民，将负骂名千古也！"当几名元兵向府库涌来，汪立信遂冲上前去舞剑刺死了四名元兵，见又有二十余名元兵向他涌来，他便自杀殉国。

接着，元军自建康兵分三路向临安方向挺进。伯颜亲率中军进攻常州。常州地处交通要道，扼守临安门户，战略地位十分重要，故伯颜在此区域投入兵力二十万。常州知州姚訔、都统制刘师勇、通判陈炤等将领指挥守城将士们奋勇抵抗。坚守城池一月有余。伯颜攻城不利，便驱使城外居民运土填充护城河，后来甚至将运土百姓也用作堆砌之材料，最终筑成了环城堤防。二月十八日，元军在砲石配合下，发起总攻，宋军伤亡惨重，两日后常州城终被攻破。刘师勇带领五百兵士突围而出，据守于吴江。随后，当元军逼近平江府（今江苏苏州）时，南宋平江守将贾建文未经抗战，便怯敌献城投降了。

随着蒙古铁骑逼近，临安城内人心惶惶，大批富裕之人试图逃离都城，尤其是朝中大小官员，为保身家性命，惶惶不可终日，带头逃跑者不少于三十人。

知枢密院事曾渊子等二十名大臣，见宋廷大势已去，也乘夜带上家小逃走了。

签书枢密院事文及翁与同签书枢密院事倪普等人，竟暗中指使御史台和谏院弹劾自己，以便卸任逃走。御史奏章还未呈上，二人已先逃跑。谢太皇太后闻之，大感失望，严厉谴责这些不忠之臣，下诏道："我大宋朝建国三百余年来，对士大夫向来以礼相待。如今哀家与继位新君遭蒙多难，尔等大小臣子不见有一言一行号召救国。内有官僚叛离，外有郡守、县令弃印丢城，耳目之司不能为我纠击，二三执政又不能倡率群工，竟然内外合谋，接踵逃遁。平日读圣贤书，所为何事？行如此畏惧举措者，生有何面目对世人，死何以去见先帝！"

然而，太皇太后之谴责，在蒙古铁骑的威胁下，显得如此苍白无力，未能激起内外官员为宋室而战的信心。德祐二年（1276年）正月短暂休战后，偌大朝廷，只有十余名官员出现在朝堂上，但大家均无救国良策。官员逃跑之举瓦解了军心、民心，半月之间亦无军队来京增援，皇室陷入了孤立无援，一触即倾之境地。

无奈之间，谢太皇太后又下诏各地"天下兵马勤王"。时任赣州知州文天祥捧着诏书泪流不止。他想起当年理宗点他为状元的知遇之恩，此情此景，犹如昨日，虽然先帝驾崩多年，但社稷倾危，为臣者当尽赴汤蹈火之责，偿报君恩。他召集部下商议勤王之事。遂派陈继周紧急募兵，经过三五日募集，在郡里召集到三千勇士，同时派州司马去联络溪峒蛮的地方武装，又派方兴回到他老家吉州召集士兵。在二弟文璧帮助下，不到十日，各地英雄豪杰群起响应，聚集兵众两万余人。文天祥变卖了全部家产，充作军资。

募集军队后，文天祥差人急忙奏报朝廷，请求调遣。朝廷命他以江南西路提刑安抚使之名义，率军入卫京师。正准备启程时，三弟文璋从老家送来消息，对文天祥言道祖母突然去世，文天祥只好和二弟文璧商议，由他回家去代替已故父亲和众孙，将祖母尽快安葬。

文璧前脚刚走，杜浒带领所聚四千名民兵赶来响应文天祥了。杜浒，字贵卿，乃是前任丞相杜范之侄儿，少年时游侠四方，武功高强，胸怀报国之志，时年三十六岁，任吉安县县丞之职，与文天祥相交日久。

文天祥见到杜浒，兴奋万分道："古人言，家贫思孝子，国难盼忠臣。贵卿真乃及时雨也。兄弟今率部众前来，让我陡然增加信心不小。"

杜浒却面带忧郁道:"天祥兄勿要高兴得太早。而今元军分三路大举南下进攻大宋,一路势如破竹。元虏即将攻破京城市郊城镇,很快就要包围临安,大人以乌合之众万余人赴京入卫,这与驱赶群羊同猛虎相斗,又有什么差别呢?"

文天祥闻言,叹息道:"愚兄岂能不知是这么回事。但是,国家抚育臣民百姓三百多年,朝廷一旦有倾危之象,下诏征集天下之兵丁,倘若没有一人一骑入卫京师,非止朝廷不保,就是天祥本人,我也为此深深地感到汗颜、遗憾啊。"

说到此处,他擦拭桌案之长剑,接着道:"当今之势,已到人人皆兵之时。故我不自量力,而以身殉国。我之所以如此,乃是希望天下忠臣义士听说此事而奋起仿效,让局势大变啊。愚兄以为,信心乃为成就大事的最大诱因。凡事依靠仁义就可以聚众,聚众便能取胜自立,依靠合力就可以促成事业成功,如果按此而行,那么国家复兴就有保障。"

杜浒道:"既然天祥兄已立下杀身成仁之壮志,杜浒乃武行中人,岂能不倾心相助呢?"

文天祥闻言,握住杜浒双手感叹道:"若有类似于贵卿一百人者,可当雄兵十万众。但愿群雄次第能来相聚,以成大事啊。"

德祐元年(1275年)四月,文天祥率兵三万赶到京师临安,谢太皇太后授文天祥为兵部侍郎兼平江知府。当时因为丞相陈宜中以到南方筹集兵力为由,没有返回朝廷,所以文天祥没有受到中枢派遣。到了六月底,陈宜中在其母亲多次催促下,才返回京城。于是派遣文天祥去平江任职。谢太皇太后听说文天祥尚有一位因祖母病逝而在家守制的二弟名叫文璧,也是进士出身,便下诏夺情,起用文璧为惠州知州。

由于平江府城已经沦陷,下辖吴江、太仓、昆山、宝山诸县仍在,文天祥带着人马在吴江县城外驻扎下来,他先在吴江县办公治令,筹备着欲将平江城收复。但顾虑手中兵马单薄,难以取胜。恰在此时,宋将和州防御使张世杰率领本部人马入卫京师。文天祥立即前去求见张世杰。文天祥道："当今形势看起来紧张，然元军只是沿江进军，淮东路仍有宋军坚守阵地，固守城池。福建、两广、浙东及南方一带，尚在宋朝掌握之中，何况京城勤王之兵，也有四万之众，加之京城之外义愤之军民，大宋御敌力量尚不可估计。"张世杰道："文大人之言甚是，你我携手就在临安周边据城而守，只要据守临安挡住元军去路，北边淮东之宋军再切断敌之后路，福建两广之军民再挺进相助，我大宋军民团结一心，倾力杀敌，整个战局必将扭转。"二人商谈半日，决定继续召集各地兵马，等兵力壮大，再行出击。

随后，文天祥以平江知府名义，向周边辖县征集粮草。张世杰则四处征集府兵。朝廷为了张世杰方便行事，任命他为沿江招讨使、保康军承宣使，都督各地府兵。张世杰聚集数万兵马，加紧部署，派遣将领四处出击，先后收复了平江、安吉、广德、溧阳诸城。浙西几郡光复，让张世杰和文天祥抗元之信心突然大增。

七月底，张世杰与刘师勇、孙虎臣联合五万人马、战船千艘屯于镇江焦山岛，以十只船一组，结为并船，下碇停泊在江中，拦截蒙军，无命令不得起碇，表明将士抗战到死之决心。

但是，蒙军杀红了眼，在元帅阿术指挥下，很快用老方法以投石机向战船发射石砲用摧毁式武器轰击宋军，接着，又以大船满载弓弩手用火箭攻打并船，张世杰之宋军乱了阵脚，但无人敢启碇，宋军死伤一万余人。蒙军打败了宋军，夺去快船七百余艘，焚烧战船无数。南宋最后一支主力部队也被蒙军击败。张世杰等人陷入包围之中，幸好江万载带领六千多名援军赶来从侧面出击，将张世杰、刘师勇救了出来。张世杰只好退守到圌山。

次日张世杰向朝廷奏报，期求得到增援，意欲继续拒敌。但是，以陈宜中、留梦炎为中枢的朝廷当权人物，战、和之主张飘移不定，故压下奏书，未有回应。

这时，平江府再一次被元军攻陷，部将尹玉、麻士龙战死，文天祥只好退守余杭，更近一步地入卫京师。文天祥再次去会张世杰，商讨退敌之策。张世杰道："近日之战况，文大人均已知晓，愚兄以为，敌强我弱，反攻无力，又得不到朝廷支持。当今之计，我自思之，只有末将先到福建，稳住后方，待募集兵粮再做长远打算。陈、留二人，实在靠不住，文大人，你得坚守临安，必要之时，也好为朝廷出些良策。"文天祥道："也只有如此。"隔日，张世杰禀告太皇太后，离开余杭，陪同宋恭帝之皇兄益王赵昰（shì），到南方福建一带募兵筹粮去了。

这时候，朝中以陈宜中为中心的首辅大臣，已失去抗战信心，正筹备和议事宜。陈宜中为了拉拢降蒙之襄阳前守将吕文焕，从而利用吕师孟与吕文焕叔侄关系促成和议，便奏请皇上擢升吕师孟为兵部尚书、端明殿学士，追封吕文德为和义郡王，想以此拉近距离寻求和好。吕师孟被倚重，更加傲慢骄横、放肆。

文天祥听到和议消息，即上书皇帝，启奏道："朝廷之内，具有姑息、求和意向之大臣颇多，具有奋发之志、果断处事之人甚少。臣请求处斩吕师孟作为战事祭祀，用以鼓舞将士之士气。我大宋朝汲取五代分裂割据之教训，削除藩镇，建立郡县，虽一时革除诸武将拥兵自重之弊端，崇尚重文轻武之策，然国家因此渐趋削弱。故北方牧族之军到一州即攻破一州，到一县就攻夺一县，致中原沦陷，悔之恨之犹未可及。蒙元直趋，当今局势大变，应当划分天下为四镇，置都督为统帅。宜将广南西路并于荆湖南路，治所潭州；拟将广南东路并于江南西路，隆兴（今江西南昌）设治所；拟将福建路并于江南东路，在番阳（今江西鄱阳）设治所；将淮南西路并于淮南东路，扬州为治所。责令潭州兼领鄂州等处，隆兴兼领蕲州、黄州，番阳兼领江东，扬州兼领两淮，使其所辖之地更广、力量更强，足以抵抗元军。然后各地约期一齐奋起，勇往直前，夜以继日，图谋复地，敌兵虽众，但力量分散，疲于奔命，而我大宋民众，向来不缺英雄豪杰，若受激召，必会攻敌，如此敌兵必被击退。"

朝廷接到文天祥的奏章，谢太皇太后召集大臣商议。当时朝议，只有陆秀夫、吴坚、柳岳、江万载等少数大臣认为文天祥的建议很好。

但是陈宜中、吕师孟、留梦炎都认为文天祥的议论，虽然便于积累人气，但是疏阔，在蒙元大兵压境之状况下，难以实行，因此上书未有结果。

十二月初，陈宜中向太皇太后陈言当今局势，请准允派人前往蒙元大营求和太皇。谢太后已感到时局无奈，同意请和。

次日，陈宜中派大臣洪遥符、将作监柳岳、正少卿陆秀夫三人前往元营，请求称臣纳币。柳岳对伯颜道："古之伐兵，皆以仁义伐无道，而今蒙元之举，非行仁义之师，所遇城镇，皆以屠城杀掠为乐事，此行于天不公，于道不合；而宋乃礼仪之邦，蒙元进兵，举国遭殃，以无义伐有道，违背天理，天下人皆唾之，若元朝就此罢兵退军，可留仁义美名，又可得岁币贡献，何乐不为？"希望蒙元撤军。

伯颜傲然道："王朝兴亡，自有天道。宋皇昔日得天下于小儿之手，今亦失天下于小儿之手，盖天道也，不必多言。"拒不答应求和。

四九、奉命出使元营谈判

抗战无力，求和不成，陈宜中想到迁都，他向谢太皇太后说明其意图，谢太皇太后拒不答应。太皇太后道，迁都等同逃跑，逃跑丧失斗志，必然尽失人心。

陈宜中在朝廷中痛哭哀求，陈述迁都之必要性，谢太皇太后一向倚重陈宜中，此时已无主意，只好从之。陈宜中与谢太皇太后约定了出逃临安之日期，仓皇之间发生了差错，说错了约定日期。谢太皇太后已做好出逃之准备，从早上等到晚上，未见到陈宜中人影，她将簪珥摔于地上，大怒道："我初不欲迁，而大臣数以为请，我准而臣不至，莫非欺耍哀家吗？"迁都之事作罢。

德祐二年（1276年）正月，元军占领独松关后，进驻杭州城东北郊之皋亭山，临安城里一片混乱。陈宜中以及朝中文武百官纷纷准备随时逃离临安。当时文天祥屯兵临安城外。他积极准备临安保卫战，但临安城下仅有文天祥的勤王兵四万余人，面对蒙元十万大军，宋军显得力量过于单薄。右丞相留梦炎已失去信心，趁着夜晚携带家小也逃走了。

谢太皇太后无计可施，只好派参知政事兼临安知府贾余庆、兵部尚书吕师孟以宋恭帝之名义奉传国玉玺及降表，到皋亭山向伯颜请降。伯颜接待了宋使，但对这份降表十分不满道："今既乞降，但仍称宋朝国号，未向元朝称臣，其意不诚，其理不通。况执宰未至，礼法何在呢？本帅不予受理。"他要求使臣回去，让南宋派宰相来面议投降事宜。

左丞相陈宜中听闻此讯，心生畏惧，便带上家人连夜向温州老家逃去了。陈宜中、留梦炎先后逃离临安，使谢太皇太后等人怒不可遏。她只好在朝中另择可担大任者。最后权宜许久，在吴坚提议下，升当初组织勤王兵的状元文天祥为枢密使，没过几天又升其为右丞相兼枢密使。接着，谢太皇太后派文天祥和吴坚、吕师孟、贾余庆、刘岊去蒙元大营与伯颜议和。

吕师孟见到文天祥道："前者丞相上书欲杀师孟，若非太皇太后垂怜，今何以得奉诏同到元营呢？"文天祥回击道："你叔侄皆已降北，不族灭你，是本朝之失刑也，更敢有面皮来做朝士？"吕师孟无话可说，半晌才回道："你我既同为钦差使臣，理应以国事为重，往事均已过去，不提也罢。"

文天祥接受诏命后，作为使臣，决定立即赶往元军中讲和谈判。朝中大小官员，也都希望文天祥尽快前去元营谈和，以保他们性命。唯有杜浒建议道："元人凶悍，此去凶多吉少。请大人三思。"文天祥道："国事至此，我已不惜自己性命。再言之，等到元营，一可阐明道理，晓以大义，致使元军撤兵，或许会取得讲和罢兵之结果；二可以借此窥视元军之虚实，归来也便于商讨破敌之策略。"

杜浒道："既然大人主意已决，杜浒愿意陪同大人前往元营。"

文天祥至元军大营，与元朝丞相伯颜在皋亭山针锋相对争论。伯颜强令文天祥、吕师孟下拜，文天祥、吕师孟慨然拒绝。当时吕文焕也在元营中，劝吕师孟下拜，吕师孟道："家有家礼，国有国仪，我身为朝臣，不能乱了章法。"吕文焕见吕师孟道出此言，便转身离去。伯颜又强令文天祥礼拜，文天祥道："我为大宋之臣，今奉太皇太后旨意来递国书降表，当为奉旨办差，非为专程来朝拜蒙元国主，纵然蒙元可汗在此，我也以使臣之礼见之，何况面对蒙元丞相呢？"伯颜道："你如此顽固，就不怕我杀了你？"文天祥道："忠臣视死如归。你等兴无义之师，举无义之兵伐有道之国，是为反其道而行之。你若杀我，我当更为忠臣，正是你等成全于我，千古留名，我又有甚可怕呢？"

伯颜发怒道："你等如此死硬态度，还谈什么和议，递什么降表？"向左右大喊："来人，将这几个南国刁臣拿下。"伯颜就这样蛮横地拘捕了他们。次日，文天祥同左丞相吴坚、参知政事贾余庆、知枢密院事谢堂、兵部尚书吕师孟、同签枢密院事刘诏，一同被向北押运，欲押解他们六人到元大都去。

至镇江，已是夜晚，文天祥躺在元军营帐中，正在思考如何才能够脱险回家，再寻机会以完成募兵勤王策略时，忽听营中一阵吵闹。接着外边传来打斗之声。打斗声越来越近，文天祥正在疑惑时，忽听杜浒高声道："里面可是文丞相?"文天祥忙应道："正是囚臣。"答话间，三五个壮士冲进帐房中来，劫了文天祥就走。

出了帐房，黑暗中，还有十余人在与元兵厮杀。大家见文天祥已被抢出，猛攻一阵，就准备撤离，可是，几个元兵见文天祥被人劫走，穷追不舍，一壮士从腰间摸出几包东西，等元兵追近，扬手连续抛扔了出去，顿时，那几个元兵丢下兵器，捂住双眼失声痛哭。原来，壮士所扔出之物，乃是事先准备之石灰粉也，元兵遭遇石灰粉袭击，哪敢再追。

劫走文天祥一伙人，离开元军押解队宿营地数里，聚集齐了，共有十二人。

杜浒道："刚才本应将另外几位大臣一齐劫走，无奈看守元兵太多，不能如意。"

刚才抛扔石灰粉的壮士道："不行后半夜再回去劫持一次。"杜浒道："延晖，不可，我等此番已经打草惊蛇，元兵定会日夜加强戒备，如若再去，非但不会成功，还会前功尽失，连我等人也无法走脱了。"然后，杜浒向文天祥介绍道："这个延晖，就是原襄樊城副都统汪友谨的公子。今次，多亏汪延晖兄弟大力支助，方能劫夺成功。"文天祥闻言，也对汪延晖之义勇行为十分赞赏。

一众人员，遂于夜间逃入距离扬州不远的真州（今江苏仪征）。到城下，报上姓名，呼叫开门。

真州知州苗再成闻讯，乘马出城来迎接文天祥。至驿馆，苗再成泪水盈眶道："国破山河碎，见丞相如见佳音啊。"文天祥道："苗大人何出此言?"苗再成道："下官以为敌兵虽众多，但力量分散，之所以且战且胜，乃我朝人心不齐聚集不力所致。"文天祥道："英雄所见略同，苗大人与文某见解一致。"苗再成道："其实，凭两淮之士兵足可以兴复宋朝，只是东、西二制置使有间隙，不能同心协力。今丞相既来，请号令让其合力歼击敌军。"

文天祥道："苗将军可有详细攻伐策略？"苗再成道："末将以为，现在可先约淮西兵赶赴建康，元军必然以全力防御我方淮西之兵。若此，丞相则指挥东面各将帅，以通州、泰州之兵攻打湾头，以高邮、宝应、淮安兵攻打杨子桥，以扬州之兵攻打瓜步。末将率领水军直捣镇江，同一天大举出兵……"文天祥见苗再成停住，鼓励他讲下去。苗再成接道："湾头、杨子桥都是沿长江脆弱之军，刚被蒙军攻克收纳，又日夜希望我宋军赶来攻打他们，如此好内外联手，定会很快取胜。然后我军一齐从三个方向进攻瓜步，苗某率兵从长江水面上以较少士兵佯攻，迷惑敌人。如此，敌军中纵有智慧之人一时亦不可能洞悉这一战略。若瓜步攻取，以东面军队入攻京口，西面士兵则入攻金陵。若夺下金陵，则威胁浙江敌军后退之路，那么元军心则乱，乱则必败，敌之主帅亦可以生擒了。"

文天祥闻言，大加赞扬，随即写信让苗知州派人送交淮东淮西两个制置使，嘱其派遣使者四面联络，以待击敌。

其实，文天祥还未到来之时，扬州有从前线逃跑归来的士兵传言道："文天祥奉旨到元营谈判，已被元朝抓捕，若非降元，亦是以丞相之职来此劝导诸军投降也。听说朝廷秘密派遣一丞相进入真州劝说投降来了。如此，若非是他，还有何人？"

李庭芝信以为真，便传令苗再成迅速杀掉文天祥，免得动摇军心。苗再成接到命令，不忍心杀害文天祥。次日一早假装一同到城外视察地形，欺骗文天祥到城外，将制司文书拿给他看，把他关在门外。但苗再成入城仍不放心，又派两批人分别到城外窥探证实文天祥是否是来劝降的，如真是说降之人，就杀了他。派出的两批人分别与文天祥谈话后，证实其忠义不贰，都不忍心杀害他，就派士兵二十人护送文天祥去往扬州。

此夜到四更鼓响时抵达扬州城下，听等候开城门之人议论，言制置司下令防备文天祥很严密，对进城之人挨个儿核查。文天祥与随从闻言后知道此行不利，于是与杜浒相商，便离开扬州向东行进，准备入海道。

一行人走不多远遇见元军，躲入四围土墙中而得以免祸。

　　然而，因为一路东躲西藏，一天都未进食，文天祥饥饿走不动路，于是杜浒向附近樵夫们讨得了一些剩饭残羹，以作充饥。走至板桥，元军巡逻小队又来了，众人跑入竹林中隐伏，元军进入竹林搜索，抓住杜浒、金应带走了。虞候张庆脸部也被敌人射中了一箭，身上两度挨箭，汪延晖与文天祥藏于竹林中沟壑处，身上覆盖衰草枯叶，故而两次都未被元军发现，得以脱身。走出竹林不多远，杜浒、金应拿出身上金银送给元军，才被放回。杜浒找到文天祥，雇募了两个樵夫，以箩筐抬坐文天祥到高邮，最后几人泛海坐船逃往温州。

　　是年二月，伯颜率元军进入临安城，以临安设大都督府。命古歹、范文虎管理都督府，命张惠入城清理南宋的钱粮，收缴百官诰命、符册，废宋官衙，登记宋宫中礼乐祭器、仪仗、图书等物；将恭帝移居别处。三月，皇帝赵㬎及太皇太后、皇亲、后宫人员数千人均被元将李庭率元军押解北上。赵㬎被元朝削去帝号，贬为瀛国公。至此，南宋王朝实际上已灭亡。

　　其实就在谢太皇太后欲向元朝递交降表之前，宋恭帝依老臣建议封皇兄赵昰为益王，治福州。随后，赵昰和弟广王赵昺（bǐng）、宋理宗驸马杨镇、度宗杨淑妃以及其兄杨亮节、赵宋宗室秀王赵与择、礼部侍郎陆秀夫、部将赵兴等一行人趁夜出城，经婺州、温州而辗转来到福州。

　　却说在元军进逼杭州之际，身为宰相的留梦炎，竟然弃官跑回浙江西南老家衢州，闭门谢客，足不出户。随之朝廷两次派人召请他回朝议事，他均装病不予理睬。不久元兵拿下临安，继续派兵南下攻城略地。过了数月，元军一路兵马围攻衢州，留梦炎竟然以南宋故相之名义走出家门来，劝导众人放弃抵抗，率众投降了元朝。

　　此时文天祥刚到温州，听流民言称留梦炎率衢州兵民投降元军，一时悲愤难抑，大骂留梦炎是软骨头、叛贼，乃士大夫中之败类。然后，文天祥找来纸笔，当即赋诗一首《为或人赋》，以为讽刺："悠悠成败百年中，笑看柯山局未终。金马胜游成旧雨，铜驼遗恨付西风。黑头尔自夸江总，冷齿人能说褚公。龙首黄扉真一梦，梦回何面见江东。"

五十、都督府江西收故土

文天祥一伙人九死一生，历经磨难，经温州辗转至福州。听说益王赵昰未立国，于是以高宗赵构当年在归德即皇位之事例为效法，上表陈词，劝请益王即皇帝位。

同年五月一日，赵昰在位于福州城外之越王山垂拱殿即帝位，升福州为福安府，改元景炎，册封杨淑妃为皇太后，同听政，晋封广王赵昺为卫王。逃至南边的大臣，又归来一批。陈宜中继续任左丞相，张世杰、陆秀夫签书枢密院事，江万载为礼部尚书，苏刘义为殿前指挥使。加封福建安抚使蒲寿庚为福建、广东招抚使。并让蒲寿庚兼市舶主事，营建水师。此时，赵昰年仅十岁，史称宋端宗。

福州政权建立，对南宋而言擎起一股复兴希望。尽管前途十分渺茫，陈宜中仍旧在此"海上行朝"中担任着十分重要之职务，主管南宋流亡政府全面政权。文天祥以观文殿学士、侍读之官职被召至福州，再拜为右丞相。

此时，天下尚有几分仍掌握在宋人手里，福建之建州、福州、泉州，浙江之温州、台州、处州（今浙江丽水），广南东路之广州、韶州、南雄州、惠州、高州、海南岛，长江以北之扬州、真州、通州、泰州，还有四川合州等部分地方也在坚守。军队也有十余万以上，粮草亦可接济，如果指挥得当，胜负也未可知。当年高宗皇帝赵构曾被金兀术带兵追赶，因无地躲避而驾船逃到海上，沿海边漂流竟达数月，后来，在岳飞等能臣猛将的抗击下，金兵还是退走，皇帝最终立朝复国，国祚已然承享百余年了。

但是，陈宜中居中用事，其时，南宋各地实有兵力十七万余，兵权也掌握在他手中，文天祥不过是徒有虚名而已。于是他向皇上连上两道辞章，请辞右丞相之职。皇上不允。

六月初，帝赵昰加授文天祥枢密使，同督诸路军马。文天祥在陆秀夫、张世杰的劝说下，接受了皇帝的诏命。随后几次提出出兵之策，均不被陈宜中采纳。

以后的十余日，文天祥多次到张世杰府上讨论御敌兵策。张世杰道："陈宜中常言语豪壮，但做事谨慎，治政尚可，对军事犹显生疏，难图恢复。"文天祥道："如此，纵然有甲兵十万，如不正常发挥、巧妙运用，犹如无兵一样。"张世杰道："正因为用兵需用计，用计之难贵在随机应变，故而他才格外小心，去年镇江焦山岛之战，让他蒙受怯战阴影，因此，惜兵如肉，不敢轻易冒进。"文天祥道："既如此，朝廷掌握之兵，实难得用，不如我出外募兵，再展宏图。"张世杰道："不知文大人如何募兵？"文天祥道："我宋室虽有多一半国土遭遇蒙元讹侵，但尚有少一半土地和城池在。诸州之义甲，诸峒之壮丁，其间有豪武特达之才；山岩之民，市井之魔，刑余之流，盗贼之属，其胆勇力绝，足以先登；民间多奇才，其智辩机，足以间谍。如广泛宣慰，加以利用，足可组建一支劲旅之军。"张世杰道："听完大人激昂之词，世杰备受鼓舞。愚以为此计可行，文大人可以一试。"

德祐二年亦即景炎元年（1276年）七月，文天祥从行都福州出发，带着杜浒、吕武、汪延晖一行人到南剑州（今福建南平）聚兵买马。

文天祥到南剑州后建立都督府，高举抗元大旗，广泛募集兵马，派人到各地筹措粮饷。杜浒是浙江天台人，被派往温州、台州等地募兵。

吕武乃安徽太平（今安徽当涂）人，被派往江淮联络反元武装。泉州老儒陈龙复、赫山义军首领林琦、荆湖老将巩信、宋朝宗室赵时赏等宋朝官吏从北边赶来投入文天祥麾下，分别被委以督军、督咨或将领一军。其时幕府选辟，皆一时名士。尤其是赵时赏，既为宋朝皇家宗室，又是咸淳年间进士出身，曾经知邵武军，元军过了长江后，他召集民兵捍卫过九江和旌德县，颇有策略。后随益王转移到福建。与宗室赵孟濴召集兵马，欲克复江西被元军所占土地，正好文天祥建立都府大募兵，便率众来投。

文天祥督府两月，已聚集五万人马，同时还召集到一批高层战斗统领。随后朝廷命他以同都督诸路军马之职出任江南西路安抚使，准备上任，将所召集之兵移进汀州。幼时伙伴刘沐率赣州起兵的五千名老部下来投奔，令文天祥信心倍增。

十月，文天祥派遣参谋赵时赏，咨议赵孟濴率领一支军队攻取江西宁都，参赞吴浚率一支军队攻取雩都（今江西于都）。刘洙、萧明哲、陈子敬都从江西起兵来与他会合。

文天祥集合大军后，分派各位将军分头向汀州周边各县进军。邹沨（sù）以招谕江西安抚副使在宁都招聚兵众三千，攻克了宁都县城；武冈县教授罗开礼，起兵三千收复了永丰县。但不久元兵增兵反扑，罗开礼在城下与元军大战半日，兵败被俘，死于狱中。不久元军攻打宁都，邹沨兵败，邹沨部下将领刘钦、鞠华叔、颜师立都战死，幸亏邹沨带领五百人，在颜起岩的接应下，杀出重围保住了城外屯聚的粮草。文天祥听说罗开礼和刘钦、鞠华叔遇难而死，穿起丧服，为几位死难将领设灵祭奠，痛哭不已。

景炎二年（1277年）正月，文天祥领军屯驻在汀州，收复了周边多个州县。他闻知元军沿饶州南下向福建攻来，于是命黄去疾镇守汀州，亲率大军经龙岩迁移漳州，扩招军队，请求入卫朝廷。赵时赏、赵孟濴也从不同方向率兵归来了。文天祥正欲集结兵马去守卫福州，却听探马来报，说宋端宗皇帝已离开福州，起驾下海了。原来，闻听元兵往东南杀来，宋端宗下诏令扬州守将李庭芝、姜才率军来福州勤王，李庭芝命令淮东制置副使朱焕守城，自己与姜才率领七千宋军南下，谁知他们前脚刚刚出城，朱焕后脚便开城向元军投降了。

李庭芝无奈率部进入泰州城据守，但元军很快把泰州围了起来。为了能迅速破城，元军将扬州城中宋军将士的妻子、儿女驱赶到泰州城下，胁迫宋军。一时间，城下哀号之声不绝于耳。见此情形，泰州城的宋军无心再战，只得丢下兵器投降。城陷后姜才身染重病卧床不起，三日后与李庭芝一起被元军押送到扬州杀害。

扬州沦陷后，元军直逼真州，知州苗再成率四千宋军拼死抵抗，元军攻城半个多月，真州被攻破。敌军入城时，苗再成拔剑挡在城门口，与元军巷战半个时辰，最后战死。

元军攻占真州后，转而又率军包围了通州。通州守将杨师亮率军在城头防守。守城宋军与元军相抗四十余日，城仍固守。元军攻城不下，加强了攻城力量，他们调来了抛石车，用威力巨大的器械进行攻城。

第四十七天，元军用石砲和弓箭相继向城上发射以配合兵士攻城，宋军伤亡一千余人。在城头指挥督战的主将杨师亮身中十余箭而战死。主将殉国，偏将王山看守城艰难，失去信心，提出城破之日不远，趁早归降为好。副将张干斥责偏将不可鲁莽。次日黄昏时，偏将王山看到副将张干到别处巡守时，便令身边兵士开城，向元军投降。通州随后也失守了。

真、通二州之城相继失守，宋军失去了长江以北的最后据点，图谋北伐实无指望了。当时陈宜中等人出谋令李庭芝弃守江北门户南下勤王，无疑是一着错棋。在元军不断的攻占压迫下，宋朝疆土在一寸一寸地沦陷，流亡宋朝一步步往南逃逸，没有了希望和寄托。

既然皇帝已经下海，文天祥只好继续图谋收复失地，他率军屯驻朋口旬日，又转移到漳州龙岩，集结粮草，准备收复梅州。此时，元军入汀关，他率军到连城拒敌，仍屯驻朋口。

三月，春暖花开之时，文天祥进军永定，攻打七日拿下永定后，经永定再率军到梅州地界，半月时间又攻克了梅州城。四月初文天祥计划移兵江西，继续收复江西失地。当他在中军大帐当众说明意图后，都统王福、钱汉英二人反对进军江西。

王福劝阻道："文大人，末将认为，江西元军兵力众多，再说江西北部无险关可依，就是收复也难以据守。"钱汉英道："文大人，王将军言之有理。我军不可以卵击石，与敌蛮战，自损兵力。"王福又道："大人如欲率军西进，我二人愿意领本部人马驻守梅州，以巩固宋军基地，为大人看家护院。"

文天祥听完王福二人之言，明明是畏葸不前，惑乱军心，唯恐留下二人再出现李庭芝与朱焕事故，为稳定军心，警示他人，遂痛下决心，喝道："来人，将专横跋扈、不服调遣之将军王福、钱汉英二人，推出门外斩首。"

几名校尉应声将王、钱二人拿住。赵孟溁见此，赶紧为二将求情道："文大人，而今正是用人之际，请宽谅王、钱二将军一时之糊涂，留其性命，让其戴罪立功吧。"其他诸将也附和为王、钱二人求情。文天祥道："诸位将军，并非本督帅心狠，而今非常时期，贼已入室，生灵正遭涂炭，为将者岂有贪生惧死，目视强贼作乱而不挺身驱逐之理？也罢，念及诸将苦求之情，暂且放过王、钱二将，准其戴罪立功好了。"遂让军校放了王、钱二人。

此夜，文天祥正在中军营帐挑灯阅读兵书，赵孟溁忽然匆忙来报："文大人，大事不妙。"文天祥让他慢慢道来。赵孟溁便道出原委。原来，午间文天祥将王、钱二人放了后，王、钱二将回到营中，心中忧郁不快，于是他们聚会商议道，如今元人势大如山，宋军已如夕阳之势，早晚必为元人攻灭，况且而今二人已不为文天祥所信任，与其被动处事，不如约定三日后趁半夜开城率部卒北上去投元军，也好谋个前程。商定后，二人便派亲兵去给部下将领传递消息，积极筹备，拟于投敌。

其实赵孟溁当日上午担保求情放了王、钱二将，内心实不放心，便派人暗中盯住王、钱二人近日之举动。当盯梢暗探发现王、钱二人营中部卒进进出出十分繁忙时，心中大疑，急回报于赵孟溁，赵孟溁便亲自带人跟踪王福一名部下亲兵，于僻静处拿下此人。一经审讯，此人将王福、钱汉英私谋叛乱之事和盘托出。赵孟溁大骇，便急来报告文天祥。为排除隐患，事不宜迟，文天祥立即命令赵孟溁带领二十名军校，埋伏在中军帐两侧，然后以有紧急军情召诸将来中军帐议事为名，令人将王福与钱汉英二人传来，文天祥以摔杯为号，军士一举拿下王、钱二将。文天祥当着众将面前，言明事由，连夜执意处斩了王、钱二将。

又过旬日，到了五月初，文天祥领兵迁出江南西路，进攻会昌。会昌县位于罗霄山余脉，地处粤赣闽交界处，守将王孟守军只有两千人马，文天祥指挥部下攻城，五天后王孟负伤战死，宋军便拿下了会昌城。随后，他率军进入会昌，在会昌休整人马半月，又招募到义军两千，扩充了军队。六月中旬，文天祥又率军北上，包围了兴国县。兴国县守将艾杰只有三千人马，他率军与文天祥的军队激战五天，自知不敌，便开城投降。

文天祥麾下当月攻克收复兴国后，又接着率军向周边县城出击，接连收复了吉州所属吉水、新干、安福、永新等十余县之过多半。遂亲自驻防兴国，指挥部署，下一步欲攻打赣州城。邹洬率领赣州各县的军队攻取了永丰，他的副官黎贵达率领吉州各县的士兵，也攻取了泰和、万安县。接着，文天祥又集中一万兵力，进军雩都，十日便取得了雩都大捷，攻占了雩都。

一时之间，宋军占据了六七座城池，开创了江西抗元之大好局面。

潭州人赵璠、张虎、张唐、熊桂、刘斗元、陈子全、王梦应等人趁势分别在邵州、永州等地起兵，也克复了周边数县。抚州何时等人也起兵响应文天祥。分宁、武宁、建昌三县的豪杰，纷纷聚兵数千，都派人到文天祥军中联络，接受调遣，准备参战抗元。

面对如此大好的抗元形势，文天祥心志大振，积极筹备，想尽快攻复赣州，以便稳定江西政局。

五一、宋端宗逃难海上走

却说文天祥离开福州到南剑州建立都府后，高举抗元大旗不久，八月，南宋江南西路降将王世强便引领元军阿剌军所部从浙西路南下，欲来攻打福州南宋新朝。

陈宜中请皇帝诏令扬州守将李庭芝、姜才率军来福州勤王，但是等待半月未见援军，危急之中，张世杰亲率三万大军，在赵兴和其侄儿张志奇配合下，开赴到宁德，欲阻击元军于闽江以北。但是元军拥有五万人马，加上在王世强先锋之引导下，元军包围了宁德，指派兵士日夜轮番攻城，半个月后便攻下了宁德。张世杰损失五千多兵马也未保住宁德，只好率部退守连江县。

在退守连江县期间，张世杰觉得元军势大，唯恐连江不保福州有险，命令赵兴、张志奇等人坚守城池，他便带上三百军士，赶回福州，力劝杨太后及皇上先行撤离福州。等待宋军打退了元军，保住了福州再回銮不迟。

当张世杰赶回福州城，正欲去见皇上时，丞相陈宜中闻讯却等在街头。陈宜中道："张大人，老夫料那元军贼众凶蛮，恐将军闽西拦截之战不利，我已劝杨太后及皇上，收拾行程，暂避海上。将军既归，当速去保护皇上，出城登舟去也。"张世杰闻听陈宜中这样说，心想，你身为丞相，前方将士浴血死战，你不忙于督粮运草加强战备，却在后方谋划逃跑。想到此，只好说："丞相既然已筹谋，即日便可启程。"

于是张世杰侍奉端宗和陈宜中等一班文臣，乘坐百艘大船，进入海上，而自己则率领五千军士，又赶往连城增援了。当张世杰带领将士赶到连江时，连江县城已被元军攻破。赵兴、黄信已经战死，而侄子张志奇已经不知去向。元军得知张世杰率军来救连江，即派八千军兵反扑进击。张世杰所部地处城外，无险可依，处于危急时刻，幸喜地方义军首领陈吊眼、许夫人等畲族军队五千人马从闽侯方向杀来，拦截住元军，张世杰所部才得脱险。随后，张世杰率军与陈吊眼、许夫人所部一同撤军南行，欲回防福州。

谁知到了福州城下，蒲寿庚却令兵士不准开城门放张世杰等人进城。

张世杰让蒲寿庚来城上回话。半会儿，蒲寿庚才来城头道："张大人，张太尉，下官多有不恭。不是蒲某人不想当忠臣，而是宋朝气数已尽，我等皆已尽力而为，然而天道逆转，请顺天应景，降元封侯，同享富贵吧。"原来，蒲寿庚看到宋廷行朝君臣一行已撤离到海上，又加之元朝势力锐猛难挡，他已经失去斗志，在蒙元副帅阿剌军的来信劝降下，便开城降元了。张世杰闻听蒲寿庚如此一席话，恨不能一剑杀了他。

张世杰道："蒲寿庚，大胆逆贼，朝廷一直待你不薄，亏你也曾享食宋朝君禄，竟然道出如此逆天悖理之词。老臣今必诛之。"说完，张弓搭箭射向城头，蒲寿庚赶紧躲藏，这一箭虽未射中蒲寿庚，却射死了城上旗牌官蒲柳林。

其时已是九月初，元军为了巩固福州，派蒲寿庚率一万大军固守福州城池，张世杰连攻福州十天，不克。这时，元军阿剌罕又从饶州增派五千兵马过来，蒲寿庚趁机内外夹击向张世杰等人杀来，张世杰与陈吊眼分兵抗击，战斗打了三天，还没有攻克福州。最后，陈吊眼与张世杰商议，由他率本部人马拖住元军，张世杰率军去保卫皇上。张世杰觉得有理，只好率宋军退守海边，他们从蒲寿庚部下主舶吏属手中夺得三百艘大船。

那日黄昏，张世杰正指挥兵士往船上搬运物资，这时，只见侄儿张志奇带领数百人匆匆赶来。原来，其侄儿在连江城外被元军打散后，他知道连江难保了，便收集散兵，随后带领五百军士，连夜赶往宵岭旁边的粗芦岛上，将港口屯居的大船五百余艘全部劫夺而来，以备宋廷军队征用。

叔侄二人重逢，整顿好大小船只，正欲驾舟往南追赶皇上去，这时，一队人马杀了过来。原来，蒲寿庚知道张世杰进不了城，要驾船而去，便派人马前来截杀张世杰。张世杰见叛军追来，赶紧边杀边退。

这时，江万载的第三子江铭率两千军士赶来了。原来，江万载听说福州失守了，便派儿子江铭带人前来接应张世杰。于是，江铭为掩护宋军登船，与蒲寿庚的部将大战起来，最后，当他赶到江边，正欲登船时，敌人一阵乱箭射来，江铭身中九箭战死。

张世杰看到江铭为了掩护他们撤退，中箭而死，他悲痛不已，忍痛抢了江铭尸体，带到船上，起锚南行。一行人在海上赶了三天，终于在惠安境内赶上了皇上船队。

大队人马在惠安县令的迎接及帮助下，进入城内歇息数日，然后移师泉州。眼看南宋局势日衰，张世杰令泉州知州加紧召集工匠，再打造百余只战船，以应海上巡航击敌。

到了十月，元军东路主帅唆都率领大军来支援追兵一起攻打泉州。张世杰率宋军与元兵在泉州城下相抗一月余，因元军仍然用投石机攻击城池，宋军伤亡惨重，眼看城守不住，于是一日傍晚撤兵退出城去。

宋廷行朝撤离泉州后，左丞相陈宜中自知南宋处境日艰，他禀告皇上与杨太后后，以到南海占城一带寻求行朝宿营场地之名，携带家小随从驾舟两艘，沿着海边先行南下去了。

陈宜中走后，张世杰、陆秀夫、江万载等一班臣子，继续陪同皇上和杨太后往漳州方向行去。不久元朝江南西路主帅唆都听探马报告说宋廷暂居潮州浅湾，欲派人招降宋端宗，先派经历孙安甫前去宋营劝说张世杰归降元朝。张世杰听孙安甫道明来意，回道："乱世之中，人之为臣，各司其职，各为其主。你来劝我降元，那我劝你降宋，你可愿意？"孙安甫无言以对。张世杰令人把孙安甫拘留在军中，既不杀他，也不让他回去。

三日后，元军不见孙安甫回去复命，招讨副使刘深便率兵攻打浅湾，被张世杰部将方遇龙领兵三千于钱澳设伏而击败。张世杰一怒之下，将孙安甫推出营外斩首。因宋廷一路南逃，又遭遇敌兵追杀，缺吃缺喝，人困马乏，张世杰只好把端宗移居井澳。几日后元将刘深又领兵五千赶来攻打井澳，张世杰和江万载又率军迎战，指挥将士拼杀半日，击退了刘深的进攻。于是率队继续前行，将行朝迁往硇州岛。

不料宋朝船队行到吴川县外海滩处，突遇大风，海浪滔天，两艘大船遇风颠簸不停，其中正有端宗的乘船。端宗被大风刮进海水中，幸有江万载和臣僚奋身跳进海中拼死相救，端宗终被抢救出海，但是江万载却被海浪卷走。遭此厄运，船队大乱，陆秀夫提议船队暂且迁移硇州岛，权作避难。军队随即在岛上垒石修筑宋城垣，让行朝上岸暂停两月。但端宗因溺水，加上惊吓过度，从此一病不起。

景炎三年（1278年）正月，元军派大将王用领兵攻打雷州，宋朝高州巡检使黄十九明白守住雷州就为行朝守住一块落脚地，便率军三千前往雷州增援。在军民奋力抗击之下，王用战败，被宋军追击中用弓箭射死，雷州得保。到了四月，端宗病死，在张世杰、陆秀夫、陈文龙、苏刘义等臣子拥戴下，卫王赵昺被立为皇帝，杨太后同朝听政，拜张世杰为少傅、枢密副使，陆秀夫为右丞相。苏刘义仍为殿前指挥使。行朝继续南下。

五月，天气渐热，元朝派琼州安抚使张应科率军前来攻打雷州。张应科率军八千攻打了五天，前后分三次猛攻雷州城，但都被守城军士击退，而且死伤两千人马，只好退兵。至六月，元军张应科再次率军八千与宋军决战于雷州城下。黄十九闻讯又率高州三千军士赶来增援，与城中宋军前后夹击，元将张应科疲于应对，战死城外。但元军五千增援人马从博白赶来。

黄十九闻讯率军到庄山拦截元军，与数倍于己之兵在郊野背水一战。双方战斗坚持了整整一天，终因敌众我寡，孤军作战，黄十九战马累毙，他亦身负重伤，以身殉国，部下死伤殆尽。最后，元军集中兵力对雷州发起攻城之役，雷州城于第三日失陷。

张世杰闻讯，认为雷州城失陷，硇州距其较近，已不能久居，将赵昺转移到新会城南崖山。从七月至八月，在张世杰督促下，宋军在崖山建起临时行宫，张世杰被封为越国公。朝廷散发琼州粮食供给军队，军队终得粮饷补充，埋锅造饭，军心稍稳。

却说从八月初，南宋朝廷派原广州府都统凌震、权兵部侍郎王道夫二人带领由岭南各州收集之散兵组成整编军七千人，开始袭击已被元军占领的广州城。镇守广州城元军元帅吕师夔因军饷不继而率大军退走于赣州，只留下三千人守城。凌震、王道夫二人摸清虚实，便领军左右夹攻，打败了元将梁雄飞，占领了广州城。

然而，一月后，元将塔出率军赶来与吕师夔会师，蒙军反扑广州。凌震、王道夫二人坚守月余，终于不敌，在城破时凌、王二人突围走脱，收拾残兵共四千余人，兵分两路，各据东圃和番禺茭塘，互为掎角据守，以待时机。四个月后，因元军调兵北上增援江西，凌震、王道夫趁广州驻军薄弱之际，联合发兵进攻，攻城二日，再次收复广州城。朝廷闻报，下诏对凌震、王道夫进行嘉奖道："凌震、王道夫二臣，不畏强敌，殚精竭虑，敬于事上，忠于谋国，缅惟纯诚，百折不挠，宜于嘉奖……"晋升凌震为广东制置使、光禄大夫，王道夫为兵部侍郎兼广东转运使，并升广州府为祥龙府。军士士气大振。

但到了当年十月，元军主力大军数路并进南下，李恒率元军四万人马直扑广州，将广州城围住。凌震、王道夫率七千人据城坚守。二人商议退敌之策。凌震道："面对敌众我寡之态，不宜硬拼，应当采用智战之策对敌。"王道夫问道："以何为策？"凌震道："元人惯于平地厮杀，而广州城外多水，若晚间出兵攻之，必有所获。"王道夫道："如此甚好，今夜我领军劫营去吧。"到了夜间，王道夫率军三千偷袭敌营，果然成功，斩敌两千。元军受到偷袭，往后只得加强防备。旬日后，元军部署得当，发兵猛攻城池。

宋军抗战五天，血染城垣，元军不但不退，还不断增援。凌震、王道夫二人率军五千坚持十日，眼看西边城被攻破，为了保存实力，他们再次从南门及东门突围而出，仍兵分两路，各据东圃和番禺茭塘据守。但三百多艘战船与广州城池，俱被元军俘获而去。

到了十二月，王道夫率军进攻广州，因缺乏战船，元军守护严密，又加之广州城外尽是水域，而且地形复杂，王道夫战备不足战败，凌震率军前去增援，亦战败撤退。最后二人又收集散兵，集结军队，继续筹划夺城。他们先后两次发动攻城战，因元军防守日益严密，最终也没能夺取广州。宋廷欲将广州作为行朝之临都的目的破灭，只好沿海漂行。

到年底，凌震因壮志难酬，加上兵败，忧愤而死。王道夫率残军撤退到新会崖山，到宋军大本营会合去了。

五二、空坑兵败损兵折将

却说景炎二年（1277年）七月，文天祥遣参谋张汴和监军赵时赏、赵孟溁率大军三万进逼赣城。

元军江南西路宣慰使李恒听闻文天祥发重兵攻打赣州，知晓赣州危急，派兵增援亦因路远而不甚可靠，欲来个围魏救赵之策。于是便派遣部将严怀来率两万兵士前去增援赣州，而自己却率两万人马往兴国赶来，进攻文天祥之据点大营。

这一日，文天祥正在营帐筹划进兵之策，忽然探马来报道："报告督帅，元兵李恒率部下两万人马向兴国杀来。"文天祥问道："元军距兴国尚有多远?"探马回道："元军已过丰城。"文天祥道："知道了，继续探视去吧。"

文天祥没有预料到李恒的兵马突然攻至兴国，他身边只有巩信、刘沐、彭震龙、汪延晖四将和三千守军。急忙招诸位将领前来商议。巩信道："文大人，元朝大军主要屯居于赣州和隆兴府，一南一北，皆重兵力压之地，我军最好往吉安永丰方向迁移，避敌锋芒，也好扩军屯粮。"彭震龙道："巩将军言之有理。我军宜于向永丰县之邹沨部移军，两军联合，以大部兵力抗击元军，以免被敌军各个击破。"

文天祥听两位老将都这样说，于是命令赶快集合部队，率兵撤出兴国城，欲引军靠近永丰的邹沨，虽不能联军一起，也可以与邹沨之军形成掎角之势抗敌。但是文天祥的军队正行进到上溪附近，探马回报说，永丰城已经陷落，邹沨的军队已在昨日受到李恒分兵的攻击，因突然遭遇重兵袭击，已经溃败。据说邹沨突围出城，所部均被打散，邹沨也不知所终。

军情有变，文天祥只好率军向东南方向而行。走不多远，部下彭震龙、监军赵时赏和偏将刘洸几人领着五千人马从赣城赶回来救援兴国。但到兴国地界，得知文天祥已率军撤离兴国，往永丰方向行进，便经宁都追寻而来。两军会师，文天祥欣然之余便将两路人马合成一军，继续南行。

却说元将李恒到兴国见文天祥已撤走，便率兵一路穷追，最后在探马的探视指引下，追到了文天祥所部刚到达的方石岭。远远望见后面尘土飞扬，知是元军将至，老将巩信决定拦截元军，挫其锋芒。他看到方石岭周边山险地坚，河流环绕，地形复杂，小路也在山谷之间，欲坚守山口拒敌。

巩信对文天祥道："文大人和汪延晖等人先行，我率军断后。"文天祥道："我是督帅，理应与众将同守阵地，岂能弃阵先走?"巩信向文天祥战马猛抽一鞭道："大人快走，如延迟，必误大事。"言罢，转身倚靠大石，准备与兵士用弓箭拦截敌军。

巩信先让部卒砍伐几棵树木推倒在山路上，当作鹿砦。果然一会儿元军赶到，连人带马被绊倒数十人，巩信让士卒用箭射死。如此守战，歼杀元军近百人。后面大队元军赶到，他们分成两股向巩信所部攻杀。奈何敌众我寡，巩信先用弓箭后用山石攻击元军，后来身边弓箭石块皆已用完，只得用木棒投扔击敌，拼杀苦战两个时辰，他持刀杀死拥上前来的敌兵百余人。最后元军弓箭手赶来，一齐向山坡放箭，巩信身中数箭，战死了。巩信虽身中数箭，仍坐在大石上岿然不动；许多兵士中箭负伤，也依然倚岩石挺立不倒。

巩信等八百兵士全部牺牲后，元兵从山下望去，以为仍有兵士把守，不敢轻进。幸好刘沐、汪延晖趁元军被拦截之时，一路护卫着文天祥杀出包围圈，向前逃走。

过了约莫两个时辰后，元兵见无拦截，仍穷追不舍。到达赣县空峒山之空坑，部将彭震龙停下拦截追兵，他与士兵坚守山垭一个时辰，终被元军打败溃散。彭震龙背靠大树与敌鏖战，最后战死。文天祥的妻子欧阳夫人和女儿柳娘、儿子佛生都被元军抓去。赵时赏坐在马车中，挡住山路，与身边侍从用弓箭射击敌兵，箭用完，后面的元军赶到车边，讯问他是谁，赵时赏道："你等瞎了眼了？我姓文，乃是你们的克星。"众元兵以为就是文天祥，大喜过望，活捉了他返回军营，不再往前穷追，文天祥因此得以逃脱。

文天祥所部在空坑战败后，听说部下彭震龙等将领死于乱军中，而攻打赣城的部队也失败了。张汴、赵孟荣先后战死；缪朝宗被敌军围住，他不肯受俘，扯开衣裳作带上吊而死；吴文炳、林栋、萧敬夫、赵时赏、刘汛都被元军抓捕带回隆兴府去。文天祥忧心忡忡。

其实，刘沐、刘子俊拦截元兵时，在山谷与敌人鏖战，后来均无踪影，不知生死。赵时赏被元军抓获后，一直怒骂不肯屈服。元军提俘虏审讯时，赵时赏见有僚属在内，便对元军吼道："小小签书吏，捕来有何用？"以前元军俘获宋军军士时，有士兵多次被抓来，往往因职低身微很快放掉。这次，元将听赵时赏如此说，以为又是捕捉了一帮军卒小校，便斥骂道："小小士卒，抓来有何用处？"让军士放掉那些小人物。经赵时赏几句蒙骗之语，因此得以释放逃脱的部属较多。对偏将和参议官等将领，元军统领进行劝降，但均遭到拒绝。见劝降不成，便欲杀掉。到行刑的时候，偏将刘汛多次辩解："你们抓错人了，我乃一部卒。"赵时赏呵斥他说："大丈夫视死如归，死了算了，何必这样畏惧辩解呢？"于是林栋、吴文炳、萧敬夫等人都慨然道："山河已碎，生有何乐，死有何惧！"众将领皆赴死殉难。文天祥稍后得知部下死讯，悲伤不已，让军士为其立牌设灵，进行祭拜。

幸好当时吕武、杜浒等人因在江淮一带继续为文天祥的大军筹措粮饷，故免于兵难。

文天祥撤离空坑，到达梨树坪清点人马，加上溃散后返回之兵，共有四千余人。

汪延晖道："文大人，可惜欧阳夫人和令爱柳娘、令公子佛生都被元军俘虏而去。实乃属下无能，未能保住大人家属，惭愧之至呀。"文天祥轻抚延晖之肩，道："延晖何出此言？你等将士，奋勇杀敌，尤为出色。何况国难当头，人如草芥，覆巢之下焉有完卵。无国哪有家？此乃佛生几人之宿命。"文天祥安慰大家一番，让大家休整半日。

次日，文天祥率残部退往闽赣交界的汀州而去。因汀州仍有宋军守城，他们入城休整三日。因探马回报说汀州北部宁化已有元军据守，文天祥一怕元军会来偷袭，二怕部队屯守汀州日久粮草补给困难，于是过了四五天又率军退守至龙岩一带。下一步决定占据循州。他派探马打听循州军情，得知此前，原循州知州刘兴以城降元，循州也无法去了。

文天祥只好集中兵力，先拿下了龙岩县。他们在龙岩停留十余日，获取粮草补给后，探马回报说有元军向南逼近，为了保存实力，文天祥只能率军继续往南行进。到了十一月，文天祥沿途又收容陈龙复等散兵三千人，经梅州进入循州地界，在吕武、杜浒等人筹来粮饷的支助下，文天祥与吴浚部取得联系，他们屯兵一处，开赴循州城外。

大军离循州城二十余里处，文天祥准备智取循州，让大部人马停止前进。他下马与吕武、杜浒、吴浚几人坐于路边大石上，商议取城之法。吕武道："请大人给我三千兵马，我从南门正面佯攻，由杜浒将军领两千人马，从侧面待机袭击循州东门。我们两支人马，声东击西，左右夹击，必能很快取胜。"文天祥觉得此法可行。于是让大军暂且屯于循州城以北二十里外龙江边歇息待命，命吕武、杜浒二人领军士五千，分兵围攻循州。

吕武率三千兵马来到循州城外，列队叫阵道："城上守军听着，让你们主将快快开门投降，若献出城来，则有大功，不然待我大军杀进城中，你等小命不保也。"

循州守将刘兴在城上回话道："贼将休要猖狂，我乃循州守备主将刘兴，若是识相者，赶快退军离去，否则本将军让你等有来无回。"吕武激他道："刘将军，你只知用大话压人，乃愚人之举。你等一撮小兵，畏缩在城中，望见我大军杀来，早已瑟瑟发抖，还敢吐出如此狂言，实在可笑。"刘兴向城下骂道："呸！贼将休要狂妄，待你刘爷爷出城擒你来！"他见城外攻城兵马不过三千人，便大胆点起三千兵马，率军出城迎战。

吕武见敌军出城刚摆开阵势，便拍马上前讨阵。循州副将李崃正想上前对阵，刘兴拦住道："你只管压住阵脚，由本将军会他。"于是迎上前与吕武厮杀。

二人你来我往激战二十回合，吕武已摸清了刘兴的枪法，便转换杀法，攻其中路。刘兴不识招数，渐处下风，慌乱起来。吕武瞅准时机，欲速战速胜，他挥舞长刀，施出霹雳刀法，分上中下三路向刘兴连砍三刀，刘兴不识吕武刀路走势，挥动长枪抵挡，但他只挡住了吕武前两刀，吕武第三刀于电光石火之间拦腰劈去，刘兴闪躲之中，马蹄打了个闪失，吕武迅速将叛将刘兴一刀斩于马下。

刘兴手下部卒见主将已被杀，顿时大乱。副将李崃急忙指挥兵士欲退回城中，吕武拍马上前缠住李崃厮杀。待机于东门外的杜浒见吕武头一阵已经取胜，也趁势领大军从旁边赶杀了过来。宋军两支人马一起杀进城去，顺利光复了循州。

五三、梅州遇袭受擒俘

大军在循州稍作整顿后，文天祥留下吕武领两千军士镇守循州城，他率大军即向广东潮阳移师。途经长乐县廉峰嶂（五华县与紫金县交界），闻深林黄麖鸣而循声沿石阶进入南岭地界。文天祥久闻南岭雄秀，山势宽阔，欲占山屯兵。他将设想告知杜浒，杜浒道："我军近半年来遭元军追击，将士疲惫不堪，若进南岭屯守，正好可以屯兵训练，扩充军力。"

南岭位于紫金县东北部，周围山深岭峻，属狭长状盆地，适宜养兵休军。南岭核心地域在骆老坪东去城东南八十里，其高四百丈，四周百余里，四高中衍，林木茂盛，唯一通路，曲径通幽，险阻可据，易守难攻。文天祥道："就依杜将军之言而行。"

文天祥进兵南岭时，在山脚找到当地种田的农夫询问山中情况。农夫道，此山有人据守，不可轻入。文天祥问是何人据守。农夫面显惧色道，山中腹地有山贼铁板僧据守山中险要处达十余年。铁板僧四十余岁，人高马大，武艺高强，力大无比。他们建有山寨，拥四百余人依山而居，常常抢劫过路商旅与行人。

文天祥决定剿除山贼，命部属杜浒引兵一千人入山征剿贼寇。若铁板僧部众灭绝伏法，正好可依此山寨为基地，屯兵训练，整军休息。杜浒带人来到山脚停下，为了能顺利抓捕贼人，让人先寻找向导。小校找到居住在山岭附近的一名樵夫，带到杜浒身边。杜浒问樵夫可曾到达过深山之中，樵夫回说到过山中，去年入山挖草药时，还见过山贼的寨子。杜浒对樵夫道，愿支付五两白银请他作为向导，为军队引路攻打山寨。

樵夫慨然应允，但言明不要报酬。随后在樵夫的带领下，杜浒与汪延晖带领一千军士，从山寨侧面沿羊肠小道突击上山，将铁板僧部众居住的山寨包围起来。

其时山贼正在大厅用午饭，只有一个哨兵在山岩上巡哨，杜浒正欲射杀哨兵，此时旁边树上一只山鸟被宋军惊飞。哨兵被惊动，知晓有人上来，便高声大喊道："不好！有人偷袭山寨了！"众贼人闻声，丢下饭碗仓促拎起兵器出来应战。杜浒率宋军将士上前包抄，双方一番打斗，贼人死伤一半。眼看贼巢将被"天降神兵"征剿荡平，站在高台上指挥部下迎战的铁板僧与二当家苟辛，纷纷操起禅杖和铁棍，分别迎上前来。

汪延晖持剑跃上餐厅前的场坝，与冲在前面的二当家大战起来。二人杀了二十回合，二当家向汪延晖拦腰猛扫一棍，因用力过大，扫折了一棵树，汪延晖瞅准时机，一剑将二当家苟辛拦腰刺死。铁板僧一声狂吼，嚷道："持剑竖子，你休要得意。洒家今日定要杀了你个狂妄小子！"吼完，便从一块大岩石上跳了下来，挥舞铁杖，迎战汪延晖。

二人又激战了十几个回合，杜浒看铁板僧力大禅杖沉重，禅杖过处，虎虎生风，唯恐延晖吃亏。他便朝铁板僧扔过去一块石子，大叫一声让汪延晖闪开，急令部下一齐朝铁板僧放箭。当时铁板僧举起禅杖击打时，被杜浒扔去的石子惊了一下，汪延晖已跳出圈子，他便打了个空。当铁板僧转身直腰将禅杖第二次欲向汪延晖抡将过来时，已被杜浒部众用弓箭射成了刺猬。其余小股贼人被宋军包抄攻击，已失去斗志，纷纷伏首投降。宋军缴获粮草若干，也缴获了山寨和辎重器械。

文天祥闻听探马来报，言说山寨之贼被部下顺利征剿，大赞杜浒、汪延晖等人勇猛善战，立功非小。遂率军进入南岭腹地，随后一面派人四处收容残兵，一面屯兵训练。但是，终因南岭封闭，与福州南宋小王朝失去联系，便做好了长期依靠山城作战的固守准备。

这年冬天，大雪漫山，文天祥的部属便在南岭山中度过。他一方面加强练兵，一方面派人继续到沿海一带打探宋端宗行朝的消息。

南宋景炎三年（1278年）三月，文天祥率部出南岭山，由丽禾石关隘进兵海丰。占据海丰县后，听探马报告说元军大部屯驻于广州，惠州守兵薄弱，文天祥便派遣弟弟文璧、文玮率军三千西进，攻打惠州。十天后，文璧派人回报文天祥说已经收复了惠州城。文天祥甚喜，并仍令文璧知惠州，让其驻军留守。

这时，打探宋端宗行朝之消息的人回来了，报告说，探得端宗因病已驾崩，新帝赵昺继位登基，朝廷已越过海口，迁往雷州方向去了。

五月初，文天祥派人与陆秀夫、张世杰新拥立的帝昺小朝廷取得了联系。新帝赵昺朝廷果然迁至新会崖山。八月中旬，文天祥从海丰移师至归善县南海滨之船澳（今广东惠东县稔山），派人上表于皇帝自劾兵败江西之罪，请求入朝觐见帝昺，合兵勤王。但丞相陆秀夫居中用事，优诏不许，嘱其固守陆路，分散敌军，声东击西，迂回歼击，收复州县。只对文天祥加封少保、信国公的爵位进行勉慰，实为空头官爵，并无半点粮饷拨给。

鉴于此情况，从战略角度考虑，文天祥率杜浒、汪延晖诸将于十一月初移兵潮阳，欲凭借潮阳山海之险，招兵屯粮，图谋中兴。他移兵潮阳城外才五日，原在空坑战役失散的刘子俊、刘沐，以及邹沨，闻讯也率部进入潮阳。两路人马会合，协力攻下潮阳城。邹沨率军与文天祥会合后，一时兵势稍振，部众达一万四千余人。

转眼到了十二月初，元兵都元帅张弘范、副帅李恒率水陆步骑约十万大军，从江西、浙江方向大举向南进逼过来。不久，循州就被元军两万人马包围。吕武率军抗击四天，第五天黄昏，元军同时发起猛攻，吕武所部应接不暇，城被元军攻破。吕武率残兵不足千人从东门突围而出，不知生死。屯居潮阳城的文天祥得到谍报，度势不敌，眼看兵马与粮饷二者皆不足，中兴计划暂且无法实施。文天祥与部下商议，乃图谋入南岭固守，避敌锋芒，养精蓄锐，再徐徐图之。于是他们退出潮阳城，移师海丰县，休整五日，从海丰县向南岭中退守而去。入南岭的五岭坡后，宋军分成三寨扎营驻守。

此时，文天祥突然想起了在福建转战的义军陈吊眼。陈吊眼将军英勇善战，麾下拥有义军五六千人马，若能与其取得联络，合军谋事，必壮声威。如此一想，便派部下杜浒带领十余人去福建与其联络。但是杜浒奉命到闽地寻访十余日后，回报说寻访不到陈吊眼的义军。文天祥听了杜浒的报告，心情失落，只好让部下继续屯垦休整，伺机再战。

十二月二十日中午，文天祥部众正在海丰县以西五坡岭宿营用饭，因炊烟大起，元兵便循烟雾而来。元军大队骑兵约三万人马突至，围攻到文天祥驻地。宋军仓促不及战，勉强支撑两个时辰，汪延晖、刘子俊、刘沐、陈龙复、萧焘夫等将领，拼死相战，虽杀敌两千，但元军势众，最后汪延晖、刘子俊等部众皆壮烈牺牲。

其时，文天祥被元兵千户王惟义率军包围。王惟义领八百亲兵直扑中军营帐，破帐将文天祥俘虏。被俘时，文天祥即从袖内掏出脑子（冰片）吞服自杀，意欲殉难，但昏眩两个时辰，竟不能死。遂被押往潮阳见元朝都元帅张弘范。张弘范见到文天祥被俘，甚喜，令兵士好生看押，以求后用。文天祥求死不能，被羁押于潮阳。

当时部将邹㴐听闻文天祥被元军破帐俘获，率领八百军士拼杀营救，他们沿着元军退走方向追赶半日，因敌众我寡而援救失败，还死伤三百军士。绝望中邹㴐拔剑自刎，但遭部下夺剑抢救，然而因抢夺稍迟伤到脖子，可是伤不及要害，一时不死。邹㴐被部下亲兵十余人扛抬而行退入南岭，十日后因伤口无药医治身亡。一些散兵闻讯也退至南岭，终不肯散去。

却说杜浒在文天祥受俘之前两三日，已带领百名军士，又出山往循州方向去寻访打探吕武的消息。但一连寻访五六天，也没寻访到吕武的音讯，想必吕武已经战死。杜浒只好带着士卒返回南岭的五岭坡，得知众将都已战死，文天祥也被元军抓到潮阳去了。杜浒痛惜之余，决定犹如当年在镇江那样，再把文天祥从元军手里救出来。

那一日，杜浒带着百名部卒到了潮阳城外，刚好碰到一队元兵。杜浒率部卒藏于树林中，仔细观察，发现元军共计只有四五十人，杜浒率兵杀出，将元兵大部杀死，只留下两名活口，审讯元兵，想问出文天祥被羁押在何处。元兵说羁押在城中营房中。杜浒让部下兵士快换上元军的衣服，欲混进城去劫救文天祥。

谁料，刚才激战时有元兵逃脱，那报信元兵搬来五百余名救兵，向杜浒他们杀来，杜浒只好率军迎战。双方激战两个时辰，杜浒与其部下杀死三百多名元兵，但是部下已损失七八十人，最后杜浒被近二百名元兵团团围住，他持剑以一抵百，左冲右突，又杀死九十多名元兵，终于因力竭而战死，手下部卒亦全部覆没。

南宋祥兴二年（1279年）正月初六，文天祥被元军押送离开潮阳，坐船往南行，于十三日经零丁洋至崖山，文天祥有感而发，写下脍炙人口和流传千古的《过零丁洋》一诗。诗中"人生自古谁无死，留取丹心照汗青"两句，成为鼓舞和激励后人的至理名言。

五四、崖山跳海南国灭

南宋祥兴二年，正月十三日，元军东路军元帅张弘范率大小战船六百余艘、兵马四万余向崖山行朝方向进发。

张弘范将文天祥一同押往崖山。张弘范，时年四十二岁，易州定兴县人。其父张柔原为金朝将领，后在金朝战败亡国之际归降了蒙古，其后参加了多次征宋之战。

张弘范出生时，金朝已灭亡四年，他成年后，在父兄熏陶下，成长为一个文武兼备的统军将领。后来忽必烈继承蒙古汗位，他被任命为御用局总管，数次跟随张柔南下征战，屡立战功，职位日渐升高。至元初年，张弘范任职顺天路管民总管。

有一次，他因处罚征收租税的不法官吏，并且还未经请示上级便减免了遭遇水灾的许多百姓的租赋，而被财赋征稽官员定为"专擅之罪"要对他进行处治。张弘范要求面见皇帝进行辩解。随后他被押解到大都，向元朝皇帝忽必烈申诉。忽必烈问他有什么可以申诉？他回道："臣以为国家把粮食存于小仓，不如存于大仓里有利。譬如百姓因水灾难以完成所缴租赋，如果强行令其完租，百姓必然死绝，那到下年，就会一粒粮食亦难征收到也。倘若让众百姓先活下来，以后就会年年有租赋，家家有余粮。百姓有余粮，岂非是国家有余粮吗？此乃大仓库与小仓库比拟之理了。"

忽必烈认为张弘范所言甚是，区区一武臣，同样懂得治国大道理。忽必烈以能拥有如此贤良之臣而高兴，于是就赦免了他的罪行。从这件事情上，忽必烈有所省悟，便计划改变以前军队每到一地便劫掠财物屠杀百姓之粗俗策略。他下令整顿军纪，无论将领士卒，不得随意对百姓进行抢掠。

后来张弘范继续随伯颜大军攻打南宋，因元军杂合各路人马，整编之军难以管理，有人提议张弘范善于治军，忽必烈就升他为益都万户。他不但骁勇善战，还多次向伯颜提出有利兵策，多被采纳。后来伯颜分几路攻打南宋，张弘范便成了一路大军之元帅。

这次前往崖山途中，张弘范让文天祥写信招降张世杰。文天祥说："我不能保护父母，难道还能教别人背叛父母吗？"张弘范不听，一再强迫文天祥写劝降信，他言道："文丞相，本帅让你写信劝降，并无恶意，其意义非同寻常，如此，可让众多兵士免遭流血之灾。"

　　文天祥听对方如是说，便将自己前些日子所写的《过零丁洋》一诗抄录给张弘范。张弘范读到"人生自古谁无死，留取丹心照汗青"两句时，不禁也受到感动，他丢开诗卷，默然而叹道："功名归堕甑，拂袖不须惊。英雄应无用，万里奋鹏程。谁忆青春富贵，为怜四海苍生。"于是，不再强逼文天祥了。

　　面对张弘范数万大军，张世杰只能积极备战。早在几天前，文天祥的军队亦战败，他本人也在海丰县之五岭坡被元军所俘，他已经听闻此事。他知道，陆地上再也没有宋廷的立足之地了，曾经三十七府、一百二十八州、七百三十多个县的南宋土地，如今尽被元军收入囊中。敌军现在追来，宋军行朝在张世杰的指挥下，以几十艘小船袭击元军前锋，初战得胜。

　　不久，张弘范大军接连开到。他们占据海口，还派兵从宋廷屯居之海岛后山偷袭宋军，占据山口。宋廷打柴、汲水之道路全被元军堵死。宋军官兵啃干粮啃了十多天，口渴了，只能捧海水来喝，海水味咸，喝了就呕吐泻肚，宋军上下部众极度困乏。

　　部将叶秀荣对张世杰道："太尉大人，北兵用水军堵住海口，我军就不能进退，为什么不先派战舰攻击敌人占据海口，扼守咽喉呢？若侥幸取胜，这是国家的福分；若不能取胜，我军冲破封锁，仍然可以向西撤退。"

　　张世杰担心军队长时间在海上漂泊有离散之心，便道："此理，老夫亦明白。但若继续撤退，不是良法。我方将士连年航行在海上，什么时候是个了呢？现在敌军追赶迫切，我军不能再行逃避，应该与敌人决一胜负。"于是他强令全部烧毁了行朝临时驻地的集市、宫廷，将一千多艘大船连接起来做成水寨，军兵全部屯居船上，以作死守之势。他还将宋帝赵昺和杨太后之龙船，分别置于军队中间。如此守海之布局，人人自危也。

其时，文天祥正被羁押在元军的舟师大船上。从舱里往外望，远远地可见宋军有千艘战船接连排在海中。文天祥看见此阵势，知其不妙，在心中怨责张世杰无远志而又轻敌。他认为宋军有船千艘而且多为大船，若趁元军初到南海不熟水性、晕船呕吐、军心不定时乘势出击攻打元军船队，元军必败。可是张世杰却被动应对，违背兵贵神速之理，错过了千载难逢之良机。文天祥仰天嗟叹道："莫非此乃天意啊?!"

张世杰按照他自己之决策部署，率领部将苏刘义、方世兴、张志奇每天引领几百艘小船与元军舟船进行大战，双方胜负均有。初次交锋中，元军以小船荷载茅草和膏脂等可燃物品，乘风纵火向宋军船队进攻，但宋军船沿皆涂泥，并在每只船上横放长木，以抵御元军火攻。元军水师知火攻不成，便以水师封锁海湾，对宋军进行困扰。

张弘范料一时难以攻克宋军水师，派人寻得张世杰一个姓韩名韬的外甥，授他官职，命其两次写信给张世杰劝他归降。见无回应后，又派韩韬前去宋营招降张世杰，张世杰面对亲戚使者，历数古代的君臣典范，慨然道："苟利国家，不求富贵。我知道投降元朝，不仅能生存，更能求富贵，但我身为皇室近臣，当今皇室正蒙厄难，舍身卫国，舍己成仁，已经成为我之责任。我不能为了自己的富贵前程而不顾君王的生死。有皇上在，我就在，若皇上蒙难，我当誓死追随。此志，我张世杰纵临天塌地陷之境，也决不动摇。"言罢，令人赶走来使。

张弘范知道招降张世杰不成，只好准备与宋军大战。

是年二月初六日，因潮水高涨，元军舟师乘机突作长蛇之阵，直入崖门水寨。

其时，元军是分成三队进行部署的。东、南、北三面皆驻军，张弘范自领一军与宋军船队相距一里多远。并以奏乐为总攻信号。首先北军乘潮水进攻宋军北边失败，元将李恒等人顺潮而退。元军假装奏乐，宋军听了以为元军正在进行宴会，稍微失去警惕。

正午时段，张弘范的水师于正面进入，接着用幔布遮蔽预先建成并埋下伏兵的大船，以鸣金为进攻讯号。各伏兵负盾牌俯伏，在矢雨下驶近宋船。两边船舰接着也聚集而来。元军再擂鼓出师，用三支大军齐攻，半日而破宋阵，击败宋军七只大战船。

双方船只在海上冲击厮杀，南宋军兵虽苦战拼命，但因指挥不当，部署欠妥，终于兵败，又沉没大船三十余只。元军一路兵船还打到宋军中央船舰身边。张世杰见宋军战败，便带着两艘兵船退保赵昺所乘坐的大龙船旁边。

丞相陆秀夫当时站在楼船上望见宋军战败，知道覆亡之势难挡，遂入朝请求太后道："临安城陷时皇家母子已被辱，此次败军，殿下不宜再受其辱了。"言罢即令随从沉其妻儿，随后他冲到赵昺皇帝面前，行了跪拜之礼，然后背负着年仅九岁的皇帝赵昺，高叫道："老臣不才，唯有忠心护主，以身殉国了！"言罢，即从御舟上投海自尽了。

杨太后见儿子已死，正欲投海，张世杰赶到身边，还想侍奉杨太后寻求赵氏的后代而立位，再图稍后举事。他死死拉住劝谏太后道："太后娘娘，我大宋今虽处危境，但仍有数万将士，恃剑拥立左右忠心护主，太后娘娘当摒弃沉沦之念，振作精神，作为众臣下之主心骨矣。留得青山在，方能有柴烧。"但杨太后听闻宋帝赵昺之死讯后，万念俱灰，心如死水，拒绝张世杰之劝谏，她怆然道："众臣忠心护主，哀家无不欣慰。但皇儿已死，我必陪同。张太尉请好自为之。"说完，亦纵身赴海自杀殉国。太后之随从和宫人等皆跟随投海后，官属妇孺仆从数万人亦争相蹈海殉国。南宋崖山行朝，几乎全部覆没。

但张世杰不甘沉沦，他站到大船哨楼上拔剑道："官属弱者已殉国，我等将士，绝不可自杀了断。众将士听了，头可断，血可流，但抗敌之志不可移。众将士擦干血泪，擎起手中刀剑，回营休整，来日再战顽敌。"遂率残军退守到崖山，欲作最后抗战。

二月二十日，张弘范等人率舟师三万大军攻打宋军的崖山据点。元军排成两路逼近崖山，在元军舟师接近宋军的中军时，张世杰才命人割断拴船的绳子，带着八十多艘大船，率军八千冲出港口，与元军做最后拼杀。

元军的刘自立率领舟师从左侧迎击而来，双方大战半日，击败了宋军的数千将士，降服了他们的将领方遇龙、叶秀荣、章文秀等四十多人。

但张世杰凭借多年征战经验，持剑执盾，率军从另一侧左冲右突，拼杀到黄昏，击沉元军十多艘船只。但己方死伤无数，舟师也折损过多半。元军见天近黄昏，海上起雾，撤军回寨。张世杰见自己的舟船仅剩六七艘，侄儿张志奇已经战死，船上兵力不到五百人，亦无战力，方令撤军，其余人也收军欲回到崖山。

此时飓风忽大作，将士劝张世杰登岸，张世杰道："如此之势，不必再回了。"然后登上柁楼，插香祝道："我为赵氏，鞠躬尽瘁，直至今日，能做之事都做尽了，一君亡，又立一君，现在又亡。我尚未死，皆因心怀希望使敌兵退，再另立赵氏以存祀矣。现今到了此种地步，君崩臣亡，岂非天意使然吗？"言罢，拔剑自刎，但随身侍卫死死将其拦住。

不久，张世杰在大风雨中狂奔呼号道："北风狂吹山河破，胡虏绝尘潼关雪。二十四关尸如山，江山无情复又灭。"

雨越下越大，潮水奔涌，雨水海水混杂难分。张世杰边奔走边呼号道："苍天无眼，亡我华夏，臣心如磐，兵败南崖，此志不泯，难续国祚。"此言既出，突然他脚下一歪，跌倒在地，口吐鲜血，溺卒于阳江西南的海陵岛之平章山下。

元军元帅张弘范击败宋军最后的水师后，随即命人找来工匠，在崖门的奇石上镌刻"镇国大将军张弘范灭宋于此"十二个字，以扬其威。

张弘范所部攻克崖山水师后，休整几日，遂掉过头来，向最后一座城池惠州杀来。

当蒙古人从崖山折返回来，兵临惠州城下时，对于蒙古人而言，惠州已成圈中之羊，待宰由人心意而已。此时惠州知州文璧手上只有两千余兵马，城外却是十倍之敌，而且周边城池均被元军攻陷，惠州内无大军，外无增援，成了孤立之城。

城外元军将惠州城包围后，隔三岔五叫嚣大骂道："文璧，战又不战，降又不降，缩在城内，还想做甚？"次日上午，城外又有一将领骂道："文璧，独木难支，孤城难存，趁早归降大元乃为上策。你忸怩作态，有甚意思？"

文璧能做的选择无外乎两个：第一，献城投降，保住城内百姓。第二，负隅顽抗，最后等蒙古大军杀进城，屠杀百姓，顺便处死文璧和他的家人。

其实，不管文璧做哪种选择，蒙古人入城之大势已经不可阻挡。在权衡之下，为了保住城中百姓，更为了保住家人，文璧只能选择前者。但忠臣报国之警言总在他心中萦绕。他徘徊左右，难下决心。入夜，文璧一人在城中街巷中行走。由于战事临近，街上几无行人，除了更鼓声，只有从街巷中不时传来些许妇人哭声和无知孩童的顽劣吵闹声。

文璧半步半挪，蔫如霜打秋叶。一个时辰后他挪步回到州衙，颓然席地而坐。整整一夜，文璧坐在州府大堂门外石阶上，一会儿想起他兄长文天祥，一会儿又想起他爹文仪。他仿佛看到兄长正诵文道："儒有君子小人之别。君子之儒，忠君爱国，守正恶邪，务使泽及当时，名留后世。"过一瞬间他又似乎看到父亲在向他讲文授课："见势莫趋，见威不惊。见义勇为，当仁不让。建国君民，教学为先。"就这样，文璧思前想后，一夜没有合眼。

微曦初露，天渐放亮，城外嘈杂之声和嘶吼的马鸣声又一阵阵传来。文璧惊醒，通判和司户来到身边，问他怎么办？文璧最终站起来，怆然道:"天意若此,保境安民。"随后让通判到城上去喊话,得到张弘范同意投降后不伤惠州全城百姓的承诺后,他命州府几个官员集结起来,竖起了白旗,打开城门,向元朝投降。

其时,惠州城中百姓不足三万。因各县庶民闻元兵杀来,便于年前腊月十四祭祖,次日为逃避兵祸,大多已经出城躲避他乡。亦有少量刚烈者,闻元兵将至,先投湖而殉难了。

投降后,文璧没有接受朝廷的征召,他不愿再入"朝"为官,文璧带着母亲和弟弟,隐居起来。但事情没有这么简单,忽必烈多次下令,让文璧来大都觐见天子,蒙古人太强硬,而且以文家几十口人的性命作为要挟,文璧不敢违抗,于是他收拾行囊,把家人托付给三弟文璋,然后独自北上大都,去见元朝皇帝。

五五、钓鱼城抗战守到终

话说崖山海战失败,南宋彻底灭亡,然则蜀中东川的钓鱼城之宋军,仍然高竖宋朝大旗,固城坚守,拒不降元。

其实,钓鱼城之战,从蒙哥战死蒙古撤军后,第二次蒙元又发兵来侵,战争再起战火重燃以来,已经又坚持了近十年了。

公元1271年忽必烈改国号为大元,与南宋樊城之战打响。为防止四川宋军对樊城支援,元军加紧了对四川地域的进攻。次年元朝都统合刺率兵攻击潼川路合州及渠江口,劫夺战船五十艘,后又在渠江北岸之云门山和西岸虎顶山筑城,意在对钓鱼城形成战略包围。面对元军紧急部署,钓鱼城守城将士对此深感不安,纷纷要求领兵出击驱逐元军。

四川制置使兼知重庆府张珏认为,与其正面与有所防备的元军争夺阵地，不如出其不意攻打女青坪，那是元军川东主帅汪良臣的屯兵重地。汪良臣是汪世显次子，也是汪德臣之弟。汪家父子二代三人俱为蒙军之将，侵扰四川四十余年，致使蜀中不得安宁。如果女青坪受到攻击，合刺必回军援助，渠江边筑城元军就会撤退。

随后在张珏安排调遣下，宋军在王立率领下在云门山和虎头山一带布置疑兵，佯作进攻态势，暗地里主力部队渡过平阳滩，偷袭女青坪，部将周浩先率军三千人马举火将元军军粮、军械烧得干干净净。然后再与王立所部五千人马会合，两支人马越城过寨七十余里，将元军江岸之船场焚毁，守卫船场之统制周虎遭宋军包围，在激战中被宋军杀死。如此一来，汪良臣果然按照张珏所预料，不得不命令合刺撤兵支援，放弃了云门山和虎头山之筑城工事。钓鱼城之威胁暂时得以解除。

德祐元年（1275年），张珏奏报朝廷任命王立兼知合州，负责守卫钓鱼城。王立乃老将军王坚之子，曾在张珏手下为将多年，在抗元战斗中屡立战功，也算是一员猛将。张珏相信王立之才能，于是王立成为继王坚和张珏之后镇守钓鱼城的主要守将。王立守卫钓鱼城后，加强防备，多次击败元军对钓鱼城之进攻，致使元军对钓鱼城只能望洋兴叹。

日子很快过了两年。南宋祥兴二年（1279年），开春以来，蜀中大旱，钓鱼城出现粮荒；同时，重庆府在元兵合力围攻下失守，张珏亦在重庆保卫战中以身殉国。掎角顿失，二城相守之计如今成空。钓鱼城成了名副其实的孤城。

二月中旬，重庆府被攻克后已腾出手来的元兵，全部增援到钓鱼城下，成了孤城的钓鱼城，大军压境，城内粮食短缺，树皮草根皆为食物，甚至出现易子相食之惨象。城外蒙古人虎视眈眈，喊杀声震天，如果城破，十几万军民时刻面临被屠的危险；如果死守，内外交困，能撑几日？战又无力死守，降又不忍放弃，如果苦战撑到最后，城破之时，凶残的元军，必然要屠我全城……王立忧愁之间日夜无眠。

一日下午，一名女子来求见王立，自称她名唤王瑛，可以保钓鱼城全城百姓性命无虞。

王立打量女子几眼，吃惊道："你一介女流，能有什么妙方，可以保住城中十余万军民的性命？"

女子道："将军可曾听说过熊耳之人吗？"王立又是一惊，问道："熊耳？乃是蒙古千户。他不是两年前就阵亡了吗？"王立不由得想起两年前，他率军收复泸州时，在城门口与一敌将鏖战，击毙了一名年轻元将，后来得知叫熊耳。难道这个女人……？

女子道："不瞒将军，奴家就是熊耳夫人。去年奴家丈夫战死后，奴家就随着大批难民，流落到钓鱼城了。"女子见王立还在犹豫，便直说了事情的原委经过。原来，她真是熊耳夫人。其实熊耳夫人，也是川人，家居川西，原本姓李，她原是元朝安西王相李德辉之异父妹，后来由兄长做媒，嫁给了蒙古千户熊耳。去年王立率军收复泸州时，混战中击毙熊耳后，熊耳夫人便假称姓王，与丈夫在兵祸中失散，随后便流落到合州，混进了钓鱼城中避难。因为身份特殊，她佯装成普通百姓，一直未暴露个人底细。

此时，熊耳夫人说出了自己真实身份，王立一时间既惊异，又心乱如麻。熊耳夫人道："王将军，奴家听闻崖山海战已大败，大宋已经覆灭，正所谓天道逆转，你不必再做无谓之死守。当今情势，城中缺粮，百姓饥饿之状实难目睹。况危情日益，军心动荡，城池危在旦夕，将军早做决断，就早救一些百姓之性命。常言道，进一步悬崖峭壁，退一步海阔天空。为生民着想，奴家可以去求我家兄长李德辉，让他担保，降城后决不伤害百姓和将士性命。"

王立道："你休要再言。为将者，理应战死疆场、马革裹尸，开城投降，乃是耻辱！"

熊耳夫人道："将军，你可知世上之事，向来无绝对的对与错。常言说，附子救人不记功，人参杀人不言错。兴，百姓苦，亡，百姓亦苦。能让百姓免受涂炭，乃是大功一件。"

王立道："如此大事，需让我思虑一夜再做决断。"

熊耳夫人道："也罢，望将军三思。明日奴家再来拜见将军，听将军佳音。"

熊耳夫人刚走，副都统制周浩走进来道："王大人，刚才的女子，莫非是……"

王立道："周将军也许已经猜到了。唉！那女子道，如果我们……不再顽抗下去，退一步，海阔天空，如此也可救下全城百姓性命。"

周浩道："王大人，我们已经坚持抗敌数十年，敌人望我城常做望洋兴叹之状，此城之所以坚持不摧，是众志成城之要因，如果开城，就是投降，此乃我等将士们之最大耻辱啊。"

王立道："住口，我何尝不是这么认为。可是……如果死守，内外交困，能撑几日？战又无力死守，兵疲粮荒，百姓将士人心惶惶，将来城必破之，到时全城百姓数万条性命如何顾及？我，有此妄想，也是迫不得已……"

周浩道："将军，毕竟生死与共数载，将士同心，其利断金。上司若生异心，如此会寒了将士之心……"王立道："休再多言……"他无力地摆摆手，示意周浩退下。

周浩望着王立这副模样，重重叹了口气，转身走出了府衙。少顷，只听门外传来苍凉的吟诗声："葡萄美酒夜光杯，欲饮琵琶马上催。醉卧沙场君莫笑，古来征战几人回？"

王立知道这是周浩在吟诵唐朝诗人王翰之诗，他不由眼角泪水滚动，长叹一声，黯然失色道："胜败兵家事不期，包羞忍耻是男儿……"

次日下午，熊耳夫人又来拜见王立。熊耳夫人见到王立道："王将军，思谋一夜，不知君意如何？"王立道："本官实话相告，倘若开城归降，我的部下恐怕不肯答应。"

熊耳夫人道："王将军，人各有志，各安天命，此理奴家知晓。然而，你是合州守城主将，守之，弃之，理应由你决断。"

王立道："话虽如此，可是，守城抗战，非我一人之力，堂堂十里方城，非我一人据守。乱世求存，合力谋事，众志不可弃之。"

熊耳夫人道："奴家知将军深情高义。将军你可知道，城中十万百姓，他们等不起呀。"

王立仰天叹息道："如此大事，容我再好好思虑一夜，稍后再做决断。"

熊耳夫人道："好的，望将军三思。明日我再来拜见将军。告辞之前，还请将军听我一言：人各有志，不必万事求同。明日，奴家听将军佳音。"

第三日下午，熊耳夫人果然再次来见王立。王立双眼布满血丝，无奈接受了熊耳夫人的建议。熊耳夫人取出一个玉坠，交给王立，声称这是见她兄长李德辉的信物。随后，王立派亲信杨獬持书去李德辉处请降。李德辉收到降书和妹妹的信物，知道自己的妹妹也在钓鱼城，加倍从中斡旋，最后，王立决定向西川元军投降，条件是保住全城人性命。为了钓鱼城的十万军民的性命，在鏖战二百余场、历经三十六年后，守将王立无奈投降，这是一次附带着苛刻条件较体面的投降，不降旗、不收兵器，不杀降兵。忽必烈接到李德辉的奏报，居然同意了这一要求。随后，忽必烈信守了承诺，让李德辉尽快带人去合州钓鱼城受降。

于是，十日后，也就是三月中旬，全体钓鱼城军民在向南宋京城临安方向拜了三拜后，王立无奈下令开城投降。

但是，刚烈之守城兵将，并非全部愿意开城而降。包括周浩在内，有三十六位守城无数个日夜的中高级将领，在元军跨进城那一刹那间，全部仰天长啸后，拔剑自杀殉国以明心志。

据说，蒙古人在征服世界的过程中杀人无数，凡是长期抵抗的城池，城攻破后都被屠城，唯有蜀地钓鱼城抵抗了三十六年得以全身而退。

五六、文天祥菜市口遇难

南宋在崖山灭亡后，张弘范向元世祖请示如何处理文天祥，元世祖忽必烈诏示道："谁家无忠臣？善而待之，速解来京。"命令张弘范对文天祥以礼相待，将文天祥送到元大都（燕京）。之后，文天祥便被张弘范派护送队押往大都。途中他绝食八天，但元兵不许他死，否则上司那里无以交代，便强行以粥水灌之。文天祥求死未果。

到燕京后，文天祥被软禁在会同馆。馆驿小吏对文天祥之食宿，均以上等宾客之规格供应，皆因忽必烈有心劝降文天祥也。文天祥知其用意，拒绝享受高等级接待。打定主意后，文天祥盘腿而坐以待天明，拒不就寝。两日后，馆驿小吏只好对他降级供应食宿。

元世祖忽必烈首先派降元之原南宋左丞相留梦炎对文天祥现身说法，进行劝降。

留梦炎见到文天祥道："文大人，宋室已亡，乃天道矣。古语道，天意不可违逆。文大人乃千古奇忠之男，让留某钦佩不止。然而，人生天地间，好山遍地，好水遍洲。文大人何不掉转头来，另觅芳洲，再行建功立业之志，曲线匡国，为民谋福，有何不可？"

文天祥一见留梦炎的奴才相便怒不可遏，再闻其言，愤然道："住口！覆巢之下焉有完卵，破釜之舟焉可生还。像你这种背主求荣、得陇望蜀之辈，还有脸来说服他人？龙首黄扉真一梦，梦回何面见江东。留大人的处世之道，我文某终其三生，亦难学会了！"

留梦炎被文天祥一阵抢白，只好悻悻然道："执迷不悟，万劫不复。"然后，拂袖而去。

元世祖又让降元之宋恭帝赵㬎来劝降。其时，赵㬎已十一岁，已谙世事。君臣相见，彼此均黯然泪目。文天祥北跪于地，痛哭流涕，对赵㬎道："圣驾请回！臣之尽忠，乃为臣责，臣之所作，乃为臣志。圣驾莫要强劝了。"赵㬎无话可说，怏怏而去。

元世祖忽必烈见文天祥固执己见，多人劝解，拒不归降，不由大怒，遂下令以囚犯待之，将文天祥双手捆绑，戴上木枷，关进兵马司之牢房中。文天祥入狱十几天后，狱卒才给他松了手缚。又过了半月，才给他褪下木枷。

元朝丞相孛罗亲自开堂审问文天祥。文天祥被押到枢密院大堂，昂然而立，只是对孛罗行了拱手礼。孛罗道："文天祥，见了本相，你为何不跪？"文天祥道："跪乃汉人礼仪，其意有二：一是膜拜、感激、尊重，二是乞求、忏悔、谢罪。我对你而言，并无以上二层意义在内，我为何要跪？"孛罗闻文天祥之言，觉得回答正确，一时语塞。但他仍然道："你们南宋已被大元征服，你乃阶下囚，我乃座上官，囚见于官，理当跪下。"喝令左右强制文天祥下跪。文天祥竭力挣扎，坐于地上，始终不肯屈服。孛罗见此，不再强制，对文天祥道："既如此，你现在还有何话说？"文天祥回道："天下事有兴有衰。国亡受戮，历代皆有。我为宋朝尽忠，行臣之道，只愿早死！"

孛罗闻言，大发雷霆道："文天祥，好一个硬头汉子！常言道，好死都不如赖活着。观世间人，多少人贪生畏死，迷恋尘世，而你却一味求死。无与类比！你今要死？我偏不让你死。我要关押你！"文天祥毫不畏惧，道："我愿为正义而死，关押我也无畏惧！"

从此，文天祥在监狱中度过了三年。在狱中，他曾收到女儿柳娘来信，得知妻子和两个女儿都在宫中为奴，过着囚徒般生活；儿子佛生已在来京途中病死。他不由一阵心酸。文天祥深知女儿来信乃是元朝廷之暗示：只要投降，家人即可团聚。然而，文天祥尽管心如刀割，却不愿因妻子和女儿而丧失气节。他在写给妻女回信中道："收柳女来信，痛割肠胃。为人谁无妻儿骨肉之情？但今日事到如此，为父，身为宋朝重臣，非为部卒，于义当死，乃是天命。奈何？奈何……可怜柳女、环女做好人，爹爹管不得。泪下哽咽哽咽。"

狱中生活很是清苦，每日食稀粥、点油灯、睡草铺；房间昏暗，夏天蚊蝇骚扰，冬季寒冷阵阵，还要遭受跳蚤侵袭。但文天祥强忍痛苦，排除万难，写出了不少诗篇。他每日盘腿而坐，挥笔著写文稿。《指南后录》第三卷、《正气歌》等气壮山河之不朽名作，皆为狱中日复一日发奋写著而成。

元世祖至元十八年（1281年），伯颜随皇太子真金抚军漠北，一直在外，不在朝中理事。次年三月，权臣阿合马因大量实行发钞并强制实行药材专卖之政策，擅权枉法，从中谋利，又加之为人飞扬跋扈，激发多位元廷大臣不满，导致武将王著联络僧人高和尚，趁元世祖北上上都巡游之机，亲近阿合马并将其刺杀。有道是墙倒众人推。随后众大臣纷纷上书揭露阿合马不法之罪行，元世祖派人查证属实，下令籍没阿合马之家财、追查阿合马之罪恶，遂任命和礼霍孙为右丞相。

和礼霍孙提出儒家思想治国方略，颇得元世祖赞同。八月一日，元世祖问议事大臣道："如今四方平定，需招录极多良才为国效力。然而，南方、北方宰相，谁是贤能者？"王积翁道："南人无如天祥。"群臣也一并答道："陛下，北人能相无如耶律楚材，南人贤相无如文天祥了。此二人难分伯仲！"于是，元世祖颁下一道命令：择善而从，不分南北，择优录用天下贤才。打算授予文天祥高官显位。文天祥几位降元旧友谢昌元、王积翁等人即向文天祥通报此消息，他们轮番力劝文天祥应当归顺元朝，勿要挣扎强撑，适可而止，但文天祥概然拒绝。

到了十二月八日，元世祖在文华殿召见文天祥，亲自劝降。文天祥对元世祖仍然长揖致礼，拒不下跪。元世祖并未强迫他下跪，对他道："文丞相，汝在大都居日已久，如能改心易虑，以效忠宋朝之忠心对朕，那朕愿意在中书省给你一个合适职位，照样可以为国出力，为民谋利呢。"文天祥道："我乃大宋宰相，国家灭亡，我当尽忠，只求速死，不当久生。"

元世祖对文天祥执着之态十分气恼，长叹一声，随之又道："那你不愿做官，朕放你退朝隐居，如此可好？"文天祥回道："但愿一死足矣！"元世祖道："你一心求死，也罢，但死得有个过程。来人，先将文天祥押回牢房去。"

杀了文天祥，又不甘心，欲放他出狱，又拿不定主意。就在元世祖左右徘徊之时，谢昌元、王积翁求见元世祖道："陛下，文天祥入京三年来，陛下待之如宾客，然而，文天祥不愿为官，只求闲云野鹤，有道是人各有志，各安天命。请陛下依旧宽宏大度，释文天祥为道士，陛下恩德，覆盖四海，将被世人千古传颂。"

元世祖道："忠君爱国本无过错，人各有志，不必强求。也罢，准奏。找一道观，遣返文天祥便是。"谢昌元、王积翁二人谢恩而去。

留梦炎听闻元世祖意欲释放文天祥，他心急如焚，暗思，元世祖若释放扣押三年都不降元的文天祥南返，那么民间百姓更会鄙视自动降元为官的我留某人了。降也不杀，不降也不杀，这让自己以后何以有脸做人为官？他赶紧进宫劝谏元世祖道："陛下，千万莫要做错事，也不可放虎归山。文天祥乃是反元最大旗帜，若陛下杀了他，万事皆休；若陛下留着文天祥的性命，让他归家而去，南人以此为旗帜，逆反之事长盛不休，天下实难太平！"

元世祖被留梦炎提醒，遂收回释放号令，下令立即处死文天祥。

次日，文天祥被押解到大都菜市口刑场。监斩官道："文丞相还有什么话要说？回奏于帝上还能免死。"文天祥道："死就死，还有什么可说的？"他问监斩官道："哪边是南方？"旁边有人给他指了方向，文天祥向南方跪拜，行了三道礼，一道礼跪拜养植之十，作为感谢；二道礼跪拜父母之恩，以作答谢；三道礼跪拜南宋王朝和宗庙，以为告别。拜完道："文某事情完结了，心中无愧了！"于是引颈就刑，从容就义。时年仅四十七岁。

文天祥死后，狱吏整理其遗物，查看他之行李，见其文件袋中有一首诗，诗道："孔曰成仁，孟曰取义，唯其义尽，所以仁至。读圣贤书，所学何事？而今而后，庶几无愧。"狱吏看完诗稿，叹息不已，将诗稿收藏起来。狱吏又翻了一番，又看到另一张诗笺，题为《闻季万至》。上面写道："去年别我旋出岭，今年汝来亦至燕。弟兄一囚一乘马，同父同母不同天。可怜骨肉相聚散，人间不满五十年。三仁生死各有意，悠悠白日横苍烟。"看完知是写给他兄弟的，便也仔细收藏起来。待以后有机会，定要交还给他家人及兄弟。

文天祥刚被执刑完毕，天气突变，风沙飞扬，昏天黑地。元朝官吏急忙撤身而去，随后通知家属收尸。其妻欧阳夫人得讯赶到刑场为文天祥收尸，在滞留大都的江南十余位义士的帮助下，奉文天祥灵柩葬于大都城小南门外五里道路旁。

次年底，在其弟文璧和文璋的操持下，从大都城外移文天祥灵柩回归故里吉州庐陵县安葬于淳化乡富田里。在为文天祥举办归故里安葬礼的时候，由文璧做主，将自己的次子文升子过继到兄长文天祥的名下，让其有了后嗣之续。文升子遂为文天祥守孝三年。